Mary Simses
Mein Glück in deinen Händen

Mary Simses

Mein Glück
in deinen Händen

Roman

Deutsch von Carolin Müller

blanvalet

Die Originalausgabe erschien 2020 unter dem Titel
»The Wedding Thief« bei Back Bay Books, an imprint of Little, Brown
and Company, a division of Hachette Book Group, Inc., New York.

Sollte diese Publikation Links auf Webseiten Dritter enthalten,
so übernehmen wir für deren Inhalte keine Haftung,
da wir uns diese nicht zu eigen machen, sondern lediglich auf
deren Stand zum Zeitpunkt der Erstveröffentlichung verweisen.

Penguin Random House Verlagsgruppe FSC® N001967

1. Auflage
Copyright der Originalausgabe © 2020 by Mary Simses
This edition published by arrangement with Little, Brown and Company,
New York, New York, USA. All rights reserved.
Copyright der deutschsprachigen Ausgabe © 2021
by Blanvalet Verlag,
in der Penguin Random House Verlagsgruppe GmbH,
Neumarkter Str. 28, 81673 München
Redaktion: Angela Kuepper
Umschlaggestaltung © Johannes Wiebel | punchdesign,
unter Verwendung von Motiven von Shutterstock.com
(oksana2010; prapann) und VICUSCHKA/photocase.de
LH · Herstellung: sam
Satz: Uhl + Massopust, Aalen
Druck und Bindung: CPI books GmbH, Leck
Printed in Germany
ISBN: 978-3-7341-0854-9

www.blanvalet.de

Im Gedenken an Ann Depuy

1

Die Lüge

Es war die Lüge meiner Mutter, die mich in diesem Juli nach Hause fahren ließ. Keine dieser unbedeutenden Schwindeleien, wie sie sie manchmal erzählt hatte, als meine Schwester und ich noch klein gewesen waren, beispielsweise, dass es im Supermarkt kein Chocolate-Chip-Eis mehr gegeben hatte, wenn sie in Wahrheit bloß vergessen hatte, es auf die Einkaufsliste zu setzen. Diese Lüge war anders. Sie behauptete, ihr Gesundheitszustand *verschlechtere sich rapide* und dass sie *ihre Mädchen* jetzt um sich brauche. Es spielte keine Rolle, dass ich achtunddreißig war und Mariel fünfunddreißig. Wir waren noch immer *ihre Mädchen*.

Natürlich glaubte ich ihr. Warum auch nicht?

Es war Montagmorgen, und ich saß im Büro und organisierte das Herbstmeeting der Geschäftsführung. Zweihundertfünfzehn Leute, die in Scottsdale, Arizona, zusammenkommen sollten, um die Pläne der Firma für das kommende Jahr zu erfahren und um sich persönlich zu treffen, Jeep-Ausflüge in die Wüste zu unternehmen, am Lagerfeuer zusammen zu Abend zu essen, zu viel zu futtern, zu viel zu trinken und, wenn alles ganz wie erwartet lief, mit einem guten Gefühl, was Kelly Thompson Pierce Financial betraf, wieder abzureisen.

Ich hatte kurz vom Computer aufgeblickt, starrte hinaus auf den Verkehr am Lake Shore und fragte mich, was die ganzen Segelboote im Hafen wohl vorhatten, als mein Handy klingelte. Es war Mom. Ihre Stimme klang schwach und zittrig. Und seltsam fern, als riefe sie von einem Ort an, der viel weiter entfernt zu sein schien als Connecticut.

»Du musst... heimkommen... so schnell wie möglich«, sagte sie und atmete schwer zwischen den einzelnen Worten. »Bevor es zu spät ist.«

»Bevor was zu spät ist?«

»Ich bin krank, Sara. Sehr, sehr krank. Ich kann es dir nicht erklären... nicht am Telefon. Ich muss dich sehen. Komm einfach heim.«

Alle Nervenenden in meinem Körper standen stramm. »Ich buche für heute Nachmittag einen Flug.« Ich suchte bereits im Internet, mit zittrigen Händen und ungeschickten Fingern, obwohl ich gerade besonders darauf angewiesen war, dass sie funktionierten.

»Deine Schwester kommt auch«, war das Letzte, was sie noch nachschob, wie eine Fußnote.

Dabei hätte es die Überschrift sein müssen.

Ich versuchte nicht daran zu denken, als ich den Flug buchte. Versuchte mir nicht vorzustellen, wie Mariel packte. In Los Angeles war es noch nicht mal sieben Uhr, aber ich war mir sicher, dass meine Mutter sie zuerst angerufen hatte. Sie wandte sich immer zuerst an sie. Nachdem ich mit meiner Schwester seit mittlerweile achtzehn Monaten nicht mehr gesprochen hatte, wollte ich mir nicht vorstellen, mit ihr zur selben Zeit am selben Ort zu sein. Irgendwie hatte ich letztes Silvester überlebt, als sich die Nacht, in der ich gemerkt hatte, dass zwischen ihr und Carter etwas lief, zum ersten Mal gejährt hatte. Die Nacht, in der meine Beziehung mit ihm geendet hatte. Und ich den Kontakt zu meiner Schwester abgebrochen hatte. Ich war immer davon ausgegangen, dass ich selbst entscheiden könnte, ob und unter welchen Umständen ich sie wiedersehen würde. Ich hatte mich getäuscht.

Im Flugzeug starrte ich aus dem Fenster in die Wolken, während ich mir weiter das Hirn darüber zermarterte, was mit meiner Mutter los war. Ich war aufs Schlimmste gefasst, als ich am selben Tag um kurz nach sechs in die Einfahrt einbog, wo Jubilee und Anthem die Köpfe aus den Stallfenstern streckten und das verblassende Licht der Abendsonne auf das Schindelhaus schien.

Im Hausflur erklang aus den Deckenlautsprechern Musik, »What I Did for Love« aus *A Chorus Line*. Ein Stapel Zeitungen lag in der Recyclingtonne, ganz oben eine Ausgabe der *Hampstead Review*, und auf einem hohen Regal waren Sonnenhüte zu sehen, die meine Mutter dort den ganzen Winter über lagerte wie hoffnungsfrohe Frühlingsvorboten. Ein Schwarz-Weiß-Foto meiner Eltern bei der Premiere von *Right as Rein* am Broadway blickte auf mich herab, der letzten Produktion meines Vaters, bevor er vor fünf Jahren an einem Herzinfarkt gestorben war.

Im Flur stürmte ich an Danna, der Haushälterin,

vorbei, die zwei in silbernes und weißes Papier eingewickelte Kartons trug. Sie wirkte überrascht, mich zu sehen.

»Wie geht es ihr?«, fragte ich atemlos, doch anstatt ihre Antwort abzuwarten, rannte ich zur Treppe.

»Wenn du deine Mutter meinst«, rief Danna mir hinterher, »die ist in der Küche!«

In der Küche? Ich hatte erwartet, sie im Bett vorzufinden. Aber es gab mir neuen Mut, dass sie auf war. Als ich näher kam, konnte ich Essen riechen. Etwas köchelte vor sich hin. Tomaten und Zwiebeln, Knoblauch, Rotwein. Es roch wie Spaghettisoße, auch wenn ich mir nicht vorstellen konnte, dass Danna für meine Mutter Spaghettisoße – oder überhaupt irgendetwas – kochte, denn sie hatte das Talent, dass alles, was sie zubereitete, den Geschmack verlor – sogar das Grillgut. Also durfte sie gewöhnlich nicht mal in die Nähe des Herdes.

Ich rechnete damit, Mama kränklich und schlapp am Küchentisch sitzend vorzufinden, in einen Bademantel gehüllt und mit einem Tässchen Tee vor sich. Doch sie stand mit dem Rücken zu mir an ihrem Herd und wirkte fit wie eh und je in einer hellgrauen Hose, einem elfenbeinfarbenen Pulli und einer Schürze um die Taille. Ihr hellbraunes Haar glänzte, als hätte sie es erst vor wenigen Stunden waschen und föhnen lassen. Und sie sang Frank Sinatras »Fly Me to the Moon« mit.

In einer Hand hielt sie einen großen Topfdeckel und in der anderen einen Holzkochlöffel. Auf der Arbeitsfläche waren leere Tomatendosen und Tomatenmark verstreut, daneben, auf einem Schneidebrett, ein Stück

Zwiebel und eine Knoblauchzehe. So sah keine Frau aus, die bereits auf dem Weg ins Jenseits war.

»Mom?«

Sie fuhr herum. »Oh, du bist da!« Sie legte den Topfdeckel und den Kochlöffel aus der Hand und umarmte mich ganz fest. Sie hatte nichts an Kraft eingebüßt. Und ihr Gewicht schien auch unverändert, seit meinem letzten Besuch im März. »Ich freu mich so, dass du es einrichten konntest.« Sie betrachtete mich eingehend. »Du siehst ein bisschen müde aus. Langer Flug?«

»Mom, ich dachte, du wärst...«

»Na, du kannst ja hier deinen versäumten Schlaf nachholen. Und schau, ich koche eine deiner Lieblingsspeisen und habe sogar einen Pfirsichkuchen von der Rolling Pin Bakery besorgt. Ich weiß doch, wie gern du den magst.«

Ich fühlte mich wie in einer Folge von *Twilight Zone* und als würde Rod Serling gleich neben dem Kühlschrank auftauchen: *Das ist Sara Harrington, sie stammt aus einer zerrütteten Familie. Ihre Schwester hat sie hintergangen, und ihre Mutter ist wahnsinnig geworden. Sara denkt, sie ist nach Hause gekommen. Doch stattdessen hat sie gerade die Twilight Zone betreten.*

»Mom, was ist hier los? Du rufst mich an, klingst total erschreckend und sagst mir, ich soll heimkommen, weil du sehr krank bist. *Sehr, sehr krank*, hast du behauptet. Also erkläre ich meiner Chefin, dass ich unverzüglich eine Woche freinehmen muss. Vielleicht auch länger. Ich buche sofort einen Flug. Ich packe und komme so schnell her, wie ich nur kann – und du kochst hier Abendessen?

Ich dachte, du seist bereits an der Schwelle des Todes.« Vielleicht neigten ja alle Schauspieler etwas zur Melodramatik, vor allem solche, die bereits den einen oder anderen Tony-Award gewonnen hatten... Aber das ging wirklich zu weit.

Mama tauchte einen Löffel in die Soße und probierte. »Da fehlt ein bisschen Salz.«

»Mutter!«

»Ich habe nie behauptet, dass ich an der Schwelle des Todes stehe, Schatz.«

Wie bezeichnete man noch gleich die Straftat, wenn man seine eigene Mutter umbrachte? Matrizid? Ich brauchte die korrekte Bezeichnung dafür, denn ich hatte das Gefühl, drauf und dran zu sein, ebendieses Verbrechen zu begehen. »Doch, das hast du! Du hast gesagt, dass sich dein Gesundheitszustand rapide verschlechtert. Du hast behauptet, du seist todkrank!« Meine Stimme wurde mit jeder Silbe ein paar Dezibel lauter. »Du meintest, du bräuchtest ›deine Mädchen‹ jetzt bei dir.« Ich starrte sie so lange an, bis ich mir sicher war, dass sie den stechenden Blick spürte.

Sie ließ den Löffel in die Spüle plumpsen. »Na ja, mein Gesundheitszustand *verschlechtert* sich ja auch rapide. Meine *mentale* Gesundheit. Die verschlechtert sich deshalb so dramatisch, da ich mir die ganze Zeit Sorgen wegen dir und Mariel mache, weil ihr euch einfach nicht wieder vertragen könnt.«

Ich war den ganzen Tag vollkommen panisch gewesen, hatte ein wichtiges Meeting verpasst und im Flieger drei Stunden lang neben einem Typen gesessen, der die ganze Zeit sabberte und vor sich hin schnarchte – und das hierfür? »Du hast mich nur hergelockt, damit ich mich mit Mariel versöhne? Ich fass es nicht!«

Sie machte einen Schritt auf mich zu und streckte mir die Hand hin. Ich wich zurück.

»Nein, du kannst uns nicht wieder zusammenbringen. Und dann auch noch unter falschem Vorwand! Du hast so getan, als lägest du im Sterben!«

Mom legte sich die Hand aufs Herz. »Nun, ich sterbe ja auch... an gebrochenem Herzen. Zwei Wochen, Sara. Die Hochzeit deiner Schwester ist in knapp zwei Wochen, und du weigerst dich, daran teilzunehmen.«

Natürlich wollte ich da nicht dabei sein. Sie heiratete meinen Ex, Himmelherrgott! Den Mann, der mich immer so angesehen hatte, als wäre ich der faszinierendste, tollste Mensch auf der Welt – der einzige Mensch auf der Welt. Den Mann, der mir ein Lächeln ins Gesicht hatte zaubern können, egal, wie schlimm mein Tag gewesen war. Denjenigen, der immer gewusst hatte, was ich brauchte, und es mir gegeben hatte – ein offenes Ohr, eine lustige Geschichte, einen guten Rat, etwas Ruhe oder eine sanfte Berührung. Den Mann, der uns als Paar verlässlich und besonnen durch alle stürmischen Krisen navigiert hatte. Meinen Fels in der Brandung.

Wie konnte Mom vergessen haben, welches Aufhebens sie gemacht hatte, als sie Carter zum ersten Mal getroffen hatte? Als ich ihn ihr in L. A. als meinen Freund vorgestellt hatte? *Oh, Sara, er ist ganz wunderbar! Man kann sich ja wahnsinnig gut mit ihm unterhalten. Ich habe das Gefühl, ihn schon seit Jahren zu kennen. Kein Wunder, dass er so ein erfolgreicher Anwalt ist. Und man sieht, dass er ganz verrückt nach dir ist. Ich glaube, er ist der Richtige.*

»Mom, Schluss mit dem Theater«, sagte ich. »Du hast mich ausgetrickst, damit ich nach Hause komme. Ich weiß sehr wohl, wann Mariel heiratet. Und ich werde nicht hierbleiben.«

Sie nahm meine Hand. »Ach, Liebling, komm schon. Ihr müsst das aus der Welt schaffen. Ich habe ja schon oft erlebt, dass ihr zwei einander die kalte Schulter gezeigt habt, aber diesmal geht mir das schon viel zu lange. Ihr redet seit Ewigkeiten nicht mehr miteinander.«

»Die Ewigkeit wäre nicht lang genug.«

»Du verstehst nicht, wie es ist, wenn man als Mutter zwischen seinen zwei Töchtern steht, die nicht mehr miteinander reden, und noch dazu eine Hochzeit stattfinden soll.« Sie holte eine Packung Penne aus dem Küchenschrank. »Ich liebe euch beide. Ich will einfach, dass ihr euch wieder wie Schwestern begegnet. Warum könnt ihr die Vergangenheit nicht ruhen lassen, damit alles wieder so ist wie früher?«

Sie kapierte einfach nicht, dass Mariel und ich uns noch nie so nahegestanden hatten, wie sie gern glauben wollte. Ich fragte mich, ob alle Eltern blinde Flecken hatten, was ihre Kinder betraf. Tatsächlich hatten wir noch nie so lange nicht miteinander geredet, aber unter der Oberfläche schienen immer wieder alte Wunden aufzureißen, die nicht verheilen wollten.

Und hatte Mom mich je ernsthaft gefragt, warum ich die Vergangenheit nicht einfach beiseiteschieben konnte? Bei ihr klang es so, als wäre es bloß irgendeine dumme Kabbelei zwischen Mariel und mir gewesen, so wie früher, als wir noch klein gewesen waren. Als würden wir uns lediglich darum streiten, wer im Auto vorn sitzen durfte oder in welches Restaurant wir zum Abendessen gingen. Aber meine Schwester hatte mir Carter Pryce gestohlen, den einzigen Mann, den ich je wirklich geliebt hatte, und in knapp zwei Wochen würde sie ihn auch noch heiraten. Allein bei dem Gedanken daran hatte ich das Gefühl, als würde mein Herz erneut brechen.

Ich wünschte, ich könnte die Zeit zurückdrehen, sodass die beiden sich niemals begegnet wären. Zurück bis zu dem Tag, an dem ich Carter kennengelernt hatte, als ich noch in L. A. gelebt und für Spectacular Events gearbeitet hatte. Ich war nach Santa Monica gefahren, um die Vorstandsvorsitzende einer Bank zu treffen, die uns beauftragt hatte, die Geburtstagsparty ihres Mannes zu organisieren. Im Anschluss an den Termin trat ich aus ihrem Büro im zwölften Stock und stieg in den leeren Aufzug. Ich stopfte die Notizen in meine Aktentasche, während der Fahrstuhl nach unten fuhr und plötzlich im siebten Stock anhielt.

Ein Mann stieg ein. Groß, gebräunt und mit blondem Lockenkopf. Dem Aussehen nach hätte er eher auf ein Segelboot gepasst. Nur dass er einen anthrazitgrauen Maßanzug anhatte und einen roten Tacker bei sich trug. Die Tür ging zu, und der Aufzug fuhr weiter nach unten. Bis er plötzlich mit einem lauten Knacken stehen blieb. Ich rechnete damit, dass die Tür aufgehen würde, doch nichts geschah. Ich drückte erneut auf den EG-Knopf, aber er leuchtete auf. Auch nach mehrmaligem Drücken passierte nichts, außer dass mein Herzschlag immer schneller wurde. Da stand ich also, am ersten Todestag meines Vaters, und steckte im Aufzug fest.

»Funktioniert er nicht?«, erkundigte sich der Segler und betätigte den Knopf auf seiner Seite.

Ich fing an zu schwitzen. »Ich glaube, wir stecken fest.« Ich hörte das Zittern in meiner Stimme.

Der Segler schien es ebenfalls zu hören. »Keine Sorge«, sagte er und legte mir beruhigend die Hand auf den Arm, »wir sind bald hier raus. Das ist keine große Sache.«

Er drückte den roten Alarmknopf, und wenige Sekunden später drang die Stimme einer Frau aus einem Lautsprecher irgendwo über uns. »Kann ich Ihnen helfen?«

»Ja, der Aufzug ist stecken geblieben«, sagte der Segler. »Er bewegt sich nicht mehr, und die Türen gehen nicht auf.« Er blickte mich kurz an und fügte hinzu: »Und ich befinde mich hier mit einer bezaubernden jungen Dame, die aussieht, als hätte sie auch nichts dagegen, bald aus diesem Ding rauszukommen.«

Oh Gott, ich hoffte bloß, dass ich keine Schweißflecken unter den Armen hatte.

Die Frauenstimme teilte uns mit, dass sie umgehend die Feuerwehr in Kenntnis setzen würde, aber nicht sagen könne, wie lange diese brauchen werde.

»Keine Sorge«, beruhigte mich der Segler. »Wir sind hier schneller raus, als Sie denken.« Dann senkte er die Stimme und flüsterte: »Eigentlich hätte ich gar nicht auf den Notrufknopf drücken müssen. Ich verfüge nämlich über besondere Fähigkeiten, aufgrund von jahrelangem *MacGyver*-Konsum. Ich kann uns hier rausbringen – nur mit den Dingen, die ich bei mir habe.«

Ich brauchte einen Moment, um zu begreifen, dass er Spaß machte, und musste lachen, ungeachtet meiner feuchten Achselhöhlen und weichen Knie.

»Mal sehen, was ich tun kann.« Er hielt den Hefter hoch. »Ein Tacker: rot.« Er reichte ihn mir, leerte dann seine Taschen und zählte alles auf, was er herausholte. »Eine Packung Kaugummi, ein Schlüsselbund.«

»Was ist das da an dem Schlüsselanhänger?«, fragte ich. Er sagte mir, es sei eine Taschenlampe. Das war schon ziemlich *MacGyver*-mäßig. Vielleicht machte er doch keine Witze.

»Ein schwarzes Lederportemonnaie mit Kreditkarten«, fuhr er fort, »ein brauner Füllfederhalter von DuPont, ein Handy und ein Streichholzbriefchen. Damit kann ich eine Sprengvorrichtung basteln, die die Tür wegpustet.«

Ich lachte wieder. Er hatte schöne tiefblaue Augen, und ich konnte die durchtrainierten Muskeln unter seinem Anzug erahnen. »Da bin ich ja erleichtert. Womit fangen wir am besten an?«

»Sie glauben mir wohl nicht, dass ich das kann? Das beleidigt mich jetzt doch etwas, Miss – äh, sind Sie überhaupt eine Miss?«

»Ja, bin ich. Harrington. Sara Harrington.«

»Carter Pryce«, sagte er. »Ich würde Ihnen die Hand schütteln, aber ich halte die Hauptbestandteile eines

Sprengkörpers in meiner Rechten. Ich möchte nicht, dass er versehentlich losgeht.«

Ich mochte seinen Sinn für Humor. »Dafür habe ich natürlich Verständnis.«

Er knetete ein paar Kaugummistreifen zusammen und stopfte sie zwischen die Aufzugtüren. »Das ist Schritt eins. Es muss gut versiegelt sein.«

»Sicher. Und Sie behaupten, Sie hätten diese Fähigkeiten vom *MacGyver*-Gucken?«

»Ja, hab ich. Ich persönlich bevorzuge die Originalserie, die aus den Achtzigern. Da werden immer mal Wiederholungen gezeigt.«

Ich verkniff es mir, ihm zu verraten, dass ich eigentlich kein großer *MacGyver*-Fan war, hörte ihm zu, wie er eine Folge mit irgendeinem Big-Foot-ähnlichen Wesen nacherzählte, und dachte nicht mehr an Aufzugwände, die immer näher rückten. Währenddessen hantierte er ständig mit dem Pfropfen aus Kaugummi herum – klebte ihn erst auf seine Kreditkarte, dann die Tintenpatrone seines DuPont-Füllers, die Batterie seiner Minitaschenlampe. »Jetzt muss ich es nur noch hiermit anzünden.« Er hielt das Streichholzbriefchen hoch. »Sind Sie bereit?«

Glücklicherweise musste er es nicht tun, denn da riefen auch schon die Feuerwehrleute der Santa-Monica-Feuerwache durch die Tür hindurch nach uns. Zwanzig Minuten später waren wir befreit...

Ich erinnerte mich noch gut an das Gefühl der Erleichterung, als die Tür aufging und sich vor uns der cremefarbene Eingangsbereich öffnete mit den Silberleuchten und der emsigen Empfangsdame hinter der Rezeption, die wirkte, als ob gar nichts passiert wäre. Aber ich verspürte damals noch etwas anderes. Das Gefühl, dass ich es durchaus noch etwas länger in dem Aufzug ausgehalten hätte, nur um in der Nähe von Carter Pryce zu sein.

Zwei Tage später rief er an und fragte mich, ob ich mich mit ihm treffen wolle. Wir fuhren nach Balboa Island, spazierten umher und aßen Frozen Banana wie Touristen. Wir redeten über unsere Rettung aus dem Aufzug, und ich gestand ihm, dass ich eigentlich viel größere Angst gehabt hatte, als ich mir hatte anmerken lassen.

»Dann bist du aber eine ziemlich gute Schauspielerin«, sagte er.

Ich fand das lustig, denn von meinen vier Familienmitgliedern war ich mit Abstand diejenige mit dem geringsten schauspielerischen Talent.

»Schon als ich an dem Tag morgens aufwachte, wusste ich, dass etwas Gutes passieren würde«, erzählte er mir. »Ich weiß nicht, warum ich das wusste, aber so war es. Und dann haben wir uns kennengelernt.«

Ich war überrascht und wusste nicht recht, was ich darauf antworten sollte. Da war ein Mann, der sagte, was er dachte, der keine Angst hatte, seine Gefühle auszudrücken, und keine Spielchen spielte. Wie erfrischend. Ich war die glücklichste Frau der Welt ...

Mom schüttete die Packung Penne ins kochende Wasser. »Komm schon, Sara!«, sagte sie.

»Was – komm schon?« Ich sah zu, wie der Dampf aufstieg.

»Lass die Vergangenheit ruhen.«

Bei ihr klang es so, als wäre das alles eine ganz alte Geschichte, dabei lag es bloß eineinhalb Jahre zurück. Ich hatte eine Silvesterparty bei mir in L.A. gegeben, in dem Bungalow mit der blauen Tür in Venice. Ich hatte einen Caterer und einen Barkeeper engagiert, mich voll ins Zeug gelegt. Mein Weihnachtsbaum stand noch immer im Wohnzimmer, Tannenduft lag in der Luft, und ein Mistelzweig hing über dem Durchgang zur Küche. Es gab schummriges Licht und überall Kerzenschein. Es wimmelte von Gästen, und natürlich war auch Carter anwesend. Zu dem Zeitpunkt waren wir bereits seit über zweieinhalb Jahren ein Paar.

Ich mischte mich unter die Leute, wanderte vom Wohnzimmer ins Arbeitszimmer, sorgte dafür, dass alle eine gute Zeit hatten, und flitzte hin und wieder in die Küche, um sicherzugehen, dass alles unter Kontrolle war. Einmal Eventplaner, immer Eventplaner. Carter und ich wurden in verschiedene Richtungen gezogen, aber wir suchten immer wieder den Augenkontakt. Um zwanzig vor zwölf war ich in der Küche bei den Caterern und bereitete den Champagnerumtrunk und den Kuchen vor. Die *Veuve-Clicquot*-Flaschen lagen auf Eis, und mein guter alter Edelstahlmixer surrte vor sich hin für einen frischen Schwung Margaritas. Und dann plötzlich war es fast Mitternacht.

Alle fingen an zu schreien: *Nur noch zwei Minuten!* Um dreiundzwanzig Uhr neunundfünfzig, fingen sie an, die Sekunden hinunterzuzählen. Ich hielt nach Carter Ausschau, konnte ihn aber nirgends finden. Ich wäre beinahe hinausgegangen, aber es war eine kalte Nacht, und ich war mir sicher, dass er sich nicht dort draußen rumdrücken würde. Schließlich entdeckte ich ihn in einer schummrigen Ecke im Arbeitszimmer zusammen mit Mariel. Sie unterhielten sich, aber ich konnte selbst in diesem überfüllten Raum sehen, dass da etwas Vertraulicheres vor sich ging. Sie standen zu nah beieinander, lächelten zu viel. Ihre Gesten wirkten zu vertraut. Sie konnten die Blicke nicht voneinander lassen. Irgendetwas lief zwischen den beiden. Oder war kurz davor.

Ich ging aus dem Zimmer und versuchte mich zu fassen. Carter. Mein Carter. Mit Mariel. Meiner Schwester. Ich hatte immer gedacht, sie hätten kaum etwas füreinander übrig. Mein Gott, wie ich mich getäuscht hatte. Mir war ganz schwindelig, als ich das Haus verließ. Draußen waren es nur zwölf Grad, und ich zitterte in meinem kurzärmeligen Kleid. Wie betäubt ging ich die Straße entlang, und in meinem Kopf lief in Dauerschleife ein Film: Carter und Mariel, Mariel und Carter.

Als ich zum *Abbot Kinney Boulevard* gelangte, herrschte dort noch mehr Trubel als sonst, Leute fuhren vorbei und hupten, tröteten auf Luftrüsseln oder riefen *Gutes neues Jahr!* aus den Autofenstern. Ein einziges Getöse. Ich ging weiter durch die Menge – lärmende, betrunkene Menschen –, vorbei an Orten, die ich schon Millionen Mal gesehen hatte. Doch nun wirkten sie auf mich fremd. Schließlich blieb ich stehen und lehnte mich an die Wand eines Cafés, schlang die Arme wärmend um mich und wunderte mich, warum alle einfach weitermachten, als wäre nichts geschehen.

Nachdem die Caterer zusammengeräumt hatten und ich mit einem Haufen zerfetzter Partyhüte zurückgeblieben war, stellte ich Carter zur Rede. Insgeheim wünschte ich mir, dass er es abstreiten würde, mich überzeugen würde, dass ich vollkommen falschlag. Aber das tat er nicht. Er sagte mir, dass es nicht geplant war, dass sie mich nie verletzen wollten, dass es erst seit ein paar Wochen so ging, dass sie nur auf den richtigen Zeitpunkt gewartet hätten, um es mir zu sagen.

Wann hätte dieser Zeitpunkt denn sein sollen? Das war alles, was ich sagte, bevor ich ihn aufforderte zu gehen.

Ich sah sie nur einmal, ein paar Monate später in Beverly Hills. Ich stand mit dem Auto an einer Kreuzung, und sie gingen vor mir über die Straße. Er hielt ihre Hand, lachte über irgendetwas, das sie gesagt hatte, und zog sie sanft über die Straße wie ein kleines Kind. Vier Monate später erzählte Mom mir, dass sie sich verlobt hätten ...

»Du willst wissen, warum ich die Vergangenheit nicht ruhen lassen kann?«, fragte ich, während meine Mutter die Nudeln umrührte. »Ich kann es nicht auf sich beruhen lassen, weil es nicht die Vergangenheit ist. Sie sind zusammen. Das ist die Gegenwart und die Zukunft.«

»Deshalb musst du nach vorn schauen. Sonst kommst du nicht weiter. Ich bin sicher, Mariel wäre bereit, die Sache beizulegen.«

Natürlich wäre Mariel dazu bereit. Sie war ja nicht diejenige, die betrogen worden war. »Sie hat nichts verloren. Sie hat Carter. Sie ist hier nicht die Leidtragende.«

Mom drehte die Temperatur der Platte, auf der die

Soße köchelte, herunter. »Liebes, weißt du, woher das Wort *Kompromiss* kommt?«

Oh nein. Jetzt war ich wieder in der Welt der Etymologie gelandet. Mom achtete darauf, dass ich ihren Yale-Abschluss in Philologie nicht vergaß. *Sprache ist alles*, pflegte sie zu sagen. Im Nebenfach hatte sie Theaterwissenschaften studiert und dann in dem Bereich Karriere gemacht, doch ihre Leidenschaft für Etymologie hatte sie nie verloren.

»Na ja, es hat was mit Zugeständnissen zu tun«, sagte ich.

»Das Wort stammt vom Lateinischen *compromissus*.« Sie holte ein Sieb aus einer Schublade und stellte es in die Spüle. »Und das wiederum von *compromittere:* ›sich gegenseitig versprechen, einen Schiedsspruch anzuerkennen‹.«

»Meinetwegen.«

»Schade, dass du nie Latein gelernt hast.«

»Bisher habe ich ganz gut ohne überlebt«, erwiderte ich. »Und mit Mariel gehe ich in *keiner* Sprache einen Kompromiss ein.« Sah sie nicht, wie schrecklich das alles für mich war? Ich hatte gedacht, dass mich mit Carter eine große Liebe verbinden, dass wir heiraten und Kinder haben würden. Und jetzt stand ich da, mit achtunddreißig Jahren und ohne all das.

Mom atmete geräuschvoll aus wie ein Ballon, aus dem Luft entweicht. »Aber ich weiß, dass sie dir vergeben würde.«

»*Mir* vergeben? Für was denn?! Ich hab ihr doch nichts getan.«

»Dafür, dass du so lange nicht mehr mit ihr geredet hast.«

»Ich habe nicht mehr mit ihr geredet, weil *sie mir* etwas angetan hat!«, rief ich. »Ist dir eigentlich klar, dass du hier alles verdrehst?«

Sie stellte eine Salatschüssel auf den Tisch. »Also, dafür gibt es eine passende lateinische Wendung, *non sequitur* – ›es folgt nicht‹. Das bezeichnet einen Fehlschuss.«

»Das beschreibt dich ja perfekt«, meinte ich. »Du argumentierst total unlogisch. Weil du einfach nicht hörst, was ich sage. Du hältst immer zu ihr.«

»Ach, Sara, das muss doch irgendwie beizulegen sein. Es war ja nicht wirklich die Schuld deiner Schwester.«

Das war's. »Ich kann und will darüber nicht mehr sprechen.« Ich hielt meinen Autoschlüssel hoch. »Ich fahre jetzt wieder. Du hast mich angelogen. Dir geht es hervorragend.«

Mom lief aus der Küche hinter mir her. Ihre kleinen Absätze klapperten auf dem Parkett. »Liebling, komm schon. Es tut mir leid, dass ich dich unter falschem Vorwand hierhergelockt habe, aber es bricht mir wirklich das Herz. Bitte bleib. Nicht nur wegen Mariel. Sondern wegen mir. Ich will mal wieder in Ruhe mit dir plaudern, Mutter-Tochter-Zeit verbringen.«

»Irgendwann anders vielleicht«, sagte ich. »Wenn sie nicht hier ist.«

Ich ging den Flur entlang, die Stimme meiner Mutter im Ohr, und vorbei an den Fotos an der Wand. Mom in einer Provinzproduktion von *A Little Night Music*. Mom im Musical *The Importance of Being Earnest* auf einer Regionalbühne in Connecticut. Mom im Stück *Dragonfly Nights* am Broadway. Es gab Dutzende Fotos. Ihre Ruhmeswand.

Ich betrat den Hausflur voller Erleichterung, endlich wieder von hier wegzukommen, und überlegte, ob das Duncan Arms Zimmer frei hatte. Da ging die Tür auf, und Mariel kam herein. Im ersten Moment erkannte ich sie fast nicht. Ihr typisch lässiger Look aus perlenbestickten Tuniken und geflochtenen Handtaschen war einer engen weißen Jeans und einem korallenfarbigen Oberteil gewichen. Zwölf Zentimeter hohe Absätze ersetzten die flachen Ledersandalen, die sie immer getragen hatte.

Sie hatte auch eine andere Frisur. Jahrelang hatte sie die Haare schulterlang getragen. Jetzt war es ein kinnlanger gestufter Bob, und sie war blonder als je zuvor – platinblond. Aber es stand ihr. Sie konnte sich alles erlauben. Sie hatte das Schönheitsgen geerbt. Wenn sie einen Raum betrat, zog sie alle Blicke – von Männern wie von Frauen – auf sich. Und noch etwas anderes an ihr stach mir ins Auge. Der Stein, den sie am Finger trug... Nicht mal die Plastikklunker an den Ringen, für die ich während meiner Disney-Prinzessinnenphase geschwärmt hatte, waren so groß gewesen wie der Diamant, der sie schmückte.

Ich stand da und fühlte mich wie eine verwelkte Blume in meiner zerknitterten Hose, meinen von der Julischwüle krisseligen Haaren und fragte mich, wie sie so frisch aussehen konnte nach ihrer langen Reise von der Westküste bis hierher. Einen Moment lang beäugten wir uns wie streunende Hunde.

»Du bist also da«, meinte sie mit leicht mürrischem Gesichtsausdruck, während sie einen Louis-Vuitton-Koffer hereinschob.

Keine Nylonreißverschlusstasche mehr. Zusammen mit Carter war sie gesellschaftlich aufgestiegen. Ich fragte mich, von wem die Schuhe und die Klamotten waren, die sie trug. Jimmy Choo? Prada? Aber ich war mir sicher, dass Carter für all das bezahlt hatte. Mit ihren fünfunddreißig Jahren war Mariel noch nie in der Lage gewesen, sich selbst zu finanzieren. Und jetzt war sie einfach nicht mehr von der Mama-Bank abhängig, sondern eben von der Carter-Bank. Sie würde nie auf eigenen Beinen stehen müssen.

»Ich wollte eigentlich gerade wieder fahren.«

Sie stemmte die Hände in die Hüften. »Was? Du lässt Mom einfach im Stich?«

Ich machte einen Schritt Richtung Eingangstür. »Sie stirbt nicht. Nicht mal annähernd.«

»Wovon redest du? Sie hat mich angerufen und gesagt...«

»Es war gelogen. Frag sie selbst. Sie ist in der Küche und macht Abendessen.«

»Warum sollte sie so etwas tun?«

»Ja, warum wohl?! Klingelt da was? Du heiratest in knapp zwei Wochen den Mann, den du mir ausgespannt hast, und Mom wünscht sich, dass wir uns versöhnen, weil sie will, dass ich zur Hochzeit komme. Was ich sicher nicht tun werde.«

»Ich habe ihn dir nicht ausgespannt«, protestierte Mariel. »Carter hat dich nicht mehr geliebt. Warum kannst du das nicht einfach anerkennen?«

»Er hat mich geliebt, bis du deine Riesennase ins Bild geschoben hast.«

Sie zuckte zusammen und fasste sich an die Nase. »Ich habe keine Riesennase. Und außerdem hat er den ersten Schritt gemacht.«

»Siehst du, und das ist der Grund, warum wir uns nicht unterhalten können. Ich habe Mom schon gesagt, dass sie nur ihre Zeit verschwendet.«

»Ich habe ja versucht, mich zu entschuldigen. Ich hab dich angerufen, dir Nachrichten geschickt. Ich hab dir sogar einen Brief geschrieben. Du hast ihn mir mit korrigierten Rechtschreibfehlern zurückgeschickt.«

»Du warst noch nie gut in Rechtschreibung.«

»Darum geht's doch gar nicht.«

»Mir schon. Carter ist nämlich viel zu klug für dich, und eines Tages wird ihm das auch dämmern. Er wird merken, dass er sich mit dir langweilt und er mehr braucht als bloß eine hübsche Begleitung, und dann wird er sich jemand Neues suchen. Und schon wendet sich das Blatt.«

Ich funkelte sie wütend an. »Erzähl mir nicht, du hättest ihn mir nicht ausgespannt. Das hast du doch schon immer mit meinen Freunden in der Schule versucht.«

»Was? Das ist nicht wahr.«

»Robbie Petler?! Sagt dir der Name noch was? Er wohnte in der Apple Ridge.«

»*Der?* Der hat mir doch bloß bei den Hausaufgaben geholfen.«

»Sobald er dachte, du wärst an ihm interessiert, wollte er nichts mehr von mir wissen. Er meinte, du siehst aus wie ein Filmstar. Wie hätte ich da mithalten können?«

»Oh Mann, vergiss es, Sara. Falls das wirklich so war, dann ist das ewig her.«

Das spielte keine Rolle. Es war noch immer von Bedeutung. »Es beweist deine Vorgeschichte als Jungsausspannerin.«

Sie schob die Hüfte vor. »Als wenn du immer die Unschuldige gewesen wärst! Du hast meine Barbie in den Teich geschmissen! Und meine Lieblingsjeans zerschnitten!«

An die Jeans konnte ich mich nicht mehr erinnern, aber an den Barbie-Vorfall vage. »Du hättest sie ja wieder rausholen können.«

»Sie landete neben einer bissigen Schildkröte, Sara.«

»Ja, und du hast meine Turnschuhe in den Gully gestopft. Und die waren nagelneu.«

»Du hast mir eine Gummischlange in den Rucksack gesteckt. Ich hab mich zu Tode erschreckt.«

»Ja«, sagte ich, »aber du hast Carter.«

Falls sie darauf eine Antwort hätte, würde ich sicher nicht darauf warten wollen. Ich quetschte mich an ihrem Louis-Vuitton-Koffer vorbei, riss die Tür auf und stürmte hinaus.

2

Auf Konfrontationskurs

Am nächsten Morgen erwachte ich in einem Himmelbett im ersten Stock des Duncan Arms und blickte auf einen offenen Kamin, ein hübsches Zweiersofa und Tapeten mit üppigem Rosenmuster an den Wänden. Ich stand auf, ging zum Fenster, schob die Vorhänge zur Seite und das Schiebefenster nach oben. Der süßliche Geruch frisch geschnittenen Grases und Vogelgezwitscher kamen hereingeweht. Unten auf dem Rasen spielten ein Mann und ein kleines Mädchen Ball. Dieselbe Szene hätte sich vor dreißig Jahren auch hinter unserem Haus abspielen, der Mann mein Vater und ich das Mädchen sein können.

Im Bad wusch ich mir das Gesicht, putzte mir die Zähne, setzte meine Kontaktlinsen ein und kämmte mir mit einer Bürste die Haare. Ach du Schande. Zu beiden Seiten meines Scheitels entdeckte ich neue graue Haare. Ich versuchte, den Scheitel anders zu ziehen, und verwuschelte mein Haar dann mit den Fingern, um ihn gänzlich zu verstecken. Das sah ein bisschen besser aus. Ein paar Highlights und ein neuer Schnitt waren angebracht, sobald ich wieder in Chicago wäre. Seit wann reichte mein Haar überhaupt bis auf die Schultern? Und woher kamen all die neuen grauen Haare?

Ich packte meinen Koffer und machte mich zum Aufbruch bereit. Den Rückflug hatte ich bewusst erst für neunzehn Uhr gebucht, damit ich mir noch ein Hotelresort in der Nähe anschauen konnte. Vielleicht entpuppte es sich ja als eine gute Anlaufstelle, falls ich mal ein externes Meeting an einem ruhigen Ort in New England organisieren müsste. Ich schob den Koffer aus der Tür, die Rollen quietschten. Nicht jeder konnte sich eine Louis-Vuitton-Reisetasche leisten so wie Mariel. Manche mussten ihren Lebensunterhalt selbst verdienen.

Warum bloß konnte ich nicht aufhören, mein Leben mit ihrem zu vergleichen? Ich stand gern auf eigenen Beinen. Ich war stolz darauf. Stolz auf die Tatsache, dass ich Moms Großzügigkeit nicht ausnutzte. Abgesehen davon war nichts falsch an meinem Koffer. Vielleicht war die Farbe schon seit einem Jahrzehnt aus der Mode gekommen, na und? Spargelgrün war jetzt nicht *so* schlimm.

Auf einem Schild in der Lobby stand, dass das Frühstück im Pub Room serviert wurde. Ich brauchte sowieso nur einen Coffee-to-go. Ich ging hinein, vorbei an Gemälden mit Fuchsjagdmotiven an den vertäfelten Wänden, Tischen mit rot-weiß karierten Decken und einer Tuschzeichnung mit einem Porträt von George Washington (hatte er hier übernachtet?). Am Büfett nahm ich mir ein Stück Orange-Cranberry-Bread und eine Tasse Kaffee.

Fünf Minuten später hatte ich bereits ausgecheckt

und saß auf dem Parkplatz in meinem Mietwagen, einem VW Jetta, nippte an dem Kaffee, verschlang den Kuchen und ärgerte mich insgeheim, dass ich mir nicht noch ein Stück genommen hatte. Ich hatte eine Schwäche für Pekannüsse. Mein Handy klingelte, und der Schriftzug *Mom* blinkte auf dem Display auf. Das Bild meiner angeblich todkranken Mutter, wie sie gesund und munter Nudeln kochte, schwirrte mir durch den Kopf, zusammen mit dem meiner Schwester, die schon bald verheiratet sein würde und besser als je zuvor aussah mit ihrer neuen Frisur und den schicken Klamotten. Und dem Klunker am Ringfinger. Ich ließ den Anruf meiner Mutter auf die Mailbox gehen.

Was war das überhaupt für ein Stein? Ich warf einen Blick in den Rückspiegel und legte den Rückwärtsgang ein. Der Diamant war abartig groß. Zu groß, um schön zu sein, wenn man es genau betrachtete. Hatte Carter ihr diesen Verlobungsring selbst ausgesucht? Oder hatte Mariel ihn am Finger einer seiner Promiklientinnen gesehen und ihn angewiesen, den Ring duplizieren zu lassen? Das würde zu ihr passen. Ich drückte aufs Gas. War er für den Antrag auf die Knie gegangen? Bei dem Gedanken verkrampfte sich mein Magen. Und was hatte er gesagt? Welche Worte hatte er genau gewählt? Mein Magen zog sich noch mehr zusammen, aber ich konnte nicht aufhören. Hatte er gesagt ...

Knirsch.

Ein lautes Knacken war hinter mir zu hören. Wie zersplitterndes Holz. Oder war es ein Auto? Ich rang nach Luft und fuhr wieder ein Stück nach vorn. Im Rückspiegel konnte ich es sehen. Ich hatte einen Lattenzaun angefahren. Woher kam der plötzlich? Außerdem stand ein Mann hinter meinem Wagen. Hatte ich ihn etwa auch angefahren? Meine Güte, hoffentlich nicht. Ich stieg hastig aus. Der Mann, den ich auf um die vierzig schätzte, stand seitlich vom Wagen und riss Luftpolsterfolie von etwas Riesigem, das etwa eins achtzig auf eins achtzig und vielleicht einen halben Meter dick war. Unter der Blisterhülle konnte ich etwas Grünes erkennen.

»Gucken Sie doch, wo Sie hinfahren!« Er sah mich durchdringend an, während er weiter die Folie von dem Ding entfernte. Er hatte einen Eine-Woche-Bart – ein Style, den ich noch nie gemocht hatte. Das hatte in meinen Augen immer den Anschein, als könnte sich ein Kerl nicht entscheiden, ob er wirklich einen Bart haben wollte oder nicht.

»Hab ich *Sie* angefahren?«, fragte ich mit klopfendem Herzen.

»Nein, Sie haben nicht *mich* angefahren. Sondern *das*!« Er drehte sich weg und packte weiter das undefinierbare Etwas aus.

Mir gefiel sein Ton nicht. Aber ich wusste, dass es mein Fehler gewesen war. »Es tut mir leid, dass ich Ihr... Ihr... Ihr Ding da angefahren habe.« Ich zeigte auf das seltsame Objekt. »Das wollte ich nicht«

Als er die Luftpolsterfolie endlich abbekommen hatte, konnte ich erkennen, dass es sich um eine riesige, grün bemalte Hand handelte, die, wie es aussah, aus Pappmaschee gefertigt war. Der Zeige-, Ring- und kleine Finger waren im Neunzig-Grad-Winkel umgeknickt, nur der Mittelfinger zeigte zum Himmel.

»Was ist das?«, fragte ich. »Ein Kostüm oder so?«

Er schob die Hand in Richtung eines Transporters in der Nähe. »Ein *Kostüm*? Nein, das ist eine Skulptur. Ein Alex Lingon!« Er wirkte geradezu beleidigt angesichts meiner Ahnungslosigkeit.

»Alex wer?«

Er fuhr herum und starrte mich ungläubig an. »Alex *Lingon*. Den kennen Sie nicht?«

»Ich glaube nicht.«

»Erst vor ein paar Wochen gab es einen großen Artikel über ihn in der *New York Times*. Im Kulturteil der Sonntagsausgabe.«

»Ich lebe in Chicago.«

»Und da gibt es die *Times* nicht zu kaufen?« Wieder dieser Ton. Auf den konnte ich wirklich verzichten.

»Ich lese normalerweise nicht die *Times*.«

»Wäre aber vielleicht besser. Alex Lingon gilt als einer der wichtigsten Künstler des Landes. Sollten Sie mal nachlesen.« Er betrachtete die Hand näher, schüttelte den Kopf und schnaubte. »Tja, die ist hinüber.«

»Auf die Gefahr hin, naiv zu wirken, aber was stimmt damit nicht?«

»Eins, zwei, drei.« Er zeigte auf jeden der umgebogenen Finger.

»Oh. Sollen die nicht so sein?«

»*Nein*, die sollen nicht so sein. Sie sollen nicht *abgeknickt* sein.«

»Hören Sie, es tut mir wirklich leid, aber vielleicht

hätten Sie sie besser verpacken sollen. Ich meine, Sie als Kunsthändler...«

»Ich bin kein Kunsthändler. Ich bin in der Immobilienentwicklung tätig.«

Na dann, kein Wunder.

Unwillkürlich dachte ich an jemanden, mit dem ich mal zusammen gewesen war und der in der Immobilienbranche gearbeitet hatte. Er hatte Häuser gebaut. Ich fragte mich, ob dieser Typ das auch machte. »Mit welchen Immobilien haben Sie denn genau zu tun?«

»Mit welchen?« Er wandte sich von der Hand ab und dachte über die Frage nach. Als er schließlich antwortete, wirkte er ruhiger. »Wir kaufen und verkaufen Gebäude. Wohn- und Geschäftskomplexe.« Er sprach nicht von Einfamilienhäusern. »Manchmal bauen wir neu, manchmal sanieren wir, kommt auf die Situation an.«

Ich schätzte, das machte uns in etwa ebenbürtig, was unser Kunstverständnis betraf.

Er wandte sich wieder der Hand zu, berührte die abgeknickte Stelle des kleinen Fingers und verzog das Gesicht, als wäre sein eigener Finger in Mitleidenschaft gezogen. »Das sollte bloß ein kleiner Gefallen für Anastasia sein. Und jetzt verliert sie vermutlich ihren Job.«

»Anastasia?«

»Meine Freundin. Sie ist Alex' Assistentin.«

»Oh.« Langsam ergab das Ganze ein Bild. »Von wo haben Sie es denn hergefahren?«

»Brooklyn.«

»Um Ihrer Freundin einen Gefallen zu tun?«

»Ja. Es gab da ein Missverständnis mit der Transportfirma. Und jetzt muss ich diese Katastrophe hier ausbügeln.«

»Dafür muss es doch irgendeine Lösung geben«, sagte ich. Aus meiner jahrelangen Erfahrung mit der Planung von Veranstaltungen wusste ich, dass es immer eine Möglichkeit gab, ein Problem auszuräumen. »Ich nehme an, es ist versichert?«

Er sah mich an, als wäre ich irre. »Natürlich ist es versichert. Aber das ist nicht der Punkt. Es sollte Teil einer Ausstellung von Alex' Werken in der Brookside Gallery sein. Sie wird am Freitag in einer Woche eröffnet.«

Ich war schon mal in der Brookside Gallery gewesen. Sie befand sich im Stadtzentrum. Dort wurde zeitgenössische Kunst ausgestellt, die viel Publikum anzog. Ich wollte ihm schon raten, am besten den Künstler zu informieren und dann eine Schadensmeldung bei der Versicherung zu machen, als mir eine andere Idee kam.

»Darf ich Sie etwas fragen? Aus welchem Material ist das?« Ich streckte die Hand danach aus.

»Finger weg!«

Ich zog meine Hand zurück. »Okay, okay.«

»Das ist Pappmaschee. Alex arbeitet viel mit Papier.« Er trat näher an die Hand heran und starrte auf die Finger, als könnte er sie mit einem Zaubertrick dazu bringen, wieder gerade zu werden.

»Und wann, sagten Sie, ist die Ausstellungseröffnung?«

»Am Freitag in einer Woche.«

Am Tag vor Mariels Hochzeit. Heute war Dienstag. Also in zehn Tagen. Zehn Tage waren eine Ewigkeit in meiner Branche. In den fünfzehn Jahren als Eventplanerin hatte ich solche und ähnliche Krisen in wenigen Stunden geregelt. Manchmal sogar in Minuten. Ich hatte einen Trauzeugen ausfindig gemacht, der verschwunden war, ihn betrunken am Hotelpool aufgegriffen, ausgenüchtert und noch rechtzeitig seine Rede geschrieben. Ich hatte zwei Blechkuchen von Costco zuschneiden und mit Fondant überziehen lassen, nachdem ein Gast den Desserttisch umgestoßen hatte und die echte Hochzeitstorte zu Boden gesegelt war. Und das alles bloß bei einer Hochzeit...

»Zehn Tage sind eine Menge Zeit«, sagte ich. »Wie wär's, wenn man die Finger einfach mit mehr Pappmaschee repariert? Sie wissen schon, sie irgendwie ausspachteln, damit sie wieder gerade stehen, die Stellen reparieren, die umgeknickt sind.«

Der Immobilientyp sah mich mit zusammengekniffenen Augen an, als versuchte er herauszufinden, ob ich echt war oder nicht.

»Soll das ein Witz sein? Das kann ich nicht machen! Das ist ein Kunstwerk. Ich bin zwar nicht aus der Kunstszene, aber von Ana weiß ich genug darüber. Selbst wenn ich es reparieren *könnte*. Und die Bemalung ist noch mal 'ne ganz andere Sache. Alex mischt seine eigenen Farben, und er verwendet viele verschiedene Schattierungen und Pigmente, um die Effekte zu erzeugen, die er sich vorstellt. Es ist kompliziert.«

Ich trat näher an die Hand heran und sah sie mir genau an. Tatsächlich erkannte ich alle möglichen Grüntöne – Farngrün, Olivgrün, Gelbgrün, Jägergrün und Dutzende anderer Mischungen. Trotzdem dachte ich mir, während er die Hand wieder einpackte, dass das Problem doch irgendwie lösbar sein musste. Immerhin hatte ich es bereits mit Trauzeugen zu tun gehabt, die die Eheringe verloren hatten – oder verschluckt. Ich hatte Rotweinflecken von Brautkleidern entfernt, Schlägereien bei Junggesellenabschieden beendet und vor dem Altar Last-Minute-Beichten unterbunden, und zwar sowohl von Bräuten als auch von Bräutigamen, die mit den Mitbewohnern des jeweilig anderen aus Collegezeiten Sex gehabt hatten. Ich war eine Macherin. Das lag in meiner Natur.

»Ich habe eine Idee«, sagte ich. »Warum bringen wir die Hand nicht zu Carl's?«

»Carl? Wer soll das sein?«

»Carl's Arts & Crafts. Ein Laden für Künstlerbedarf hier in der Stadt. Mal sehen, was die dort zur Reparatur sagen. Dann hätte man die Meinung von einem Fachmann. Wissen Sie, ich habe selbst schon kleinere Arbeiten mit Pappmaschee gemacht, und ich bezweifle, dass die Reparatur der Hand so schwierig ist, wie Sie denken.« Zugegeben, es war bloß Weihnachtsschmuck, und ich war fünf gewesen, aber trotzdem war es Pappmaschee.

Der Immobilientyp öffnete die Hecktür des Transporters, hob die Hand hoch und schob sie hinein. »Ja, klar«, meinte er, »ich spaziere einfach in den örtlichen Bastelladen und frage den Besitzer nach seiner Einschätzung, was die Reparatur einer Hunderttausend-Dollar-Skulptur betrifft.«

Hunderttausend Dollar? Ich hatte keine Ahnung gehabt, dass sie so wertvoll war. Ich musste schwer schlucken und hoffte dennoch, dass wir eine Lösung finden würden.

»Warum sollte ich dieses Risiko eingehen, wenn wir das Ganze am Ende vielleicht noch schlimmer machen?«, meinte er.

»Weil wir es vielleicht auch besser machen. Ich bin mir sicher, dass man es reparieren kann. Man kann alles regeln. Na ja, meistens. Für jedes Problem gibt es eine Lösung. Das hat mein Vater immer gesagt.«

Der Immobilientyp sah mich einen Moment lang an, als könnte er etwas Spezielles in mir erkennen, dann wurde sein Gesichtsausdruck weicher. »Sie glauben wirklich, dass man alles richten kann, oder?«

Ich lächelte tapfer. »Ja, das tue ich. Vielleicht keine Herzensangelegenheiten« – darauf würde ich nicht näher eingehen –, »aber die meisten Dinge schon. Also, ich fahre mit Ihnen zu Carl's. Es war mein Fehler, und, na ja, ich bin eigentlich ganz nützlich, wenn es um Katastrophen geht.«

Er grinste. »Sie meinen abgesehen davon, sie zu verursachen?« Ich musste lachen. »Ja, ich meine, sie in den Griff zu bekommen. Ich bin Eventmanagerin. Ich bewältige laufend irgendwelche Katastrophen.«

Er warf die Hecktür des Transporters zu. Dann verdrehte er die Augen zum Himmel, als könnte er selbst nicht glauben, was er gleich sagen würde. »Also gut, Miss Schadensbegrenzung. Ich folge Ihrem Vorschlag. Schauen wir mal, was die bei Carl's dazu sagen.«

Ich streckte ihm die Hand entgegen. »Mein Name ist Sara Harrington.«

Er schüttelte sie. »Hi, Sara. Ich bin David. David Cole.«

Was für ein Morgen. Und der Tag hatte gerade erst angefangen.

3

Künstlerbedarf

Wir fuhren die lange Auffahrt des Duncan Arms hinunter, vorbei an einer Gruppe von Adirondack-Gartenstühlen auf dem Rasen, David am Steuer. Der Transporter ratterte über eine Temposchwelle.

»Sorry.« Er trat auf die Bremse. »Ich fahre dieses Ding sonst nicht. Ist ein Mietfahrzeug, und die Federung ist miserabel.«

Ich fragte ihn, was er normalerweise fuhr, und er sagte etwas von einem Range Rover. Das war definitiv nicht zu vergleichen mit dem Gefährt, in dem wir saßen.

»Bieg da unten links ab.« Ich zeigte in die angegebene Richtung. »Carl's ist nur ein paar Meilen von hier, kurz hinterm Stadtzentrum.«

Wir bogen auf die Hauptstraße und fuhren entlang einer riesigen, saftig grünen Koppel, auf der Pferde grasten.

»Ich nehme an, du warst schon mal hier«, meinte David.

Ich holte die Sonnenbrille aus meiner Handtasche. »Ich bin hier aufgewachsen. Meine Mutter wohnt noch in der Stadt.«

»Aber du hast im Duncan Arms übernachtet.«

Mir war klar, dass das verwirrend war. Warum sollte jemand in den Ort kommen, wo ein Elternteil wohnte, und dann in einem Gasthaus übernachten? »Ich wollte nicht dort übernachten. Meine Schwester ist auch da, und ... wir reden gerade nicht wirklich miteinander.«

»Familien können kompliziert sein.«

Ich wandte mich ab und blickte aus dem Fenster, als wir an einem Antiquitätenladen vorbeifuhren. Was sollte ich sagen? Wie sollte ich erklären, wie die Dinge mit Mariel lagen? Manchmal hatte das Eis unserer unterkühlten Beziehung zu schmelzen angefangen, und wir waren freundlicher miteinander umgegangen. Dann hatte wir wieder gestritten – normalerweise über irgendein Thema, über das wir uns schon zu oft gestritten hatten. Manchmal hatte ich ihr vorgeworfen, dass sie Geld von Mom angenommen hatte. Und sie hatte sich verbeten, dass ich ihr sagte, was sie tun und lassen sollte.

Aber was ich wirklich wollte, war, dass sie und Mom mich nicht aus ihren Gesprächen ausschlossen. Es hatte mich weniger gestört, solange mein Vater noch gelebt hatte, denn er und ich hatten uns immer sehr nahegestanden. Doch seit er vor fünf Jahren verstorben war, hatte ich das Gefühl, Mom und Mariel lebten in einer Blase und ich in einer anderen.

»Ich habe seit eineinhalb Jahren nicht mehr mit Mariel geredet«, erklärte ich. »Bis gestern Abend. Und ich bin mir nicht sicher, ob das als ›miteinander reden‹ durchgeht. Wir waren nur zufällig für ein paar Minuten im selben Raum.« Wir hielten an einer Ampel. »Hast du auch Geschwister?«

»Nein. Nicht mehr.« Ein paar Mädchen auf Fahrrädern überquerten die Straße. »Ich hatte einen älteren Bruder. Beau. Aber er starb, als ich zwölf war.« Seine Worte hätten völlig nüchtern geklungen, wenn mir die Traurigkeit in seinen Augen entgangen wäre.

»Das tut mir leid. War er... War er krank?« Zu spät merkte ich, dass ich nicht hätte fragen, nicht neugierig hätte sein sollen.

»Nein. Nicht krank.« David starrte durch die Windschutzscheibe. »Er ist von einem Felsen in einen See gesprungen. Er wusste nicht, dass das Wasser an der Stelle zu flach war. *Quetschung der Halswirbelsäule durch stumpfen Aufprall.* Das war die offizielle Todesursache.«

»Wie schrecklich... Das tut mir wirklich leid.« Ich wollte mir gar nicht ausmalen, was für Auswirkungen das auf David und seine Eltern gehabt haben musste.

»Es war dumm, sehr dumm, so etwas zu tun.« Aus seiner Stimme klang Wut, fast als spräche er mit seinem Bruder statt mit mir. »Wir standen uns wirklich nah. Er war zwei Jahre älter, aber wir machten viel zusammen. Spielten Nintendo, gingen angeln, skateboarden, guckten Filme aus der Videothek. Aber er hatte einen wilden – nein, eher einen ungestümen Charakter. Ich wünschte, ich wäre an jenem Tag dabei gewesen, aber das war ich nicht.«

Ich konnte das Bedauern in seiner Stimme hören, und als die Ampel grün wurde und wir weiterfuhren, fragte ich mich, wie es wohl wäre, wenn man einem Bruder oder einer Schwester so nahestand und sie dann verlor. Besonders auf solch eine Art. *Entsetzlich* war das einzige Wort, das mir dafür einfiel.

Ich betrachtete die Ziffern auf dem Armaturenbrett, die Wasserflasche im Getränkehalter. »Meine Schwester und ich standen uns nie besonders nah«, sagte ich. »Als wir noch klein waren, war es besser, aber selbst damals konkurrierte sie immer mit mir. Ich nahm Geigenunterricht, sie nahm Geigenunterricht. Ich lernte reiten, also musste sie auch reiten lernen. Als ich in der Oberstufe war, verließ ich die Schülerzeitung, weil sie direkt beitrat, obwohl sie erst in der Unterstufe war. Ich hatte nichts für mich; sie verfolgte mich immer. Aber das Schlimmste war, als sie mir den Mann ausspannte, den ich so geliebt habe. Noch immer liebe. Sie heiratet ihn in zwei Wochen. Hier.«

Er drehte sich zu mir um und sah mich an. »Deine Schwester heiratet deinen Exfreund?«

»Ja.«

Er stieß einen leisen Pfiff aus. »Oh Mann.«

»Natürlich gehe ich nicht zu der Hochzeit. Ich reise heute Abend ab.«

»Dachte sie, dass du hingehst?«

»Ich weiß es nicht. Ist mir auch egal. Ich will einfach nur zurück nach Chicago.«

Wir fuhren an einem grasbewachsenen Hügel vorbei, an dem sich eine alte indianische Grabstätte befand. »Also ist Chicago dein Zuhause?«, erkundigte er sich.

War es das? »Ich schätze schon, auch wenn es sich nicht wie zu Hause anfühlt. Zumindest noch nicht. Ich wohne dort erst seit einem Jahr, also ist das wahrscheinlich nicht überraschend.«

»Wo hast du denn vor Chicago gewohnt? Hier an der Ostküste?«

»Nein, in Los Angeles. Ich war an der University of California und bin dann in der Stadt geblieben. Ich mochte es sehr. Sogar nachdem mir Mariel nach L. A. gefolgt war und auf die California State University ging, blieb ich. Und wir kamen auch eine Weile ganz gut miteinander klar. Aber jetzt hat sie Kalifornien für mich ruiniert. Es ist nicht genug Platz dort für uns drei.«

»Euch drei?«

»Sie und Carter und mich.«

»Ach ja, dein Ex.«

»Ich hatte Glück und habe einen Job in Chicago gefunden. Der Umzug schien mir die beste Lösung. Ich hätte so gut wie jeden Job angenommen, nur um aus L. A. wegzukommen. Also ist Chicago nicht wirklich meine Wahlheimat, aber wo mein Zuhause sein soll, weiß ich auch nicht.« Wir fuhren an der Steinmauer entlang, die die örtliche Privatschule Four Winds umgab. »Und was ist mit dir? Lebst du in Brooklyn?«

»Brooklyn? Nein, da ist bloß Alex' Atelier. Ich wohne in Manhattan. Upper East Side.«

Upper East Side. Er sah aus wie einer von der Upper East Side. Gut angezogen. Dieser Beinahe-Bart. Der Range Rover. Ich konnte mir sein Apartment vorstellen. Auf einer hohen Etage, alles verglast, moderne Einrichtung, kein Essen im Kühlschrank, weil er jeden Abend auswärts aß wie Carter.

»Woher kommst du?«, fragte ich. »Ich meine ursprünglich.«

»Ich bin von hier.«

»Aus Connecticut?«

»Nein, ich meine die Ostküste. Ich bin in Pound Ridge aufgewachsen. New York.«

»Ich war schon mal in Pound Ridge«, sagte ich. »Ist hübsch da.« Es war nicht weit von Hampstead, ungefähr achtzig Kilometer, aber weit genug, dass sich unsere Wege nie gekreuzt hatten. »Leben deine Eltern noch immer dort?«

»Ja. Sie sind beide Steuerberater und haben eine Kanzlei in der Gegend, aber sie sind bereits im Vorruhestand. Lustig, ich bin der Sohn von zwei Steuerberatern und furchtbar schlecht in Mathe. Stell dir das vor.«

Ich war auch immer furchtbar schlecht in Mathe. »Warum musstest du denn eigentlich die Hand hierherfahren?«, fragte ich. »Kümmert sich Ana nicht um so etwas?«

»Sie musste dringend nach Aspen fliegen, um sich dort mit Alex und einigen seiner Käufer zu treffen. Deshalb bin ich im Atelier geblieben und habe auf die Transportfirma gewartet, um das Verladen zu überwachen. Aber die Hand befand sich in einem anderen Raum, und das habe ich erst bemerkt, als es schon zu spät war.«

Ich kannte mich weder mit Kunst noch mit Speditionen aus. Ehrlich gesagt hatte ich auch noch nie darüber nachgedacht, wie Kunstwerke in Ausstellungen oder Museen gelangten, aber bestimmt gab es Werkeverzeichnisse.

»Und es gab Unklarheiten mit der Werkeliste«, fügte er hinzu, als könnte er meine Gedanken lesen. »Wie dem auch sei, ich kam mir vor wie ein Idiot. Und ich will nicht, dass Ana das ausbaden muss. Alex kann ein echtes Ekel sein.«

Ich tippte *Alex Lingon* in den Browser meines Smartphones. Dutzende Fotos poppten auf von einem Mann mit… Was *war* das? »Ich schaue mir gerade Bilder von ihm an. Was ist das für ein Zeug? Es sieht aus wie riesige Fischköpfe.«

»Es sind riesige Fischköpfe. Damit hat er angefangen, damals in den Achtzigern.«

»Sind die auch aus Pappmaschee?«

»Die sind aus irgendeinem anderen Papiermaterial.«

Ich scrollte weiter durch überdimensionale Körperteile. Arterien, eine Niere – seine aktuelleren Werke. Ich hatte genug gesehen. Entschlossen packte ich das Handy weg und ließ das Fenster herunter. Draußen roch es nach Sommer, Bäumen und Sonnenlicht, der Himmel wirkte wie zum Anfassen. Wir erreichten das Stadtzentrum mit seinen Schindelgebäuden im Kolonialstil, Bogenfenstern mit Zwischenpfosten, umlaufenden Veranden und Blumenkästen mit lila Dahlien und pinken Hortensien. Vor dem Buchladen stand ein Schild, das vermutlich eine Lesung ankündigte. Leute betraten die Rolling Pin Bakery und das Käsegeschäft. Ein Banner am Park des Rathauses warb für das jährliche Sonnenblumenfestival auf der Grand's Farm, das große Antiquitätenwochenende und das anstehende Kino-Open-Air, bei dem *Der unsichtbare Dritte* gezeigt werden sollte.

»Wie sind denn die Restaurants hier in der Gegend so?«, erkundigte sich David und sah hinüber zu den Leuten, die auf der Veranda von Abigail's frühstückten.

»Sehr gut.«

»Möchte man meinen, bei all den Leuten, die aus der Stadt zum Essen hier rauskommen.«

»New Yorker wie du«, neckte ich ihn.

»Ha. Nur dass ich nicht so bin wie die meisten New Yorker. Ich koche lieber selbst, statt essen zu gehen.«

Das war eine Überraschung. Ich hatte Freunde in Manhattan, und die aßen immer auswärts. »Dann bist du bestimmt ein guter Koch.«

Er grinste. »Ich bin ein hervorragender Koch. Ich würde es zwar nie beruflich machen wollen. Das ist mir ein zu verrücktes Geschäft. Mit furchtbaren Arbeitszeiten. Aber ich koche gern für mich und Ana und für Freunde. Für mich ist das Entspannung pur.«

Entspannung? »Das wäre das Letzte, was ich zur Entspannung machen würde. Ich hasse Kochen. Außer vielleicht gelegentlich einen Nachtisch. Ich bin eine Naschkatze.« Kochen nahm zu viel Zeit in Anspruch, meine Küche war klein, und es wurde darin richtig heiß. Aber schön für ihn, dass er es entspannend fand. »Was kochst du denn gern?«

»So ziemlich alles. Ich kann Hühnchen auf ungefähr dreißig verschiedene Arten zubereiten. Ich beherrsche ein paar nette Gerichte mit Schwertfisch und Lachs und Thunfisch. Und hin und wieder kann ich einem guten Steak nicht widerstehen. Aber letztendlich koche ich so ziemlich alles gern, solange es den Leuten schmeckt.

Neue Gerichte probiere ich immer erst an Ana aus. Und dann tüftle ich so lange daran herum, bis es so ist, wie es mir gefällt.«

Ich hoffte, Ana wusste zu schätzen, dass sie einen Mann hatte, der gern für sie kochte.

»Was machst du denn zur Entspannung?«

In letzter Zeit machte ich nicht viel in meiner Freizeit, und mein Job nahm am meisten Raum in meinem Leben ein. »Ich weiß nicht. Bücher lesen, Filme schauen. Früher bin ich geritten. Aber dazu komme ich nicht mehr oft. Das war, als ich noch hier gelebt habe.«

»Du meinst, auf Pferden?«

Ich nickte. »Ja, meine Mutter hat noch zwei. Die sind zwar schon ziemlich alt, aber hin und wieder sitze ich noch auf.«

»*Das* würde ich nie im Leben machen.«

»Warum denn nicht?«

»Erstens, man kann runterfallen, abgeworfen werden, sich ein Bein brechen. Es ist gefährlich.«

»Nichts ist ganz ohne Risiko«, erwiderte ich.

Er schwieg einen Moment lang. »Ja, das stimmt. Nicht jeder bedenkt das ausreichend, aber ich schon.«

Ich fragte mich, ob er dabei an seinen Bruder dachte.

Wir hatten das Geschäftsviertel hinter uns gelassen, und die Straße war wieder ruhiger. Wir nahmen die Abzweigung, die zum Fluss und dann über die Brücke führte, dem Ort, den ich mir immer für meinen ersten Kuss erträumt hatte. Stattdessen hatte ich dieses Erlebnis hinter der Schulsporthalle gehabt. Scott Parker war nicht gerade mit Einfallsreichtum gesegnet gewesen.

Carl's lag nun direkt vor uns, eine umgebaute Scheune, umgeben von einem Feld. David fuhr vor, parkte und öffnete die Hecktür des Transporters. Wir zogen die Hand heraus und trugen sie quer über den Parkplatz. Drinnen im Laden stand Carl hinter der Ladentheke und telefonierte. Sein Kopf mit den grau melierten Locken schien viel zu groß für seinen schmalen Körperbau.

»Das ist er«, sagte ich. »Er wird wissen, was zu tun ist.« Zumindest hoffte ich das.

Ich nahm Kurs auf die Ladentheke, doch David hielt mich am Arm fest. »Warte. Ich meine... Was, wenn er Alex' Arbeit erkennt?«

Guter Punkt. Über Alex war kürzlich in der *New York Times* berichtet worden, und es stand eine Ausstellung in der Stadt an. Aber ich sah keine andere Möglichkeit. »Ich denke, wir müssen es drauf ankommen lassen. Außerdem unterscheidet sich die Hand etwas von seinen früheren Werken. Und wenn du nicht möchtest, dass Ana ihren Job verliert...«

»Ok, aber lass mich reden...«

»Natürlich. Ich versuche nur zu helfen.«

»Genau das bereitet mir Sorgen«, sagte er, aber ich konnte sehen, dass er dabei mühsam ein Lächeln unterdrückte.

»Was haben wir denn da?«, fragte Carl, als wir uns der Ladentheke näherten. »Eine riesige Hand, die den Stinkefinger zeigt?«

»So ist es eigentlich nicht gedacht«, erklärte David. »Es sollte eine normale Hand sein.« Er stellte sie am Boden ab und drehte sie so um, dass Carl die Handfläche und die abgeknickten Finger sehen konnte. »Es war ein Unfall.«

Carl rieb sich das Kinn. »Sieht ganz so aus.«

»Ich hatte gehofft, Sie könnten mir sagen, wie man sie am besten repariert. Sie verkaufen hier doch die Materialien, um Pappmaschee zu machen, oder?«

»Pappmaschee? Ja, klar. Unbedrucktes Zeitungspapier, Flüssigstärke – ich glaube, das funktioniert besser als mit Kleber und Wasser.« Er nahm die Hand näher in Augenschein, die Handfläche, das Handgelenk, die abgeknickten Finger, und murmelte dabei vor sich hin. »Da brauchen Sie Maschendraht, einen Drahtschneider, Malerkrepp...«

Wir folgten ihm durch ein paar Gänge seines Ladens, während Carl immer wieder Sachen aus den Regalen nahm und sie in einen Einkaufswagen warf. Am Ende legte er alles auf die Ladentheke. »Ich habe auch ein Buch über Pappmaschee, das Sie vielleicht interessieren könnte. Es hat genau bebilderte Anleitungen und alles.«

»Das sollten wir besser mitnehmen«, meinte David.

»Und was die Farbe betrifft...« Carl fuhr mit der Hand über die Oberfläche des kleinen Fingers. »Sieht mir nach Acrylfarbe aus.«

Er führte uns in den Gang mit den Farben und blieb vor der Acrylabteilung stehen, betrachtete die Farbtöne und holte mehrere Tuben heraus. Preußischblau, Ultramarinblau, Ockergelb, helles Kadmiumgelb. »Die Blau- und Gelbtöne müssen Sie mischen, um die Grüntöne zu bekommen.«

Ich ging ein paar Schritte weiter zu den grünen Farbtuben. Chromoxidgrün, Smaragdgrün, Permanent Green Light, Phthalocyaningrün. Letzteres konnte ich nicht mal richtig aussprechen. »Können wir nicht einfach die da benutzen? Ich meine, die sind wenigstens schon gemischt.«

»Nicht hierfür«, erwiderte Carl. »Diese Hand wurde mit vielen verschiedenen Grünschattierungen bemalt. Die wurden alle sorgfältig angemischt.«

Das hatte ich schon mal gehört.

Als wir schon an der Kasse standen und Carl die einzelnen Artikel scannen wollte, wandte sich David noch einmal an mich. »Das funktioniert nie. Es ist viel zu kompliziert. Die ganze Idee ist verrückt. Das kann ich nicht riskieren.«

So ungern ich ihm zustimmte, langsam bekam ich das Gefühl, dass er recht hatte. Für zwei Nicht-Künstler schien das wirklich eine komplizierte Angelegenheit zu sein. Und um ehrlich zu sein, war mir nicht einmal mein Kinderweihnachtsschmuck besonders gut gelungen. Auch wenn ich den Kunstunterricht in der Schule immer gemocht hatte: Etwas zu mögen oder gut darin zu sein, sind zwei Paar Schuhe. Meine Kunstlehrer waren immer nett zu mir gewesen, aber ich bin mir sicher, das war eher meinem Enthusiasmus geschuldet und weniger meinem herausragenden Talent. Und diesmal hatte mich mein Enthusiasmus wohl auf Abwege geführt.

»Oh Mann, David, es tut mir leid. Ich wollte nur helfen. Ich hatte mir das einfacher vorgestellt.« Er sagte kein Wort, als wir durch die Regalreihen gingen und alles wieder zurückstellten. Es herrschte Grabesstimmung.

Wir verließen den Laden und stiegen in den Transporter. »Aber es muss einen anderen Ausweg geben«, sagte ich. Zum Aufgeben war ich noch nicht bereit.

»Es gibt keinen anderen Ausweg. Ich werde Ana anrufen und ihr erzählen, was passiert ist. Und dann werde ich Alex anrufen und es ihm sagen, damit Ana das nicht tun muss. Er kann sie dafür nicht feuern. Es war schließlich nicht ihre Schuld. Es war meine.«

Nur dass es auch nicht seine Schuld war.

Zurück im Foyer des Duncan Arms holte ich eine Visitenkarte aus meinem Geldbeutel. »Lass mich wenigstens wissen, wie es ausgegangen ist. Bitte.« Ich reichte ihm die Karte. »Schick mir eine Nachricht, eine E-Mail oder ruf mich einfach an. Irgendwas. Und wenn es noch etwas gibt, das ich…« Ich unterbrach mich selbst, als mir zu spät klar wurde, dass das nicht angebracht war.

»Ich denke, du hast genug getan.«

Mir war klar, dass er das nicht positiv gemeint hatte.

4

Mom in ihrem Element

Ich öffnete die Tür und betrat den abgedunkelten Zuschauerraum des Hampstead Country Theater. Es war kurz nach vier. Mein Vorhaben, mir das Hotelresort im Umland anzusehen, hatte ich längst aufgegeben und traf mich mit Mom. Ich hatte ihr zwar nicht gänzlich verziehen, dass sie mich unter falschem Vorwand nach Connecticut gelockt hatte, aber die Sache mit Alex Lingons Handskulptur hatte mich genug abgelenkt, damit meine Wut etwas verflogen war, und ich wollte nicht die Stadt verlassen, ohne mich richtig verabschiedet zu haben.

Das Theaterseminar, das Mom gab, war bereits zu Ende, aber die Bühne war noch immer hell erleuchtet. Der Zuschauerraum erinnerte mich an das kleine Theater, in das mich Carter einmal mitgenommen hatte, als wir ganz frisch zusammen waren; die Tochter eines seiner Klienten hatte im Musical *Big River* mitgespielt. Ich erinnerte mich noch gut daran, dass ich damals dachte, das Leben könne nicht besser sein, in dem Moment, als er den Arm um mich legte, mich an sich zog und mir sagte, wie glücklich er darüber sei, dass ich mit ihm da sei. Gerade so als könne er sich nicht vorstellen, mit irgendwem sonst dort zu sein.

Mom war noch auf der Bühne mit ein paar Nachzüglern – Studenten, die herumstanden und sich unterhielten. Ich ging einen der Gänge entlang und fragte mich, wie weit sie in dem zehnwöchigen Seminar bereits waren. Mom hielt diesen Kurs nur alle paar Jahre, aber er hatte immer denselben Aufbau und endete jeweils mit der Aufführung eines Einakters. Ich hatte schon einige davon gesehen, und manche waren gar nicht so schlecht gewesen. Normalerweise waren immer einige junge Leute dabei, die recht gut schauspielern konnten.

Mom hätte sich nie bereit erklärt, diese Workshops abzuhalten, wenn Dad nicht gewesen wäre. Sie hatte gedacht, sie wäre keine gute Lehrerin, doch er hatte in den Menschen immer mehr erkannt, als diese es selbst vermocht hatten. Und als er sie schließlich so weit gehabt hatte, das Angebot anzunehmen, war sie überzeugt gewesen, dass alles von Anfang an ihre eigene Idee gewesen war. Das war eine seiner typischen Strategien.

»Oh, da stimme ich dir zu«, sagte Mom lächelnd zu einem Mann im Chambray-Hemd und neigte leicht den Kopf. »Er ist ein großartiger Dramatiker, auch wenn seine letzten Stücke sehr düster waren. Als ich ihn kennenlernte, war er noch nicht so.« Sie legte dem Mann leicht die Hand auf den Unterarm. »Da könnte ich dir Geschichten erzählen...«

»Da möchte ich wetten«, sagte er.

Ich blieb ein paar Reihen vor der Bühne stehen. »Hi, Mom.«

Sie winkte mir zu. »Hallo, Liebes. Wir sind hier gleich fertig.« Sie wandte sich noch einmal an die Studenten. »Okay, gute Arbeit, Leute. Dann bis nächste Woche.«

Die Gruppe löste sich auf, und meine Mutter kam die Treppe herunter zu mir. »Ich bin ja so froh, dass du angerufen hast«, sagte sie und umarmte mich. »Ich hatte schon Angst, du wärst abgereist.«

»Mein Flieger geht um sieben.«

»Wie wär's, wenn wir noch einen Kaffee trinken gehen? Oder eine Kleinigkeit essen?«

»Ich glaube nicht, dass ich dazu genug Zeit habe.«

Sie warf einen Blick auf ihre Uhr. »Oh, ich schätze, du hast recht. Na ja, wir können uns auch einfach ein paar Minuten hier zusammensetzen und uns unterhalten, wenn du magst.« Sie ging in eine der Reihen mit den Samtsitzen. »Ich bin immer gern in einem Theater.«

Wir setzten uns, und ich musste daran denken, dass mein Vater dasselbe gesagt hätte. Er hatte das Theater geliebt. Am liebsten hatte er die Ärmel hochgekrempelt und war in die Details gegangen. *Hier verwenden wir am besten Kerzen, aber nicht gleich alle auf einmal. Es sollte sukzessive geschehen, eine Steigerung...* Manchmal ging es den Leuten furchtbar auf die Nerven, wie detailversessen er war, aber er wusste genau, was er wollte – Stimmung und Ton, visuelle Effekte und Klänge. Und am Ende behielt er recht. Die Auszeichnungen in seinem Büro – fünf *Tonys* und vier *Drama Desk Awards* – waren der Beweis dafür.

»Wie läuft der Kurs?«, fragte ich, um von dem eigentlichen Problem abzulenken, denn ich wusste, dass wir uns nur wieder in die Haare kriegten, wenn das Gespräch auf Mariel käme.

»Der Kurs? Oh, der läuft super. Neun Leute. Eine einfache Gruppe. Und einige von ihnen sind wirklich recht gut. Einer hat sogar schon ein wenig Bühnenerfahrung.«

»Und wer war der Mann?« Ich ging davon aus, dass Mom Unwissenheit vortäuschen würde.

»Welcher Mann?«, fragte sie dann auch in perfekter Unbekümmertheit.

»Der, mit dem du geflirtet hast.«

Sie grinste. »Owen? Ach, sei nicht albern, Sara. Ich habe nicht mit ihm geflirtet.«

»Der ist doch bestimmt zehn Jahre jünger als du.«

Einen Augenblick lang herrschte Schweigen. »Echt?«, meinte sie dann überrascht. »Na, wenn's weiter nichts ist?« Sie wirkte erleichtert.

»Mom!«

Sie sah mich kopfschüttelnd an. »Na gut, vielleicht habe ich ein wenig mit ihm geflirtet. Was ist schon schlimm daran? Da wird sowieso nichts draus. Und weißt du, abgesehen davon war dein Vater meine einzige große Liebe. ›My One and Only Love‹.« Sie ließ den Blick über die leeren Sitzreihen schweifen. »Ich habe dieses Lied für ihn gesungen, weißt du. Auf der Party zu seinem dreißigsten Geburtstag. Hab ich dir das eigentlich je erzählt?«

»Ich glaube nicht.«

»Das war im 21 Club in New York. Da wart ihr noch nicht geboren. Es spielte eine wunderbare Band, und irgendwer wollte unbedingt, dass ich singe. Natürlich wollte ich nicht.«

»Ha«, sagte ich. Mom trat nie an ein Mikrofon, wenn sie nicht wollte.

Sie zuckte leicht mit den Schultern. »Aber am Ende haben sie mich überredet. Und ich sang ›My One and Only Love‹.« Sie senkte den Blick und nestelte am Riemen ihrer Handtasche herum. »Das war einer der Lieblingssongs von eurem Dad. Er liebte natürlich die Version von Frank Sinatra, aber an jenem Abend sagte er mir, dass meine die beste wäre.«

Die Geschichte brachte mich zum Lächeln, die Vorstellung von meinen Eltern, als sie noch jünger waren und wir noch nicht geboren. »Es war bestimmt sehr schön.«

»Nun, was ich damit sagen will, ist, dass ich so etwas sowieso nie wieder finden werde. Und das ist auch in Ordnung. *Je comprends*. Eine wahre Liebe gehabt zu haben ist mehr, als viele Leute je bekommen.« Es klang wehmütig. »Aber einen gut aussehenden Kerl am Arm zu haben, wenn man auf eine Wohltätigkeitsveranstaltung geht, ist auch nicht so übel«, fügte sie hinzu und suchte meinen Blick, als brauchte sie dafür meine Erlaubnis.

»Das sehe ich genauso.«

Tatsächlich hatte ich ihr bereits öfter gesagt, sie solle sich doch verabreden, wenn sie jemanden nett fand. Mom war eine hübsche Frau mit einem warmen Lächeln, das zog die Menschen an. Und sie hatte noch immer eine gute Figur. Ich hatte schon beobachtet, wie Männer sie ansahen. Und ich wusste ja, wie hart es war, allein zu sein.

Sein Leben nicht mit jemandem teilen zu können, den man liebte. Die vergangenen fünf Jahre seit Dads Tod waren schwer für sie gewesen, wie es für jeden war, dessen Partner zugleich der beste Freund war. Einmal hatte sie zu mir gesagt, sie habe sich nach seinem Tod erst mal orientieren und ihr Leben neu gestalten müssen. Ich war mir nicht sicher, ob ihr das bereits gelungen war.

»Ich habe noch niemanden in meinem Alter kennengelernt«, sagte sie. »Entweder sind sie zwanzig Jahre älter oder zehn Jahre jünger als ich. Es wird immer schwerer, je älter man ist. Die Auswahl ist begrenzt. Was soll ich da bloß erst mit fünfundsechzig machen? Bei Teaborne's rumlungern?«

Teaborne's war eine Bar am Stadtrand, wo sich die Leute über zwanzig trafen. Ein Abschleppschuppen voller Mädels in superknappen Miniröcken und bauchfreien Oberteilen, Typen, die Poolbillard spielten, und Leuten, die nach Mitternacht auf der Theke tanzten.

»Ich will bloß ein wenig männliche Gesellschaft. Ich bin einsam.«

Beinahe hätte ich »Ich auch!« gesagt, aber ich fürchtete, es würde bloß wieder in eine meiner Tiraden gegen Carter und Mariel münden, und ich wollte die Unstimmigkeiten mit Mom ja gerade bereinigen und es nicht noch schlimmer machen.

Sie holte eine Puderdose mit Spiegel aus ihrer Handtasche und tupfte an ihrem Lippenstift herum. Dann zückte sie ihr Handy. »Entschuldige mich bitte einen Moment, Liebes. Hey Siri, bitte erinnere mich, dass ich heute um zwanzig Uhr Barbara Knox anrufe.«

Siris Stimme antwortete: »Okay, ich werde dich daran erinnern.«

»Danke, Siri.« Mom wandte sich wieder mir zu. »Ich protegiere Barbaras Tochter und Schwiegersohn im Country Club.«

»Warum machst du das immer?«

»Was? Leute unterstützen?«

»Nein, dass du *Danke* zu Siri sagst. Oder auch zu diesem Google-Teil in der Küche. Das sind Computer.«

Mom sah mich an, als hätte ich von ihr verlangt, ohne Make-up auf die Straße zu gehen. »Sara, man sollte *immer* höflich sein.« Sie senkte die Stimme. »Und abgesehen davon haben die eines Tages wahrscheinlich das Sagen, statt andersherum. Also macht man sich am besten schon jetzt Freunde.«

Ich zuckte die Schultern. Vielleicht hatte sie ja recht.

Moms Handy leuchtete auf und fing an zu vibrieren. Sie blickte aufs Display. »Tut mir leid, aber da müsste ich kurz rangehen ... Hallo?«

Sie hörte zu, nickte und sagte dann: »Klar, ist in Ordnung. Das passt mir.« Sie legte auf und wandte sich an mich. »Jetzt wollen sie den Fototermin morgen um vierzehn Uhr machen.«

»Welchen Fototermin?«

»Ich bekomme eine Auszeichnung für mein Fundraising-Engagement von der Bürgervereinigung, und das *Connecticut Magazine* will dazu einen kleinen Artikel mit Foto veröffentlichen.«

»Ach, schön.«

»Mariel kommt mit, für den Fall, dass meine Frisur

oder mein Make-up aufgefrischt werden müssen. Und sie will zugucken, wenn sie die Fotos macht.« Mom schob sich eine Haarsträhne hinters Ohr. Dann sah sie sich im Zuschauerraum um und seufzte. »Ich wünschte, du wärst gestern Abend geblieben.«

»Das konnte ich nicht, Mom. Nicht, wenn sie da ist.«

Und ich hatte gehofft, wir könnten uns einmal unterhalten, ohne dass Mariel erwähnt würde. Nun saßen wir beide schweigend da, und ich wusste, dass jede von uns an sie dachte.

»Es tut mir leid wegen gestern«, sagte Mom und brach damit schließlich das Schweigen. »Das hätte ich nicht mit dir machen dürfen. Und auch nicht mit deiner Schwester.«

Ich wünschte, sie hätte Mariel aus der Aufzählung herausgelassen. Meine Schwester hatte schließlich kaum Unannehmlichkeiten wegen der Reise hierher. Sie wäre sowieso nach Connecticut geflogen, um alles für die Hochzeit vorzubereiten, während ich überhaupt nicht vorgehabt hatte herzukommen. Im Unterschied zu ihr hatte ich extra Urlaub nehmen müssen, während sie, so viel ich wusste, zuletzt am Empfang eines Yogastudios gesessen hatte – aber ich war mir sicher, dass sie den Job längst wieder geschmissen hatte, jetzt, wo sie Carter heiraten würde. All das hätte ich Mom sagen können, aber ich tat es nicht.

»Ich nehme deine Entschuldigung an«, sagte ich und konzentrierte mich auf das Ausbügeln unserer Unstimmigkeiten. »Aber bitte mach so etwas nie wieder. Erzähl mir nie wieder, dass du todkrank wärst. Ich meine, außer, du bist es wirklich. Ich hab mir solche Sorgen gemacht.«

»Ich versprech's«, sagte sie und hob die Hand zum Schwur. »Pfadfinderehrenwort. Aber ich wünschte, du würdest es dir doch noch anders überlegen und zur Hochzeit bleiben. Deine Schwester könnte deine Hilfe wirklich gebrauchen. Es wächst ihr über den Kopf. Sie hat alles selbst organisiert. Ich habe ein bisschen geholfen, aber sie hat den Löwenanteil allein gestemmt. Sie wollte keinen Hochzeitsplaner engagieren.«

Vermutlich, weil das meinem Berufsstand zu viel Ehre hätte zuteilwerden lassen.

»Sie dachte, sie würde keinen brauchen«, fuhr Mom fort. »Und jetzt geraten die Dinge aus den Fugen. Irgendwas ist mit den Blumen. Und es gibt ein Problem mit den Fahrern. Ich kann das nicht regeln. Ich wünschte, sie hätte sich darauf beschränkt, die Kleider und Smokings auszusuchen. Dafür hat sie ein Auge. Aber sie konnte es nicht lassen und treibt mich noch in den Wahnsinn. Kannst du da nichts machen, Sara? Du behältst bei so was einen kühlen Kopf. Du weißt immer, was zu tun ist. Und das ist doch dein Fachgebiet, du bist die Expertin. Bitte bleib und hilf uns.«

Uns? Jetzt war es schon *uns?* Warum musste sie es wie einen persönlichen Gefallen ihr gegenüber aussehen lassen?

»Mom, ich werde bestimmt nicht ihre Hochzeitsplanerin und im letzten Moment die Scherben aufsammeln.

Sie hat sich die Suppe selbst eingebrockt. Die kann sie jetzt schön alleine auslöffeln.«

»Dann sprich wenigstens noch mal mit ihr«, meinte Mom. »Bevor du wieder fährst.«

»Um was mit ihr zu bereden? Ich habe ihr nichts mehr zu sagen.«

»Sara, bei all den Streitereien, die ihr über die Jahre gehabt habt, solltest du doch langsam wissen, dass es bei so etwas immer zwei Seiten gibt.«

»Was soll das denn jetzt wieder heißen?«

Sie sah mich genervt an, als hätte sie es mit einem störrischen Kind zu tun. »Ich meine damit, dass es zwischen dir und Carter nicht perfekt war, vor allem gegen Ende. Manchmal glauben wir lieber, dass die Schuld oder die Verantwortung für etwas, das uns passiert, bei jemand anderem liegt, auch wenn das so nicht stimmt.«

Ah, da hatten wir es wieder. Sie ergriff Partei für Mariel und behauptete, dass das, was passiert war, nicht deren Schuld sei. Ich stand auf.

»Warum machst du das? Du sagst mir, dass es dir leidtut, und dann schlägst du dich gleich wieder auf ihre Seite.«

»Ich schlage mich nicht auf ihre Seite.« Mom stand ebenfalls auf. »Ich will nur, dass du ehrlich zu dir selbst bist und nicht vergisst, was... vielleicht sowieso nicht so gut lief.«

»Ich habe ja darüber nachgedacht. Ich habe die letzten achtzehn Monate fast nichts anderes gemacht. Und ich wünschte, du könntest einmal zu mir halten. Sie sollte in unserer Familie die Preise für Schauspielerei bekommen. Das Opfer spielen kann sie nämlich sehr gut.« Ich trat hinaus in den Gang.

»Liebes, warte.« Mom versuchte, mich am Arm festzuhalten, aber ich zog ihn weg und stürmte in Richtung Ausgang.

»Es tut mir leid«, rief sie mir nach. »Ich liebe dich. Und falls es dir damit besser geht: Mariel denkt, dass ich immer zu dir halte!«

5

Nur eine Person

Die SMS traf in der Sekunde ein, in der ich das Theater verlassen hatte. Delta teilte mir mit, dass mein Flug gecancelt sei und dass ich sie wegen einer neuen Buchung kontaktieren solle. Aber der Flug wäre der letzte an diesem Tag gewesen. Das bedeutete eine weitere Übernachtung in Hampstead. Noch eine Nacht im Duncan Arms.

Der Mann an der Rezeption gab mir wieder ein Zimmer im ersten Stock. Diesmal hatte ich zwar keinen offenen Kamin, aber ein Himmelbett aus Flammenahorn, eine fröhliche blau-weiße Tapete und einen Erker mit zwei Fenstern und einer L-förmigen gepolsterten Sitzbank.

Ich machte mich frisch, schlüpfte in eine Jeans und ein neues Oberteil und nahm meine beiden Kalender, um ein wenig Arbeit erledigen zu können. Der rosafarbene war für meine privaten Termine und der blaue mein Businessplaner. Halb sechs war an einem normalen Tag für mich noch viel zu früh fürs Abendessen, aber das Orange-Cranberry-Bread war eine gefühlte Ewigkeit her, und das leise Brummen hinter meinen Augen, das für gewöhnlich Kopfschmerzen ankündigte, erinnerte mich daran, dass ich etwas zu essen brauchte.

Das Tree House war neben dem Pub Room das gehobenere Restaurant des Duncan Arms, aber nach kurzem Nachdenken entschied ich mich dagegen. Einerseits war ich nicht entsprechend angezogen, und andererseits war ich nicht in der Stimmung, allein bei Kerzenschein, mit Blumenschmuck, weißen Tischdecken und lauter Pärchen zu essen. Der Pub Room mit seiner dunklen Vertäfelung und den karierten Tischdecken erschien mir da die bessere Wahl.

»Ich würde gern zu Abend essen«, sagte ich zu der jungen Frau am Eingang zum Pub Room. Es befand sich bloß ein Dutzend Leute im Lokal.

»Nur eine Person?«, fragte sie.

Als müsste sie mich daran erinnern. »Ja, nur eine.«

Wenn Carter hier gewesen wäre, hätte er sich gemerkt, was auf ihrem Namensschild stand – *Amber*. Genau wie mein Vater vergaß er nie einen Namen oder ein Gesicht. Wenn er jemanden einmal getroffen hatte, konnte er sich garantiert an dessen Namen erinnern, wenn er ihn das nächste Mal sah – egal ob Angestellter einer Tankstelle, Mitarbeiter am Empfang anderer Anwaltskanzleien, die Assistenten seiner Klienten oder deren Assistenten.

Und er kannte die Besitzer und Geschäftsführer all seiner Lieblingsrestaurants. Auch von denen, die er nicht so gern mochte. Er reservierte immer den besten Tisch, wo dann bereits eine wunderbare Flasche Wein auf uns wartete, und bestellte etwas Köstliches. Er war ein Macher.

Ich betrachtete die Pärchen um mich herum und fühlte mich einsamer denn je. Ich wollte nicht allein am Tisch sitzen. Ein paar Frauen nahmen Drinks an der Bar ein. »Ich denke, ich esse da drüben«, erklärte ich der Frau, die sich um die Tischvergabe kümmerte. Dann setzte ich mich an ein Ende der Bar und legte meine Kalender auf die Mahagonitheke.

»Was darf ich Ihnen bringen?«, fragte der Barkeeper.

Auf dem Namensschild an seinem gut sitzenden weißen Hemd stand: *Jerome*. Er trug zwei kleine Ohrringe mit je einem funkelnden Diamanten. Wahrscheinlich war er etwas jünger als ich, wenngleich nicht viel. Ich sagte ihm, dass ich zu Abend essen wolle, und bat ihn, mir auch die Dessertkarte zu bringen. Es sprach nichts gegen eine vorausschauende Planung.

»Etwas zu trinken?«, erkundigte er sich.

»Klar. Ein Glas Wein.« Ich warf einen Blick auf die Flaschen hinter der Bar, die im Licht bernsteinfarben schimmerten. »Vielleicht einen Riesling?«

»Ich hätte einen angenehmen Dr. Loosen Blue Slate.«

»Perfekt. Danke.«

Einen Moment später stellte er mir meinen Wein hin und reichte mir die Karte. Ich hob das Glas an die Lippen und nahm einen Schluck. Der Wein war klar, kalt und leicht süßlich mit dieser zitronigen Note, die ich liebte. Ich studierte die Karte, angefangen mit den Vorspeisen, und landete schnell bei einem gemischten Salat mit karamellisierten Birnen, gereiftem Ziegenkäse, kandierten Pekannüssen und einer Champagnervinaigrette. Mir lief das Wasser im Mund zusammen.

Aber es war nicht einfach, sich für einen Hauptgang zu entscheiden, denn es gab so viele leckere Optionen. Das gebeizte Ahi-Thunfischsteak im Sesammantel mit kurz gebratenem Gemüse hörte sich fantastisch an und das in Prosciutto gewickelte Hähnchenbrustfilet mit Ricotta-Spinat-Füllung und Marsalasoße an Red-Bliss-Kartoffelpüree und Spargel ebenso.

Schließlich entschied ich mich für den Thunfisch und schlug die Dessertkarte auf. Das Blaubeercrumble schien die perfekte Wahl zu sein. Ich war so weit. Ich lehnte mich zurück, sah Jerome dabei zu, wie er Gläser aus einem Geschirrspülkasten nahm, und schlug dann meinen Businessplaner auf.

»Was lesen Sie denn?«, fragte er, als er ein Tischset und Besteck vor mich auf die Theke legte.

Ich blickte auf. »Das? Ach, das ist kein Buch. Es ist mein Planer. Für die Arbeit.«

Er tippte etwas in die Kasse ein. »Ich lese gerade dieses Buch *Rezept für die Liebe*.« Er seufzte. »Schon traurig, dass Liebesbeziehungen so verwirrend sind, dass man Bücher darüber lesen muss, um sie zu verstehen, oder?«

Ich kannte das Buch. Es stand seit Monaten auf den Bestsellerlisten. Ich hatte es absichtlich gemieden in der Hoffnung, mein Liebesleben würde sich von selbst verbessern.

»Vielleicht sollte ich es lesen. Ich hatte bisher nicht viel Glück mit Männern.«

Jerome beugte sich über die Theke zu mir und flüsterte: »Willkommen im Club.«

Zeit für die wahren Bekenntnisse. Ich schmunzelte

und wandte mich wieder meinem Planer zu. Ich ging die Liste der Dinge durch, die ich noch für die Vorstandssitzung im August zu erledigen hatte, machte mir ein paar Notizen zu manchen der Punkte. Als Jerome meinen Salat auf die Theke stellte, war ich froh, die Arbeit beiseitezuschieben und einen Happen zu essen.

Die karamellisierte Birne war köstlich. Süß und nussig. Wie bekam man es hin, dass Birnen so schmeckten? Ich konnte mich noch vage an die frühere Karte erinnern, weil ich vor Ewigkeiten schon mal hier gegessen hatte. Damals gab es eher etwas in Richtung Hackbraten mit Bratkartoffeln. »Ich finde es gut, dass es hier eine neue Karte gibt«, sagte ich, als Jerome vorbeiging.

»Wann waren Sie denn das letzte Mal hier?«

»Ach, das ist schon Jahre her. Wahrscheinlich mal sonntags mit meinen Eltern.«

»Dachte ich mir, dass das eine Weile her sein muss. Diese Karte haben wir jetzt schon seit einigen Jahren.« Er stellte einen Salz- und einen Pfefferstreuer vor mir auf den Tresen. »Wohnen Sie hier in der Stadt?«

»Früher mal.« Ich pikte ein weiteres Stück Birne auf und steckte es mir in den Mund.

»Haben Sie noch Familie hier?«

»Meine Mutter. Ich besuche sie.«

»Ach, nett.« Er schenkte mir ein Glas Wasser ein.

»Ja, na ja ... Es ist kompliziert.«

»Hm«, murmelte er. »Ist das nicht jede Familie?«

Vermutlich hatte er recht, aber ich fragte mich, ob alle so kompliziert waren wie meine. Ich hob das Glas Riesling an die Lippen und nahm einen weiteren genüsslichen Schluck. Der Wein hatte diesen Effekt auf mich, er entschleunigte und entspannte mich. Ich erzählte ihm die Geschichte – wie es dazu gekommen war, dass ich wieder in der Stadt war, und von Carters und Mariels bevorstehender Hochzeit.

»Also, noch mal zurück«, meinte Jerome. »Was geschah nach der Silvesterparty? Ist Ihrer Schwester nicht bewusst, was sie da Schreckliches getan hat?«

»Wir reden nicht mehr miteinander.«

»Sie meinen, sie hat nie versucht, mit Ihnen darüber zu reden? Sich bei Ihnen zu entschuldigen? Nichts?«

Ich spießte ein paar Salatblätter mit meiner Gabel auf. Das Dressing schmeckte langsam etwas bitter.

»Oh, sie hat mich angerufen, mir Nachrichten geschickt, einen Brief. Im Prinzip habe ich sie ignoriert. Ich meine, was hätte sie schon sagen können. Ich habe ihn zuerst getroffen. Wir haben uns geliebt. Und dann hat sie, tja...«

»Aber, warum zum Teufel, tut sie ihrer eigenen Schwester so etwas an?«

Was bewegte Mariel überhaupt bei allem, was sie so tat? Ich war seit fünfunddreißig Jahren ihre Schwester, und ich wusste es noch immer nicht. Warum machte sie mir alles nach? Warum griff sie alles auf, was mich interessierte, versuchte meine Freunde zu beeindrucken, ging zum Studieren nach L.A., wollte meinen Freund? Weil sie das Gefühl hatte, mit mir konkurrieren zu müssen? Oder lag es ihr einfach im Blut? Ich wusste es nicht.

»Wir standen uns nie sehr nahe. Wir hatten so unsere Höhen und Tiefen. Sie war immer eifersüchtig, weil unser Dad und ich eine so enge Beziehung hatten. Dafür steht sie Mom näher. Also weiß ich auch nicht ...«

Einer der Kellner gab bei Jerome einen Dark and Stormy und einen Jack Rabbit in Auftrag. Er mixte die Getränke gekonnt und stellte sie dann ans Ende der Theke.

»Meine Schwester hat Carter gar nicht verdient«, sagte ich, als ich die letzte Pekannuss von meinem Teller pickte. »Ich meine, er ist klug. Er ist ein guter Mensch. Er sorgt sich um andere. Und er ist ein großartiger Anwalt. Er ist ehrlich und macht immer, was er sagt. Er kann auch toll mit allen möglichen Menschen umgehen. Wissen Sie, in L. A. gibt es ziemlich verrückte Leute.«

»Ja, ich war schon mal dort. Ich weiß«, stimmte Jerome mir zu.

Ich erinnerte mich an Fälle von Schauspielern, die Verträge anfochten, weil sie in einem Film weniger Text hatten als einer ihrer Rivalen. Oder Sängerinnen, die nicht wollten, dass ihre Fahrer sie ansprachen oder auch nur über den Rückspiegel *ansahen*. Vielleicht erinnerte mich Carter ein wenig an meinen Vater, der mit einigen schwierigen Leuten zusammengearbeitet, dabei niemals die Fassung verloren und immer alles unter Kontrolle behalten hatte.

Auch Carter war gut darin, schwierige Situationen zu meistern. Er konnte fast jedes Problem lösen, ob juristisch oder nicht. Wenn ein Kind eine besondere Schule benötigte, dann wusste Carter, welche am besten war, und kannte im Zweifelsfall auch noch ihren Leiter. Er stellte den Kontakt her. War jemand auf der Suche nach

Handwerkern für die Hausrenovierung, dann hatte er die Namen von zwei oder drei Firmen an der Hand, für die er seine Hand ins Feuer legen konnte. Wenn man zum ersten Mal nach Rom reiste, konnte er einen an einen Freund verweisen, der dort lebte und einem alles erzählen konnte, was man über die Stadt wissen musste.

Ich drehte den Stiel meines Weinglases zwischen den Fingern. »Ich bin mir sicher, Mariel weiß überhaupt nicht, was sie an Carter hat. Wie einfühlsam er ist und wie gut er Leuten zuhören und sie verstehen kann. Sie ist nur scharf darauf, sich mit seinen Promiklienten zu umgeben.« Ich konnte sie hören, wie sie redete und es so klingen ließ, als wären Carters Klienten ihre persönlichen Freunde. *Oh ja, Katie arbeitet gerade an einem neuen Album, und Leo fährt zu Dreharbeiten nach London.*

Jerome wischte mit einem Lappen über die Theke vor mir. »Klingt, als würden Sie ihn immer noch lieben.«

Ich starrte auf meinen leeren Salatteller. Natürlich liebte ich ihn noch. Ich wünschte mir nichts mehr, als dass er jetzt neben mir säße. Ich spürte, wie meine Augen zu brennen anfingen, und war froh, als Jerome sagte, er wolle einmal nachfragen, wo mein Hauptgericht blieb.

Ich schnitt ein Stück von meinem Ahi-Thunfisch ab und nahm einen Bissen. Außen knusprig und innen roh, so wie ich es mochte. Die Sesamkörner waren kross, die Ingwer-Limettensoße würzig-scharf.

»Alles in Ordnung?«, erkundigte sich Jerome, als er an mir vorbeilief.

Ich sagte ihm, der Thunfisch sei perfekt, und er

reckte den Daumen und ging zum anderen Ende der Bar. Als er zurückkam, fragte er, ob ich noch einen Riesling wolle. Ich sagte Ja, und eine Minute später brachte er mir ein neues Glas.

»Also, was arbeiten Sie, dass Sie Ihre Planer mit zum Abendessen nehmen müssen?«

Ich lachte. »Ich muss sie nicht mitnehmen. Ich dachte bloß, ich nutze die Zeit, um ein paar Dinge abzuhaken. Ich bin Eventmanagerin.«

»Oh, Sie planen Hochzeiten und Feiern und so?«

»Früher ja, aber derzeit organisiere ich die Firmenveranstaltungen für einen Finanzdienstleister. Hauptsächlich Meetings, Kundenausflüge, Firmenpicknicks, solche Sachen. Als ich noch in L.A. gelebt habe, habe ich Hochzeiten und Partys organisiert.«

»Hochzeiten und Partys in L.A. Hört sich nach Spaß an, oder?«

Die Leute dachten oft, dass mein Job der reinste Spaß sei, bis ich ihnen erklärte, dass jeder Auftrag viel Arbeit beinhaltete. Nur wenige wussten, was hinter den Kulissen einer großen Veranstaltung ablief. Kunden und Gäste erwarteten, dass alles reibungslos nach Plan verlief, aber das tat es fast nie.

»Es hat schon oft Spaß gemacht. Aber es ist wie bei jedem anderen Job auch. Es gibt gute und schlechte Seiten. Es kann so viel schiefgehen bei einer Veranstaltung, und man muss es dann regeln.«

»Ja, darauf wette ich. Sachen, die die Leute nicht mal ahnen. Zumindest die Gäste nicht. Wahrscheinlich haben Sie da schon alles gesehen.«

»Na ja, vielleicht nicht alles, aber ich habe schon viele Beinahe-Kastastrophen überlebt.«

»Zum Beispiel?«

Alle wollten immer die Katastrophengeschichten hören. Ich ratterte ein paar herunter, unter anderem eine mit einer Sprinkleranlage und eine andere mit einem Gast, der es sich zur Aufgabe gemacht hatte, alle Fotos zu ruinieren. »Und einmal, als sich die Braut selbst um die Tischblumendeko gekümmert hatte, bekam die Hälfte der Gäste eine Allergie. Wir mussten Antihistaminika verteilen. Wir haben pinke Schleifen darum gebunden, damit es aussah wie Partygeschenke.«

»Nette Idee.«

»Fand ich auch.«

»Ich war mal auf einer Hochzeit, bei der der Bräutigam den Ring nicht an den Finger der Braut bekam«, erzählte Jerome. »Sie hatten einen Riesenstreit vorm Altar. Sie warf ihm vor, er hätte die falsche Größe besorgt. Er behauptete, sie hätte bloß zugenommen.« Er hielt inne und goss mir Wasser nach. »Sie können sich vorstellen, wie die Braut das aufgefasst hat. Ich meine, was dachte sich der Mann dabei? Sie hat ihm eine gescheuert. Der Pfarrer musste sie festhalten. Ich dachte schon, die Hochzeit würde abgebrochen werden.«

»Sie meinen, die beiden haben trotzdem geheiratet?« Wie konnte eine Ehe so einen Anfang überstehen?

Er nickte. »Aber ein Jahr später haben sie sich scheiden lassen.«

Das überraschte mich wenig. Niemand bekam gern gesagt, er habe zugenommen.

»Ich hatte mal eine Braut, die am Morgen der Hochzeit nicht mehr in ihr Kleid passte. Wir hatten Glück, weil das Ganze in einem großen Hotel stattfand. Die Hotelschneiderin hat uns den Tag gerettet. Sie nahm etwas Stoff von der Schleppe und setzte ihn ins Kleid ein. Sie hat die Braut praktisch eingenäht.«

»Ein Hoch auf eine gute Schneiderin«, sagte Jerome, bevor er sich um die nächste Bestellung kümmerte. Ich sah zu, wie er ein paar Gläser Champagner und einen Bourbon einschenkte.

»Hochzeiten und Partys«, meinte er dann, »da könnte ich ewig drüber reden, weil ich selbst in diese Branche wechseln möchte.«

»Oh, Sie meinen als Barkeeper?«

»Nein, als Fotograf. Ich hatte schon als Kind immer Kameras, von diesen kleinen Plastikdingern bis zu richtigen Spiegelreflexkameras. Vor ein paar Jahren habe ich mich nach Jobs umgesehen, die ich machen kann, wenn ich gerade nicht hinter der Bar stehe. Ein Freund bat mich, ein paar Porträtaufnahmen für ein Buchcover zu machen, und fand sie super. Dann wollten ein paar andere Freunde, dass ich die Fotos für ihre Weihnachtskarten schoss. Und das sprach sich irgendwie herum. Jetzt habe ich mir mehr Ausrüstung gekauft, und seit dem Sommer habe ich mit Hochzeitsfotografie angefangen. Bisher läuft es richtig gut. Ich hatte noch keine Zeit, mir eine Webseite zusammenzubauen, aber das steht als Nächstes auf meiner Liste. Vielleicht muss ich in ein paar Jahren überhaupt nicht mehr hinter der Bar stehen und kann nur noch als Fotograf arbeiten.«

»Das wäre schön. Es gibt nichts Besseres, als das zu tun, was man wirklich liebt.«

»Darf ich Ihnen meine Karte geben?«

»Äh, ja, klar. Aber wie gesagt, ich bin jetzt bei einer Firma angestellt. Ich organisiere keine privaten Veranstaltungen mehr, abgesehen vielleicht hin und wieder die Feier eines Freundes. Und ich lebe in Chicago. Das ist vielleicht ein bisschen weit weg.«

»Ach ja, hatte ich vergessen. Das wäre wirklich etwas zu weit weg.«

Er holte Gläser aus dem Geschirrspüler und stellte einen Cocktailshaker in die Spüle. »Schon witzig – ich meine, witzig im Sinne von kurios ... Sie sind Eventplanerin, und Ihre Schwester heiratet, aber Sie organisieren nicht ihre Hochzeit. Und Sie gehen nicht mal hin.«

Ich trank den Riesling aus und stellte das Glas auf die Theke. »Das ist auch gut so. Wenn ich bloß in die Nähe ihrer Hochzeitsvorbereitungen käme, würden mir vermutlich tausend Wege einfallen, wie man sie ruinieren könnte.«

»Das klingt nach einem guten Buchtitel: *1000 Wege, wie man eine Hochzeit ruiniert.*«

»Ja, also darüber könnte ich sicher ein Buch schreiben.«

Ein Mann am anderen Ende der Bar hob die Hand, und Jerome ging zu ihm, um seine Bestellung aufzunehmen. Ich starrte in mein leeres Glas und fing an, über all die Möglichkeiten nachzudenken, wie ich die Hochzeit meiner Schwester ruinieren könnte, wenn ich es wirklich wollte. Aber das würde ich nicht tun. Das wäre ein bisschen durchgeknallt. Abgesehen davon wusste ich nicht mal, was sie für den großen Tag geplant hatte. Obwohl, egal, was es war, ich wäre bestimmt in der Lage, es zunichtezumachen. Das wäre ein Leichtes. Aber so etwas würde ich niemals tun. Das ginge viel zu weit. Selbst für mich, ihr Opfer in dieser Sache. Diejenige, der sie den Mann ausgespannt hatte. Diejenige, die wegen ihr und Carter nicht mehr nach L. A. zurückkonnte. Diejenige, deren Leben sie ruiniert hatte.

Ich bestellte noch ein Glas Wein und sah mich um, studierte die Leute, mit denen sich das Restaurant langsam füllte. Aber mir ging die Sabotageidee einfach nicht aus dem Kopf. Vielleicht war die Sache ein bisschen mehr Überlegung wert, nur so als Gedankenspiel nach dem Motto »Was wäre, wenn?«.

Okay, also, was würde ich tun, wenn ich die Hochzeitspläne meiner Schwester wirklich zunichtemachen wollte?

An der Musikanlage für die Zeremonie herumtricksen? Na, klar. Die Pläne für den Fahrservice durcheinanderbringen, damit die Leute zu spät kämen? Natürlich. Die Eheringe verstecken? Absolut. Oder sie durch Modeschmuck ersetzen. Ich könnte die Playlist für die Party abändern, die Box für die Geldgeschenke verschwinden lassen, die Sitzordnung umstellen. Und das war nur das, was mir ganz spontan einfiel. Ich könnte sogar daran arbeiten, Carter zurückzubekommen. Statt nur herumzusitzen und mich selbst zu bemitleiden, könnte ich die Dinge aktiv in die Hand nehmen. Etwas tun. Allein dieser Gedanke richtete mich ein wenig auf.

Aber Moment mal. Das war Wahnsinn. Selbst wenn ich Mariels Hochzeit ruinieren wollte, wie sollte ich herausfinden, wer die Lieferanten waren, die Kontakte, der Zeitplan, alle Details? Da müsste ich mich schon in ihren Computer hacken. Oder den von Mom. Wobei, der von Mom war wie ein offenes Buch. Sie benutzte noch immer dasselbe alte Passwort, das sich aus unseren Geburtsdaten zusammensetzte. Ich könnte ins Haus gehen, wenn sie weg waren, und in ihrem Computer nachsehen. Vielleicht lag aber auch irgendwo etwas Ausgedrucktes herum, Kopien der Verträge oder...

»Hier, bitte sehr«, sagte Jerome und riss mich aus meinen Gedanken.

Ich sah zu, wie er mein Glas auffüllte. Dann nahm ich einen tiefen Schluck. »Wissen Sie, das ist gar keine so schlechte Idee.«

»Was ist keine schlechte Idee?«

Ich beugte mich vor und senkte die Stimme. »1000 Wege, wie man eine Hochzeit ruiniert. Das könnte ich bei meiner Schwester machen.«

»Oh, mein Gott«, sagte er und trat einen Schritt zurück. »Sie meinen das ernst.«

6

Ein gutes Gefühl ist schwer zu ignorieren

Das Erste, was ich am nächsten Morgen machte, war, meiner Chefin zu mailen und ihr mitzuteilen, dass ich für ein paar Wochen in Connecticut bleiben müsse. Ich wusste, dass das kein Problem wäre, denn sie hatte bereits damit gerechnet, dass ich eine Weile weg sein würde, und mit meinem Handy, dem Laptop und den Planern konnte ich sowieso von fast überall arbeiten. Von der Sitzbank im Erker meines Hotelzimmers aus rief ich an der Rezeption an und verlängerte meinen Aufenthalt. Der Sabotageplan lief. Ich musste nur noch die Details klären. Und dafür brauchte ich Informationen.

Die Hochzeitszeremonie würde am Samstag in einer Woche um vier Uhr nachmittags in der *St. John's Church* in Hampstead stattfinden und die Party anschließend im Country Club. Das wusste ich, weil es auf der Einladung stand, die ich, direkt nachdem sie bei mir angekommen war, weggeworfen hatte. Darüber hinaus hatte ich jedoch keine Ahnung. Ich brauchte Namen und Kontaktinformationen der Lieferanten. Ich musste herausfinden, wer die Gäste der Braut waren und welche Musik gespielt werden sollte. Ich brauchte überhaupt die ganze Gästeliste, die Sitzordnung und die Menüabfolge fürs Abendessen. Ich musste wissen, wer, was, wann und wozu, und das für jede Minute des Tages, um die besten Möglichkeiten zu eruieren, wie ich das Fest vereiteln konnte.

Und ich brauchte ein paar Hilfsmittel, wie ein kleines Büchlein, in dem ich alles notieren konnte, und einen USB-Stick, auf den ich mir alles, was mit der Hochzeit zu tun hatte, kopieren konnte, wenn ich mich in Moms und Mariels Computer gehackt hatte. Mir fiel der Geschenkeladen unten im Hotel ein, und ich beschloss, es dort zu probieren.

Der Laden hieß This & That und bestand aus einem hellen Raum mit großen Fenstern, weiß getünchten Böden und blassgrünen Tapeten mit Efeumuster an den Wänden. Es gab zwar nicht viel Bürobedarf, aber sie hatten ein paar Spiralblöcke, und ich erwischte den letzten USB-Stick im Regal.

Auf dem Weg zur Kasse fiel mir ein Objekt auf einem Tisch ins Auge – eine Schneekugel mit Pferden und einer roten Scheune darin. Es waren ein Brauner und ein Palomino, und sie sahen genauso aus wie Company und Crackerjack, die beiden Ponys, die Mariel und ich als Kinder hatten. Irgendetwas daran versetzte meinem Herzen einen Stich, und ich nahm die Schneekugel in die Hand, schüttelte sie und sah zu, wie die Flocken darin herumwirbelten. Ich legte sie gerade zusammen mit dem Notizblock und dem USB-Stick auf die Ladentheke, als ich eine bekannte Stimme vernahm.

»Okay, sagen Sie ihm, er soll es mir schicken, und ich sehe es mir an. Ich denke, das könnte funktionieren.«

David. Ich dachte, er wäre längst zurück nach New York gefahren.

»Ja, er soll mir die Fotos mailen.« Mit dem Handy am Ohr ging er hinüber zu dem Tisch, an dem ich eben noch gestanden hatte. »Wir könnten versuchen, eine Sonderregelung zu bekommen, aber ich denke, das wird ein harter Kampf.«

Immobiliengespräche. Das interessierte mich nicht. Ich wollte wissen, was mit der Hand los war.

»Nein, ich wurde aufgehalten«, erklärte er. »Aber in ein bis zwei Tagen werde ich wieder im Büro sein. In der Zwischenzeit könnten Sie vielleicht...«

Er lief in eine andere Ecke des Ladens, außer Hörweite. Aber ich behielt ihn im Auge, und als ich sah, dass er sein Handy wegsteckte, ging ich auf ihn zu. Er schien überrascht zu sein, mich zu sehen. Aber er wirkte nicht verärgert darüber. Das war schon mal gut.

»Ah, Miss Schadensbegrenzung, du bist noch hier?« Seine Augen blitzten freundlich, und ich musste über den Spitznamen schmunzeln.

»Ja, sieht so aus, als wäre ich noch eine Weile hier.«

»Na, dann sind wir ja schon zwei«, meinte er.

Plötzlich bekam ich gute Laune. »Weißt du, es gibt, ganz nebenbei bemerkt, ziemlich viele Dinge, bei denen ich *wirklich* Schaden abwenden kann.«

»Oh, das glaube ich gern«, sagte er in einem amüsierten Ton, der sich meinem anpasste. »Nur nicht, wenn es um Skulpturen berühmter Künstler geht.« Wieder dieses Augenblitzen.

»Stimmt. Aber irgendetwas muss ich schließlich den

anderen überlassen. Ich kann ja nicht in allem eine Expertin sein. Ich decke schon so viele Bereiche ab, und der Tag hat bloß vierundzwanzig Stunden.«

»Hm.« Er neigte den Kopf und betrachtete mich. »Aber nach allem, was du gestern über deine Erfahrungen mit Pappmaschee gesagt hast, bin ich davon ausgegangen, dass du auch darin Expertin bist.«

Warum konnte er sich ausgerechnet daran erinnern? »Ah, leider muss ich zugeben, dass sich meine Fähigkeiten in diesem speziellen Bereich eher auf Kindergartenniveau bewegen.«

Er sah mich gespielt entsetzt an. »Willst du damit etwa sagen, dass sich deine Pappmaschee-Expertise auf Weihnachtsschmuckbasteln als Fünfjährige beschränkt?«

Er hatte den Nagel auf den Kopf getroffen. Ich nickte und sagte kleinlaut: »Jap.«

Er grinste. »Da hättest du mal meine Bastelarbeiten sehen sollen. Die waren echt unterirdisch. Ich erinnere mich, dass wir in einem Jahr einen Schneemann machen sollten, und meiner sah am Ende aus wie ein Ding aus einem Horrorfilm. Er hatte eine unförmige Nase, und die Augen blickten richtig fies. Meine Mutter hatte Angst davor. Sie weigerte sich, ihn aufzustellen.«

Ich unterdrückte ein Lachen.

»Ich wette«, fuhr er fort, »verglichen damit waren deine Basteleien super.«

»Ach, ich weiß nicht ...«

Er war so nett. Das machte mich leicht nervös und etwas hibbelig, als würde ich gleich von einer Klippe springen. So hatte mein Vater das immer genannt, wenn ich mich vor Aufregung wand und zu stammeln anfing. Als schaltete sich der vernünftige Teil meines Gehirns ab und der andere Teil würde durchdrehen.

»Also bist du noch nicht nach Manhattan zurückgefahren?«, fragte ich schließlich.

»Ich wollte, aber ich habe einen Tipp für ein paar Liegenschaften hier bekommen und dann beschlossen, noch zu bleiben und sie mir anzusehen.«

Warum verspürte ich eine Welle der Aufregung, als er das sagte? Ich griff hastig nach einer Packung Dankeskarten aus dem Regal und versuchte, das Gefühl abzuschütteln.

»Glaubst du, dass irgendjemand so etwas noch benutzt?« Ich hielt die Packung hoch. »Die sind doch irgendwie aus der Zeit gefallen. Also, ich verwende sie schon noch... Dankeskarten, meine ich. Meine Mutter hat uns als Kinder immer dazu angehalten, Dankeskarten zu schreiben. Da war nicht mit ihr zu spaßen. Sie drohte immer, das Geschenk zurückzuschicken, wenn wir nicht innerhalb einer Woche eine Karte schicken würden. In der Hinsicht hatte sie etwas von einem echten Feldwebel. Ich weiß noch, einmal, als...« Ich blickte David an. Er sah mich an. Ich tat es schon wieder. Ich stammelte herum. »Tut mir leid, ich wollte nicht...«

»Ich verwende sie auch manchmal«, sagte er. »Dankeskarten, meine ich.«

»Wirklich?« Ich fragte mich unwillkürlich, ob das wirklich stimmte oder ob er nur nett sein wollte. So oder so fühlte ich mich besser.

»Ja, meine Mutter nahm es damit auch sehr genau.«

Mir gefiel der Gedanke, dass unsere Mütter diese Eigenschaft teilten. Ich stellte die Packung zurück.

»Was ist jetzt mit der Hand? Das frage ich mich schon die ganze Zeit.«

»Nicht viel«, antwortete er, und es klang ein wenig frustriert. »Ich konnte Ana bisher nicht erreichen. Und ich bringe die Hand erst mal nirgends hin, bevor ich nicht weiß, was Alex damit vorhat.«

Ana. Ihm lag so viel an ihr. Das störte mich. »Du meinst, sie hat dich noch nicht zurückgerufen?«

»Doch, sie hat mich gestern Abend zurückgerufen, aber da war es schon echt spät, und ich habe geschlafen. Heute Morgen habe ich es dann noch einmal bei ihr versucht, aber es ging direkt ihre Mailbox dran. Und ich kann ihr schlecht auf die Mailbox quatschen, was passiert ist.« Er zog die Augenbrauen zusammen, und eine kleine Furche bildete sich auf seiner Stirn. »Ich weiß ja, dass sie die ganze Zeit Meetings mit Alex und seinen Käufern hat, und dann ist da auch noch die Zeitverschiebung, aber ich muss wirklich dringend mit ihr sprechen.«

»Zeitverschiebung?« Ich sah kurz zu einer Frau hinüber, die ein elfenbeinfarbenes Tuch begutachtete.

»Sie ist in Aspen.«

Ach, stimmt. Aspen. Hatte ich ganz vergessen. »Ich war auch schon mal in Aspen, als Mariel und ich noch klein waren und Dad sich wegen eines Theaterstücks mit irgendwelchen Leuten getroffen hat. Das war im Sommer, und wir sind mit der Gondelbahn den Aspen Mountain hinaufgefahren. Über dreitausend Meter hoch. Also, wow, das war...« Mir wurde allein schon von der

Erinnerung schwindelig. »Es geht einfach immer weiter hoch. Und man denkt die ganze Zeit, man müsste doch jetzt langsam ganz oben sein, aber nein. Ich weiß noch, dass ich Probleme hatte und auf halbem Wege ohnmächtig wurde.«

David zuckte zusammen. »Du bist ohnmächtig geworden?«

»Ach, ich war nicht lange weg. Mom hatte immer ein kleines Fläschchen *Poison* in der Handtasche. Kennst du das? Dieses Parfüm von Dior? Sie dachte wahrscheinlich, dass es wie Riechsalz wirkt, und versprühte es wie wild. Es funktionierte. Bin gleich wieder zu mir gekommen. Seitdem schleppe ich selbst immer so ein kleines Sprühfläschchen mit mir herum. Bist du schon mal mit so einer Gondelbahn gefahren?«

Meine Güte, ich faselte schon wieder. Ich musste damit aufhören.

»Ja, bin ich«, meinte David. »Es ist ein komisches Gefühl.«

Ich fragte mich wieder, ob er das nur mir zuliebe sagte. Falls ja, funktionierte es. »Was suchst du denn eigentlich?«, fragte ich. »Etwas Bestimmtes?«

Er zuckte mit den Schultern. »Irgendetwas, das ich Ana mitbringen könnte. Aber es ist nicht so leicht, etwas für sie zu finden.«

Bedeutete das, dass sie schwer zu erfreuen war oder dass sie schon alles besaß, was sie brauchte? »Ist sie sehr wählerisch?«

»Ja, sie ist ziemlich wählerisch.«

Ziemlich wählerisch. »Lehnt sie Geschenke auch mal

ab, wenn sie ihr nicht gefallen?« Ich gab nie ein Geschenk zurück, außer wenn es sich um ein Kleidungsstück handelte und es mir nicht passte, denn ich wollte niemanden verletzen.

»Ja, das hat sie schon öfter gemacht. Aber das ist in Ordnung. Sie hat einen ganz speziellen Geschmack.«

Sie war also jemand, der Geschenke zurückgab. »Na ja, solange sie damit nicht deine Gefühle verletzt...«

»Ich will nur, dass sie glücklich ist.«

Wie aufmerksam er war. Ich hoffte, dass Ana es zu schätzen wusste.

Ich blickte wieder zu der Frau mit dem Tuch. Jetzt probierte sie ein lavendelfarbenes an, und als sie sich umdrehte, dachte ich für einen Moment, sie wäre Marnie Costigan aus meiner Klasse früher an der Hampstead High. Marnie saß mir im Kunstunterricht gegenüber. Ich sah wieder die langen Tische und die Schränke voller Bildhauereiwerkzeuge, Farben und Pinsel vor mir. Ich konnte noch immer das Papier und den Kleber riechen, den Ton, den Farbverdünner. Und auch die Lehrerin konnte ich noch vor mir sehen – zierlich, blond und hübsch. Sie war ein Freigeist gewesen. Wie hieß sie noch mal? Miss Bain, Miss Blair, irgendetwas in der Richtung. Nein, Moment, es war Miss Baird. Jeanette Baird.

Sie unterrichtete damals Bildhauerei. Sie war wirklich eine Künstlerin. Wir hatten Fotos ihrer Arbeiten gesehen. Einige davon standen in Galerien. Ein sprudelndes Gefühl überkam mich. Miss Baird könnte die Hand reparieren, falls sie noch in der Gegend lebte. Ich musste sie nur ausfindig machen und sie überreden. Das war eine großartige Idee. So genial, dass ich am liebsten durch den Laden getanzt wäre. Das war die Lösung für das Handdilemma. Ich wandte mich begeistert an David, der gerade einen Bildband durchblätterte.

»Ich habe eine Idee wegen der Hand! Wir könnten da jemanden um Hilfe bitten.«

Er klappte das Buch zu und stellte es wieder ins Regal. »Was? Nein. Ganz sicher nicht. So was haben wir doch in dem Bastelladen versucht, schon vergessen? Eine Reparatur hat sich als viel zu kompliziert entpuppt.«

»Ich denke an eine Künstlerin. Eine echte Künstlerin. Miss Baird, eine meiner Lehrerinnen auf der Highschool. Sie war eine hervorragende Bildhauerin. Sie könnte das Ding im Schlaf reparieren.«

»Deine Lehrerin aus der Highschool?« Er zog die Augenbrauen bis zum Anschlag hoch. Ich hörte die Skepsis in seiner Stimme. »Sara, danke, aber ich regle das schon. Wenn Ana mich zurückruft, erzähle ich ihr, was passiert ist, und dann sehe ich weiter.«

Wahrscheinlich hatte er recht. Ich sollte mich raushalten, es ihm überlassen. Aber es war verrückt, jetzt aufzugeben, wenn es da vielleicht jemanden gab, der wirklich helfen konnte. Ich hatte ein gutes Gefühl. Und ein gutes Gefühl war schwer zu ignorieren.

»Ich bin gleich wieder da«, sagte ich, ging in den Eingangsbereich, zückte mein Handy und gab Miss Bairds Namen in ein paar Suchwebseiten ein. Nichts. Vielleicht konnte ich sie über die Schule finden. Ich rief bei der Hampstead High an. Die Stimme, die antwortete, klang wie von einer Schülerin. Als ich ihr erklärte, dass ich versuchte, meine Kunstlehrerin von vor zwanzig Jahren ausfindig zu machen, sagte sie mir, dass es an der Schule keine Kunstlehrerin gebe, die schon so lange dabei sei. Ich erkundigte mich, ob sie Unterlagen über frühere Lehrer hätten, und sie versicherte mir zwar, dass es solche Unterlagen gebe, aber dass diese »wirklich alten« Akten, also die »auf Papier«, woanders gelagert wurden.

Wirklich alte Akten. Ich fühlte mich wie ein Dinosaurier.

»Und außerdem dürfen wir die persönlichen Daten von Lehrern nur mit deren Einverständnis herausgeben«, fügte sie noch hinzu. Daraufhin bedankte ich mich, beendete das Gespräch und begab mich wieder in den Geschenkeladen, wo sich David noch immer umsah.

»Tja, so viel zu meiner Idee.«

»Welche Idee?«, fragte er. Dann dämmerte es ihm, er schüttelte den Kopf und verdrehte die Augen. »Oh nein, nicht die Kunstlehrerin.«

»Na ja…«, sagte ich und verzog das Gesicht.

»Meine Güte, du bist echt hartnäckig.«

»Das hat mein Vater auch immer gesagt.«

»Zu Recht.«

»Ich dachte nur, ich versuch's einfach mal, aber ich konnte sie nicht ausfindig machen.«

»Willkommen in der Realität, Sara. Die Dinge sind nicht immer so einfach, wie du meinst.«

»Ich meine gar nicht, dass die Dinge immer so einfach sind. Ich gebe mich bloß ungern geschlagen.«

Er nahm ein mundgeblasenes Weinglas aus dem Regal. »Das verstehe ich, aber du musst zugeben, dass einige deiner Ideen schon ein wenig abgedreht sind. Ich werde mit Ana reden und sehen, was sie vorschlägt. Ich brauche bloß ein paar Instruktionen, damit ich endlich nach Manhattan zurückfahren kann. Ich habe die nächsten Wochen noch viel zu tun, bevor Ana und ich nach Paris fliegen.«

Paris. Ich war schon zweimal in Paris gewesen, beide Male für Hochzeiten, die ich geplant hatte. Privat war ich noch nie dorthin gefahren, obwohl Carter und ich oft darüber gesprochen hatten. Carter. Ich hatte mir immer ausgemalt, wie wir beide bei Sonnenschein über den Pont Neuf spazierten, mit einem Boot über die Seine glitten, Notre-Dame bei Nacht. Total romantisch. Die Stadt der Lichter. Die Stadt der Liebe.

»Paris ist so ein romantischer Ort«, sagte ich. »Fahrt ihr privat oder beruflich hin?«

»Definitiv nicht beruflich.«

Etwas in Davids Haltung änderte sich, und ich hatte das seltsame Gefühl, ich wüsste, wozu dieser Trip dienen sollte. »Machst du ihr einen Antrag?« Die Worte sprangen über meine Lippen, ehe ich es verhindern konnte.

»Woher weißt du das?« Seine Wangen röteten sich leicht, als er das Glas zurück ins Regal stellte.

»Dann ist das ja eine ganz besondere Reise. In welchem Hotel steigt ihr ab?« Ich fasste ihn am Arm, was ihn leicht zusammenzucken ließ. Ich war ganz im Planungsmodus. »Ihr müsst im Meurice wohnen oder im George V. Alles andere ist ausgeschlossen.« Ich ließ unerwähnt, dass das die beiden einzigen Hotels waren, in denen ich in Paris je gewohnt hatte. »Ich persönlich bevorzuge das George V, aber das Meurice ist auch toll. Ich kann beide sehr empfehlen.«

»Äh, danke für den Tipp. Aber ich habe bereits eine Suite im Plaza Athénée gebucht. Da war ich schon mal.«

Klar. Er kannte Paris natürlich. Was war ich nur für eine Idiotin. Mein Gesicht wurde ganz heiß und kribbelig. »Das ist auch eine hervorragende Wahl. Sehr hübsche Zimmer, wunderbarer Service.« Ich war bloß im Taxi an dem Hotel vorbeigefahren und hatte Fotos im Internet gesehen, aber es war wirklich imposant, und ich war mir sicher, dass der Service dort großartig war. »Das wird ihr sehr gefallen.«

David zückte sein Handy. »Das hoffe ich doch.« Er fing an zu scrollen und reichte mir dann das Handy. »Das ist ein Foto von Ana.«

Sie war sehr schön – hohe Wangenknochen, kurzer, nüchterner Haarschnitt, langer Hals. Sie wirkte anmutig, wie eine Ballettänzerin. »Sie ist sehr hübsch.« Ich versuchte, mir die beiden zusammen vorzustellen, aber ich fühlte mich wie benebelt.

»Ja, das ist sie.« Er steckte das Handy wieder ein. Ich nahm ein kleines Säckchen vom Tisch, hielt es mir unter die Nase und atmete den Duft von Rosenblättern ein. »Weißt du schon, wie du ihr den Antrag machen wirst?« Ich fragte mich, ob er etwas Ungewöhnliches geplant hatte oder es eher klassisch-traditionell halten wollte. Ich fragte mich auch, ob ich ihm meine Hilfe bei der Hochzeitsplanung anbieten sollte, aber der pingeligen Ana wollte ich nun wirklich nicht helfen.

»Ich habe einen Tisch im Le Jules Verne im Eiffelturm reserviert. Ich habe schon mit dem Manager gesprochen, und sie werden den Nachspeisenteller mit der Aufschrift *Ana, willst du mich heiraten?* dekorieren. In der Mitte wird das Schächtelchen mit dem Ring stehen, und ich lege noch ein Foto von uns beiden mit in die Schachtel. Und dann halten sie schon mal eine Flasche *Krug Clos du Mesnil* bereit.«

»Das ist wundervoll, David.« Und das war es. Genau das Richtige. Ich war ein bisschen eifersüchtig auf Ana. Hoffentlich wusste sie es zu schätzen.

»Sie mag es gern klassisch. Also dachte ich, das wäre ein guter Ansatz.«

»Absolut. Ich sehe so viele ungeheuerlich protzige Anträge, die nur dazu bestimmt sind, sich in den sozialen Medien zu profilieren. Ich wäre da nicht begeistert.«

»Ich weiß, was du meinst. Mir kommt's auch so vor, als würden die Leute heutzutage überhaupt keine Grenzen mehr kennen.«

Ich erzählte ihm von den *Willst-du-mich-heiraten*-Feuerwerken, die ich so häufig hatte organisieren müssen, dass sie schon wieder banal waren. Und von dem Mann, der mich eine private Flugschau in Auftrag geben ließ, bei der sein Antrag am Ende in den Himmel geschrieben wurde. »Oh, apropos Paris, ich hatte da mal einen Kunden, der mich bat, eine Bootsfahrt zu organisieren, bei der an einer bestimmten Stelle zwei Taucher mit einer Schatzkiste auftauchen sollten, in der sich der Ring befand.«

»Total übertrieben«, sagte David, nahm eine zartblaue Tagesdecke in die Hand und befühlte das Material. Sie sah handgewebt aus und sehr weich. Er schaute mich von der Seite an. »Und was würde dir gefallen? Ich meine, für deinen eigenen Heiratsantrag?«

»Für mich selbst?« Ich hatte nie wirklich darüber nachgedacht, was ich mir wünschen würde. Ich war noch nie so nah an einen Antrag herangekommen. »Na ja, auf jeden Fall keine Schriftzüge am Himmel und keine Taucher, so viel ist sicher. Definitiv nichts Übertriebenes. Ich schätze, es müsste einfach nur romantisch sein. Irgendwas in die Richtung, die du planst.«

David nickte. Dann klemmte er sich die Tagesdecke unter den Arm, und ich wusste, dass er sein Geschenk gefunden hatte. Wir bezahlten unsere Einkäufe, und ich folgte ihm nach draußen, wo er das Paket in seinen Transporter packen wollte. Sonnenlicht ergoss sich über die Wiese, als wir die Eingangstreppe hinunterstiegen, und bauschige rosa Wölkchen schwebten am Horizont, als würden sie von Schnüren über den Himmel gezogen. Ich musste weiter an Davids und Anas Hochzeit denken und fragte mich, wie sie wohl sein würde, wo sie heiraten und wie viele Gäste sie einladen würden. Wie würde ihr Kleid aussehen? (Und wie viele würde sie anprobieren, bis sie das richtige gefunden hätte?) Würde sie seinen Nachnamen annehmen oder ihren behalten? Oder würden sie sich für einen Doppelnamen entscheiden?

Am Fuße der Treppe hatte ich eine plötzliche Eingebung. »Mir ist da gerade etwas eingefallen. Vielleicht hat sie ja geheiratet und einen *anderen* Nachnamen.«

»Wer hat geheiratet? Wovon redest du?«

»Miss Baird. Meine Kunstlehrerin.«

»Fängst du schon wieder damit an? Sara, jetzt hör mal...«

»Nein, warte. Lass mich ausreden. Sie hat in dem Jahr, als ich in ihrer Klasse war, geheiratet – das war in meinem Abschlussjahr. Aber sie hat nie ihren neuen Namen verwendet. Zumindest nicht an der Schule. Aber vielleicht tut sie es ja jetzt.« Wir gingen übers Gras Richtung Parkplatz.

»Aber die Adressverzeichnisse im Internet haben doch all diese Infos«, warf David ein. »Da sind auch immer die Mädchennamen verzeichnet. Du hättest sie gefunden, wenn sie in Connecticut wäre.«

Vermutlich hatte er recht. Trotzdem, wenn ich mich bloß an den Namen erinnern könnte, wäre es einen Versuch wert. Ich wusste noch vage, dass es irgendetwas Ausgefallenes war. Und ich hatte das Gefühl, dass ich die beiden Namen irgendwo nebeneinander gedruckt gesehen hatte – ihren Mädchennamen und den ihres Mannes. Aber die Erinnerung entglitt mir immer wieder wie ein glitschiger Fisch. Jeanette Baird, Jeanette Baird. Ich sagte es mir immer wieder vor, während wir zu dem Transporter gingen. Und dann erinnerte ich mich an ein Foto, unter dem ihr Name gestanden hatte.

»Ich hab's. Ich weiß, wo ich ihren Namen finden kann. In meinem Highschool-Jahrbuch. Das ist noch in meinem alten Kinderzimmer. Zumindest denke ich, dass es da ist.«

»Sara, das ist wirklich ziemlich weit hergeholt. Selbst wenn du sie finden würdest, woher willst du wissen, dass sie die Skulptur reparieren kann? Das ist ein teures

Kunstwerk. Und angenommen, sie könnte es, woher willst du wissen, dass sie es auch macht? Ich warte lieber ab, was Ana dazu sagt.«

»Ich sage ja nur, dass es einen Versuch wert wäre. Sie war wirklich sehr talentiert. Und ich bin mir sicher, wir könnten sie überreden, es zu machen. Weißt du, ich verstehe ja, was du sagen willst. Aber warum diese Idee nicht einfach mal verfolgen, bis du Rückmeldung von Ana hast? Lass mich wenigstens mein Jahrbuch holen und ihren Namen herausfinden. Wir gucken einfach, ob ich sie ausfindig machen kann. Das schadet doch nicht, oder?«

»Ich schätze, dir das auszureden wäre reine Zeitverschwendung...«

»Ich fahre heute Nachmittag bei meiner Mutter vorbei. Meine Schwester wird nicht da sein, also muss ich sie nicht treffen. Sie geht mit Mom zu irgendeinem Fototermin.« Dann könnte ich auch gleich meine Detektivarbeit für die Hochzeitssabotage machen. Mal sehen, ob ich in Mariels Laptop käme oder in Moms, um nach ein paar Unterlagen zu suchen und Informationen über die Hochzeit zu sammeln.

»Fototermin?«

»Meine Mutter bekommt einen Preis. Irgendwas von wegen Spendensammeln für das Hampstead County Theater. Da engagiert sie sich viel. Sie macht dort auch einen Theaterkurs.«

»Deine Mutter nimmt Schauspielunterricht?«, fragte David, während er den Transporter aufsperrte und die Schachtel hineinlegte.

Ich lachte. »Nein, sie unterrichtet Schauspiel. Alle paar Jahre. Eigentlich ist sie Schauspielerin.«

»Wirklich?« Er schloss die hintere Wagentür wieder.

»Ja, für Theaterstücke, Musicals, solche Sachen.«

»Und wo? An regionalen Bühnen?«

»Regionalbühnen, Broadway. Sie war überall.«

Er schüttelte kurz den Kopf, als hätte er nicht recht gehört. »Broadway? Wie heißt deine Mutter denn?«

»Camille. Camille Harrington.«

Er murmelte den Namen vor sich hin, als wir zurück zum Hotel schlenderten.

»In welchen Stücken hat sie denn mitgespielt?«

Manchmal wünschte ich mir, ich würde immer einen Lebenslauf von ihr mit mir herumtragen. Den könnte ich dann in solch einer Situation einfach rüberreichen. »Na ja, am Broadway war sie in *Dragonfly Nights*, *A Quiet Evening at Home*, *Who's Pulling the Rickshaw?* Aber in dem Original aus den Neunzigern, nicht in der Neuauflage, die vor einigen Jahren am Broadway ihr Revival hatte.«

»Ich hab das Revival von *Rickshaw* gesehen. Es war großartig.«

»Mom hat früher die Julia gespielt.«

»Die Hauptrolle. Wow«, sagte David, als wir an einer Familie vorbeigingen, die gerade aus einem SUV ausstieg.

»Lass mich überlegen, was noch... Oh, *Eggs and Bacon, Hold the Toast*.«

»Ach, das habe ich leider nie geschafft anzuschauen, aber es soll super gewesen sein.«

»Auch da hat sie im Original mitgespielt, nicht in der Neufassung.«

»Ich bin beeindruckt. Und was ist mit deinem Vater? Ist der auch Schauspieler?«

Ich trat einen kleinen Zweig zur Seite, der auf den Gehweg gefallen war. »Mein Vater ist vor fünf Jahren gestorben.«

»Das tut mir leid«, sagte er leise.

»Danke. Er war großartig. Auch ein Kreativer, aber anders als meine Mutter. Er produzierte Stücke.«

»Also waren sie beide in der Kreativbranche.«

»Ja. Aber er hat spaßeshalber immer betont, dass er derjenige mit der größeren Erfahrung sei, weil er sein erstes Stück bereits mit zwölf produziert hätte. Es war eine gekürzte Version von *Hair*, die er zusammen mit ein paar Kindern aus seiner Nachbarschaft inszeniert hatte. Es dauerte eine halbe Stunde und wurde an zwei Abenden in der Garage seiner Eltern aufgeführt.«

Wir waren am Rande des Parkplatzes angekommen, wo sich ein Shuttlebus gerade mit Hotelgästen füllte. »Das ist ja eine tolle Geschichte. Aber anscheinend hat es dich nie gepackt und auf die Bühne gezogen, oder?«

»Ich? Schauspielerin?« Ich kicherte bei der Vorstellung.

»Was ist daran so lustig? Du wärst wahrscheinlich ziemlich gut. Dass du Leute zu Dingen überreden kannst, hast du ja schon bewiesen. Ich würde meinen, du könntest sie auch glauben machen, du wärst jemand anderes. Und du hast Charme und bist hübsch. Also, warum nicht?«

Ich hatte überhaupt kein Interesse, auf der Bühne zu stehen, aber es gefiel mir, dass er gesagt hatte, ich hätte

Charme und wäre hübsch. »Danke, aber das ist nicht mein Ding.«

»Haben sich deine Eltern übers Theater kennengelernt?«

»Ja, als Dad *Dragonfly Nights* produzierte. Er meinte immer, dass das sein Lieblingsstück sei, weil er dabei meine Mutter kennenlernte. Meine Eltern waren irgendwie ein merkwürdiges Paar, weil meine Mutter ... Na ja, sie kann eine ziemliche Dramaqueen sein. Und mein Vater war eher bodenständig. Sehr kreativ zwar, aber er konnte kalkulieren und schnelle, klare Entscheidungen treffen. Er war ein guter Geschäftsmann. Manch einer nannte ihn ein Genie, aber darüber machte er sich immer lustig. Ich denke, er hatte ganz einfach ein Talent dafür, interessante Stoffe aufzugreifen und sie fürs Theater zu adaptieren. Er nannte es *abrunden*. Ich weiß noch, kurz nachdem *Miss Keaton Returns* einen Haufen *Tonys* gewonnen hatte, interviewte ihn ein Reporter vom *The Boston Globe* und fragte ihn, warum so viele seiner Stücke so erfolgreich wären. Weißt du, was er gesagt hat?«

David schüttelte den Kopf.

»*Pures Glück*. Doch das war es nicht. Er war einfach super kreativ. Aber, wie gesagt, auf eine andere Art als Mom. Er liebte ihre melodramatische Seite, doch er war auch gut darin, sie ein bisschen im Zaum zu halten, wenn sie es brauchte. Er half ihr, geerdet zu bleiben.«

Eine größere Gruppe kam uns entgegen, die vermutlich zum Shuttlebus wollte. »Weswegen musste man sie denn im Zaum halten?«

»Ach, sie hat manchmal total verrückte Ideen. Der

Grund, warum ich überhaupt hier in der Stadt bin, ist, dass sie meiner Schwester und mir erzählt hat, sie sei sterbenskrank. Sie hat gehofft, dass wir sie besuchen und uns wieder versöhnen.«

»Wirklich schade, dass du und deine Schwester nicht miteinander auskommt«, meinte David nachdenklich. »Mein Bruder und ich waren so gute Freunde. Ich würde alles dafür geben, ihn wiederzuhaben.« Er schaute weg, und ich wusste, dass er sich an ihre gemeinsame Zeit erinnerte, an ein Skateboard-Abenteuer oder daran, wie sie zusammen Lego-Welten bauten. »Aber weißt du, was mich wirklich beschäftigt? Alle sind immer geschockt, wenn ich ihnen erzähle, dass ich erst zwölf war, als Beau starb. Sie sagen: ›Wie jung du warst, das ist ja schrecklich!‹ Aber so dachte ich damals nicht – dass ich jung war oder dass er jung war. Ich wusste nur, dass das von da an mein Leben war. Mein Bruder war tot, und ich musste ohne ihn weitermachen. Jetzt, wo ich älter bin, verstehe ich, was sie eigentlich damit sagen wollten. Dass es unfair ist, ihn so früh verloren zu haben. Ich habe viele Freunde mit Geschwistern und denke mir immer, wie glücklich sie sich schätzen können, dass sie einander noch haben.«

»Ich weiß, was du meinst, zumindest so ungefähr. Die meisten meiner Freunde haben noch ihre beiden Elternteile, aber ich habe meinen Vater nicht mehr.«

Wir waren wieder an der Eingangstreppe des Hotels angekommen, wo ein älterer Mann und eine Frau in Korbstühlen auf der Veranda saßen und an etwas nippten, das wie Limonade aussah. David sah kurz zu ihnen hinüber. »Glaubst du, dass diejenigen, die sich sehr ähnlich sind, die besseren Paare abgeben, oder eher die, die sich stark voneinander unterscheiden?«

Ich wusste keine Antwort darauf. »Da bin ich mir nicht sicher. Ich glaube, beides kann funktionieren.« Ich wunderte mich, warum er das fragte, und überlegte, welches der beiden Szenarios wohl auf seine Beziehung mit Ana zutraf.

Wir stiegen die Treppe hinauf und betraten die Lobby. »Ich fahre heute Nachmittag bei meiner Mutter vorbei und hole das Jahrbuch. Und wenn du dann schon mit Ana gesprochen hast, lassen wir's einfach sein. Ich rufe dich an und lasse dich wissen, was ich herausfinde.«

Ich reichte ihm mein Handy. »Gib mal deine Nummer ein, okay?«

Er nahm das Telefon, tippte *David Cole* ein und fügte seine Nummer hinzu. »In Ordnung, Sara.«

»Ich habe ein gutes Gefühl.«

Er zuckte zusammen, aber dann schmunzelte er leicht. »Das sagst du bei vielen Sachen.«

7

Ein hinterlistiges Angebot

Das Haus wirkte ruhig, als ich vorfuhr. Jubilee und Anthem standen auf der Weide, grasten und verscheuchten Fliegen mit ihren Schweifen. Ich warf einen Blick durchs Garagenfenster und sah, dass beide Stellplätze leer waren. Moms Mercedes war fort, wie ich es erwartet hatte, und ebenso der Austin Healey, ein 1965er Mark III 3000 Cabrio in britischem Renn-Grün, für dessen Restaurierung Dad einst ein Vermögen bezahlt hatte. Es war typisch Mariel, dass sie sich den Wagen einfach schnappte. Ich erschauderte bei dem Gedanken, wie schrecklich es wäre, wenn sie ihm einen Kratzer oder eine Delle verpassen würde.

Ich sperrte die Tür auf und trat in den Hausflur. Die einzigen Geräusche waren das dumpfe Ticken der alten Standuhr im Flur und meine Schritte auf dem Holzboden. In der Küche bediente ich mich an den Erdbeeren aus dem Kühlschrank und aß sie über dem Tresen, während ich ein altes Foto in einem Silberrahmen betrachtete. Ich in meinem schwarzen Umhang und dem Doktorhut bei meiner Highschoolabschlussfeier zusammen mit Mom, Dad und Mariel. Kurz nachdem das Foto aufgenommen worden war, hatte sich ein kleines Grüppchen von Leuten um Mom herum gebildet, die sie um ein Autogramm gebeten hatten. Ortsfremde, die nicht hatten widerstehen können und denen nicht klar gewesen war, dass man die Leute privat in Ruhe ließ. Aber Mom hatte es genossen. Neben dem Bilderrahmen stand eine Kaffeetasse mit der schnörkeligen Aufschrift *Die beste Mama der Welt*, mit der ich sie als Siebenjährige verziert hatte. Darunter hatte Mariel Mom als Strichmännchen gekrakelt. Ich erinnerte mich, wie wir beide diese Tasse in einem Keramikstudio verziert hatten. Wie waren wir bloß dort gelandet, wo wir uns doch am liebsten aus dem Weg gingen?

Ich sah einen Stapel ungeöffneter Post auf dem Tisch liegen. Vielleicht war da etwas bezüglich der Hochzeit dabei. Ich blätterte durch die Umschläge. Rechnungen des Wasserwerks und des Stromanbieters, des Futtermittelhändlers. Nichts, was mir weiterhalf. Auf der anderen Seite des Tisches lag ein Album mit Ledereinband, auf den das Wort *Fotos* eingeprägt war. Wir hatten mehrere dieser Alben zu Hause, und ich fragte mich, warum dieses auf dem Tisch lag. Wahrscheinlich hatte Mom in Erinnerungen geschwelgt. Ich blätterte flüchtig durch die Seiten. Mariel und ich in Disney World, in der Schlange vor der Mini-Achterbahn im Magic Kingdom Park. Vor Minnie Mouses Landhaus, alles lavendelfarben und rosa. Ein paar Seiten weiter ich beim Abschied vom Kindergarten mit einem zusammengerollten »Diplom« in der Hand. Fotos von Halloweenpartys und Weihnachten, Geburtstagsfeiern und Schulveranstaltungen ...

Ich hielt bei einem Foto von Mariel inne, auf dem ihre Haare voller Spaghetti mit Soße waren. Damals war sie sechs gewesen und so wütend über irgendetwas, dass sie sich die ganze Schüssel Essen über den Kopf geschüttet hatte. Jahrelang hatte sie gedroht, das Foto aus dem Album zu nehmen.

Es gab noch jede Menge anderer Fotos, die sie nicht ausstehen konnte. Wie das aus der Mittelstufe, auf dem sie Britney Spears in ihrem berühmten Video *Baby One More Time* nachmachte. Darauf trug sie Zöpfe und eine Schuluniform wie die Sängerin im Video, mit Minirock und Kniestrümpfen. Ich musste daran denken, wie sie immer durchs Haus getanzt war und dieses Lied gesungen hatte. Heute konnte man in ihrer Gegenwart nicht mal Britney Spears' Namen erwähnen, ohne dass sie einen Anfall bekam. Was diese Phase ihres Lebens betraf, war sie hyperempfindlich.

Als ich umblätterte, fiel etwas heraus und segelte zu Boden. Ein Zeitungsausschnitt aus der *Grantham Review* vom letzten August.

Mariel Harrington heiratet Carter Pryce
Camille Harrington aus Hampstead gibt die Verlobung ihrer Tochter Mariel Harrington mit Carter Pryce, Sohn von Thomas und Barbara Pryce aus Rye, New York, bekannt. Die Braut ist die Tochter des verstorbenen John Harrington. Sie ist Absolventin der California State University und Rezeptionistin bei YogaBuzz in Los Angeles. Der Bräutigam ist Absolvent der Cornell University und der Georgetown University und Partner bei Bingham Keith Rodrick,

LLC, einer in Los Angeles ansässigen Anwaltskanzlei. Das Paar plant seine Hochzeit für nächsten Sommer.

Und da waren sie, beide strahlend auf einem Foto. Carter hatte den Arm um Mariel gelegt, und sie hatte den Kopf an seine Schulter gelehnt. Sie standen auf einer Terrasse, im Hintergrund die blaue kalifornische Pazifikküste. Ich kannte die Terrasse. Sie gehörte zu einem Restaurant in Malibu. Carter und ich waren oft dort gewesen und nach dem Essen den Strand entlangspaziert. Wenn die Sonne langsam unterging, versank ein schmaler Landstreifen in goldenem Abendlicht. Ich konnte die salzige Luft fast riechen, Carters fruchtiges Aftershave. Ich konnte seine Hand in meiner fühlen, während wir auf dieses Licht zugingen.

Mit dem Handy machte ich ein Foto von dem Bild. Ich würde Mariel per Photoshop einfach daraus entfernen und Carter behalten. Er sah darauf so gut aus.

Ich wollte unbedingt in Moms Computer schauen, aber zuerst musste ich dieses Jahrbuch finden. Oben in meinem Zimmer überflog ich die Romane, Reitturnierabzeichen und den ganzen anderen Plunder in meinem Bücherregal und entdeckte die Jahrbücher der Hampstead High im untersten Fach. Ich zog den Band meines Abschlussjahres heraus und blätterte zu den Lehrern. Da war Miss Baird in einem weißen, durchscheinenden Oberteil und einer Perlenkette. Ihr maisblondes Haar war zu einem Zopf geflochten, und ihre großen grünen Augen verliehen ihr einen ständig neugierigen Blick. Ich versuchte zu schätzen, wie alt sie damals gewesen war. Anfang dreißig vielleicht. Und der Name, der unter dem Foto stand, lautete: *Jeanette Baird Gwythyr*. Gwythyr? Was war denn das für ein Name? Kein Wunder, dass ich mich daran nicht hatte erinnern können. Ich war mir nicht einmal sicher, wie man ihn aussprach.

Auch mein Handy schien die Information verarbeiten zu müssen, als ich den Namen in die Personensuche eingetragen hatte. Ein blauer Balken baute sich langsam an der oberen Kante meines Displays auf. Einen Moment später erschien ihr Name: *Jeanette Gwythyr, 516 Upland Road, Eastville, Connecticut*. Die Wörter fingen vor mir an zu tanzen. Es gab sie noch, und Eastville war vielleicht fünfundvierzig Minuten mit dem Auto entfernt. Das würde gehen.

Ich tippte ihre Nummer in mein Handy und holte tief Luft. Nimm ab, nimm ab. Ich hörte ein Klicken und dann die Stimme einer Frau: »Hallo, dies ist der Anschluss von den Gwythyrs. Cadwy und Jeanette.« Sie sprach den Namen *Gwith-er* aus.

»Hinterlassen Sie uns eine Nachricht«, sagte sie. »Erzählen Sie uns Ihre Geschichte.«

Eine Nachricht. Meine Geschichte. Wie sollte ich das ganze Malheur in einer Sprachnachricht erklären?

»Hi, Mrs.... äh, Miss Baird. Hier ist Sara Harrington. Ich weiß nicht, ob Sie sich an mich erinnern, aber ich war vor zwanzig Jahren auf der Hampstead High.« Ich warf einen Blick auf das Foto des Abschlussjahrgangs im Bücherregal. »Ich weiß, es ist lange her, aber Sie waren damals meine Kunstlehrerin. Und ich weiß noch, was für eine begabte Künstlerin Sie waren. *Sind*.« Ein paar Schmeicheleien konnten nicht schaden.

»Falls Sie nicht mehr wissen, wer ich bin, erinnern Sie sich vielleicht noch an Marnie Costigan. Sie hat einmal eine riesige Katze aus Ton gemacht. Mit Krallen und Schnurrhaaren und allem. Ich saß neben ihr.« Aber vielleicht konnte sie sich nicht mal an Marnie erinnern. »Oder Julia Feretti? Sie hat Teile von Michelangelos *Das Jüngste Gericht* in Miniatur auf einen Pfannenheber gemalt.« Der war wunderschön gewesen, aber ich hatte gehört, dass ihre Mutter ihn dann aus Versehen benutzt hatte und die Farbe abgegangen war, weil sie ihn in den Geschirrspüler getan hatte. »Wie dem auch sei, ich bin für ein paar Tage in Hampstead und könnte dringend Ihre Hilfe gebrauchen... mit einem Kunstwerk, einer Skulptur. Das würde ich gern mit Ihnen besprechen. Es ist ziemlich wichtig. Würden Sie mich bitte, sobald Sie können, zurückrufen?« Ich hinterließ ihr meine Nummer.

Wahrscheinlich war es weit hergeholt. Trotzdem hatte ich ein gutes Gefühl, als ich David eine Nachricht schrieb, um ihm den Stand der Dinge mitzuteilen. Vielleicht ließ er sich ja darauf ein.

Ich wollte mir gerade Marnie Costigans Fotos anschauen, als ich Schritte im Hauseingang hörte. Ich ging davon aus, dass Mom früher nach Hause gekommen war. Aber dann hörte ich Mariels Stimme. Sie kam telefonierend die Treppe herauf. Einen Moment später stand sie in der Tür.

»Ich muss dich zurückrufen.« Sie legte auf und ließ

das Handy in ihre Handtasche gleiten. Ihre rosa Nägel sahen so aus, als hätte sie sie gerade erst machen lassen. »Ich bin froh, dass du hier bist«, sagte sie.

Ich klappte das Jahrbuch zu und legte es aufs Bett, Während sie zum Schreibtisch geschlendert kam und die Dinge betrachtete, die darauf lagen – ein Glas mit Münzgeld, ein altes Foto meiner Eltern, eine silberne Kindertasse, ein Parfümflakon. Sie nahm die Kindertasse, drehte sie in der Hand und betrachtete meine eingravierten Initialen. »Können wir kurz ... äh ... quatschen?« Sie warf mir ein kleines Lächeln zu.

Quatschen? »Kommt darauf an, worüber du quatschen willst?« Ich würde auf keinen Fall über die Hochzeit mit ihr reden. Oder über Carter. Oder irgendetwas in der Richtung. Ich stand am Bücherregal und wartete ab, was sie zu sagen hatte.

Sie holte eine große Münze aus dem Glas. Ausländisches Geld, das ich als Souvenir von einer Reise mitgebracht hatte. »Ich finde, wir sollten nach vorn schauen.« Sie drehte die Münze herum. »Drüber hinwegkommen. Es hinter uns lassen.« Sie ließ die Münze wieder in das Glas fallen, wo sie mit einem metallischen Klirren landete. »Ich habe das Gefühl, wir befinden uns in einem Krieg. Wie in *The White Queen*.«

»*The White Queen?*«

»Diese Fernsehserie. Hast du die nicht gesehen? Die war *sooo* gut. Da kämpft eine Seite der Familie gegen eine andere, weil sie beide in England herrschen wollen.«

»Die habe ich nicht gesehen.«

»Oh, das solltest du aber. Sie ist schon etwas älter, aber echt gut.«

»Ich kenne die historischen Hintergründe. Aus dem Geschichtsunterricht.«

»Du meinst, es ist wirklich so passiert?«, fragte sie erstaunt.

Ich dachte, das sei ein Witz, aber sie lachte nicht. »Ja, natürlich basiert es auf einer wahren Geschichte.« Wie konnte sie das nicht wissen? Oh, ich vergaß. Sie hatte in den vier Jahren am College wahrscheinlich die Geschichte von Lippenstift oder so was studiert. »Die Ereignisse gingen als ›Rosenkriege‹ in die Geschichte ein. Kannst du ja bei Gelegenheit mal nachschlagen.«

Sie nahm das Parfüm vom Tisch und sprühte es in die Luft, schnupperte und stellte den Flakon wieder zurück. »Hör zu, das ist nicht, worüber ich mit dir reden wollte. Ich wollte dir sagen, dass mir leidtut, was passiert ist. Und Carter auch. Ich meine, es tut uns nicht leid, dass wir jetzt zusammen sind …« Sie drehte den Verlobungsring an ihrem Finger. »Aber es tut uns leid, wie du davon erfahren hast. Du weißt schon, der Silvesterabend und alles. Und dass wir dir nicht gleich gesagt haben, was zwischen uns ist.«

Also, das war ja zumindest schon mal etwas. In ihren Anrufen und Nachrichten hatte sie immer nur betont, dass Carter ihr erzählt hätte, er und ich hätten uns auseinandergelebt, und er hätte mich nicht mehr geliebt. Doch ich glaubte nicht, dass es so einfach war.

»Also, wie schon gesagt, wir sollten versuchen, es hinter uns zu lassen.«

Sie klang immer mehr wie Mom. *Du musst darüber hinwegkommen, Sara.* Konnte ich die Sache überwinden? Himmel, ein Teil von mir wollte das sogar, das musste ich zugeben. Tief drinnen wusste ich, dass mich der Groll bei lebendigem Leibe zerfraß. Aber ich hatte keine Ahnung, *wie* ich darüber hinwegkommen sollte. Zu viele Dinge hatten sich wegen dieser Sache endgültig verändert.

»Ich weiß nicht, was ich dir sagen soll«, meinte ich schließlich. »Ich muss darüber nachdenken. Ich brauche etwas Zeit. Um zu verarbeiten, was du gesagt hast. Um mir klar zu werden, ob … und wie …« Man konnte doch nicht bloß mit dem Finger schnippen und erwarten, dass das Geschehene einfach verschwand, oder?

Mariel ging zum Schrank und betrachtete sich im Spiegel. »Tja, okay, in Ordnung. Denk darüber nach. Klar. Aber ich habe im Moment sowieso schon so viel um die Ohren, und das stresst mich ziemlich.« Sie strich einen Träger ihres Kleides glatt. »Deshalb finde ich, weißt du, dass wir es gut sein lassen sollten.«

Es gut sein lassen? Als hätte sie mir nur das letzte Croissant weggeschnappt und nicht die Liebe meines Lebens? Ich wünschte, es wäre so einfach. Vielleicht war es das für sie. Aber ich wusste, dass es für mich nicht so war. Und trotzdem war ich versucht, ihr zuzustimmen, zu sehen, was wir tun konnten, um die Scherben zu kitten, so weit das möglich war.

»Also gut«, sagte sie, »aber denk nicht zu lange nach, weil ich dich gern bei der Hochzeit dabeihätte. Ich will dich als Brautjungfer. So wie wir das immer geplant hatten.«

Ich zuckte zusammen und stieß mit dem Ellenbogen gegen ein Foto im Bücherregal – ich mit sieben, wie ich auf Crackerjack reite. Der Rahmen fiel mit einem Knall zu Boden, und die Schleife, die daran gebunden war, flog weg. Ich hob den Rahmen auf und stellte ihn wieder ins Regal. Ein kleines Stück Glas war abgesplittert. Das passierte alles viel zu schnell. Ich hatte noch nicht einmal zugesagt, dass ich es hinter mir lassen könnte, wie sollte ich da zur Hochzeit gehen? Ich konnte doch nicht eine Brautjungfer auf der Hochzeit des Mannes sein, den ich liebte?

Und was redete sie da von »So wie wir es immer geplant haben«? Das war Teenagergerede gewesen, vor vielen Jahren. Wir hatten schon seit Ewigkeiten nicht mehr darüber gesprochen. Doch Mariel schien meinen Schock fälschlicherweise als Freude zu interpretieren. Ein Lächeln machte sich auf ihrem Gesicht breit.

»Das überrascht dich jetzt«, sagte sie, »ich weiß.« Sie nahm das Jahrbuch und fing an, darin herumzublättern. »Es ist so. Irgendwie finde ich es seltsam, wie alles gelaufen ist, aber ich denke, es ist gut so. Schau, meine Freundin Baily... Erinnerst du dich an sie? Aus Newport Beach? Groß, blond und hübsch?« Damit wäre die Hälfte aller Frauen in Kalifornien treffend beschrieben. »Also, sie kann leider nicht kommen, weil sie sich das Bein zweifach gebrochen hat. Skifahren in Argentinien.« Mariel blätterte ein paar Seiten weiter. »Wir haben vier Brautjungfern und vier männliche Trauzeugen. Und jetzt haben wir eine Brautjungfer zu wenig. Also habe ich mir gedacht, du möchtest vielleicht für Baily einspringen.«

Das konnte doch nicht ihr Ernst sein. Sie wollte mich

als Ersatz für eine andere Brautjungfer? Für diejenige, die sie eigentlich ausgewählt hatte? »Das soll wohl ein Witz sein. Du willst mich als Zweitbesetzung?« Ich bekam die Worte kaum heraus.

»Du kannst ihr Kleid haben«, fuhr sie unbeirrt fort. »Die Brautjungfernkleider sind wunderschön. In so einem Mauveton. Er heißt Rosenquarz. Mit kleinen Rüschchen hier.« Sie fuhr sich mit den Händen quer über den Busen. »Und hier ganz schmal geschnitten.« Sie fasste sich an die Taille. »Ich habe es mir von Baily schicken lassen. Sie ist etwas breiter als du, aber wir können es ändern lassen.« Sie klappte das Jahrbuch zu. »Ich muss mein Kleid sowieso ein bisschen enger machen lassen. Da könnten wir gleich zusammen gehen.«

Eine Ersatzbrautjungfer mit einem Ersatzkleid. Sie wollte, dass ich bei *ihrer* Hochzeit mit *meinem* Exfreund als Ersatz für ihre Freundin einsprang, damit das Verhältnis von Brautjungfern und Trauzeugen ausgeglichen blieb? In einem mauvefarbenen Kleid? Mauve stand mir überhaupt nicht. Es machte mich total blass.

»Das ist meine Hochzeit«, sagte sie, »und du bist meine Schwester. Da könntest du mir schon ein bisschen helfen. Es ist schließlich mein großer Tag. Du hast ja keine Ahnung, was es heißt, die Braut zu sein. Ich weiß, du hast schon eine Menge Hochzeiten geplant, aber du warst noch nie auf der anderen Seite. Ich mache mir ganz schön viele Sorgen deswegen, Sara. Carter hat auch einige seiner Partner und Klienten aus der Kanzlei eingeladen. Da muss alles perfekt sein. Ich brauche wirklich deine Hilfe.«

Mein erster Gedanke war, es abzulehnen, aber dann wurde mir klar, dass sich mir da gerade eine fantastische Gelegenheit bot. Teil der Hochzeitsvorbereitungen zu sein ermöglichte es mir, all die Einzelheiten herauszubekommen, die ich benötigte, um die Veranstaltung sabotieren zu können. Außerdem verschaffte es mir den perfekten Vorwand, in der Stadt zu bleiben. Ich würde vom Duncan Arms nach Hause in mein altes Zimmer umziehen, wo ich mittendrin im Geschehen wäre.

Ich wartete eine Minute und tat so, als müsste ich genau über ihre Bitte nachdenken. »Du hast recht«, sagte ich schließlich. »Wir sollten unsere Differenzen überwinden. Was in der Vergangenheit passiert ist, soll Vergangenheit sein. Lass uns in die Zukunft blicken.«

Mariels Augen fingen an zu leuchten. »Findest du echt?«

»Ja, finde ich. Ich werde deine Brautjungfer sein. Und noch mehr. Ich werde sogar deine Hochzeitsplanerin sein, damit du nicht mehr so viel Stress hast.«

Mariel ließ sich aufs Bett plumpsen, als wäre sie völlig erschöpft. »Oh, das ist großartig.«

Ich lächelte hinterlistig. »Überlass einfach alles mir.«

8

Kleine Änderungen

Ich checkte aus dem Duncan Arms aus und brachte meinen Koffer in mein Elternhaus. Ich war noch nicht einmal fertig mit dem Auspacken, als Mariel schon wieder im Türrahmen meines Zimmers stand und darauf pochte, dass wir unsere Kleider zusammen zum Ändern brachten.

Zwanzig Minuten später betraten wir mit unseren Kleidersäcken die Änderungsschneiderei Marcello's Tailoring. Eine schwarz-weiße Katze, die sich auf einem Stuhl neben der Tür zusammengerollt hatte, öffnete kurz die Augen, sah mich blinzelnd an und schlief dann einfach weiter. Mitten im Raum kniete Bella – Mitte fünfzig, olivfarbener Teint, schmale Gestalt – vor einem Podest, hinter dem ein Spiegel hing, und steckte den Saum am Kleid einer Kundin ab. Sie betrieb das Geschäft, seit ihr Vater Marcello vor ein paar Jahren in den Ruhestand gegangen war.

»Ich bin gleich für Sie da, meine Damen.« Bella warf uns einen kurzen Blick zu und strich sich ein paar ihrer dunklen Locken hinter die Ohren, sodass ihre silbernen Creolen aufblitzten.

Wir setzten uns vor eine Wand voller Holzregale, in denen Stoffballen lagerten. Ich erinnerte mich, als Kind mit meinem Vater hier gewesen zu sein, völlig fasziniert von den vielen Stoffen in allen Farben von Quittengelb bis Pfirsichfarben und von Petrol bis Tintenblau. Hinten gab es noch einen anderen Raum, in dem gearbeitet wurde. Dad und ich hatten einmal einen Blick hinein erhaschen können. Wie überrascht ich damals gewesen war, als ich zwei Frauen an alten Nähmaschinen hatte sitzen sehen, denn ich hatte mir immer vorgestellt, dass Marcello alles selbst machte, wie ein kleiner Weihnachtself.

»Die Harrington-Schwestern«, begrüßte uns Bella, nachdem die andere Kundin gegangen war. »Schön, Sie zu sehen. Ist lange her.« Sie richtete den Blick auf unsere Kleidersäcke und hielt schon ein Stecknadelkissen in der Hand. »Womit kann ich Ihnen behilflich sein?«

»Wir haben hier zwei Kleider, die geändert werden müssen«, sagte ich. »Für eine Hochzeit.«

Bellas Augen tanzten von mir zu Mariel. »Oh, ist eine von Ihnen die Braut?«

Mariel hob die Hand. »Ich.«

»Glückwunsch! Wann ist denn der große Tag?«

»Am Samstag in einer Woche.«

»Das ist ja schon bald. Also, ziehen Sie sich mal beide um, damit ich mir ansehen kann, was zu tun ist.«

Wir betraten die Umkleidekabine weiter hinten im Laden, und Mariel machte den Reißverschluss ihres Kleidersacks auf. Mein erster Blick auf ihr Kleid verschlug mir den Atem. Es war exquisit. Schmale Silhouette, runder Halsausschnitt, tailliert und mit einer schlichten, aber eleganten Schleppe. Es bestand aus bestimmt fünf Stoffschichten, und die oberste war aus so hinreißend floraler Spitze, wie ich sie noch nie gesehen hatte. Es war die Art von Spitze, die ganz den Anschein erweckte, als wäre sie vor hundert Jahren in einer italienischen Kleinstadt von Hand gefertigt worden. Ich blickte auf das Label: *Valentino*. Kein Wunder.

»Das ist aber mal ein Kleid«, sagte ich beeindruckt und ließ die Finger über den Stoff gleiten. Er fühlte sich üppig und luxuriös an. So etwas hatte ich noch nie berührt. Oder gesehen. Ich starrte auf die detaillierten Ornamente der Spitze. Jeder Quadratzentimeter war ein kleines Kunstwerk.

Es musste ein Vermögen gekostet haben. Ich wusste, dass Carter es bezahlt hatte, weil mir meine Mutter erzählt hatte, dass er darauf bestanden hatte, Mariel das Kleid zu spendieren. Aber ich konnte es nicht fassen, dass Mariel sich so ein teures Modell ausgesucht hatte. Ich hätte das niemals getan. Aber ich wusste ja auch, was Geld wert war, weil ich es selbst verdiente. Bei Mariel, die sich, was ihr finanzielles Auskommen betraf, schon immer auf andere verlassen hatte, war das nicht so.

Sie schlüpfte in das Kleid, und ich machte den Reißverschluss hinten zu. Sie drehte sich um und betrachtete sich eingehend im Spiegel. Das Kleid sah spektakulär aus – der Schnitt, der Stoff, die Spitze. Wenn ich doch nur diejenige gewesen wäre, die es tragen würde. Wenn ich doch nur diejenige gewesen wäre, die Carter heiraten würde. Ich stellte mir vor, wie wir vor dem Altar standen und Carter mir das Jawort gab. *Zu lieben und zu ehren...*

»Hallo!«, sagte Mariel und wedelte mit der Hand vor meinem Gesicht herum. »Du musst dein Kleid anprobieren.«

»Richtig«, sagte ich und öffnete den anderen Kleidersack. Das Brautjungfernkleid bestand aus Seide und Tüll mit einem gekreuzten Rüschentop und einem fließenden Rock. Ich zog es an. Es war mindestens zehn Zentimeter zu lang. Baily Richardson musste wirklich eine große Frau sein.

»Hm.« Mariel trat einen Schritt zurück und betrachtete mich kritisch. »Bin mir nicht sicher, ob das die ideale Farbe für dich ist.«

Ach was? »Hättest du nicht eine andere Farbe aussuchen können? Du weißt doch, dass mir Mauve nicht steht.«

»Hey, als ich die Kleider ausgesucht habe, wolltest du ja nicht mal zur Hochzeit kommen.«

»Tja, jetzt bin ich hier.«

»Und du musst es anziehen.«

Es klopfte an der Tür. »Entschuldigung, brauchen Sie Hilfe mit Reißverschlüssen oder Knöpfen oder... irgendetwas?«

Bella. Vermutlich hatte sie uns gehört. »Danke, wir kommen zurecht«, sagte ich.

Als wir aus dem Umkleideraum traten, schlug Bella die Hände zusammen, und ich konnte sehen, dass ihre Augen ganz glasig wurden.«

»Sehen Sie sich an! Was für eine wunderschöne Braut Sie sein werden.« Sie ging um Mariel herum, betrachtete das Kleid von allen Seiten, berührte den Stoff und nickte. Dann drehte sie sich zu mir, als würde sie sich plötzlich wieder an ihre Manieren erinnern. »Oh, und Sie natürlich auch. Sie sehen sehr nett aus.«

Ich rang mir ein Lächeln ab.

Bella führte Mariel zu dem Podest. »Ich sehe, dass es Ihnen noch ein bisschen zu weit ist...«

»Ja, viel zu weit«, sagte Mariel. »Unfassbar, dass das Brautmodengeschäft das nicht richtig hinbekommen hat. Ich habe eine so schmale Taille. Hier drin schwimme ich ja richtig.«

Bella fasste ein wenig Stoff auf beiden Seiten von Mariels Taille zusammen. »Wenn wir es hier und hier ein wenig enger machen... Ja, das sollte gehen.«

»Siehst du das?«, meinte Mariel und blickte mich im Spiegel verärgert an. »Siehst du, wie schmal meine Taille ist? Wie kommen die darauf, dass mir das passen würde?«

Wenn sie noch einmal »schmale Taille« sagte, würde ich sie erwürgen.

Bella nahm ein Stecknadelkissen und fing an, das Kleid abzustecken. »Wer ist denn der Glückliche?«

Mariels Gesicht entspannte sich wieder. »Sein Name ist Carter Pryce. Er ist Anwalt aus Los Angeles. Er vertritt hauptsächlich *Filmstars*.«

»Filmstars?« Bella klang beeindruckt.

»Ja, Filmstars, Sänger, Drehbuchautoren. Auch Produzenten. Er hat alle möglichen Promis als Klienten. Er ist sehr erfolgreich.«

Oh bitte, müssen wir uns das wirklich anhören?

»Nächsten Monat sind wir auf dem *Telluride Film Festival*. Oder vielleicht ist das auch erst den Monat drauf.

Ich weiß nicht mehr genau.« Sie strich über das Oberteil ihres Kleides, wie ein Vogel, der sich putzte.

Anfangs war ich auch von diesen Dingen begeistert gewesen. Von den Partys, den Wohltätigkeitsveranstaltungen, den Branchenevents. Smoking hier und Smoking da. Ich weiß noch, wie beeindruckt ich in den ersten Monaten unserer Beziehung von einer Thanksgiving-Einladung bei Carter war, mit all den Hollywood-A-Promis und dem Catering durch ein trendiges neues Restaurant. Ein kleiner Teil von mir hatte sich zwar auch damals nach einem einfachen Familienessen gesehnt, aber ich hatte versucht, es als einmalige Gelegenheit zu betrachten.

»Das Filmfestival wird dir bestimmt gefallen«, sagte ich. »Ich persönlich bin froh, dass ich so was nicht mehr machen muss. Die Menschenmengen und all die hysterischen Fans.«

»*Ich* freue mich drauf.«

»Ganz zu schweigen von der Höhenluft. Man kann nur schwer atmen.«

»Dann ist es ja gut, dass du nicht dort sein wirst«, sagte Mariel fröhlich, während Bella ihr mit einer Geste bedeutete, sich umzudrehen. »Ich bin sicher, in Chicago bist du glücklicher. Mit diesen kalten Wintern, der Kriminalität und der ganzen Umweltverschmutzung.«

Ich wollte sie daran erinnern, dass sie der Grund für meine Flucht von L.A. nach Chicago war, aber ich verkniff es mir. Ich musste mein Ziel im Auge behalten.

Bella war mit dem Abstecken der rechten Seite fertig und wollte gerade mit der linken Seite beginnen, als die Tür zum hinteren Zimmer aufging und ein kleiner, leicht gebeugter Mann hereinkam, mit Glatze und buschigen Augenbrauen. Marcello. Er starrte uns ein paar Sekunden an und lächelte dann breit.

»Die Harrington-Schwestern. Mein lieber Schwan. Wie lange ist das her? Drei, vier Jahre?«

»Mindestens«, sagte ich.

Er sah Mariel an. »Ja, was ist denn das? Heiraten Sie etwa?«

Sie lächelte. »Das möchte ich meinen.«

»Herzlichen Glückwunsch! So eine Überraschung.« Er schaute kurz zu Bella hinüber. »Mir erzählt hier ja niemand etwas.«

Bella schüttelte mit hochgezogenen Augenbrauen den Kopf. »Ich wusste es auch nicht, Paps.«

»Wer ist denn der Glückliche?«

Mussten wir das wirklich alles noch einmal durchkauen? »Sie heiratet einen Anwalt für die Entertainmentbranche«, erklärte ich. »Aus Los Angeles. Carter Pryce.« Ich musste die Dinge etwas beschleunigen.

»Und Sie sind Brautjungfer?«

»Ja, ich bin eine der Brautjungfern.« Ich spürte, wie sich mein Kiefer verkrampfte.

Er wandte sich wieder an Mariel. »Werden Sie dann auch in Los Angeles leben?«

»Ja, wir leben bereits dort. Aber wir sind auf der Suche nach einem neuen Haus.«

Ach wirklich? Carter hatte ein wunderschönes Haus auf dem Hügel mit Blick auf Santa Monica. Wer würde nicht dort wohnen wollen? Ich konnte mich noch gut an die gemütlichen Sonntagvormittage erinnern, die wir entspannt mit Lesen und Kaffeetrinken auf der Terrasse verbracht hatten, um hin und wieder durch die Bäume hindurch auf die Skyline der Stadt und den wilden blauen Ozean dahinter zu blicken.

»Mein Verlobter hat zwar bereits ein Haus«, erklärte Mariel, »aber ich finde, wir sollten ganz neu anfangen. Mit einem Ort, den wir zu unserem gemeinsamen Zuhause machen können, und nicht mit einem, wo er bereits vorher gewohnt hat. Mein Innenarchitekt hat schon ganz tolle Ideen, und ich bin mir sicher, wenn wir unser Haus erst gefunden haben, wird es perfekt werden.«

Ihr Innenarchitekt? Sie lebte in einer Einzimmerwohnung. Da war kein Platz für Design. Ich war drauf und dran zu explodieren.

»Ich dachte, Sie wären im Ruhestand«, sagte ich zu Marcello, um das Thema zu wechseln.

Er lächelte geduldig. »Sicher. Das bin ich. Ich bin schließlich fast achtzig. Aber wissen Sie, man geht nicht so von heute auf morgen ganz in den Ruhestand. Ich langweile mich sonst. Also komme ich noch manchmal rein und helfe meiner Bella.« Er klopfte ihr liebevoll auf die Schulter.

»Glauben Sie ihm kein Wort«, brummelte sie und steckte eine letzte Nadel in das Kleid. »Er wird hier immer der Chef bleiben.« Sie trat einen Schritt zurück. »So, was sagen Sie?«

Mariel warf einen Blick in den Spiegel und drehte sich von einer Seite zur anderen. »Ich denke, so wird es gehen.«

»Gut, dann die Nächste bitte«, meinte Bella und nickte mir zu.

Ich stieg auf das Podest, während Mariel wieder im Umkleidezimmer verschwand. Bella steckte den Saum ab und nahm ein paar Anpassungen an den Schultern vor, und ich stand innerlich wutschnaubend da. Wieso merkte Carter denn nicht, dass Mariel ihn manipulierte, damit er ein neues Haus kaufte, wo er doch gar keines brauchte?

»So«, meinte Bella, als sie fertig war. »Wie sieht das aus?«

Es sah besser aus, aber es war noch immer mauve.

»In Ordnung«, sagte sie, als Mariel wieder aus dem Umkleideraum kam. »Dann will ich mal Ihre Kontaktdaten aufnehmen. Die Telefonnummern und alles.«

Mariel folgte ihr zum Ladentisch, und ich ging mich umziehen. Als ich die Tür der Umkleide öffnete, sah ich Mariels Kleid dort hängen, von Bella abgesteckt, damit es bei der Hochzeit perfekt sitzen würde. Ich starrte den runden Halsausschnitt an, die Spitze, den taillierten Schnitt, die Lagen von Stoff, die Schleppe, die anmutig Mariels Füße umspielen würde. Ich stellte mir vor, wie sie in dem Kleid zum Altar schweben würde, vorbei an den Orchideensträußchen an jeder Bank, flackernde Kerzen, alle Augen auf sie gerichtet…

Dann musste ich an meine Kundin denken, diejenige, die von ihrer Schneiderin in ihr Kleid genäht werden musste, und das Bild meiner Schwester änderte sich. Sie schritt noch immer zum Altar, aber plötzlich war da ein lautes *Rrratsch* zu hören, und ihr Kleid platzte am Rücken zehn Zentimeter auf.

Die Brautjungfern kreischten und umringten sie, um sie vor den Blicken der anderen abzuschirmen. Die Gäste raunten, und der Pfarrer machte ein Gesicht, als würde seine Kirche abbrennen. Carter wurde bleich, offensichtlich geschockt. Dann entdeckte er mich am Rand sitzend. Unsere Blicke trafen sich, und ich wusste, dass es um ihn geschehen war. Abermals. Es war, als bliebe die Zeit stehen und als wäre nichts von all den unglückseligen Ereignissen je passiert.

Ich habe nie aufgehört, dich zu lieben, Sara, sagte er so laut, dass es alle in der Kirche hören konnten. Er entriss dem Ringträger, der erst fünf war, aber trotzdem wusste, dass da etwas falschlief, die Trauringe, kam auf mich zu und sagte: *Sara Harrington, willst du mich heiraten?*

Meine Schwester fiel in Ohnmacht. Nicht einmal ein Spritzer *Poison* würde sie jetzt zurückholen können. Sie musste weggetragen werden, damit sie versorgt werden konnte. Vielleicht gleich nach Texas. Aber inzwischen wurde die Hochzeit fortgesetzt, bloß dass nun *ich* die Braut war. Ich änderte die Zeremonie ein wenig ab und auch die Musikauswahl. Für die anschließende Feier setzte ich all meine Lieblingslieder auf die Playlist der Band, ließ meinen Namen statt Mariels auf die Hochzeitstorte schreiben und ...

»Ich weiß nicht, wie das passieren konnte«, hörte ich Mariel sagen. »Man sieht doch, wie schmal meine Taille ist, oder?«

Sie fand, ihre Taille sei schmal? Ich würde ihr zeigen, was eine schmale Taille war. Ich zog Bellas Stecknadeln heraus, eine nach der anderen, und steckte sie dann so wieder hinein, dass das Kleid auf jeder Seite zwei Zentimeter schmaler wurde. *Das* war eine schmale Taille.

Die Sabotage hatte begonnen.

9

Vom Regen in die Traufe

Ich hörte, wie jemand meinen Namen rief, als Mariel und ich Marcellos Schneiderei verließen. Tate Lambert kam winkend auf uns zu. Ich hatte ihn seit seiner Hochzeit vor sechs Jahren nicht mehr gesehen, auch wenn wir hin und wieder gemailt hatten. Die letzte E-Mail, die ich von ihm bekommen hatte, war eine Ankündigung vor einem Jahr gewesen, dass es in seiner vormals reinen Pferdepraxis nun auch eine Allgemeintierärztin gab.

»Hey, Sara!«, sagte er lächelnd, und seine Grübchen, an die ich mich noch gut erinnern konnte, wurden sichtbar.

»Tate!«, war alles, was ich herausbrachte, bevor er mich fest umarmte und hin und her wiegte.

Wir waren seit der ersten Klasse befreundet, und in der Highschool hätten wir beinahe mal ein Techtelmechtel gehabt, wenn einer von uns beiden nicht gekniffen hätte. Ich glaube, ich war das gewesen. Wahrscheinlich hatte ich Angst gehabt, unsere Freundschaft aufs Spiel zu setzen. Und ich war zu der Zeit außerdem ein bisschen verknallt in Scott Wilders gewesen, auch wenn der sich nicht für mich interessiert hatte. Jahre später hatte ich gehört, dass er nach Alaska gezogen war, was mir sowieso viel zu kalt gewesen wäre.

Tate sah ein bisschen anders aus als auf dem Foto aus seiner Ankündigungsmail. Er hatte zwar immer noch dieselbe Frisur – wenn man es so nennen wollte –, irgendwie zerzaust, als wäre er gerade erst aufgestanden. Aber nun erkannte ich graue Strähnen in seinem Haar. Und er sah dünner aus. Nicht dass er jemals zu viel auf den Rippen gehabt hätte, aber jetzt wirkte er irgendwie ausgezehrt. Doch er hatte immer noch dieses lausbubenhafte Lächeln und die leicht schiefe Nase, die von seinem Zusammenstoß mit einer Glastür im Alter von fünfzehn Jahren herrührte.

»Und da ist ja Mariel…«, sagte er und umarmte sie ebenfalls, bloß etwas verhaltener, »…die Braut in spe.« Er betrachtete sie einen Moment zu lang. »Wow, du siehst toll aus. Hast du eine neue Frisur oder so?«

Frisur? Glaubte er ernsthaft, das wäre alles? Natürlich hatte sie eine andere Frisur. Sie hatte jetzt einen platinblonden, stufig geschnittenen kurzen Bob. Aber merkte er nicht, dass sie ihren kompletten Look verändert hatte, von der Escada-Tasche bis zu den Louboutins und alles dazwischen?

»Ja, ich hab mich … ein bisschen verändert«, sagte sie und neigte den Kopf kokett zur Seite. Dann sah sie mich an. »Tate kommt auch zur Hochzeit.«

»Oh, wie schön.« Ich schätze, ich war etwas überrascht, auch wenn ich das vermutlich nicht sein sollte. Er war ein alter Freund der Familie und ganz abgesehen davon auch noch Anthems und Jubilees Tierarzt.

»Ich freu mich wirklich, dich wiederzusehen«, sagte ich und drückte leicht seinen Arm. Er war immer ein sehr netter Kerl gewesen. Und es ging nichts darüber, einen alten Freund wiederzusehen, jemanden, der einen schon richtig lange kannte und mit dem man über alte Geschichten plaudern konnte, als wäre keine Zeit vergangen.

Manchmal fragte ich mich, ob ich auf diesen romantischen Anflug in unserer Teenagerzeit hätte eingehen sollen, aber dann würden wir vermutlich jetzt nicht hier stehen und uns unterhalten. Ich wünschte, ich hätte sagen können, dass er jemanden geheiratet hatte, den ich mochte, aber das war leider nicht der Fall. Ich war nie der Ansicht gewesen, dass Darcy zu ihm passte, aber vielleicht war ich da mit meinem Urteil zu schnell gewesen. Ich hatte sie nur ein paarmal getroffen, aber sie hatte immer ein wenig reserviert und selbstgefällig auf mich gewirkt.

»Wie läuft das Geschäft?«, erkundigte sich Mariel.

»Du meinst seine *Praxis*?«, fragte ich, während zwei Frauen an uns vorbeijoggten.

Tate lächelte. »*Geschäft*, *Praxis*, nennt es, wie ihr wollt. Es läuft gut.«

»Das war ein gutes Foto von dir und deiner neuen Tierarztkollegin in der E-Mail damals«, sagte Mariel.

»Stimmt«, fügte ich hinzu.

»Oh, danke. Ja, die Dinge laufen viel besser, seit Amy mit in der Praxis ist. Schon allein, weil ich nicht mehr jede Nacht auf Abruf bin. Sie ist jung und klug, und sie kann etwas.« Er stupste mich mit dem Ellenbogen an.

»Apropos Arbeit, wie ist dein neuer Job, und wie gefällt es dir in Chicago?«

Ich spürte Mariels Blick auf mir ruhen. »Der Job ist super und Chicago auch«, sagte ich in der Hoffnung, überzeugend zu klingen. »Es ist mal was anderes, intern zu arbeiten und Firmenevents zu planen.«

»Ich bin sicher, du bist richtig gut darin. Du bist ja so organisiert. Was das betrifft, kommst du ganz nach deinem Vater. Der war ja auch so ein Typ, der etwas auf die Beine stellen konnte.«

Dass er mich mit meinem Vater verglich, ließ mich lächeln. »Ja, er war wirklich ein besonderer Mensch.«

»Also, bist du bereit für den großen Tag?«, fragte er Mariel.

»Absolut.« Sie sah kurz zu mir herüber. »Sara hilft mir ein bisschen mit den letzten Feinheiten, aber alles andere habe ich selbst organisiert. Ich dachte mir, wenn *Sara* Hochzeiten planen kann, dann kann *ich* das auch!«

Tate lachte. »Du bist schon immer gern in die Fußstapfen deiner Schwester getreten, was?«

In meine Fußstapfen getreten? Sie stahl mir mein Leben, nichts anderes. Hatte er das schon vergessen? Und jetzt hatte sie den ultimativen Coup gelandet und mir die Liebe meines Lebens ausgespannt. Offenbar hatte Mom Tate bei einem seiner letzten Besuche nicht über die Situation mit mir, Mariel und Carter aufgeklärt, vermutlich, weil sie davon ausgegangen war, dass wir uns sowieso vor der Hochzeit wieder versöhnen würden.

»Ich habe das Gefühl, die Hochzeit wird echt lustig«,

meinte Tate. »Und du gibst bestimmt eine schöne Braut ab.« Was schleimte er denn so herum? Er konnte den Blick kaum von ihr wenden.

»Ach, das ist nett von dir.« Mariel küsste ihn flüchtig auf die Wange. »Meine Güte, wenn du in der Highschool so mit mir geredet hättest, dann wärst du am Ende noch mein Freund geworden.«

Oh Mann, sie zog wirklich alle Register, gerade so, als wären wir noch auf der Highschool. Damals interessierte sie sich nicht für Tate. Und heute auch nicht, aber trotzdem wetteiferte sie um seine Aufmerksamkeit.

»Ja, klar, ich wette, das sagst du zu allen Männern.« Tate winkte ab, aber mir entging der rosige Schimmer auf seinem Gesicht nicht.

Wir standen noch einen Moment zusammen, als die Tür der Rolling Pin Bakery aufging und ein Junge mit einem Skateboard unterm Arm herauskam. Ich nahm einen Hauch von Zimtduft wahr.

Tate warf einen Blick auf die Uhr. »Hey, was habt ihr noch vor?«

»Du meinst *jetzt*?«, fragte ich.

»Ja, jetzt.«

»Eigentlich nichts. Warum?«

»Wollt ihr vielleicht mit mir zu den Darrells rausfahren? Ihre Stute lahmt. Da könnten wir noch ein bisschen quatschen, und nachher setze ich euch wieder hier ab. Ich muss sowieso durch die Stadt zurückfahren.«

»Klar, ich komm mit«, sagte ich, froh über die Gelegenheit, mich noch ein bisschen länger mit ihm zu unterhalten.

Mariel holte eine Sonnenbrille heraus und setzte sie auf. »Ich wünschte, ich könnte mitkommen, aber ich habe noch ein paar Dinge hier in der Stadt zu erledigen«, sagte sie und verabschiedete sich.

»Du hilfst deiner Schwester also bei den Hochzeitsvorbereitungen«, meinte Tate, als Mariel in die eine und wir in die andere Richtung davongingen.

»Du schienst ziemlich interessiert an ihr.«

»Ich habe sie lange nicht mehr gesehen.«

»Wir haben uns auch schon lange nicht mehr gesehen.«

»Ach, komm schon, Sara, ich wollte doch nur nett sein. Was ist los?«

Ich schüttelte den Kopf. Ich wollte nicht darüber reden. Wir gingen weiter, und ich erblickte seinen Pick-up mit der Aufschrift der Tierarztpraxis, der vor der Apotheke parkte, wo ich früher mal einen Sommer ausgeholfen hatte.

»Weißt du«, meinte er, nachdem wir in den Wagen gestiegen waren und die Türen zugemacht hatten, »deine Schwester hat mir immer ein bisschen leidgetan.«

»*Sie* hat dir leidgetan?« War er irre?

»Ich habe es dir nie gesagt, weil du sonst wahrscheinlich wütend auf mich geworden wärst, aber ich fand, dass sie ziemlich unsicher war, so als hätte sie ihren Weg nie ganz gefunden.«

»Sag mir nicht, du glaubst wirklich, sie wäre unsicher.«

»Auf gewisse Weise schon.«

»Jetzt hat sie wohl auch dich hypnotisiert.«

»Sie hat mich nicht hypnotisiert. Du bist einfach so nah dran, dass du es nicht erkennen kannst.«

Ich war eigentlich recht zufrieden mit meiner Sehkraft. »Was hat dir meine Mom über mich erzählt?« Vielleicht hatte sie ihm ja diese Flausen in den Kopf gesetzt.

»Mal sehen. Das letzte Mal, als ich dort war, das muss schon ein paar Monate her sein, da meinte sie, dass du bald deine eigene Firma gründest.«

Ich ließ das Fenster herunter und stützte mich mit dem Ellenbogen in die Öffnung. Die Fahne vor dem Postamt flatterte im leichten Wind. »Das ist etwas, das mich echt nervt. Ich habe einmal ganz nebenbei erwähnt, dass ich mich vielleicht irgendwann mal selbstständig machen will. Und sie erzählt dir, dass ich dabei bin, eine Firma zu gründen.« Das war ein bisschen so wie bei Stille Post. Nur dass es nicht mehrere Leute brauchte, bis die Aussage total verfälscht rüberkam, sondern lediglich meine Mutter.

Tate lächelte mich mitfühlend an. »Tja, sie hat schon immer gern etwas übertrieben.«

»Und seit mein Vater gestorben ist, ist es noch schlimmer geworden.«

»Ja, das stimmt.« Er bremste, als ein SUV vor uns einscherte. »Dafür wird es nie langweilig mit ihr. Das muss man ihr lassen.«

Wir fuhren stadtauswärts, und Tate warf mir von der Seite her ein verschmitztes Lächeln zu. »Weißt du noch, wie wir in der Schule die Unterschriften unserer Mütter gefälscht haben, damit wir schwänzen konnten?«

Ich erschauderte und musste gleichzeitig grinsen. »Ich kann immer noch nicht fassen, dass wir damit so oft durchgekommen sind... und dass wir dann ausgerechnet am ersten schönen Frühlingstag aufgeflogen sind.« Nichts ging über den Frühlingsanfang in Connecticut nach einem harten, grauen Winter. Dieser Tag im April, wenn die Krokusse aus dem harten Boden sprossen, die Blüten sich zum Himmel streckten und die Luft sich warm und nach Leben anfühlte. Wer wollte an so einem Tag schon in der Schule sitzen?

Ein paar Kilometer weiter bogen wir in eine Einfahrt, die leicht anstieg und zwischen Feldern hindurchführte. Auf der Anhöhe befand sich ein weißes Bauernhaus aus dem späten neunzehnten Jahrhundert und dahinter eine große rote Scheune mit grauem Mansardendach und zwei Kuppeln. Daneben auf einer Koppel stand ein rotbrauner Wallach und beobachtete uns mit aufgerichteten Ohren, als wir näher kamen.

»Das ist Shadow«, sagte Tate. »Die Stute ist drinnen.«

Er parkte, und wir gingen zur Hecktür des Wagens. Drinnen befanden sich Schubladen und Fächer voller Verbandszeug, Spritzen, Medikamente, Salben und ein mobiles Ultraschall- sowie ein Röntgengerät. Er holte eine Zange zum Prüfen der Hufe heraus. »Kommst du hin und wieder noch zum Reiten?«

»Nicht wirklich. Wenn ich zu Hause bin, springe ich manchmal auf Anthem. Aber das war's auch schon.«

»Schade. Du bist so eine gute Reiterin.«

Nett, dass er das sagte. »Ach, ich weiß nicht. Vielleicht früher mal. Und du? Hast du noch Pferde?«

»Nein, wenn überhaupt, reite ich die Pferde von anderen Leuten. Aber ich habe ein Pony. Einen Wallach. Für Emily und Claire.«

»Die beiden reiten? Wie alt sind sie denn jetzt?« Ich erinnerte mich noch dunkel an die Babyfotos, die Tate mir gemailt hatte.

»Vier und fünf.«

»Wie kann es sein, dass sie jetzt schon vier und fünf Jahre alt sind? Ist Emily schon in der Vorschule?«

»Ab Herbst.«

Tates Tochter in der Vorschule? Das schien unmöglich, vor allem, wenn ich mir überlegte, dass Tate und ich nicht viel älter gewesen waren, als wir uns kennengelernt hatten. Wie konnte es sein, dass die Zeit so schnell verging? Ich hatte mit einem Mal das Gefühl, dass mein Leben sich überhaupt nicht in die richtige Richtung bewegt hatte. Das Einzige, was ich vorzuweisen hatte, war ein Job. Aber ich wollte Liebe. Ich wollte verheiratet sein. Ich wollte Kinder.

»Es heißt ja immer, sie werden so schnell groß, aber man glaubt es nicht.« Tate lehnte sich hinten an den Wagen, verschränkte die Arme und ließ den Blick über die Felder und Hügel schweifen, wo Jägergrün in Farn- und Basilikumgrün überging. Er zog die Mundwinkel nach unten und senkte die Stimme. »Hat dir deine Mutter die Neuigkeiten schon berichtet?«

Sein Tonfall machte mir Sorgen. »Wir haben nur kurz geredet, seit ich hier bin. Was ist los?« Eine Biene schwebte über einem Goldrutenbeet in der Nähe; ihr leises Summen drang an mein Ohr.

»Darcy und ich lassen uns scheiden.«

Mir blieb der Mund offen stehen, so überrascht war ich. Ich hatte schon immer meine Bedenken gehabt, was Darcy betraf, aber damit hatte ich nicht gerechnet. Oder vielleicht fühlte ich mich auch schlecht, weil mein Bauchgefühl ihr gegenüber richtig gewesen war.

»Oh, Tate«, ich legte ihm die Hand auf den Arm, »das tut mir leid.«

»Ja«, sagte er, »mir auch.«

»Ich fühle mit dir.«

Sein Blick wanderte zu dem rotbraunen Wallach auf der Koppel hinüber, der am Hals eines Falben knabberte. Ein Falke kreiste am Himmel. »Ich glaube, es war unvermeidlich. Wir hätten uns schon vor einem Jahr beinahe getrennt.« Das war mir neu. Was Kontakthalten betraf, konnte ich definitiv besser werden. Darauf sollte ich in Zukunft mehr achten. »Aber wir hatten beschlossen, es noch einmal zu versuchen.« Er trat gegen einen Stein, der die Einfahrt hinunterkullerte. »Wir haben es nicht hinbekommen. Also bin ich irgendwann ausgezogen, und wir haben die Scheidung eingereicht.«

»Das ist... ich...« Ich wusste nicht, was ich sagen sollte. Mir kamen nur abgedroschene Phrasen in den Sinn. Warum fiel mir nichts Besseres ein? Da war ein Freund in Not, und ich stand mit leeren Händen da. »Wie geht es den Mädchen damit?«, fragte ich schließlich.

»Mal so, mal so. Wir erzählen ihnen nur das Nötigste, die Happen, die sie verdauen können, und das, was sie verstehen. Zumindest hoffen wir, dass sie es verstehen.«

»Tut mir leid«, sagte ich noch einmal und wünschte mir gleichzeitig, ich hätte irgendwelche Zauberworte auf Lager, die ich ihm stattdessen sagen könnte.

»Danke dir, Sara. Darcy und ich sind sehr verschieden. Ich wollte das anfangs einfach nicht wahrhaben. Sie war nicht glücklich als Frau eines Tierarztes. Jetzt mit Amy in der Praxis wurde es zwar etwas besser, weil nicht mehr alles auf meinen Schultern lastet, aber das ist auch nicht die große Antwort auf unsere Probleme. Darcy mag nicht mal Pferde besonders. Ich glaube, sie hat anfangs nur so getan, denke ich. Aber weißt du was? Ich habe zwei wundervolle Kinder, und das würde ich für nichts eintauschen wollen. Ich muss mir nur klar werden, wie es für mich weitergehen soll.«

Manchmal war das Leben einfach ein großes *Wie-soll-es-jetzt-bloß-Weitergehen*. »Du schaffst das«, sagte ich. Und ich wusste, dass es so war. Und ihm würde das viel besser gelingen als mir.

Wir gingen in den Stall, in dem es nach Schweiß und Mist roch, nach Heu und Leder. Drei Boxen waren leer; in der vierten stand eine fuchsfarbene Stute und sah uns aufmerksam an. Sie streckte den Kopf über die Boxentür und wieherte uns leise zu, als wir näher kamen.

»Das ist Bronte«, sagte Tate und nahm ein Halfter und einen Führstrick, die neben der Box hingen.

»Warum lahmt sie?«

»Weiß nicht. Jodie, die Besitzerin, hat gesagt, sie wollte heute Morgen aufsitzen und hätte dann gemerkt, dass irgendetwas nicht stimmt. Sie wusste nicht, woran es liegen könnte.« Das war nicht ungewöhnlich. Es war oft schwierig, den genauen Grund herauszufinden, warum ein Pferd lahmte.

»Hallo, meine Hübsche.« Er öffnete die Tür zur Box,

legte der Stute das Halfter an und führte sie hinaus in die Stallgasse.

»Ah, sie ist wirklich hübsch.« Ich strich ihr über den Hals, bewunderte ihr kupferfarbenes Fell, spürte ihre Wärme und atmete den erdigen Geruch ein, eine Mischung aus Tier und Getreide, ein Duft, den ich schon immer geliebt hatte. Als wir klein gewesen waren, hatten Mariel und ich immer davon gesprochen, einmal ein Parfüm zu kreieren, das *Eau de Pferd* heißen sollte. Vielleicht wäre es kein Riesenerfolg geworden, aber wir waren uns sicher, dass jedes pferdeverrückte Mädchen es kaufen würde.

Ich folgte Tate, der Bronte durch den Stall auf den Hof hinausführte, und hörte ihr Hufgetrappel. »Soll ich sie rumführen?«

Tate reichte mir den Führstrick. »Klar, wenn's dir nichts ausmacht. Du kannst gern meine Assistentin sein.«

»Das kannst du dir nicht leisten«, scherzte ich und führte die Stute etwa zehn Meter weg und dann wieder zurück, während Tate ihren Gang beobachtete.

»Kannst du sie bitte mal antraben lassen?«

Ich zog kurz am Führstrick und joggte noch einmal dieselbe Strecke mit Bronte auf und ab.

»Sieht mir nach dem rechten Vorderbein aus«, meinte Tate, als ich die Stute wieder zum Stehen brachte. Er strich ihr mit der Hand über den Hals, den Rücken und über die Kruppe und untersuchte ihr Bein, bog ihre Gelenke und achtete auf ihre Reaktion. Doch sie zeigte keine. Ich tätschelte ihr den Kopf, und sie schnaubte mir einen Hauch warme Luft entgegen.

Tate nahm den Hufprüfer, der wie eine große Zange aussah, und untersuchte ihren Huf. »Vielleicht ist sie nur auf einen Stein getreten«, meinte Tate, nachdem er eine empfindliche Stelle entdeckt hatte. »Oder sie ist nach einem Sprung zu hart aufgekommen. Könntest du sie wieder reinführen, während ich noch ein paar Sachen aus dem Wagen hole?«

Ich führte Bronte in den Stall und band sie fest. Als Tate zurückkam, hatte er die Arme voller Zeug, inklusive einer Stoffwindel und einer Rolle Tape. In einem Eimer löste er etwas Bittersalz in warmem Wasser auf und ließ die Stute sich dann mit dem Vorderbein hineinstellen.

»Weißt du was, wir sollten demnächst mal zusammen reiten gehen«, sagte er. »Nachdem du ja jetzt eine Weile hier sein wirst.«

»Ich bin ziemlich eingerostet, Tate.«

»Schon okay, wir nehmen einfach ruhige Pferde und reiten aus, so wie früher.«

Ich musste sofort an die Wälder denken, durch die wir geritten waren, die Eichen und die Hickorybäume, die Pinien, die Felsen voller Flechten, die vor Jahrtausenden von den Gletschern verstreut worden waren, daran, wie die Sonne durch das Laub flackerte und unzählige kleine Schatten warf. »Ich weiß nicht. Vielleicht.«

Bronte senkte den Kopf und stieß ein tiefes Schnauben aus. »Also, erzähl mal«, sagte Tate, »wie läuft's bei dir? Gibt es einen Mann in deinem Leben?« Sein lausbubenhaftes Lächeln war zurück. »Ich will alle Details hören.«

Ich rieb der Stute den Hals. »Oh Gott, das ist eine

lange Geschichte, Tate. Ich versuche mich kurzzufassen.«

»Ich hatte ja keine Ahnung, was da alles los ist«, sagte er, als ich fertig erzählt hatte. »Und du hilfst ihr trotzdem mit den Hochzeitsvorbereitungen? Das ist ziemlich nobel von dir.« Er half der Stute, das Bein aus dem Eimer zu nehmen, beschmierte es mit Bittersalz und wickelte die Stoffwindel herum.

»Na ja, das ist eher ein Gefallen, den ich meiner Mutter tue«, sagte ich und beließ es dabei.

Tate rief die Besitzerin des Pferdes an und informierte sie über den Stand der Dinge, während ich die Stute zurück in ihre Box brachte. Nachdem wir alle Hilfsmittel eingesammelt hatten, tätschelte ich ihr noch einmal den Kopf. Es war fast vier, und die Luft draußen hatte ein wenig abgekühlt, die Nachmittagssonne verlor ihre Kraft. Tate fuhr mich nach Hause und sah zu Anthem und Jubilee auf ihrer Koppel hinüber, als wir in die Einfahrt einbogen.

»Da sind doch ein paar ruhige Pferde, auf denen wir reiten könnten«, meinte er.

»Ja, wir könnten irgendwann mal mit ihnen ausreiten.«

»Wie wäre es mit jetzt? Ich bin mit der Arbeit für heute fertig. Komm, das wird lustig. Wie früher als Kinder. Ich habe so schöne Erinnerungen an unsere Kindheit. Aber vielleicht werde ich auch bloß nostalgisch auf meine alten Tage.«

»Hey, ich bin genauso alt wie du, und ich betrachte achtunddreißig nicht als alt.«

»Du weißt schon, was ich meine.« Er stupste mich an.

»Komm schon, es ist so ein schöner Nachmittag. Und auch nicht mehr so heiß ...«

»Ich glaube nicht, dass ich passende Kleidung habe. Stiefel und das ganze Zeug.« Ich schaute auf seine Jeans und die Arbeitsstiefel. »Und du auch nicht.«

»Ich habe was hinten im Auto.« Er warf mir einen Blick zu, der mir sagte, dass er nicht so schnell lockerlassen würde.

»Okay, na gut.« Es war sicher schön auf den Reitwegen am späten Nachmittag. Ich wollte mich nicht länger bitten lassen.

Oben durchwühlte ich meinen Schrank und fand eine Reithose. Meine alten Reitstiefel waren auch noch da, vollkommen verstaubt. Ich klopfte sie ab und schlüpfte hinein. Als ich die Schranktür schloss, erhaschte ich einen Blick auf mein Spiegelbild. Es schien mir gar nicht so lange her, dass ich als Teenager an derselben Stelle gestanden hatte, in meinem Turnierdress, bestehend aus weißem Hemd, dunkelblauer Jacke und schwarzen Turnierstiefeln.

Ich erinnerte mich noch gut an dieses Gefühl von Schmetterlingen im Bauch, kurz bevor ich auf Mayfair, einem Niederländischen Warmblut, auf den Turnierplatz geritten war und mir noch ein letztes Mal den Hindernisverlauf durch den Kopf hatte gehen lassen, während ich darauf gewartet hatte, dass der Reiter vor mir den Parcours beendete. Oxer, Steilsprung, Mauer, Wassergraben, mit der richtigen Anzahl von Schritten dazwischen, damit man an der jeweils idealen Stelle absprang und wieder landete.

Ein Teil von mir vermisste diese Phase meines Lebens und wünschte sich, ich wäre länger dabeigeblieben. Wünschte sich, ich hätte mich nicht durch Mariels Interesse am Reiten davon abbringen lassen, nicht dazu drängen lassen, etwas anderes zu suchen, das mir genauso viel Spaß machte, weil mir das nie mehr gelungen war.

Wir gingen zur Koppel, und ich betrachtete das grüne Gras, das sich acht Hektar weit rund um den Stall und das Wohnhaus erstreckte. Man erkannte die Streifen des fahrbaren Rasenmähers; dort, wo der geschnittene Rasen endete, begann die Wiese, und am Ende der Wiese begann der Wald, und die Reitwege führten an einer Reihe von Nachbarhäusern und Ställen vorbei. Ich kannte jeden Zentimeter dieses Bodens, von der Stelle zwischen den Bäumen, wo eine Steinmauer die Grenze unseres Grundstücks markierte, bis zum Weiher mit den Trauerweiden und den von Holzzäunen eingefassten Koppeln.

Wir brachten die Pferde in den Stall, striegelten und sattelten sie. Als ich die Zügel über Anthems Hals gleiten ließ und ihr die Trense in den Mund schob, musste ich daran denken, wie kompliziert mir das Aufzäumen vorgekommen war, als ich reiten gelernt hatte – diese ganzen Riemen und Schnallen –, und wie ich ein Zaumzeug schon nach kurzer Zeit blind hätte anlegen können.

»Wie lange ist es her, dass wir zusammen ausgeritten sind?«, fragte Tate, als wir die Pferde hinausführten. »Zehn Jahre?«

»Ich denke, ja.« Wieder verspürte ich diesen Stich des Bedauerns, dass ich unsere Freundschaft nicht besser gepflegt hatte.

Wir gurteten nach und saßen auf. Es war schon merkwürdig, wie schnell ich mich im Sattel wieder heimisch fühlte. Mein Blick wanderte über die Koppeln, die Felder und die Hügel in der Ferne, und mir kam der Gedanke, wie anders die Welt von hier oben aussah.

Wir wärmten die Pferde eine Weile auf dem Zirkel auf. Anthem wechselte mühelos zwischen den Gangarten und reagierte gut auf meinen Schenkeldruck.

»Wie fühlst du dich?«, erkundigte sich Tate, als wir von einem leichten Galopp wieder in den Schritt verfielen.

»Sie ist gut in Form, aber ich leider nicht.«

Tate musterte mich von oben bis unten. »Du siehst jetzt nicht aus der Form aus.«

»Ha. Ich meinte, nicht in Reitform.«

Wir verließen den Zirkel, und er fragte mich, welchen der Reitwege ich einschlagen wolle.

»Wie wäre es mit dem, der am Stall der Tillys vorbeiführt?« Die Tillys waren bereits weggezogen, als wir noch am College gewesen waren, aber für Tate und mich würde es immer ihr Stall bleiben. »Da war ich schon seit Ewigkeiten nicht mehr.«

»Ich auch nicht«, sagte er. »Dann los.«

Wir ritten über die Wiese zum Weiher, über den sich auf einer Seite Trauerweiden neigten; sie sahen aus wie alte Jungfern, die ihr Haar herunterließen. »Weißt du noch, wie wir uns immer an den Ästen übers Wasser geschwungen und versucht haben, uns gegenseitig runterzuschubsen?«, fragte Tate.

»Du hast immer gewonnen. Ich bin jedes Mal als Erste nass geworden.«

»Ich glaube, du hast schon ein paarmal gewonnen.«

Vermutlich hatte er mich ein paarmal gewinnen lassen.

Wir ritten um den Weiher herum, Schwertlilien und herzblättriges Hechtkraut blühten am Ufer zwischen den Binsen. Dann trabten wir querfeldein und auf die Wiese, wo das hohe Gras an den Beinen der Pferde raschelte und bunte Wildblumen aus dem Boden sprossen – Schwarzäugige Susanne, goldene Sonnenblumen, gelbes Mädchenauge, lila Lupinen und blaue Kornblumen.

Am Rande der Wiese angelangt, ritten wir in den Wald hinein und dort, wo der Weg breit genug war, nebeneinanderher. Das schwindende Sonnenlicht fiel als Flickwerk durch die Bäume, und in den Wipfeln zwitscherten die Vögel. Die Luft war von zartem Kieferndurft erfüllt. Irgendwo in der Ferne hörte man das Stakkato eines Spechts.

Wir erhöhten das Tempo und trabten an Steinmauern entlang, die willkürlich begannen und endeten und die Grenzen der Höfe markierten, die es dort einst gegeben hatte. Wilde Truthähne mit hellroten Hälsen und gestreiftem Gefieder starrten uns an, graue Eichhörnchen schossen vor uns über den Weg. Wir galoppierten eine Anhöhe hinauf. Anthem bewegte sich in einem eleganten Rhythmus, und Jubilee war dicht hinter uns. Wir flogen dahin. Ich fühlte mich wie befreit.

Oben auf der Anhöhe endete der Weg, und wir hielten an, um die Aussicht über die Senke unter uns und eine weitere Anhöhe in der Ferne zu genießen. In einiger Entfernung zu unserer Rechten stand ein großes Haus mit weißer Holzverschalung.

»Ist *das* etwa das Haus der Tillys?«, fragte ich. Es kam mir bekannt vor, aber es wies einen verglasten Verbindungsgang zwischen dem Haus und der Garage auf, den es früher nicht gegeben hatte, und der Wald schien viel näher ans Haus heranzureichen, als ich es in Erinnerung hatte.

»Ja, das ist es, aber ich sehe den Pferdestall nirgends.«

Ich hatte einmal ein kleines Herz mit meinen Initialen neben die von Gary Decker in einen Balken innen im Stall eingeritzt. Wie alt war ich damals wohl? Vielleicht dreizehn.

»Sie scheinen ihn abgerissen zu haben.«

Ein wehmütiges Gefühl erfasste mich. Wir ritten mit den Pferden am Haus vorbei den Hügel hinunter und in den Wald hinein, wo der Reitweg weiterging. Wir waren noch nicht weit gekommen, als ich den Stall erspähte.

»Sieh mal, Tate.« Die rote Farbe war verblichen und einem blassen Rosa gewichen. Dort, wo einst das hölzerne Flügeltor gewesen war, klaffte ein großes Loch, und durch eines der Fenster wuchs sogar ein kleiner Baum.

»Sie haben alles verwildern und den Stall verfallen lassen.

Wir betrachteten ihn schweigend, als würden wir ihm die letzte Ehre erweisen. Dann ritten wir weiter durch den Wald und überquerten einen Bach, an dem wir die Pferde trinken ließen.

Eine Viertelstunde später erreichten wir eine weitere Anhöhe und hielten erneut an. Auf den Feldern lag ein Teppich aus Margeriten und Goldruten, und vereinzelt waren Häuser zu sehen. Ich machte Fotos mit meinem Handy, als Tate Jubilee neben mir zum Stehen brachte.

»Hey, guck mal hinter uns.«

Ich drehte mich um und sah, dass der Himmel sich von Blau zu Silbergrau verfärbt hatte und nun die Farbe eines alten Edelstahlkochtopfs hatte. Weiter hinten war er rauchgrau.

»Das gefällt mir nicht«, meinte Tate.

Mir gefiel es auch nicht. Ein leichter Regenschauer wäre kein Problem, aber ein schweres Gewitter konnte den Reitweg glitschig und gefährlich machen. »Reiten wir zurück.«

Wir drehten um und galoppierten über die Anhöhe. Die Wolken jagten uns, und eine starke Brise kam auf und fegte durchs Gras. Anthem spitzte die Ohren und schnaubte. Die Luft roch metallisch.

Wir hatten den Wald wieder erreicht, als ich einen einzelnen Regentropfen am Arm spürte, und dann kamen immer mehr Tropfen durchs Laub und zerplatzten auf meinen Armen, meinem Gesicht und auf Anthems Fell. Donner grollte, und der Regen wurde immer stärker; heftiger Wind kam auf und ließ die Bäume schwanken. Anthem stieß ein helles Wiehern aus und senkte den Kopf, als wir weitergaloppierten.

Wir hatten gerade den Stall der Tillys erreicht, als

die Wolken brachen und es zu schütten begann. Der Regen prasselte auf die Pferde, unsere Reitkappen und unsere Kleidung nieder. Ich konnte kaum noch etwas sehen.

»Komm, wir bringen sie da rein!«, rief Tate mir durch den peitschenden Regen zu.

Wir saßen ab und führten die Pferde in den Stall, in den mattes graues Licht durch die Fensteröffnungen und die Löcher im Dach drang und auf die Boxen fiel, auf gesprungene Wassereimer und einen alten Rasenmäher in der Stallgasse.

Die Pferde beruhigten sich. Sie erschnupperten die neue Umgebung und spitzten die Ohren, wenn Regentropfen auf die Dachrinne aus Metall prasselten. Jubilee scharrte mit den Hufen am Betonboden, und im Dämmerlicht sahen wir, wie sich der Regen wie ein Sturzbach über die Tor- und Fensteröffnungen ergoss. Ich zitterte in meinen nassen Kleidern, während ich versuchte, das Herz, das ich vor vielen Jahren einmal in einen der Balken geritzt hatte, wiederzufinden. Ich sagte Tate, dass ich es nicht finden könne.

»Ist nicht schade drum«, meinte er. »Ich weiß noch, wie du in Gary Decker verliebt warst. Ich fand ja immer, dass er ein Trottel war.«

Ich musste lachen. »Das wusste ich ja gar nicht. Ich war fest überzeugt, dass Gary und ich einmal heiraten würden. Die Naivität einer Dreizehnjährigen eben.« Regen prasselte weiter gegen die Dachrinne, und Anthem kaute auf ihrem Gebissstück herum. Ich starrte in das Unwetter hinaus.

»Weißt du«, meinte Tate, »meine Mutter hat immer gesagt, ich hätte dich heiraten sollen.«

Ich erstarrte und hielt die Luft an. »Was?«

»Ja, sie meinte, du und ich hätten ein gutes Paar abgegeben.« Er hielt inne. »Das ist schon lange her, also, bevor ich Darcy kennengelernt habe, aber das hat sie immer gesagt.«

Ich wusste nicht, wie ich darauf reagieren sollte. Warum erzählte er mir das? Fand *er*, dass wir hätten heiraten sollen? Wünschte er sich, dass wir vor Jahren zusammengekommen wären? Das Wiedersehen mit ihm ließ mich darüber nachdenken, wie das wohl gewesen wäre. Oder wie es heute hätte sein können. Aber meine Gedanken kehrten rasch zu Carter zurück. Wahrscheinlich hatte Carter einfach allen Raum eingenommen, den es in meinem Herzen gab.

Die Frage, warum er mir das erzählte, lag mir bereits auf der Zunge, als plötzlich Sonnenlicht durch die Fensteröffnungen drang und das Innere des Stalls in helleres Licht tauchte.

»Schau«, sagte Tate, »das Gewitter ist vorbei. Ich schätze, wir können zurückreiten.«

Das Huftrappeln unserer Pferde auf dem Kies war zu hören, als wir in die Einfahrt meiner Mutter ritten. Die Pferde warfen die Köpfe zurück, voller Ungeduld, in den Stall zu kommen. Ich musste noch immer daran denken, was Tate gesagt hatte, aber ich brachte nicht den Mut auf, ihn jetzt, da der Moment verstrichen war, danach zu fragen.

Ich setzte meine Reitkappe ab und versuchte, meine Haare auszuschütteln, doch die verschwitzten Strähnen klebten mir im Nacken. Meine Kleidung war durchnässt, meine Reithose und die Stiefel voller Matschspritzer, und ich spürte eine sandige Schicht auf meinem Gesicht. Ich konnte es kaum abwarten, die Pferde abzusatteln, sie trockenzureiben und in ihre Boxen zu bringen, damit ich endlich eine lange, heiße Dusche nehmen konnte.

Wir hatten das Haus fast erreicht, als ich das Geräusch von Reifen auf dem Kies hinter uns hörte. Wir blieben stehen und sahen zu, wie ein SUV an uns vorbeifuhr und vor dem Eingang hielt.

Ein Fahrer stieg aus, öffnete die Beifahrertür, und ein Mann stieg aus. Ein Sonnenstrahl blitzte an seiner Sonnenbrille auf. Sein grauer Anzug saß so gut, dass er nur maßgeschneidert sein konnte. Von seinem Lieblingsschneider in Beverly Hills. Er drehte sich um und starrte mich an. Dann nahm er die Sonnenbrille ab. »Sara? Bist *du* das?«

Achtzehn Monate. Ganze achtzehn Monate hatte ich ihn nicht mehr gesehen. Und jetzt stand er da, in der Einfahrt, und schaute zu mir hoch. Mir stockte der Atem, und alles um mich herum – die Einfahrt, das Haus, die Bäume, der Himmel – trat in den Hintergrund. Ich wollte mich nur noch in seine Arme werfen, das Gesicht an seine Brust drücken und seinen Duft einatmen.

»Carter.« Ich sprach seinen Namen aus. Spürte, wie diese zwei Silben über meine Lippen kamen. Hörte sie nachhallen.

»Bist du in den Regen gekommen?«, erkundigte er sich mit diesem Lächeln, das ich so lange vermisst hatte.

Der Regen. Verdammt. Ich blickte herunter an meiner schlammverspritzten Kleidung, meinem durchgeschwitzten Oberteil, dachte an meine Haare, die herunterhingen wie Flechten. Ich wünschte, Anthem würde durchgehen und mit mir quer übers Feld in den Wald galoppieren, irgendwohin, wo Carter mich nicht so sehen konnte.

»Ja, wir sind etwas nass geworden.« Ich konnte das nervöse Zittern meiner Stimme hören. Was tat er hier? Warum wusste ich nichts davon, dass er heute schon kam?

Er fuhr sich mit der Hand durchs Haar. Ich tat es ihm nach und setzte dann schnell meine Kappe wieder auf. Dann nahm ich sie wieder ab. Und setzte sie wieder auf. Schließlich gab ich auf, denn ich hatte keine Chance, mein Haar zu bändigen, um einen besseren Eindruck zu machen.

Anthem zerrte an den Zügeln und zeigte mir so, dass sie nicht länger hier herumstehen, sondern in den Stall wollte. Tate blickte mich an, und mir wurde bewusst, dass ich ihn gar nicht mehr beachtet hatte. Als ich ihn Carter gerade vorstellen wollte, ging die Haustür auf, und Mariel trat heraus, wie ein anmutiger Schwan, elegant in einer dunklen Stretchjeans und Keilabsatzsandalen. Ferragamo? Prada? Valentino? Ihr kornblumenblaues Oberteil unterstrich das Blau ihrer Augen, und jede einzelne ihrer Haarsträhnen saß wie durch Zauberhand an der perfekten Stelle.

»Mu!«, rief sie, übers ganze Gesicht strahlend.
Mu?

Ich sah sie mit ausgebreiteten Armen von der Veranda hüpfen und konnte ihr Parfüm, das nach Jasmin und Rosen duftete, riechen. Und den Schweißgeruch unter meinen Achseln.

Ich wollte nur noch sterben.

10

1000 Wege, wie man eine Hochzeit ruiniert

Den restlichen Tag bekam ich Carter nicht mehr zu Gesicht. Als Tate und ich die Pferde versorgt hatten und ich geduscht und umgezogen war und wieder halbwegs wie ein Mensch aussah, waren er und Mariel bereits mit ein paar Freunden von ihr zum Abendessen ausgegangen, und als sie nach Hause kamen, schlief ich bereits.

Doch am nächsten Morgen war ich um sieben Uhr bereits hellwach, und mein Herz trommelte in meiner Brust, weil ich wusste, dass Carter im Haus war. Ich machte meine Zimmertür auf und spähte in den Flur hinaus. Alle Türen waren zu, und alles war ruhig. Ich war die Erste, die wach war.

Ich holte meinen Spiralblock heraus und brachte Ordnung in meine Gedanken, indem ich meine Sabotage-Ideen auflistete:

— *Das Hochzeitskleid abändern* – hinter diesen Punkt setzte ich einen Haken.
— *Die Pläne für den Fahrservice zur Kirche ändern, damit die Gäste zu spät kommen und manche von ihnen zur falschen Kirche gebracht werden würden*
— *Den Blumenschmuck für die Kirche ändern*

— *Das Foto auf dem Hochzeitsprogramm austauschen*
— *Die Musikauswahl für die Zeremonie in der Kirche ändern*
— *Die Eheringe austauschen oder verschwinden lassen*
— *Die Menüfolge für die Feier abwandeln*
— *Die Spendenbox verstecken*
— *Die Sitzordnung für die Feier umstellen*
— *Die Playlist für die Feier ändern*

Das klang doch schon ziemlich gut.

Ich hörte eine Tür aufgehen. Jemand war aufgestanden. Ich sprang aus dem Bett und machte meine Tür einen Spalt breit auf, gerade rechtzeitig, um Carter Richtung Treppe verschwinden zu sehen. Ich stopfte den Notizblock in eine Schublade unter irgendwelche Klamotten und zog mich an. Weiße Jeans, blaues Leinenhemd, Ohrringe, ein bisschen Make-up und einen Spritzer meines Lieblingsparfüms, *Antonia's Flowers*, an das er sich sicher erinnern konnte.

Als ich nach unten kam, duftete es bereits nach Kaffee. Carter saß am Küchentisch. Er hatte ein Oxford-Hemd und eine Chino an, vor ihm stand eine dampfende Tasse, und er blätterte in der *Hampstead Review*.

»Hey, guten Morgen«, sagte er, als ich hereinkam.

»Du bist früh wach.« Ich goss mir auch eine Tasse Kaffee ein und gab einen Spritzer Milch dazu. »Und du hast Kaffee gemacht.«

Er unterdrückte ein Gähnen. »Ich fürchte, das ist der Jetlag.«

Ich nahm einen Schluck. »Also, der hier dürfte dich auf Vordermann bringen.« Ich hielt die Tasse hoch.

Er tat überrascht. »Zu stark?«

»Nein, perfekt.« Ich lächelte. Er lächelte. Es war ein alter Witz zwischen uns. Sein Kaffee war mir immer zu stark gewesen.

Er legte die Zeitung hin. »Schön, dich zu sehen, Sara.«

Wirklich? Meinte er das so, oder wollte er nur höflich sein?

»Ich find's auch schön, dich wiederzusehen. Liest du die Lokalnachrichten?« Ich setzte mich ihm gegenüber an den Tisch.

»Ich habe gerade einen Artikel über Tomaten gelesen.«

»Das hört sich nicht nach den neuesten Nachrichten an.«

Er faltete die Zeitung zusammen und blickte auf die Titelseite. »Tja, die heutigen Aufmacher lauten: *Der Bauernkalender verrät: Winter in Connecticut wird kälter als gewöhnlich* und *Spitzenteilnehmerzahl bei hiesiger Schnitzeljagd*.«

»Verstehe. Tja, das ist hier eben eine Kleinstadt.«

Ich hatte immer angenommen, dass ich diejenige sein würde, die Carter zu seinem ersten Besuch hier in Connecticut mitbringen würde. Dass ich ihm die überdachten Brücken zeigen würde, die Wanderwege, das alte Kino, das Naturschutzzentrum, die Weinstraße. Niemals hätte ich gedacht, dass es Mariel sein würde.

»Scheint ein beschaulicher Ort zu sein«, meinte er, aber am Klang seiner Stimme erkannte ich, dass er niemals hier leben könnte.

»Es ist nicht L.A., ich weiß.«

Er zuckte mit den Schultern. »Jeder Ort hat seine Vor- und Nachteile.«

»Mir fehlt L. A.«, sagte ich.

»Was fehlt dir denn? Der ewige Stau dort kann es nicht sein.«

»In Chicago ist auch oft Stau. Aber du hast recht, es ist nicht so schlimm. Nein, mir fehlen die Menschen, meine Freunde von dort. Und die Stadt.« Am meisten vermisste ich *ihn*, aber das konnte ich natürlich nicht sagen. »Mir fehlen all die hübschen Städte, die Kalifornien hat. Für jeden etwas. Weißt du noch, als wir in Ojai waren? Wie toll das war?« Damals hatte ich schon seit Jahren in L. A. gewohnt und war noch nie da gewesen.

»Ich weiß noch, dass ich dir eine Kiste Olivenöl zum Auto getragen habe.«

»Ja, ich habe eine ganze Kiste Olivenöl gekauft. Und du hast dir einen Füller in einem der Antiquitätenläden ausgesucht.«

»Einen alten DuPont«, sagte er und starrte in die Luft, als sähe er ihn vor seinem inneren Auge. »Den benutze ich immer noch.«

Ich bekam Schmetterlinge im Bauch. Er benutzte ihn immer noch. Das hatte doch etwas zu bedeuten. »War das nicht der Laden, in dem der Besitzer, nachdem er herausgefunden hatte, dass du Anwalt bist, dich wegen seines Mietvertrags ausgefragt hat?«

Carter musste schmunzeln. »Ja, er hatte Probleme mit seinem Vermieter. Ich glaube, ich habe irgendein Schreiben für ihn aufgesetzt oder ein paar Anrufe für ihn getätigt. Auf jeden Fall habe ich die Angelegenheit für ihn geklärt. Er war ein netter Kerl. Ich habe ihm gern einen Gefallen getan.« Er nahm einen Schluck Kaffee.

»Wir hatten immer vor, mal wieder dort hinzufahren, haben es aber nie gemacht.«

»Ich hatte einfach viel um die Ohren.«

Carter hatte immer viel um die Ohren.

Ich goss mehr Milch in meinen Kaffee und trank einen weiteren Schluck. »Ich wette, du warst auch nicht mehr auf der Straußenfarm in Solvang.«

»Nein, war ich nicht.«

»Schade. Siehst du, wie ich deinen Horizont erweitert habe?« Sollte er nur wissen, was er alles verpasste.

»Das hast du, Sara. Ich hätte niemals eine Straußenfarm besucht oder Strauße gefüttert, wenn du nicht gewesen wärst. Ich schätze, jetzt bin ich einfach ein langweiliger Typ.«

Ich grinste. »Du könntest niemals langweilig sein.«

Ich spürte, dass mein Herz zu flattern anfing. Aber ich konnte nichts daran ändern. Er saß mir direkt gegenüber, und wir redeten über die Dinge, die wir zusammen erlebt hatten, und dabei nicht meine Hand nach ihm auszustrecken und ihn zu berühren war alles, was ich tun konnte. Und dann hörte ich Schritte, und Mariel kam in einem rosa Morgenmantel hereingeschwebt.

Sie streckte sich und gähnte. »Oh, es gibt Kaffee.« Sie nahm sich eine Tasse und goss sich ein. »Mmh, das tut gut, Mu«, sagte sie, als sie sich neben Carter setzte und ihm einen Kuss auf die Wange gab.

Ich stand auf und stellte meine Tasse in die Spüle. Sie hatten sich über die Zeitung gebeugt und blickten nicht einmal auf, als ich hinausging.

Oben in meinem Zimmer angekommen, holte ich den Notizblock wieder aus der Schublade. Woher kam denn bitte dieser Name, *Mu*? Was für ein bescheuerter Kosename. Carter hasste Kosenamen. Ich konnte nicht fassen, dass er da mitspielte.

Ich fügte noch etwas zu den Ideen hinzu, die ich bereits aufgeschrieben hatte:
— *Das Ehegelübde umschreiben*
— *Dem Fotografen absagen & die Gäste instruieren, Handyfotos zu machen und sie direkt online zu stellen*
— *Das Blumenarrangement für die Feier ändern*
— *Die Namen auf den Tischkärtchen falsch schreiben*
— *Peinliche Fotos von Mariel auf die Hochzeitstorte machen lassen*

So. Jetzt ging es mir besser.

Mariel hatte mir eine Aktenmappe mit all den Unterlagen für die Hochzeit gegeben und mir noch ein paar andere Dokumente auf meinen USB-Stick geladen. Ich öffnete die Mappe und stellte fest, dass sie einfach alles hineingestopft hatte ohne jegliche Ordnung oder Struktur. Es gab Rechnungen und Verträge, Playlisten und Listen von Liedern, die auf keinen Fall gespielt werden sollten, Screenshots von der Hochzeitswebseite, die Mom irgendwo in Auftrag gegeben hatte, Eheversprechen und die Lesung, die sie und Carter ausgesucht hatten, Anmerkungen zur Torte und zum Nachspeisenbüfett und den E-Mailverkehr mit der Floristin über die Blumenarrangements – auf keinen Fall Margeriten, Sonnenblumen oder Chrysanthemen. Gegen die war sie nämlich allergisch.

Ich fand eine Sitzordnung und eine Gästeliste, sortiert nach Angehörigen der Braut und des Bräutigams und außerdem nach den Kategorien »Verwandte«, »Freunde« und »Hollywood«, wie Mom den Teil der Gäste aus der Unterhaltungsbranche getauft hatte. Es gab außerdem eine Spalte für die Kinder, die kommen würden, und ihr jeweiliges Alter. Die Sitzordnung schien mir ein guter Anfang zu sein, auch wenn mir klar war, dass es da sicher noch Änderungen auf den letzten Drücker gäbe.

Ich tippte alle Namen in eine spezielle Sitzplan-Software ein und schob sie dann so lange hin und her, bis die Einteilung so war, wie ich sie haben wollte. Ich trennte Paare, platzierte sie an verschiedenen Tischen und setzte Singles neben verpartnerte Gäste. Die Kinder sollten eigentlich an einem eigenen Tisch zusammensitzen, vermutlich um das Chaos in Grenzen zu halten, aber ich verstreute sie willkürlich zwischen die Erwachsenen und platzierte den vierjährigen Calvin, dessen Spitzname *Cal, der Kicker* war, neben den Schauspieler Christopher Grisham, der ein bekennender Kinderhasser war.

Am Außenseiter-Tisch sollten Moms Haushälterin Danna, der Gärtner Joey und meine achtundachtzigjährige Tante Bootsie sitzen, die redete wie ein Wasserfall und sich weigerte, ein Hörgerät zu tragen. Also schob ich Bootsie auf den Platz neben Matt Weston Hall, einen begehrten jungen Countrysänger, der bei der letzten Grammy-Verleihung jede Menge Awards eingeheimst hatte, weil sie ihm vermutlich viel Interessantes zu erzählen hatte, und den Gärtner platzierte ich neben dem

Model Cindy Cameron. Er würde sich wie im Paradies vorkommen. Bei ihr war ich mir da nicht so sicher.

Ich setzte jeden einzelnen Gast um, zuletzt meinen Cousin Dan, den ich neben Rick, einen meiner anderen Cousins, schob. Das letzte Mal, als sie vor acht Jahren zusammen auf einer Familienfeier gewesen waren, hatten sie sich geprügelt – irgendwas wegen Ricks Frau Honey –, und seitdem redeten sie nicht mehr miteinander.

Nachdem ich mit der Sitzordnung fertig war, widmete ich mich der Musik. Das Orion String Quartet sollte extra aus Manhattan anreisen, um bei der Zeremonie zu spielen, zusammen mit einer Solistin, der Opernsängerin Cecilia Russo, die hier aus der Stadt stammte. Die Musikauswahl beinhaltete Händel, Brahms, *Für Elise* von Beethoven und Debussys *Claire de Lune*. Nichts Außergewöhnliches also. Ich zückte mein Handy und rief Joel Shibley an, den Geiger und Ansprechpartner des Streichquartetts. Als er nicht ranging, hinterließ ich eine Nachricht, dass ich Mariel Harringtons Schwester und ihre Hochzeitsplanerin sei und dass er mich wegen ein paar Änderungen zurückrufen solle.

Laut der Biografie auf ihrer Webseite hatte Cecilia Russo früher an der Metropolitan Opera gesungen, hatte am Juilliard-Konservatorium promoviert und dort auch unterrichtet, war als Opernregisseurin tätig gewesen und hatte eine Reihe von Preisen gewonnen. In den Unterlagen für die Hochzeit stand, dass sie Puccinis »O Mio Babbino Caro« und Dvořáks »Lied an den Mond« singen würde. Ich tippte ihre Nummer ein und erreichte ihre Assistentin.

»Ich melde mich wegen einer anstehenden Hochzeit bei Ihnen, auf der Frau Russo singen soll«, erklärte ich ihr. »Ich möchte sie über eine Programmänderung informieren.« Eine Minute später hatte ich Cecilia am Telefon.

»Ich habe gerade sehr viel zu tun«, sagte sie, nachdem ich ihr mitgeteilt hatte, dass es eine Programmänderung geben würde. »Aber wenn Sie bei mir vorbeikommen würden, könnten wir das besprechen.«

Sie wollte, dass ich bei ihr vorbeikam? Warum nicht. Ich hatte noch nie einen Opernstar getroffen. Wir einigten uns auf dreizehn Uhr.

Die Band, die bei der Party spielen sollte, hieß Eleventh Hour und war aus Connecticut aus der Gegend von New Haven. Ich fand in der Mappe mehrere E-Mails zwischen Mariel und Brian Moran, dem Keyboarder. In einer davon befand sich auch Mariels Liste der »Verbotenen Lieder«. Ich rief Brian an und hinterließ ihm eine Nachricht. Dasselbe machte ich bei Jay Wallace, dem Fotografen. Außerdem kontaktierte ich George Boyd, den Manager des Hampstead Country Clubs, und wir machten einen Termin für den nächsten Tag.

Jetzt fehlten nur noch die Bäckerei und die Floristin, die beide hier in der Stadt waren. Ich steckte den Ordner in meine Aktentasche, schnappte mir die Autoschlüssel und verließ das Haus.

Die Tortenmanufaktur Cakewalk hatte sich auf aufsehenerregende Kuchenkreationen für besondere Gelegenheiten spezialisiert. Es gab sie erst seit einem Jahr, aber sie waren rasch zu *dem* Anbieter für spektakuläres Zuckerwerk geworden, also war es keine Überraschung, dass Mariel sie für ihre Hochzeit ausgesucht hatte. Laurie Lambert, die Besitzerin, eine korpulente, freundliche Frau, kam nach vorn und begrüßte mich.

»Sie sind ihre Schwester? Ich sehe die Ähnlichkeit«, sagte sie und band die Schleife an ihrer Schürze wieder richtig zu.

»Ich bin außerdem ihre Hochzeitsplanerin für die letzten eineinhalb Wochen bis zum großen Tag«, sagte ich. »Und sie hat einen kleinen Änderungswunsch für die Torte.«

Laurie wischte sich etwas Mehl vom Ärmel. »Sie hat schon ein paarmal ihre Meinung geändert, aber das ist okay. Es ist ihre Hochzeit. Da soll alles so sein, wie sie es möchte. Also, lassen Sie hören...« Sie tippte auf das Display eines Tablets auf der Ladentheke. »Da hätten wir's. Ihre letzte Auswahl fiel auf eine Gran-Marnier-Torte. Und für das Nachspeisenbüfett...«

»Oh, die Gran-Marnier-Torte will sie noch immer. Und das Nachspeisenbüfett kann bleiben, wie es ist. Aber sie will, dass der Kuchen anders dekoriert wird. Mit Fotos. An den Seiten, wissen Sie.«

»Sie meinen, Fotos, die auf die Glasur aufgedruckt werden? Kein Problem, das machen wir oft.«

»Das habe ich mir gedacht«, ich gab ihr meine Visitenkarte. »Ich maile Ihnen die Fotos in den nächsten Tagen zu. Und bitte – bei allen Fragen rufen Sie am besten mich an. Mariel hat gerade ziemlichen Stress, was die Hochzeit angeht. Deshalb versuche ich ihr den Rücken freizuhalten.«

»Das verstehe ich. Ich bin mir sicher, dass Ihre Unterstützung da einen großen Unterschied für sie macht.«
Allerdings.
Ginny Hall, die Floristin, hatte ein Foto von ihren Kindern und ihrem Hund an der Wand hinter der Ladentheke hängen, neben Dutzenden Fotos von Blumenarrangements. Ich sagte ihr, dass ich ab jetzt die Hochzeitsplanungen für meine Schwester übernehmen würde und dass sie noch ein paar Änderungswünsche habe.
»Ja, sie schien ziemlich im Stress«, sagte Ginny, während sie eine Kiste mit Tontöpfen auspackte. »Manchmal unterschätzen die Leute einfach, wie viel Arbeit so eine Hochzeit wirklich macht.«
»Das stimmt. Das sehe ich immer wieder.«
»Welche Änderungswünsche hat Mariel denn? Ich dachte, sie sei zufrieden mit den Orchideen und den Lilien und...«
»Das war sie auch, aber jetzt hat sie es sich doch noch einmal anders überlegt. Sie möchte alles ein bisschen schlichter halten, unaufdringlicher.«
»Schlichter? Das war doch schon die schlichte Variante. Die Orchideen, die sie ursprünglich wollte, konnte ich leider nicht beschaffen. Die müssen aus Ecuador importiert werden. Und mein Lieferant hat da im Moment ein paar Probleme. Irgendwas mit dem Zoll. Was sie ausgesucht hat, war schon der Kompromiss.«
Orchideen aus Ecuador. Logisch, dass Mariel die haben wollte.
Ginny zückte Block und Stift. »Hat sie an etwas Bestimmtes gedacht?«

»O ja. Sie möchte ausdrücklich Margeriten und Sonnenblumen. Und vielleicht könnten Sie auch noch die eine oder andere Chrysantheme mit einbauen.«

Einen Moment lang herrschte Schweigen. »Oh. *Das* nenn ich aber jetzt wirklich eine Änderung. Sie schien, was die Orchideen betrifft, absolut überzeugt. Sind Sie sicher, dass sie jetzt überhaupt keine mehr möchte?«

»Ja, da bin ich mir sicher. Wie gesagt, sie möchte es jetzt schlichter. Oh, und die Gefäße werde ich die Tage vorbeibringen.«

»Gefäße?«

»Für die Tischblumendeko. Mariel hat sie selbst ausgesucht. So supernette Glasbierkrüge. Darin werden die Blumen ganz wunderbar aussehen.«

Um dreizehn Uhr klingelte ich am Haus von Cecelia Russo, einer Steinvilla, die versteckt hinter einer Hecke aus Bäumen am Woodbine Grove stand. Sie öffnete die Tür in einem bodenlangen Hemdkleid aus orangefarbener Seide und schaute mit ihren knapp eins achtzig – zuzüglich Absätze – auf mich herab. Ihr schwarzes Haar war zu einem Dutt hochgesteckt.

»Miss Harrington, nehme ich an.«

»Ja, ich bin Sara. Danke, dass Sie sich Zeit für mich nehmen, Mrs. ...«

»Miss.«

»Ich meine, *Miss* Russo.« Ich folgte ihr in ein Wohnzimmer voller unbequem wirkender französischer Antiquitäten. Drei Grammys standen auf dem Kamin. Fotos von Cecelia mit Zubin Mehta und Luciano Pavarotti, neben anderen namhaften Persönlichkeiten, waren oben auf einem Stutzflügel aufgereiht. Ich nahm auf einem Brokatsofa Platz.

»Ich dachte, Ihre Schwester und ich hätten uns bereits auf die Lieder geeinigt, die ich singen werde«, sagte sie. »Puccini und Dvořák. Was möchte sie denn jetzt daran ändern? Und warum?« Sie lehnte sich auf ihrem Stuhl zurück, schlug die Beine übereinander, legte die Hand auf ihren Arm und fing an, mit den Fingern zu trommeln.

»Na ja, es gibt da dieses Lied, das sie wirklich mag. Es bedeutet ihr schon seit ihrer Kindheit sehr viel. Und sie hat mir gesagt, dass sie sich wünscht, Sie würden es singen, aber ich schätze, sie war etwas zu schüchtern, Sie darum zu bitten.«

Cecelias Kopf ging leicht nach hinten, als könnte sie sich nicht vorstellen, dass überhaupt jemand zu schüchtern wäre, sie um etwas zu bitten. »Um welches Lied handelt es sich?«

Wahrscheinlich rechnete sie damit, dass ich irgendetwas aus einer Oper nennen würde, aus *Die Hochzeit des Figaro* oder vielleicht *Madame Butterfly*. Womöglich auch ein populäres Lied wie »The Very Thought of You« oder »All The Things You Are«.

»Es heißt ›Baby One More Time‹. Das war Britney Spears' erster Hit. Ist schon eine Weile her.«

»Britney Spears? Die ist doch keine Opernsängerin.«

»Nein, sie ist eine Popsängerin. Ich würde sagen, so kann man sie nennen.«

»Ich habe von ihr gehört. Aber ihre Musik kenne ich

nicht. Und dieser Song ist nicht Teil meines Repertoires. Wie, meinte Sie, heißt er? Baby – *was*?«

»›Baby One More Time‹. Wie gesagt, das war ein großer Hit vor einiger Zeit. Und es ist eines der Lieblingslieder meiner Schwester. Vielleicht sogar *das* Lieblingslied. Es hat ihr durch so manche harte Zeit geholfen. Wenn Sie das singen könnten ...« Ich zückte mein Handy. »Ich kann es Ihnen auf YouTube zeigen.« Ich rief das Musikvideo auf und reichte Cecelia das Handy. Sie holte tief Luft, als sie die Sängerin und ihre Tänzer in knappen Schuluniformen durch eine Schule tollen sah, während Britney zum Playback einen Schmollmund zog.

»Und *das* will sie jetzt statt Dvořák?«, fragte Cecelia mit leicht hochgezogener Oberlippe.

»Ja, das wünscht sie sich. Es würde ihr alles bedeuten, das auf ihrer Hochzeit zu hören.«

Es schien nicht so, als würde eine Cecelia Russo mit all ihren Preisen und Auszeichnungen, dem Doktortitel und den Tausenden von Stunden, die sie vermutlich damit verbracht hatte, Mozart oder Beethoven zu singen, so weit sinken, dass sie sich bereit erklärte, auf einer Hochzeit »Baby One More Time« zu geben. Ich an ihrer Stelle hätte es jedenfalls nicht getan.

Ich wollte ihr bereits sagen, dass sie das Ganze wieder vergessen solle und dass Dvořák in Ordnung sei, als sie ihre Schultern straffte, das Kinn hob und sagte: »Ich mache es. Aber erwarten Sie nicht, dass ich tanze.«

11

Viva la revolución!

Etwas später saß ich mit David im Transporter, und wir fuhren nach Eastville. Miss Baird hatte mich nicht wegen der Hand zurückgerufen, also hatte ich vorgeschlagen, einfach zu ihrem Haus zu fahren in der Hoffnung, dass wir sie dort mit etwas Glück antreffen würden. Außerdem dachte ich mir, dass wir größere Chancen hätten, wenn wir persönlich mit ihr sprachen.

Die Straße schlängelte sich an einem Hang voll grasender Rinder entlang, und David schaltete das Radio ein. Ein Song fing an zu spielen, der mir bekannt vorkam. Ein paar schnelle Klaviertöne und dann das metallische Klingen einer begleitenden Kuhglocke. Dann setzten mehr Schlaginstrumente ein und schließlich ein Saxofon und Gesang.

»›Compared to What‹«, murmelten David und ich gleichzeitig.

Wir sahen uns an und lächelten.

»*Swiss Movement*«, fügte ich hinzu, denn so hieß das Album.

»Montreux Jazz Festival«, sagte er.

»Aus den Sechzigern.«

»Richtig«, meinte er. »Du bist also auch Jazzfan?«

»Schon von klein auf.«

Er drehte die Lautstärke hoch. »Eddie Harris und Les McCann.«

»Mit Benny Bailey, Leroy Vinnegar und Donald Dean«, sagte ich.

Er schaute mich mit offenem Mund an. »Wow, damit haben Sie das Musikquiz gewonnen, Miss Harrington! Sie bekommen ein Set Steakmesser und einen Dosenöffner«, scherzte er.

Ich lachte. »Super, die kann ich gebrauchen.«

»Wie kam es, dass du dich für das alte Zeug interessierst?«

»Hauptsächlich durch meinen Vater.« Ich musste an seine Musiksammlung denken, die kistenweise hinten im Schrank des Gästezimmers lagerte. Die CDs waren schon vor Jahren digitalisiert worden, aber die Alben und Kassetten waren noch immer dort.

»Er war doch am Broadway, ein Produzent, oder?«

»Ja, Produzent. Er hatte jede Menge alter Platten und CDs. Miles David, John Coltrane, Dave Brubeck, Duke Ellington. Und jede Menge anderer *Great American Songbook*-Klassiker. Die mag ich am liebsten. The Gershwins, Irving Berlin, Jerome Kern. Aus der Zeit. Da hatte er alles. Fühlt sich an, als wäre ich mit diesen Leuten aufgewachsen. Als Kind bin ich immer durchs Haus geturnt und habe ihre Lieder gesungen. Sogar einmal beim Talentwettbewerb ›You're the Top‹ in der fünften Klasse.«

»Hast du nicht!« Er grinste.

»Oh, doch. Die anderen haben die B-52s oder Wilson

Philips gesungen. Aber ich Cole Porter.« Ich erschauderte, als ich mir wieder vorstellte, wie ich mit Pantomime den Text dargestellt hatte. Wellenbewegungen für die Zeile über den Nil und beim Schiefen Turm von Pisa hatte ich mich zur Seite geneigt.

»Ich wette, das war echt süß. Gibt's davon Videoaufnahmen?«, fragte er mit einem verschmitzten Funkeln in den Augen.

»Die bekommt niemals jemand zu sehen. Dem Himmel sei Dank, dass es damals noch kein Social Media gab.«

Ich blickte aus dem Fenster, als wir an einem See vorbeifuhren, auf dem zwei Kajakfahrer übers Wasser glitten. »Und du? Wie bist du zum Jazz gekommen?«

»Ich? Ich habe Saxofon gespielt. Lange her.«

»Nicht dein Ernst.«

»Warum überrascht dich das so?«

»Ich weiß nicht. Ich schätze, du siehst einfach nicht aus wie einer, der Saxofon spielt.«

Er zuckte zurück und tat beleidigt. »Was willst du damit sagen? Wie sieht ein Saxofonspieler denn aus?« Er sah sich demonstrativ um, als würde sich vielleicht einer auf dem Rücksitz verstecken.

»Ich weiß nicht, du siehst jedenfalls eher wie ein echter Immobilientyp aus.«

»Aber nur, weil du weißt, dass ich einer bin. Das heißt doch nicht, dass ich nicht auch ein Saxofontyp sein kann.« Er setzte wieder seinen gespielten Beleidigte-Leberwurst-Blick auf.

Er hatte recht. Ich hätte ihn nicht vorschnell beurteilen sollen. »Okay, also gut. Du bist ein Saxofontyp. Erzähl mal. Hast du lang gespielt?«

»Immerhin lange genug, dass ich in der Highschool eine Jazzband hatte. Wir hießen ... Bist du bereit?« Er hielt kurz inne. »Jazzmatazz.«

»Jazzmatazz?«

»Ich weiß, ziemlich langweilig.«

»Eigentlich gefällt mir das richtig gut«, sagte ich lachend. »Was ist passiert? Bist du nicht dabeigeblieben?«

»Oh, doch, eine Weile schon. Meine ganze Collegezeit über und noch eine Weile danach.«

Ich versuchte, mir David als Musiker vorzustellen. Wie er sich die Nächte in einem Jazzkeller in einer Universitätsstadt um die Ohren schlug, Ziegelwände, klebrige Böden von umgeschütteten Drinks, in der Luft hing der Geruch von Bier, David, wie er in sein Saxofon blies. Irgendwie gefiel mir die Vorstellung.

»Aber ich hatte keine richtige Perspektive«, sagte er. »Ich schätze, ich wollte es nicht genug. Und dann meinte der Vater eines Freundes, der eine Immobilienfirma hatte, dass er mich einstellen würde, wenn ich meine Lizenz machen würde. Das schien damals finanziell aussichtsreicher zu sein. Auch wenn ich mir manchmal wünschte, ich hätte die Musik nie aufgegeben.«

Ich fragte mich, was er daran wohl vermisste. Vor Publikum zu spielen oder die Jamsessions mit seiner Band? Vielleicht fehlte es ihm aber auch nur, allein in einem Raum zu sitzen und ihn mit seinen Melodien zu füllen. Das hatte bestimmt etwas Magisches. Vielleicht vermisste er all das.

»Es ist wundervoll, dass du eine musikalische Begabung hast«, sagte ich. »Ich habe mir immer gewünscht, ich könnte singen. Ich meine, so richtig singen. Aber ich habe leider keine gute Stimme. Du hast Talent. Das solltest du nicht verschwenden. Du solltest weiterspielen. Ich liebe Saxofon. Ich wette, du spielst hervorragend.«

»Nicht mehr. Heutzutage würdest du mich nicht mehr spielen hören wollen.«

Im Radio kam ein Lied von Dexter Gordon. Ich wusste den Titel nicht mehr, aber David erkannte, dass es »Cheesecake« war, und meinte daraufhin, ich müsse die Steakmesser und den Dosenöffner leider wieder abgeben.

»Ich glaube, wir sind da«, sagte David, und ich blickte hoch und sah ein Schild mit der Aufschrift *Willkommen in Eastville*.

Mich überkamen plötzlich Zweifel. »Vielleicht erinnert sich Miss Baird gar nicht an mich.« Ich hoffte, ich hatte ihn nicht umsonst den ganzen Weg hierhergeschleppt.

Wir bogen in eine schmale Straße, die zwischen dichten Bäumen hindurchführte, und nach fast zwei Kilometern ohne ein Haus oder auch nur eine Zufahrt verkündete das Navi, dass wir unser Ziel erreicht hätten. David hielt an, und wir sahen uns um.

»Wo sind wir?«, meinte ich. Wir sahen nichts als Bäume.

»Keine Ahnung.« Er guckte noch einmal auf sein Navi. Es zeigte den Transporter als Punkt und unser Ziel als einen weiteren, aber nichts verband die beiden Punkte. Es war fast so, als schwebten wir im Niemandsland.

»Warte, was ist das?« Rechts führte eine Schotterpiste, kaum mehr als ein Trampelpfad, einen steilen Hang hinauf. Büschel von Gras wuchsen zwischen den Fahrrillen, die aussahen wie in den Boden geritzte Hieroglyphen. »Könnte es da sein?«, fragte ich.

»Du meinst, wir müssen *da* hoch? Mit *dem* Auto?«

»Ich sehe sonst nirgends einen Weg.«

Er blickte sich erneut um und holte tief Luft. »Ich schätze, dann muss ich mal so tun, als wäre das hier mein Range Rover.«

Er bog in den Weg ein, und wir erklommen den Hügel. Der Transporter arbeitete sich über Schotter und Furchen, Geröllbrocken knirschten unter den Reifen, und Äste schnalzten gegen die Fenster. Wir holperten bis nach oben, wo wir schließlich wieder anhielten.

Der Wald hatte sich gelichtet, und in der Mitte stand ein Häuschen, gelb mit türkisfarbenen Zierleisten. Dächer, Giebel und Mansardenfenster ragten wahllos heraus, und an unerwarteten Stellen waren kleine Fenster zu erkennen, als wäre das Haus ein Experiment von jemandem, der sein Architekturstudium abgebrochen hatte. Vorn auf die Fassade war in Pastelltönen ein riesiger Regenbogen gemalt und daneben eine überdimensionale Sonnenblume. Sträucher und Farnkraut wucherten wild rund ums Haus, als hätten sie noch nie etwas von einem Rasentrimmer gehört oder der glänzenden Klinge einer Sense. Krähen hüpften auf dem verwilderten Rasen herum.

»Ich schätze, das ist es«, sagte David zögerlich. Er stellte den Motor ab. »Vielleicht sollten wir die Hand erst mal im Wagen lassen. Falls das hier das richtige Haus ist, aber die Sache uns komisch vorkommt, können wir einfach wieder fahren.«

Ich war einverstanden. Das hörte sich nach einem guten Plan an.

Wir marschierten übers Gras zu einer kleinen Veranda auf der rechten Seite des Hauses. In der Ecke stand die steinerne Büste eines jungen Mannes. Breite Nase, breiter Nacken, lange Haare. Nicht gerade ein attraktives Gesicht, aber ein interessantes. Und das Werk war wunderschön in der Ausführung. Detailliert und naturgetreu.

»Ich frage mich, ob Miss Baird das gemacht hat«, meinte ich, als ich näher herantrat, um es besser betrachten zu können.

»Wenn ja, dann ist sie gut«, meinte David. »Richtig gut.«

Über der Haustür hing eine Lampe neben ein paar Windspielen, die mit leisem Klirren auf die leichte Brise reagierten. Eine große Glocke mit einer Schnur daran war an der Wand angebracht – wie man sie manchmal in alten Western sah. Da wurden sie geläutet, um die Landarbeiter zum Essen zu rufen.

»Ich nehme an, das ist die Klingel?« Ich sah David auffordernd an.

Er zog an der Schnur. Die Glocke erklang so laut, dass wir vor Schreck zusammenzuckten. David griff danach, um sie zum Verstummen zu bringen.

Einen Moment später hörten wir die Stimme einer

Frau. »Komme, komme.« Und dann ging die Tür auf, und Miss Baird erschien.

Ihr Haar, das ihr lang über den Rücken fiel, war mittlerweile silbergrau und durchzogen von weißen Strähnen. Ihr weites T-Shirt verhüllte einen beachtlichen Bauch, und ihr flatternder Rock reichte bis zur Wade und ließ perlenbesetzte Ledersandalen und ein Mondsichel-Tattoo oberhalb ihres rechten Knöchels erkennen. Sie hatte eine kleine Papiertüte in der Hand.

»Sind Sie die Howleys?«

Sie musterte uns von oben bis unten, als hätte sie sich uns anders vorgestellt.

»Wie bitte?«, meinte David.

Sie trat auf die Veranda. »Sie sind doch hier, um die Flohsamen abzuholen, oder?« Sie hielt die Tüte hoch. »Flohsamenschalen? Gegen Verstopfung? Sie meinten doch, Sie bräuchten etwas dagegen.«

David und ich tauschten Blicke. »Nein, wir haben keine Verstopfung«, sagte ich. Zumindest wusste ich, dass ich keine hatte. »Sie sind doch Jeanette Baird, oder? Ich meine, Jeanette Gwythyr.« Ich hoffte, dass ich den Namen richtig aussprach.

Sie runzelte die Stirn. »Sind Sie sicher, dass Sie nicht die Howleys sind?«

Ich musste fast lachen. »Ich denke schon.« Ich wandte mich an David. »Sind wir doch, oder?«

»Zumindest war ich heute Morgen, als ich aufwachte, noch ich selbst.«

Jetzt lachte ich, doch Jeanette schien das Ganze überhaupt nicht lustig zu finden. Oder verstand nicht, dass wir Spaß machten. »Sie sind doch nicht von der Regierung, oder?« Sie machte einen Schritt zurück, und ihr Blick schnellte argwöhnisch von mir zu David.

Die Sache drohte aus dem Ruder zu laufen. »Nein, wir sind nicht von der Regierung«, sagte David beschwichtigend. »Wir sind hier, weil ...«

»Ich weiß genau, wie sie die Leute *ausspionieren*. Mit ihren Computern. Deshalb stecke ich *meinen* immer aus, wenn ich ihn nicht benutze.« Sie starrte in den Wald hinüber, als könnten sich da Agenten der Steuerbehörde verstecken. »Wir bezahlen unsere Steuern!«, rief sie in Richtung Wald.

»Bitte, lassen Sie mich das erklären«, sagte ich. »Ich bin Sara Harrington. Und das ist David Cole. Ich bin in Hampstead aufgewachsen und hatte bei Ihnen Bildhauereiunterricht an der Hampstead High. 1998.«

Sie zog den Kopf ein wie eine Schildkröte und sah mich mit zusammengekniffenen Augen an. »1998? Das war das Jahr, in dem mein Mann Cadwy und ich geheiratet haben.«

»Ja, ich weiß. Ich erinnere mich. Ich war in der Abschlussklasse. Wir kannten Sie noch als Miss Baird.«

»Sie waren bei mir im Bildhauereiunterricht?«

Ich nickte.

Sie betrachtete mein Gesicht genauer, studierte es. Dann sagte sie: »Nein, ich erinnere mich nicht an Sie.«

»Vielleicht erinnern Sie sich noch an Marnie Costigan. Groß, lange rote Haare. Verbrachte all ihre Freistunden im Werkraum. Sie hat eine riesige Katze aus Ton gemacht. Eine Siamkatze. Fantastisch.«

»Eine Siamkatze?« Jeanette schüttelte den Kopf. »Daran erinnere ich mich nicht.« Doch einen Moment später hob sie die Hand. »Moment, die Rothaarige. Ich weiß, wen Sie meinen. Sie hatte eine komische Stimme. Ein bisschen wie Kiesel.«

»Genau. Ich saß neben Marnie.«

»Das ist lange her. Ich erinnere mich wirklich nicht an Sie.« Sie zeigte mit dem Kinn zur Tür. »Aber kommen Sie doch trotzdem herein. Ich kann hier nicht den ganzen Tag herumstehen. Ich habe ein kaputtes Knie. Seit der Demo zur Rettung des Teakholzwaldes letzten Herbst.«

»Wir würden sehr gern hereinkommen, aber wir müssten vorher noch etwas aus dem Auto holen«, sagte ich.

Jeanette spähte zum Transporter hinüber. »Dieser Spritfresser da drüben ist Ihrer?«

»Das ist nicht meiner«, verteidigte sich David. »Ich musste ihn mieten, um ...«

»Normalerweise fährt er einen Range Rover«, mischte ich mich ein und merkte zu spät, dass es das nicht besser machte.

»Eigentlich ist er ausgesprochen kraftstoffeffizient«, betonte David.

Jeanette blickte hoch zum Himmel. »Erzählen Sie das der Ozonschicht.«

David und ich gingen zum Transporter und debattierten darüber, ob wir die Hand hierlassen sollten oder nicht. »Sie ist ein bisschen seltsam«, gab er zu bedenken. »Ich finde nicht, dass wir es tun sollten.«

Ich schaute zurück und sah, wie Jeanette Vogelfutter

auf dem Rasen verteilte. »Aber ihre Skulptur ist fantastisch. Und jetzt sind wir schon mal hier. Hören wir uns erst mal an, was sie dazu sagt.«

Er sah mich an, als könnte er selbst nicht glauben, dass er bei dieser Idee mitmachte, doch dann öffnete er die Hecktür des Transporters, und wir holten die in Blisterfolie verpackte Hand mit den abgeknickten Fingern heraus.

»Was zum Himmel...«, murmelte Jeanette, als David und ich sie über die Wiese und auf die Veranda schleppten.

»Wir brauchen Ihre Hilfe«, sagte ich. »David hat da diese Skulptur, und sie ist leider leicht beschädigt worden, und wir haben gehofft, wir könnten Sie vielleicht engagieren, als eine Art Fachfrau, um sie zu reparieren.«

»Sie wollen mich engagieren, um eine Skulptur zu reparieren?«

Ich nickte.

Jeanette bedeutete uns mitzukommen, und wir gingen in ihre kleine Küche. »Wer hat die Skulptur gemacht?«, wollte sie wissen.

»Äh, seine Tochter«, antwortete ich und sprach damit das Erste aus, was mir in den Sinn kam. »Ein Schulprojekt.«

Sie führte uns in den Nebenraum, den Wandteppiche zierten und in dessen Fenster funkelnde, diamantförmige Klunker hingen, die Regenbogenmuster ins Zimmer warfen. Zwei Sofas flankierten einen bunt bemalten Couchtisch, und hinter jedem der Sofas hingen von der Decke Gebilde, die an riesige Samenkapseln erinnerten.

»Ich sehe, Sie bewundern meine Kapseln«, sagte Jeanette, und mir wurde bewusst, dass ich wohl hingestarrt hatte.

»Ja, die sind ... sehr schön«, sagte ich. »Sehr naturgetreu.«

»Sie bestehen ausschließlich aus natürlichen Materialien.«

»Das habe ich mir gedacht.« Sie sahen ein bisschen unheimlich aus.

David schälte die Blisterfolie von der Hand, und zum Vorschein kam der einzelne gerade Finger, ein Finger, der mit seiner Präsenz den kompletten Raum einzunehmen schien.

Jeanette trat einen Schritt zurück und verschränkte die Arme. »Hm, ja«, sagte sie nach einem langen Moment des Schweigens, »verstehe. Das gefällt mir. Es gefällt mir sogar sehr gut.« Sie nickte. »Ein Statement gegen Bürokratie. Gegen das Gruppendenken der Gesellschaft. Gegen Materialismus. Gegen jede Art von Tyrannei. Großartig.«

»Ähm, na ja, eigentlich soll sie nicht den Stinkefinger zeigen.« David drehte die Hand herum, um ihr die umgebogenen Finger zu zeigen. »Eigentlich soll es eine normale Hand sein. Nur die Finger wurden beschädigt. Deshalb muss ich sie reparieren lassen.«

Jeanette ließ die Schultern hängen, und ihre Augen verloren den Glanz. »Oh. Tja, dann gibt dieses Objekt doch kein solch starkes Statement ab, nicht wahr?« Sie setzte sich auf eines der Sofas, und David und ich nahmen ihr gegenüber Platz. »Also, was ist damit passiert?«

»Es war ein Autounfall«, erklärte David. »Nur ein kleiner Blechschaden.«

»Und warum repariert es Ihre Tochter nicht einfach selbst? Sie ist doch die Künstlerin. Also wäre sie dafür wohl am besten geeignet.«

»Äh, na ja, schon, das ist mir klar, aber ich will nicht, dass sie erfährt, was passiert ist.«

»Und es soll Teil einer Ausstellung sein«, fügte ich hinzu. »Nächste Woche.«

»Hm.« Jeanette stand auf, studierte die Hand und fuhr mit den Fingern über den umgeknickten Daumen. »Das ist viel Arbeit. Viele Lagen Pappmaschee und Schichten von Farbe. Das ist nicht in einem Tag erledigt, wissen Sie. Da habe ich wirklich nicht die Zeit dazu. Ich bin mit meiner eigenen Arbeit beschäftigt.« Sie schaute zu einigen hängenden Kapseln hinüber. »Und dann haben wir ja auch noch unsere Heilpraxis. Unsere Naturmedizin, Öle und Kräuter. Das machen Cadwy und ich gemeinsam.« Sie nahm wieder auf dem Sofa Platz.

»Sie beide sind Heiler?«, fragte David.

»Ja, das sind wir«, antwortete eine Männerstimme.

Ich drehte mich um und sah ihn. Verwaschene Jeans, Batik-T-Shirt und pinke Gummischlappen. Er war klein und muskulös, hatte kinnlanges Haar, und die Knitterfalten um seine Augen waren versteckt hinter einer Drahtgestellbrille. Dann wurde mir klar, warum er mir bekannt vorkam. Die Steinbüste auf der Veranda stellte ihn dar, wenn auch in einer deutlich jüngeren Version.

»Da ist Cadwy ja!«, rief Jeanette, und ihr Gesicht begann zu strahlen.

»Wusste gar nicht, dass wir Besuch haben.« Er hob zur Begrüßung die Hand, ging hinüber zum Sofa und ließ sich neben Jeanette plumpsen.

»Sara meint, sie sei eine Schülerin von mir gewesen, aber ich kann mich nicht an sie erinnern. Und das ist David, ihr Freund.«

Mein Freund? Ich hatte nie gesagt, dass er mein Freund war.

»Cadwy hat wundervolle Fähigkeiten«, sagte sie. »Er war derjenige, der darauf beharrte, dass wir mit dem Heilen anfangen nach meiner Krebsdiagnose. Es waren die Kräuter, die den Tumor verschwinden ließen.«

»Das ist wundervoll«, sagte ich.

Cadwy nickte. »Hat unser Leben verändert.«

»Wir sind zertifiziert, wissen Sie«, betonte Jeanette mit Stolz in der Stimme.

Cadwy seufzte zufrieden. »Vermutlich ist es schwer zu glauben, aber früher war ich Versicherungsmakler.«

Das war wirklich kaum zu glauben.

»Und Jeanette und ich, wir wohnten in einer hässlichen kleinen Wohnung mit Müllschlucker, drei Fernsehern und zwei Autos, die totale Spritfresser waren. Jetzt haben wir dieses wundervolle Haus und einen Wagen, der mit Kuhmist fährt. Wir sind viel glücklicher.«

»Kann ich mir vorstellen«, sagte David.

Kuhmist?

Jeanette ergriff Cadwys Hand. »Und viel gesünder. Stimmt's, Schatz? Glücklicherweise konnte ich ihn zu einer nährstoffreicheren Ernährungsweise bewegen. Eine Weile haben wir sogar nur Grünes gegessen, wissen Sie.«

»Vegan?«, fragte ich.

»Nein, ich meine die Farbe Grün. Broccoli, grüne Bohnen, Avocado, Grünkohl. Aber das fiel ihm zu schwer. Cadwy liebt essen. Ich habe eine Ewigkeit gebraucht, um ihn vom Zucker wegzubringen. Ich hab ihm immer wieder gesagt: ›Zucker ist nicht dein Freund!‹ Anfangs war es hart, aber jetzt hat er sich daran gewöhnt.«

Cadwy streckte seine muskulösen Arme über den Kopf. Ich hörte es knacken. »Ich kann Ihnen sagen, es geht nichts über ein eigenes Business. Jeanette kümmert sich um die Bestellungen und ich mich um die regionale Auslieferung. Ich treffe unsere Kunden, mache Beratungen. Wir haben viele Kunden hier in Connecticut.«

»Wir lieben es, den Leuten zu helfen«, sagte Jeanette. »Genau genommen ist mir aufgefallen, Sara, dass Sie ein bisschen müde aussehen. Haben Sie Schlafprobleme?«

»Nein, ich schlafe gut, danke.« Immerhin fragte sie mich nicht mehr, ob ich unter Verstopfung litt.

Ihr Lächeln erstarb, als sie den Blick auf mich richtete. »Ähm. Sie sehen nicht so aus, als hätten Sie einen guten Schlaf. Ich erwähne das nur, weil wir gerade ein Sonderangebot für Baldriantee haben. Sehr gut bei Schlafproblemen. Eine Tasse am Abend, und man schläft wie ein Baby.«

»Stimmt«, meinte Cadwy, »zwei zum Preis von einem.«

»Ich denke darüber nach«, sagte ich, weil ich es mir nicht mit ihr verscherzen wollte. »Vielleicht nehme ich da etwas mit.«

Jeanette starrte mich weiter an, und ich fragte mich,

was sie wohl dachte. Dass ich noch mehr Kräuterarznei gebrauchen könnte? Oder hatte sie mich wieder im Verdacht, von der Steuerbehörde zu sein? Dachte sie, ich wäre hier, um sie zu verhaften? Sie beugte sich über den Tisch zu mir herüber und kniff die Augen zusammen.

»Kann es vielleicht sein, dass Sie in dem Jahr in meiner Klasse waren, als es das Feuer gab?«

Das Feuer. Ich konnte es nicht glauben, dass sie das Feuer ansprach. Daran hatte ich seit Ewigkeiten nicht gedacht. Connor Parish und sein Feuerzeug. Wir hatten damit herumgealbert, den Deckel schnalzen lassen und... Aber ich dachte, das sei in Mr. Thurms Stunde passiert. Hatte ich nicht gerade an einem Bild gesessen? Moment. Vielleicht doch nicht. Plötzlich sah ich Dutzende winziger Plastikbecher, die ich mit einer Mischung aus Bastelkleber und Lebensmittelfarbe angemalt hatte. Ich hatte an meiner eigenen Interpretation von Dale Chihulys Meeresgebilden aus Glas gearbeitet. Ohne das Glas. Und das Talent. Und Connor war auch da gewesen. Er hatte eine Holzskulptur gemacht, die ausgesehen hatte wie eine Vogelscheuche.

»Ich glaube, da könnte ich dabei gewesen sein«, sagte ich, jetzt sicher, dass es in ihrer Stunde passiert war, und meine Stimme ging am Ende des Satzes hoch, wie immer, wenn ich nervös war. Wusste Sie es? War das ein Test, um zu sehen, was ich sagen würde? Ich spürte, wie meine Wangen heiß wurden.

»Ein Feuer«, meinte Cadwy. »Was war das für ein Feuer?«

»Da war ein Junge mit einem Feuerzeug«, sagte Jeanette und starrte ins Leere, als könnte sie so sein Bild heraufbeschwören. »Und ein Mädchen saß neben ihm...«

Connors Feuerzeug. Und die Lösungsmittel der Farben. Es war keine Absicht gewesen. Wir hatten bloß herumgealbert.

Jeanette riss den Mund auf, wie ein Hai, der jeden Moment zubeißen würde. »Das warst *du*! Du saßt neben ihm. Du warst es!« Sie zeigte mit dem Finger auf mich.

Sie wusste es. Sie kannte die ganze Geschichte. Jetzt würde sie uns niemals helfen. »Connor Parish«, sagte ich. »So hieß er.« Es hatte keinen Sinn mehr, es zu leugnen.

»Connor Parish, Connor Parish...«, murmelte Jeanette. »Richtig. Wie hatte ich ihn vergessen können? Oder dich? Wir hatten nie zuvor ein Feuer im Kunstraum. Bis zu diesem Tag. Und auch danach ist so etwas nie wieder passiert. Ich weiß noch, dass die gesamte Schule evakuiert wurde. Ich erinnere mich an die Löschzüge der Feuerwehr, die Polizei... die zwei verkohlten Tische...«

David zuckte erschrocken zusammen. »Du hast einen Brand verursacht?«

»Es war bloß ein *ganz* kleiner«, beteuerte ich.

»...den Sprengstoffsuchhund«, fügte Jeanette noch hinzu.

»Und eine *Explosion*?!« David erstarrte.

»Es gab keine Explosion. Und der Hund war nur da – ich weiß nicht, zur Sicherheit, schätze ich.« Ich wünschte, wir könnten das Thema wechseln.

»Ich erinnere mich an diesen Hund«, meinte Jeanette. »Ein Schäferhund. Er hatte schönes Fell.«

»Vielleicht bekam er Färberdistelöl«, warf Cadwy ein. »Wirkt bei Hundefell wahre Wunder. Haben Sie einen Hund? Brauchen Sie Färberdistelöl? Zwei zum Preis von einem.«

»Bitte, das ist lange her. Ich meine, wir reden hier von der Highschool. Und es war ein Unfall.«

David starrte mich an, als hätte er noch nie jemanden gesehen, der im Kunstunterricht ein Feuer gelegt hatte.

Auch Jeanette wirkte ziemlich geschockt, und ich war mir sicher, dass es das für uns gewesen war. Sie würde uns auffordern zu gehen. Ich wollte schon aufstehen und mich auf den Weg zur Tür machen, als sie sagte: »Das war kein Unfall, Sara. Du kannst ruhig die Wahrheit sagen. Du bist hier unter Freunden.« Und dann lächelte sie. Es war ein warmes Lächeln. Ein verschwörerisches Lächeln.

Wovon redete sie? Was sollte das heißen, die Wahrheit, unter Freunden?

Sie wandte sich an David. »Das war in dem Jahr, als die Schüler gegen alles protestierten. Das Essen in der Cafeteria, die Farbe der Sporttrikots, den Standort der Parkplätze. Sie hängten Plakate auf, demonstrierten, boykottierten den Unterricht. Aber Feuer... also das war eine ganz eigene Nummer. Die größte Protestaktion, die ich in meiner Zeit dort als Lehrerin je erlebt habe. Natürlich war ich damals noch keine Protestlerin. Ich war ein bisschen naiv, aber jetzt kann ich die Beweggründe dahinter erkennen.«

Moment mal. Sie dachte, ich hätte es absichtlich gemacht? Um gegen Sporttrikots aufzubegehren? »Das war nicht... Ich meine, ich hatte das nicht geplant. Es lag an den Lösungsmitteln... Wir haben das nicht richtig bedacht...«

Jeanette hob die Hand. »Entschuldige dich nicht für deine Radikalität, Sara. Die Welt braucht mehr von unserer Sorte.«

»Das stimmt«, meinte Cadwy. »Wir sind alle hier, um unseren Teil beizutragen.«

»Ich wünschte, ich hätte damals auch so etwas Bedeutungsvolles gemacht wie du, Sara.« Sie rutschte vor bis an die Sofakante und erhob die geballte Faust. »Es mit den Institutionen aufgenommen. Den Widerstand angeführt. Es allen gezeigt!«

Ich wollte noch einmal beteuern, dass der Brand ein Unfall war, doch dann dachte ich mir: Zum Teufel!, sprang mit erhobener Faust auf und rief: »*Viva la revolución!*«

David starrte mich mit weit aufgerissenen Augen an, die zu sagen schienen, ich solle bloß aufhören und mich wieder hinsetzen. Doch dann sprang auch Jeanette auf und rief: »*Viva la revolución!*« Und Cadwy machte es ihr nach. Nur David saß als Einziger noch da. Doch dann erhob sogar er sich und rief es. Ich musste mir auf die Lippe beißen, damit ich nicht lauthals loslachte. Am liebsten hätte ich ihn umarmt.

»Weißt du was?« Jeanette sah mich an. »Ich repariere die Skulptur von der Tochter deines Freundes.«

»Er ist nicht...«, setzte ich an, dachte mir dann aber: Ach, egal. Sie würde es machen. Ich hatte das Gefühl zu schweben, so beschwingt war ich.

»Nächste Woche bin ich allerdings schon sehr, sehr, *sehr* beschäftigt. Ich werde eure Skulptur irgendwie dazwischenquetschen müssen, und zwar innerhalb der nächsten paar Tage.« Jeanette schloss die Augen. »Was ist heute noch gleich? Donnerstag?« Sie zählte es an den Fingern ab. »Äh, Sonntag«, sagte sie dann und machte die Augen wieder auf. »Sie ist bis Sonntag fertig. Ich habe es hier in meinem inneren Kalender.« Sie tippte sich an den Kopf. »Aber kommt erst am Abend. Um acht. Denn ich werde noch den ganzen Tag brauchen.«

»Das ist großartig«, sagte David. »Ich kann Ihnen nicht genug danken. Das bedeutet, dass ich sogar noch mal heimfahren und ein bisschen Arbeit erledigen kann.« Er wandte sich an mich. »Was ist mit dir, Sara? Wie lange bist du noch in der Stadt?«

»Ach, ich bleibe bis Ende nächster Woche. Ich gehe doch zu der Hochzeit.«

Er sah erfreut aus. »Wirklich? Du hast dich wieder mit deiner Schwester vertragen?«

»Ähm, ja. So in der Art.«

»Freut mich für dich.« Er tätschelte mir freundschaftlich den Arm. »Und was verlangen Sie für Ihre Arbeit?«, fragte er daraufhin Jeanette und reichte ihr seine Visitenkarte.

»Zweihundert Dollar die Stunde plus Material. Sie können zahlen, wenn Sie die Skulptur abholen kommen.«

»Klingt gut«, sagte David.

»Ich tue es zu Ehren aller Widerstandskämpfer«,

meinte Jeanette. »Auf die Rebellion!« Sie streckte erneut die Faust in die Luft. »Auf die Solidarität!«

Cadwy riss die Faust hoch. »Solidarität!«

David und ich sahen uns an. Und dann streckten auch wir die Fäuste empor.

12

Unter Druck

Am nächsten Tag hatte ich ein Treffen mit George Boyd vereinbart, dem Manager des Hampstead Country Clubs, und war gerade auf dem Weg dorthin, als mein Handy klingelte. Es war Mariel. Ich sagte Hallo. Dann herrschte einen Moment Schweigen.

»Mom ist im Krankenhaus.«

Ihre Stimme war so zittrig, dass mein Magen zu zucken anfing, als hätte ich einen lebendigen Fisch verschluckt. Wie konnte Mom im Krankenhaus sein? Ich hatte sie noch am Morgen gesehen, und da war es ihr gut gegangen. »Was soll das heißen? Bist du bei ihr?«

»Ja, ich bin im Ashton Memorial. Sie ist in der Notaufnahme. Ich bin kurz rausgegangen, weil ich nicht will, dass sie mich mit dir telefonieren hört.«

»Wo ist Carter? Ist er auch da?«

»Nein, er ist bei einem Meeting in New York.«

Verdammt. Ich wünschte, er wäre hier. In einem Notfall konnte man niemand Besseren als ihn an der Seite haben. »Was ist passiert?« Ich bog in eine Einfahrt, wendete und machte mich auf den Weg zum Krankenhaus. In meinem ganzen Leben war meine Mutter noch nicht im Krankenhaus gewesen, außer als sie Mariel bekommen hatte. Sie war auch so gut wie nie krank.

»Wir waren auf dem Bauernmarkt. Du weißt schon, der im Park? Und Mom war irgendwie komisch.«

»Was meinst du mit *komisch*?«

»Wir spazierten herum, und sie aß einen Hotdog und Pommes. Dann wollte sie Mais bei einem der Händler kaufen, und als sie bezahlen wollte, wusste sie plötzlich nicht mehr, welche Münzen sie nehmen sollte. Sie meinte, ihr sei schwindelig. Ich führte sie zu einer Bank und brachte ihr Wasser.«

»Half das?«

»Nein, ihr war weiter schwindlig. Und sie wusste nicht mehr, wo sie war, also brachte ich sie nach Hause. Ich dachte, sie würde sich vielleicht besser fühlen, wenn sie sich hinlegen könnte, aber das half auch nicht. Also rief ich Doktor Madden an, und er meinte, ich solle den Notarzt rufen und sie ins Krankenhaus bringen lassen.«

Ich stellte mir vor, wie sie Mom auf eine Trage legten und sie in den Rettungswagen schoben. »Ist sie bei Bewusstsein? Kann sie sprechen?« Vielleicht hatte sie einen Schlaganfall. Himmel, hoffentlich nicht! Und warum fuhr das Auto vor mir nicht schneller?

»Sie kann sprechen, aber sie ist immer noch irgendwie komisch. Sie dachte, einer der Sanitäter sei der Handwerker, der die Klimaanlage im Haus reparieren soll.«

»Du meinst Ralph?«

»Heißt der so? Sie meinte immer wieder, er solle die Lüftung in der Küche überprüfen.«

»Ich bin gleich da.«

Es wird alles gut.

Schweiß lief mir den Rücken hinunter, als ich aufs Gas trat und viel zu schnell durch eine verkehrsberuhigte Zone raste. Es war sicher nicht schlimm oder höchstens irgendetwas Harmloses. Vielleicht war Mom einfach erschöpft. Sie hatte Mariel viel mit der Hochzeit geholfen, sie hatte unterrichtet und wer weiß was noch alles. Das musste es sein. Aber was, wenn nicht? Was, wenn es *doch* etwas Schlimmes war? Ich wartete an einer roten Ampel, und mein Fuß spielte mit dem Gaspedal, als würde ich in Morsezeichen einen SOS-Ruf absetzen.

Zumindest war ich vor Ort. Dafür war ich dankbar. Als Dad gestorben war, war ich in L.A. gewesen, und ich knabberte noch heute daran, dass ich nicht bei ihm hatte sein können. Mom meinte zwar immer, dass ich nichts hätte tun können, dass er ohne Vorwarnung gestorben sei. Als ob es für den Tod jemals eine richtige Vorwarnung geben würde. Es war ja nicht so, als würde man eines Tages aufwachen und eine Textnachricht bekommen, die besagte, dass die Zeit für einen abgelaufen sei.

Vier Uhr dreißig, Westküstenzeit. Da hatte mein Handy geklingelt. Ich weiß noch, dass ich das Klingeln gehört und geglaubt hatte, ich würde träumen. Dann wachte ich richtig auf und sah die Zahlen auf meinem Wecker am Nachttisch leuchten. Ich wusste sofort, dass etwas Schlimmes passiert war. Niemand rief einen um diese Zeit an, um einem gute Nachrichten zu überbringen.

Dein Vater ist tot, Schatz. Er ist im Schlaf gestorben. Sein Herz ist einfach stehen geblieben. Sie konnten ihn nicht wiederbe-

leben. Dann hörte ich diese rohen, schmerzerfüllten Laute. So stellte ich mir vor, dass sterbende Tiere klangen. Solche Laute hatte ich noch nie von meiner Mutter gehört. Ich hatte dort im Dunkeln gesessen und versucht, ihn mir vorzustellen, versucht, die Teile seines Gesichts vor meinem inneren Auge zusammenzusetzen, und mir so sehr gewünscht, ich hätte mich von ihm verabschieden können.

Sie wird schon wieder.

Ich bog auf die Interstate 395. Es war bestimmt bloß die Erschöpfung. Und vielleicht verlieh Mom dem Ganzen noch eine dramatische Note. Mal ehrlich, wann tat sie das *nicht*? Wenn ihr im Supermarkt einer der Angestellten zeigte, wo das Coffee-Crunch-Eis oder diese kleine Flasche Zitronenextrakt standen, dann machte sie ein Theater, als hätte der Mitarbeiter seinen Mantel für sie über ein zerbrochenes Gurkenglas geworfen.

Oh, das ist zu freundlich von Ihnen! Wie war noch mal Ihr Name? Scotty? So ein schöner Name. Und was für ein tolles Lächeln Sie haben! Die Wahrscheinlichkeit war groß, dass Mom ihn sogar noch umarmen und dann davonschweben würde, und der arme Scotty würde nicht wissen, wie ihm geschah. Ja, sie konnte recht theatralisch sein. Ich wettete, dass sie, wenn ich im Krankenhaus ankäme, bereits wieder lächelnd ein Glas Ginger Ale mit viel Eis trinken würde und bereit wäre, nach Hause zu fahren.

Aber was, wenn ich falschlag?

Ich parkte vor dem Krankenhaus und rannte direkt zur Notaufnahme, vorbei an einer alten Dame, einem Paar mit einem weinenden Baby und einem mürrisch dreinblickenden Mädchen im Teenageralter im Schlepptau seiner Eltern. Am Empfang sagte man mir, dass sich Mom in der Kabine acht befinde, und nachdem ich eine Besucherplakette bekommen hatte, eilte ich in einen großen Raum mit einem Arbeitsbereich in der Mitte und Kabinen rundherum, die mit Vorhängen abgetrennt waren.

Ich linste erst vorsichtig in Kabine acht, zog dann den Vorhang zur Seite und ging hinein. Mom lag auf einem Bett, sie hatte eine Infusionsnadel im Handrücken, die über einen Schlauch mit einem Beutel an einer Stange verbunden war. Eine Blutdruckmanschette befand sich an ihrem anderen Arm. Aus den Ärmeln ihres Krankenhauskittels ragten Kabel, die zu einem Monitor an der Wand führten, ein kleines Sauerstoffmessgerät klemmte an einer ihrer Fingerspitzen, und überall piepte es. Sie sah blass und müde aus, doch ihre Frisur und ihr Makeup saßen noch. Ich nahm es als gutes Zeichen. Mariel hatte auf einem Stuhl an der Seite ihres Bettes Platz genommen.

»Mom«, sagte ich, erleichtert, da zu sein. Ich küsste sie und nahm einen Hauch Freesienduft wahr, ein willkommener Kontrast zu dem Geruch von Desinfektionsmittel und stickiger Krankenhausluft. »Wie fühlst du dich?«

Sie wirkte überrascht, mich zu sehen. Fast geschockt. »Sara? Wie bist du denn so schnell hierhergekommen?«

»Schnell?« Mir war die Fahrt ewig vorgekommen, aber vielleicht hatte das daran gelegen, dass ich es so eilig gehabt hatte. »Ich habe fünfundzwanzig Minuten gebraucht.«

Ihr Blick schnellte von mir zu Mariel und wieder zurück, als hegte sie den Verdacht, wir würden uns über sie lustig machen wollen. »Aber ich dachte, du bist heute Morgen schon wieder nach Chicago zurückgefahren.«

»Nein, ich bleibe doch jetzt zur Hochzeit, schon vergessen?« Mariel hatte recht. Sie war verwirrt. Was war nur los mit ihr?

»Ach, ja.« Moms Züge erschlafften wie ein Segel bei Windstille.

»Fühlst du dich schon etwas besser? Ich habe mir solche Sorgen gemacht, als ich gehört habe, was passiert ist.«

»Ich schätze, mein Blutdruck war einfach ein bisschen hoch«, sagte sie. »Sie haben mir Medikamente gegeben. Ich denke, die helfen. Zumindest ist mir nicht mehr schwindelig. Das war wirklich beängstigend.«

Ihr Blutdruck. Ich warf einen Blick auf die Monitore, auf denen sich grüne Zickzacklinien bewegten. »Wie hoch war er?«

»Ich weiß nicht?«, meinte Mom, als Mariel ihr den Kopf stützte, um das Kissen zurechtzurücken. »Ich hoffe, nur ein bissen.«

»So. Ist das besser?« Das war typisch für meine Schwester, dass sie versuchte, bei meiner Mutter zu punkten, wenn diese im Krankenhaus lag. Ich meine, echt jetzt. Wann hatte sie vorher jemals auch nur einen Finger gekrümmt, um ihr zu helfen?

Mom drehte den Kopf hin und her. »Ja, danke.«

Ich setzte mich ans Fußende des Bettes. »Mariel meinte, ihr wart auf dem Bauernmarkt, als es losging.«

Ich zog die Decke über meiner Mutter glatt. »Was ist passiert?«

»Der Bauernmarkt.« Sie schien darüber nachzudenken. »Oh, richtig, ich wollte ein paar Ochsenherztomaten kaufen.«

»Mais, Mom«, sagte Mariel. »Wir wollten Mais besorgen.«

Meine Mutter kratzte sich am Kopf. »War es Mais? Ich weiß nicht... Vielleicht. Sobald wir dort waren, habe ich mich seltsam gefühlt. Es war auch so heiß draußen. Wahrscheinlich wäre ich besser zu Hause geblieben.«

»Vielleicht hattest du einen Sonnenstich«, sagte ich und wunderte mich, dass ich nicht schon früher darauf gekommen war.

»Daran habe ich noch gar nicht gedacht«, meinte Mariel mit einer plötzlichen Leichtigkeit in der Stimme.

»Ein Sonnenstich. Ich hatte noch nie einen Sonnenstich, aber ich glaube, ich habe schon einmal einen Song darüber gesungen in diesem Stück von Dad, *The Dalton Sisters*.«

Mariel beugte sich vor und befühlte mit der Handfläche Moms Stirn. »Du fühlst dich wirklich warm an. Ich sage denen mal, dass sie dir ein Glas Eiswasser bringen sollen.« Sie nahm eine Tasse Wasser vom Tisch neben dem Bett. »Das hier fühlt sich schon ganz lauwarm an.«

»Kein Eiswasser«, sagte ich. »Ginger Ale. Sie braucht Ginger Ale. Weißt du noch, Mom? Ginger Ale ist immer eine gute Idee.« Das hatte sie oft zu mir und Mariel gesagt, als wir noch klein gewesen waren.

Mom drehte sich zu mir. »Oh ja, klar«, sagte sie. »Okay.«

»Vielleicht darf sie gar kein Ginger Ale trinken«, gab Mariel zu bedenken.

»Und vielleicht darf sie kein Eiswasser trinken.«

»Ich nehme irgendwas«, meinte Mom. »Gib mir einfach das...« Sie zeigte auf den Tisch.

»Ich glaube, du brauchst noch eine Decke«, meinte Mariel. »Du hast bloß eine, und hier drinnen ist es eiskalt. Sara, kannst du ihr eine Decke besorgen?«

»Ich brauche nicht noch eine Decke. Es geht mir gut. Liebes.«

»Aber deine Füße sind doch immer kalt. Sara, bitte!«

Meine Güte. »Ja, in Ordnung, ich hole eine.« Ich stand auf.

»Eine Heizdecke!«, rief Mariel mir hinterher, als ich hinausging. »Sie braucht eine Heizdecke.«

Dann eben eine Heizdecke. Ich bat eine Schwesternhelferin um eine Decke, vorzugsweise eine Heizdecke, und um Ginger Ale mit Eiswürfeln. Als ich wieder in die Kabine kam, saß Mariel am Bettrand und hielt Moms Hand.

»Mach dir darüber jetzt keine Sorgen«, sagte sie zu Mom.

»Ja, aber wenn ich länger hierbleiben muss...«

»Worüber redet ihr?«, erkundigte ich mich.

»Nichts«, antwortete Mariel.

»Na ja, irgendwas muss es ja sein.« Offensichtlich wollten sie mich nicht einweihen.

»Es geht um die Schranktür im Gästezimmer«, erklärte Mom. Sie betrachtete die Blutdruckmanschette, indem sie ihren Arm hin- und herdrehte, als wäre sie ein Schmuckstück. »Ich bekomme sie nicht auf, und euer Onkel Jack und Tante Ann sollen dort übernachten, wenn sie zur Hochzeit kommen.« Das war Moms Art, das wahre Thema, ihre Gesundheit, zu umgehen.

»Ich rufe den Handwerker an, den du immer kommen lässt, er soll sich darum kümmern«, meinte Mariel.

»Würdest du das tun? Und in der Küchendecke müsste eine Lampe ausgetauscht werden.« Mom blickte hoch, als wäre sie über ihr.

»Ich lasse den Elektriker kommen«, sagte Mariel.

»Aber ich habe eine ganze Liste mit Sachen, die erledigt werden müssen. Vielleicht kann dir deine Schwester ja damit helfen. Sie ist gut im Organisieren.«

Mariel tätschelte Moms Schulter. »Das kriege ich schon hin. Ich habe so was immer in meinem Job gemacht, Leute beauftragen, die Sachen im Studio reparieren sollen. Ich weiß auch, wo deine Liste liegt. Ich erledige alles.«

»Oh«, meinte Mom und sah leicht überrascht aus.

Jetzt reichte es aber. Ich hatte noch nie erlebt, dass Mariel freiwillig anbot, irgendetwas im Haus zu machen. Als wir noch zu Hause gewohnt hatten, hatte sie nicht mal ihre Klamotten vom Boden aufgehoben. Und ich war mir sicher, dass sich daran wenig geändert hatte.

»Wir teilen die Liste auf«, sagte ich, weil ich mich nicht mehr zurückhalten konnte. »Dann geht es schneller.«

»Danke«, seufzte Mom. »Ihr seid mir eine große Hilfe, Kinder.«

Der Vorhang ging auf, und ein Mann in einem weißen Kittel und einem Stethoskop um den Hals kam herein. Es folgte eine junge Frau Anfang zwanzig mit einem Laptop in der Hand.

»Ich bin Dr. Sherwood«, stellte er sich vor. »Und das ist Meg, meine Assistentin, die sich Notizen machen wird.«

Ich mochte Dr. Sherwoods sanfte Stimme, seine schmale, elegante Nase und sein grau meliertes Haar. »Ich bin Mrs. Harringtons Tochter«, sagte ich.

Mariel setzte sich ein wenig aufrechter hin und fuhr sich mit der Hand durch ihr perfekt frisiertes hellblondes Haar. »Und ich bin ihre andere Tochter. Die jüngere.«

Oh, bitte. War ich die einzige Erwachsene in diesem Raum?

Ich fragte Dr. Sherwood, was mit meiner Mutter los war.

»Ihre Mutter hatte sehr hohen Blutdruck, als sie eingeliefert wurde. Zweihundertzwanzig zu hundertachtzehn. Wir haben ihr Hydralazin verabreicht, um ihn zu senken, und es schlägt gut bei ihr an.«

Es musste der Stress mit Mariels Hochzeit sein, der Moms Blutdruck so in die Höhe getrieben hatte. Mom konnte einfach nicht Nein sagen, aber das war unfair. Mariel war eine erwachsene Frau, die ihre Angelegenheiten selbst regeln sollte, anstatt alles auf unsere Mutter abzuwälzen.

»Wir passen ihre Blutdruckmedikation jetzt dementsprechend an«, erklärte Dr. Sherwood. »Wir wechseln von einem Calciumantagonisten zu einem ACE-Hemmer. Wir glauben, das ist effektiver.«

»Ist das der Grund dafür, was passiert ist?«, wollte Mom wissen. »Weil mein Blutdruckmedikament nicht das richtige war?«

»Das könnte der Grund sein«, meinte Dr. Sherwood.

Super. Es könnte einfach an ihrem Blutdruckmedikament gelegen haben. Deshalb ändern sie es jetzt und ...

Moment. Welches Blutdruckmedikament? »Warten Sie, Sie meinten, Sie wollen das Blutdruckmedikament meiner Mutter ändern? Aber sie nimmt doch gar keine Blutdruckmedikamente.«

Meg, die sich die ganze Zeit auf dem Laptop Notizen gemacht hatte, sah mich an.

»Doch, Schatz«, sagte meine Mutter.

»Seit wann?«

»Seit ungefähr drei Monaten.«

Ich schaute Mariel von der Seite an. »Ich wusste nichts davon. Du etwa?« Wenn das Moms Art und Weise war, uns nicht zu beunruhigen, war das nach hinten losgegangen.

Mariel zuckte mit den Schultern. »Du meinst die Tabletten? Ja, das wusste ich.«

Sie wusste es und hatte es nie für nötig gehalten, es mir gegenüber zu erwähnen? Das war so typisch für die beiden, dass sie ihre kleinen Geheimnisse hatten und mich nicht einweihten. Am liebsten hätte ich Mariel erwürgt. Oder Mom. Oder gleich beide.

»Mrs. Harrington, wir machen mit dem Hydralazin

noch weiter, bis sich Ihr Blutdruck normalisiert hat«, sagte Dr. Sherwood. »Und wir würden auch gern eine Röntgenaufnahme von Ihrem Brustraum und ein CT von Ihrem Kopf machen und Ihnen Blut abnehmen.«

Moment – Röntgenaufnahmen? Computertomografie? Und was waren die anderen Sachen überhaupt? Ein kalter Klumpen machte sich in meinem Magen breit.

Mom wirkte plötzlich ein bisschen blass. »Aber ich dachte, es waren bloß meine Medikamente.«

»Ja genau, wozu sind dann all diese Untersuchungen nötig?«, fragte ich.

Dr. Sherwood wandte sich an mich. »Wir wollen bloß sichergehen, dass Ihre Mutter keine myokardiale Ischämie hatte. Und wir wollen auch jeden möglichen Gefäßverschluss ausschließen. Wie ein Blutgerinnsel in der Lunge oder im Gehirn.«

Oh mein Gott. Ischämie. Blutgerinnsel. Wollte er damit sagen, dass sie womöglich einen Schlaganfall hatte? Oder einen Herzinfarkt? Und was meinte er mit *jeden möglichen Gefäßverschluss*? Er sprach hier von ernsten Erkrankungen. Sehr ernsten.

»Wann sollen diese Tests gemacht werden?«, erkundigte sich Mariel.

»Am besten sofort. Wir verlegen sie jetzt rüber in die Radiologie, und dann...«

»Jetzt?«, rief ich, während Meg auf ihrer Tastatur herumtippte.

»Wir bringen Ihre Mutter zurück, sobald wir alle Tests gemacht haben«, sagte Dr. Sherwood. »Aber es könnte eine Weile dauern. Wenn Sie in der Zwischenzeit also wegmüssen, dann hinterlegen Sie bitte Ihre Kontaktdaten am Empfang.«

»Oh, wir gehen nicht weg«, sagte ich. »Wir warten hier.«

Ein paar Minuten, nachdem Dr. Sherwood und Meg gegangen waren, kam ein Mann in einer gelben Uniform herein. Sein Körperbau ließ vermuten, dass er früher einmal ein Türsteher gewesen sein musste. Ich sah, dass Mom sein Namensschild genauer betrachtete.

»Ihr Name ist Jay?«, meinte sie. »Den Namen mochte ich schon immer!«

Jay wirkte erfreut. »Ja?«

Als Jay Mom davonschob, hörte ich sie noch säuseln: »Wussten Sie, dass Ihr Name von dem Sanskrit-Wort für ›gewinnen‹ oder ›Sieg‹ kommt?«

»Ich kann das nicht glauben«, meinte Mariel. »Blutgerinnsel? Myokard...?«

»Er meint, einen Herzinfarkt.«

»Das weiß ich.«

Ich dachte darüber nach, was Mariel mir am Telefon erzählt hatte. »Du meintest, dass Mom auf dem Bauernmarkt einen Hotdog und Pommes gegessen hat. Du wusstest doch, dass sie hohen Blutdruck hat. Wie konntest du sie da einen Hotdog essen lassen? Da ist doch jede Menge Salz drin.«

»Ich weiß nicht, Sara. Ich hab nicht daran gedacht. Und außerdem kann ich Mom sowieso nicht vorschreiben, was sie tut. Sie ist schließlich kein Kind mehr, weißt du.«

»Du hättest sie davon abhalten können.«

Sie fing an zu weinen.

»Tut mir leid. Das hätte ich nicht sagen sollen.«

»Meine Hochzeit ist in neun Tagen. Was, wenn sie nicht dabei sein kann?«

»Hier geht es um Mom, nicht um dich.«

»Ich denke ja an Mom. Was, wenn sie dann noch im Krankenhaus ist? Was, wenn sie operiert werden muss oder irgendwas? Und was, wenn... Ich meine, was, wenn etwas Schlimmes passiert und sie...«

Ich hob abwehrend die Hand. »Sag das nicht. Sie wird wieder gesund.« Ich musste positiv bleiben. Es waren bloß Tests – aber Tests konnten solche oder solche Ergebnisse bringen. Man konnte einen Test genauso leicht bestehen wie verhauen. Ich musste einfach daran glauben, dass mit Mom alles in Ordnung sein würde. Aber was, wenn das wirklich nur der Anfang von etwas Schrecklichem war? Was, wenn sie wirklich ein Gerinnsel im Herzen hatte oder – ich traute es mich fast nicht zu denken – im Gehirn?

Drei Stunden später kam Mom zurück, aber dann dauerte es noch einmal zwei Stunden, bis Dr. Sherwood wieder auftauchte. »So weit scheint alles in Ordnung zu sein«, verkündete er, als er, immer noch gefolgt von Meg, durch den Vorhang hereingeschneit kam. »Röntgenuntersuchung, CT, Harnuntersuchung, Blutbild – alles unauffällig.«

Ich hatte das Gefühl, wieder atmen zu können. Mariel klatschte in die Hände. Mom lächelte und stieß einen Seufzer der Erleichterung aus.

»Aber wir möchten Sie noch zur Beobachtung und zur Blutdrucküberwachung hierbehalten«, erklärte Dr. Sherwood.

»Zur Beobachtung?«, fragte Mom.

»Es könnte sein, dass Sie einen kleinen Schlaganfall hatten oder eine transitorische ischämische Attacke. Das ist wie ein Schlaganfall, dauert aber bloß ein paar Minuten und verursacht keine bleibenden Schäden. Dabei ist oft auch das CT ohne Befund. Deshalb wollen wir ein MRT machen und Sie auch noch mal auf Troponin im Blut checken.«

»Troponin?«, meinte ich.

»Ein Bluttest, um einen Herzinfarkt auszuschließen. Er wird in Intervallen von acht Stunden gemacht.«

Herzinfarkt war wirklich nicht das, was ich hören wollte. Ich wollte, dass Mom mit nach Hause kam. Jetzt. Weitere Tests hießen, dass es noch immer schlechte Nachrichten geben könnte. »Was meinst du, Mom?«

»Ich fürchte, ich muss noch hierbleiben.« Sie sah erschöpft aus. Und besorgt. Ich wollte sie einfach nach Hause bringen.

Dr. Sherwood warf einen Blick auf einen der Monitore und wandte sich dann wieder Mom zu. »Ich habe mich gefragt... äh, wenn Sie schon mal hier sind, würden Sie dann vielleicht ein Selfie mit mir machen?« Er wirkte fast eingeschüchtert. »Ich bin ein großer Fan von Ihnen.«

Er würde enttäuscht sein. Mom machte nie Selfies. Mit niemandem.

Doch ihre Augen fingen an zu leuchten. »Natürlich! Wir können es gleich machen, wenn Sie wollen.«

Was?

Er zückte sein Handy und knipste ein paar Fotos von sich und Mom. Dann bedankte er sich und meinte, er würde wieder vorbeischauen.

Ich überlegte noch, ob Moms hoher Blutdruck vielleicht für diesen Sinneswandel verantwortlich sein könnte, als ein Krankenhausmitarbeiter mit einem Stapel Decken hereinkam. »Hatten Sie um Decken gebeten?« Er legte sie aufs Fußende des Bettes.

Ich fing an, mich darüber zu beschweren, dass wir schon vor zwei Stunden darum gebeten hatten, aber Mom winkte ab. »Ja, das ist nett. Vielen Dank, äh, Ed?« Sie spähte mit zusammengekniffenen Augen auf sein Namensschild.

»Ja, gern geschehen.«

»Ist dir noch kalt?«, erkundigte sich Mariel, während Mom nach der Fernbedienung griff und den Fernseher anschaltete. »Vielleicht sollte ich dich etwas besser zudecken.« Sie breitete eine Decke aus, stopfte sie seitlich unter die Matratze und faltete die Ecken mit der Präzision eines Offiziers. Wahrscheinlich, um weiter Punkte zu sammeln. Es verblüffte mich, dass sie überhaupt wusste, wie man ein Bett machte.

»Oh, das ist gut«, meinte Mom, während sie durch die Kanäle zappte und schließlich bei einer Kochsendung hängen blieb.

»Was ist mit deinen Füßen?«, fragte ich. »Sind die kalt? Ich könnte runter zum Geschenkeladen gehen und schauen, ob sie warme Socken haben.« Dieses Spiel beherrschte ich auch.

»Nein, Schatz. Meine Füße sind warm.«

»Hast du Hunger?«, erkundigte sich Mariel. »Soll ich dir etwas zu essen besorgen?«

»Danke, Liebling, aber ich brauche jetzt nichts. Und ich bin sicher, sobald ich auf ein Zimmer verlegt werde...«

»Mom«, unterbrach ich sie, »falls dir das Fernsehprogramm nicht gefällt, ich hätte ein iPad im Auto. Das könnte ich dir schnell hochholen.«

»Ein iPad? Aber ich...«

»Sie will kein iPad«, mischte Mariel sich ein. »Vielleicht will sie Musik hören. Diese Musicalmelodien auf ihrem Handy.« Mariel wühlte in ihrer Handtasche herum. »Da drin müssen irgendwo Kopfhörer sein. Die kannst du haben.«

Mom hob die Hand. »Das ist nett, aber es ist...«

»Sie kann meine Kopfhörer haben.« Jetzt fing auch ich an, in meiner Handtasche zu kramen. »Die sind besser.«

»Kinder, ich brauche wirklich keine Kopfhörer!«, wehrte Mom energisch ab, als Mariel und ich ihr eifrig unsere jeweiligen Ohrstöpsel hinhielten.

Eine Krankenschwester, auf deren Namensschild *Julia* stand, kam herein. »Wie fühlen Sie sich, Mrs. Harrington?«

Mom wirkte etwas verstört, als hätte sie soeben die Bühne betreten, aber vergessen, in welchem Stück sie sich befand.

Julia ging von Monitor zu Monitor und betrachtete aufmerksam die Zickzacklinien. »Hm. Ihr Blutdruck ist wieder ein bisschen gestiegen.«

Mom runzelte die Stirn. »Ach, ja?«

Julia nickte. »Ich frage mich, was der Auslöser gewesen sein könnte.«

Oh Gott. Waren *wir* das? Mariel und ich?

Mom starrte uns an. »Das frage ich mich auch.«

13

Würstchen im Schlafrock mag doch jeder

Am Nachmittag darauf wurde Mom aus dem Krankenhaus entlassen. Die Untersuchungen hatten glücklicherweise keine Anzeichen für einen kleinen Schlaganfall oder einen Herzinfarkt ergeben. Aber es bedeutete auch, dass das Blutdruckmedikament, das sie ursprünglich verschrieben bekommen hatte, nicht richtig gewirkt hatte. Ich hoffte, das neue Medikament würde besser anschlagen.

Während ich darauf wartete, dass Mom anrief, um uns zu sagen, um wie viel Uhr sie abgeholt werden konnte, holte ich mein Spiralnotizbuch heraus, meinen Laptop und den Hochzeitsordner. Dann setzte ich mich aufs Bett und rief George Boyd vom Country Club an.

»Ich hoffe, mit Ihrer Mutter ist alles in Ordnung«, meinte er, nachdem ich ihm erklärt hatte, warum ich mich tags zuvor nicht bei ihm gemeldet hatte.

Ich bedankte mich bei ihm und sagte ihm, dass sie so weit wohlauf war. »Vielleicht könnten Sie mir Ihre Catering-Karte ja einfach schicken«, meinte ich. »Dann kann ich einen Blick darauf werfen.«

Er sagte, er würde sie mir in ein paar Minuten mailen.

In der Zwischenzeit rief ich Brian Moran an, den Keyboarder und Ansprechpartner der Band Eleventh Hour. Diesmal ging er ran.

»Entschuldigen Sie, dass ich noch nicht zurückgerufen habe«, meinte er. »Wir hatten einen Auftritt außerhalb und sind erst richtig spät zurückgekommen.«

»Ist schon okay. Ich wollte mit Ihnen bloß noch einmal über die Songauswahl meiner Schwester reden. Sie würde für die Feier gern noch ein paar Lieder auf die Playlist setzen.«

»Das ist bestimmt kein Problem«, erwiderte er. »Wir haben fast alles im Repertoire, von Pop über Rock und R&B bis Jazz-Standards.«

»Gut. Also, mir ist bekannt, dass Sie vor einer Weile eine Liste mit auf der Hochzeitsfeier verbotenen Liedern bekommen haben.«

»Das weiß ich jetzt nicht im Detail. Ich bin gerade nicht zu Hause, aber dort liegt mir alles vor. Wenn sie sie mir geschickt hat, habe ich sie auch. Und keine Sorge, nichts, was darauf steht, wird gespielt werden. Wir wissen, wie das ist, wenn...«

»Die Sache ist die, dass sie diese Songs jetzt *doch* auf ihrer Feier haben will. Diese Liste wurde Ihnen nicht von meiner Schwester geschickt, sondern von ihrer früheren Hochzeitsplanerin, die gefeuert wurde. Mariel liebt all diese Songs. ›Ententanz‹, ›Macarena‹, ›The Hokey Pokey‹. Sie findet, das seien Traditionen, und da sollte man nicht reinpfuschen.«

»Äh, okay, dann setze ich sie alle auf die Playlist. Wie sie will.«

»Danke. Und es gibt noch ein paar andere Lieder, die sie hinzufügen möchte.«

»Nur zu. Ich schreib sie mir auf.«

Ich rasselte die Titel herunter: »›Fifty Ways to Leave Your Lover‹, ›You're So Vain‹, ›Never Really Over‹, ›I Still Haven't Found What I'm Looking For‹. Oh, und für den Hochzeitstanz wünscht sich der Bräutigam ›To All The Girls I've Loved Before‹.«

Ein paar Sekunden herrschte Schweigen, und ich stellte mir einen irritierten Brian vor, der sich fragte, was das für eine Hochzeit sein sollte. »Ähm, okay, klar«, meinte er dann, und es klang alles andere als klar.

In der Zwischenzeit hatte George Boyd die Catering-Karte gemailt. Es waren sechs Seiten mit allem Möglichen, inklusive Essen für Kinderpartys. Nachdem ich die Auswahl ein paar Minuten studiert hatte, machte ich mir ein paar Notizen und rief ihn an.

»Falls Sie sich das Angebot noch einmal genau anschauen wollen und mir morgen telefonisch Bescheid geben, ist das auch in Ordnung«, meinte er. »Oder wir vereinbaren einen neuen Termin. Sie können mir die Änderungen aber auch einfach mailen, wenn Sie so weit sind.«

»Ich denke, wir können das gleich hier am Telefon erledigen.«

»Oh, okay. Das ist auch in Ordnung. Ich hatte nur nicht gedacht, dass Sie schon so weit sind.«

»Mariel möchte die ganze Hochzeitsfeier jetzt viel bodenständiger haben. Schlichter.« Ich scrollte zu der Kinderkarte am Ende. »Also, als Vorspeise hätte sie gern die gegrillten Käsesandwiches, diese kleinen Würstchen im Schlafrock, die Minipizzas und, mal sehen... ach, hier, panierte Tofusticks für die Veganer.«

»Klingt, als erwarteten Sie viele Kinder«, bemerkte George. »Also, das alles zusätzlich zu den Kaviartartelettes, den Spinat-Pilz-Puffern, den Hummertoasts mit...«

»Nein, nein, stattdessen.«

»*Stattdessen?*« Es folgte Schweigen. Und noch mehr Schweigen.

»Würstchen im Schlafrock mag doch jeder, oder?«, meinte ich fröhlich.

»Oh, ich... natürlich«, meinte er.

»Und als Hauptgericht möchte sie Chickennuggets, Käsemakkaroni, Fischstäbchen und die Reis-Bohnen-Burritos zur Auswahl.«

»Und das jetzt auch *anstatt* des Fasans, serviert unter der Glashaube, der Seezunge, dem Filet Mignon und dem Safranrisotto mit gebrat...«

»Ja, stattdessen.«

»Aber das Essen ist schon für eine Hochzeit, richtig?«

»Oh ja.«

Nachdem ich aufgelegt hatte, strich ich die beiden Punkte von meiner To-do-Liste und war froh, dass ich ein Stück vorangekommen war.

»Es geht mir gut«, sagte Mom, als Mariel und ich sie vom Krankenhaus abholten. »Jetzt fangt bloß nicht an, mich wie einen Pflegefall zu behandeln.«

Auch wenn ich ihren Standpunkt verstand, Bluthochdruck durfte man nicht so einfach auf die leichte

Schulter nehmen, und sie ernährte sich nicht gerade vorbildlich. Deshalb durchforstete ich auch später am Nachmittag, als sie das Haus verlassen hatte, das Essen in ihrer Gefriertruhe, dem Kühlschrank und den Vorratsschränken und entsorgte alle Übeltäter mit zu viel Salz. Tiefkühlpizza, Hühnerpastete und Käsemakkaroni waren nur einige der Dinge, die in den Müll wanderten.

Im Internet fand ich ein paar gute Artikel über die Bedeutung von gesunder Ernährung und Bewegung und über die Tücken der Blutdruckmessung, darunter einer mit dem eingängigen Titel: *Blutdruckmanschetten – Kommt es auf die Größe an?* Ich druckte die Artikel aus und legte sie auf die Küchentheke, zusammen mit einer Notiz an Mom, dass ich ihr zwei Kochbücher mit Rezepten gegen Bluthochdruck und ein Blutdruckmessgerät mit zugehöriger App bestellt hätte. Außerdem klebte ich ein paar gelbe Post-its auf ihre Schränke: *Mehr Grünkohl, Sonnenblumenkerne – ja!, Essiggurken – nein!* Es konnte nicht schaden, sie daran zu erinnern.

»Was soll denn *das* alles?«, fragte Mariel, als sie hereinkam und sich umsah.

»Ich helfe Mom mit ihrer Ernährung und habe das, was sie nicht essen soll, entsorgt.«

»Du meinst die zwei schwarzen Säcke hier?« Sie öffnete einen davon. »Kartoffelchips? *Und* Käseflips?« Sie sah mich entsetzt an. »*Die* wirfst du weg?«

»Mom darf das nicht essen.«

»In Maßen schon.«

»Niemand isst so was *in Maßen*.«

»Meinst du nicht, dass du sie vorher fragen solltest?«,

gab Mariel zu bedenken. »Sie meinte, wir sollen sie bloß nicht wie einen Pflegefall behandeln. Vielleicht will sie das ja lieber selbst entscheiden.«

»Sei nicht albern. Ich tue ihr einen Gefallen. Sie muss das in den Griff bekommen.« Man musste Mom einen kleinen Anstoß geben.

»Also, ich bin nicht schuld, wenn sie sauer wird«, sagte Mariel und zog eine große Tüte Chips aus dem Müllsack. »Die nehme ich mal mit in mein Zimmer«, murmelte sie.

»Warum sollte sie sauer werden?« Ich wollte sie gerade fragen, warum sie nicht auch die Käseflips mitnahm, als ihr Handy klingelte.

»Bist du noch immer dort, Mu?« Sie riss die Chipstüte auf. »Ach, ich weiß nicht, Schatz. Such doch einfach irgendetwas Nettes aus und kauf vier davon. Wir müssen das endlich erledigen.«

Ich wandte mich zum Gehen. »Warte mal, Sara. Moment. Carter ist gerade bei Hilliard's und will Geschenke für die Trauzeugen kaufen. Könntest du bitte hinfahren und ihm dabei helfen, auch etwas für die Brautjungfern auszusuchen? Ich muss hierbleiben, weil ich ein Paket erwarte, da muss ich unterschreiben. Außerdem bist du bei so was besser als ich.«

Ihr Versuch, mir Honig ums Maul zu schmieren, konnte mich nicht überzeugen. Ich wollte ihr gerade sagen, dass ich ja das Paket für sie entgegennehmen könnte, damit sie selbst in die Stadt fahren und sich um die Geschenke kümmern könne, als ich innehielt. Das war *die* Gelegenheit, etwas Zeit allein mit Carter zu verbringen. Vielleicht auch, um meine Sabotage noch etwas auszuweiten.

Auf dem Weg in die Stadt rief mich Jay, der Fotograf, zurück. Ich erklärte ihm so schonend wie möglich, dass wir den Auftrag stornieren würden. »Sie hat sich für die abgespeckte Variante entschieden.«

»Sie wollen überhaupt keinen Fotografen dabeihaben?«, fragte er und klang geschockt.

»Oh, es werden viele Fotografen da sein. Wir werden die Gäste bitten, Fotos mit ihren Handys zu machen und sie dann über einen Filesharing-Link hochzuladen.« Ich hatte diesen Fehler schon bei anderen erlebt. Wenn sie Glück hatten, bekamen sie am Ende ein paar annehmbare Fotos zusammen und Hunderte, auf denen Hände und Schultern im Bild waren oder die Leute rote Augen hatten, die verschwommen oder schlichtweg unter- oder überbelichtet waren.

Das sagte mir auch Jay und erinnerte mich daran, dass die Anzahlung nicht erstattet wurde.

Als ich bei Hilliard's ankam, hatte Carter bereits die Geschenke für die männlichen Trauzeugen ausgesucht: Lederkulturtaschen und edle Rasierer von einem britischen Hersteller.

»Ah, Mariel hat mir schon gesagt, dass sie die Expertin schickt«, meinte er und warf mir einen entschuldigenden Blick zu. »Tut mir leid, dass wir dich bemühen.«

»Ach, ist schon okay. Das macht mir nichts aus.« Wenn er wüsste, wie glücklich ich war, hier zu sein, ein paar Minuten mit ihm allein zu haben…

»Ich habe keine Ahnung, was man den Brautjungfern schenken könnte«, meinte er kleinlaut. »Ich wusste nicht mal, was ich den Jungs kaufen soll.«

Ich nahm einen der Rasierer in die Hand. Er hatte einen Griff aus Edelstahl mit geometrischen Mustern und lag schwer und gut in der Hand. »Das ist ein wunderbares Geschenk. Du musst nur noch ein paar Karten besorgen, auf die du für jeden eine persönliche Nachricht schreibst, dann hast du's.«

»Und was mache ich mit den Brautjungfern?«

Ich konnte nicht glauben, dass Mariel ihm das aufgebunden hatte. Der Mann, der normalerweise die Verträge für richtige Hollywoodstars aushandelte, auf der Suche nach Geschenken für Brautjungfern. Ich hätte ihn niemals um so etwas gebeten, wenn er mich heiraten würde.

»Komm, hier findet sich bestimmt irgendetwas«, sagte ich und führte ihn durch den Laden. Hilliard's hatte schon immer eine vielseitige Auswahl, von Kristallkaraffen zum Dekantieren über Krawatten bis hin zu Zwiebelschneide-Schutzbrillen.

Wir gingen vorbei an Glaswaren mit nautischen Mustern, schwarzen Achat-Untersetzern, Hundenäpfen aus Porzellan und einem aufblasbaren Tic-Tac-Toe-Spiel für den Swimmingpool. So etwas hatte ich noch nie gesehen. Zum Spaß nahm ich die Verpackung in die Hand. Darauf war ein pinkes Tic-Tac-Toe-Raster auf hellblauem Wasser abgebildet. »Das ist es! Das schenken wir ihnen.«

»Perfekt«, sagte Carter und versuchte, ernst zu bleiben. »Aber was, wenn sie gar keinen Pool haben?«

»Wer in L.A. hat bitte keinen Pool? Schau, wenn sie keinen haben, dann müssen sie sich halt einen bauen lassen.«

»Natürlich. Problem gelöst. Vielleicht können wir auch noch einen Gutschein dafür reinpacken.«

»Ja! Super Idee. Ein Gutschein für einen Pool. Dass ich da nicht selbst darauf gekommen bin?« Lachend stellte ich die Schachtel zurück, und wir gingen weiter.

»Hey, wie wäre es mit einem Hut?«, schlug Carter vor, nahm einen weißen Schlapphut aus Bast und setzte ihn mir auf den Kopf.

Ich zog ihn mir tiefer ins Gesicht und hoffte damit verführerisch zu wirken. »Hallo, Liiiebling...«

»Hm. Dir steht er eigentlich ganz gut. Allerdings sahst du mit Hüten eigentlich schon immer toll aus.«

»Findest du?« Ich legte den Hut zurück.

Er warf einen kurzen Blick auf die Duftkerzen, griff nach einer Kristallvase.

»Hey«, sagte ich, »weißt du noch dieser Laden, in dem wir mal waren – ich glaube, das war in San Diego –, wo es oben all diese verrückten Hüte gab?«

»Verrückte Hüte?« Er stellte die Vase zurück und ging weiter.

»Ja. Ich habe einen anprobiert, der wie eine Geburtstagstorte aussah, erinnerst du dich? Da steckten oben sogar Kerzen drin. Ich glaube, der war aus Filz. Und dann war da noch einer, der wie ein Hummer aussah. Und du hast einen Piratenhut anprobiert, und wir haben Fotos gemacht.«

»Ach, ja. Ich erinnere mich. Aber dieser Piratenhut

stand mir überhaupt nicht. Ich bin irgendwie nicht so der Piratentyp. Wahrscheinlich, weil ich kein Fan von Plünderungen bin.«

Ich lachte. »Nein, ein Plünderer bist du wirklich nicht.«

Wir gingen einen anderen Gang entlang. Kaschmirpullover, Seidenschals, edle Seifen.

»Ah, hier sind wir richtig. Das ist perfekt.« Ich hielt einen Luffaschwamm hoch, der aussah wie eine Eistüte. »Und wie hübsch er verpackt ist.«

»Die Verpackung ist wichtig«, stimmte Carter mir zu. »Aber ich weiß nicht. Ich habe irgendwie nicht das Gefühl, dass das das Richtige ist.«

Am Ende des Gangs wedelte er mit den Armen. »Die Suche ist vorbei. Das ist es!« Er zeigte auf zwei Bücherstützen aus Messing in Form von je einer Hand, die eine Zigarre hielt.

»Oh, eindeutig, das ist es«, sagte ich. »So was wünscht sich jede Frau. Selbst wenn sie gar keine Zigarren raucht. Ich meine, die sind einfach…«

»Da stimme ich dir zu, die sind einfach…« Er zwinkerte mir zu. Mein Herz schmolz dahin.

Er stellte die Bücherstützen zurück und holte Luft. »Okay, also, was sollen wir ihnen wirklich kaufen?«

Ah. Das Spiel war vorbei. Dabei hatten wir gerade so viel Spaß. Aber schon bald würden wir das hier erledigt haben, und er würde wieder aus meinem Leben verschwinden. »Ich glaube, ich habe da schon ein paar Ideen«, sagte ich und ließ mir Zeit, als ich ihn noch einmal durch den Laden führte und auf einige Dinge zeigte, die in Betracht kamen.

»Das gefällt mir«, sagte er, als ich ihm eine silberne Schmuckschale zeigte.

»Ja? Und meinst du, es gefällt auch Mariel?«

Er nahm die Schale in die Hand, drehte sie um und betrachtete sie von allen Seiten.

»Gefällt sie dir denn?«

Ich nickte. »Ja, tut sie.«

»Ok, dann ist es entschieden.«

An der Kasse erkundigte sich Carter bei der Verkäuferin, ob sie vier von den Schalen hätte.

»Oh, tut mir leid, ich fürchte, wir haben bloß diese eine, aber ich könnte weitere für Sie bestellen. Ich nehme an, sie sind als Geschenk gedacht?«

»Ja, Brautjungferngeschenke«, meinte er.

»Wissen Sie, Sie sind heute schon das zweite Paar, das hier nach Geschenken für die Brautjungfern sucht.«

»Oh, wir sind kein Paar«, meinte ich. »Wir sind...« Ja, was waren wir eigentlich? Expartner, die bald Schwager und Schwägerin sein würden. Ziemlich seltsam.

»Wir sind alte Freunde«, sagte Carter, legte mir den Arm um die Schultern und zog mich leicht an sich. Am liebsten hätte ich mich in seiner Umarmung aufgelöst.

»Das Paar, das vorher hier war... Sie haben sich im Urlaub auf Hawaii kennengelernt, und er hat ihr nur zwei Wochen danach einen Heiratsantrag gemacht!«

»Das ist ja wahnsinnig schnell«, sagte ich und fragte mich insgeheim, wie lange diese Ehe wohl halten würde.

Carter kratzte sich am Kopf. »Zwei Wochen. Da habe ich ja länger gebraucht, mir zu überlegen, wie ich den Antrag machen soll.«

»Was, um alles in der Welt, hast du dir denn da einfallen lassen?«, fragte ich und merkte zu spät, dass es mir wahrscheinlich das Herz brechen würde, es zu hören.

Er hatte dieses kleine Funkeln im Blick, das ich immer so geliebt hatte. »Ich habe einen Filmtrailer gemacht. Mit Fotos von mir und Mariel zusammen. Und dann habe ich ein Kino am Sunset Boulevard gemietet und... na ja, einen Haufen Leute eingeladen. Sie hatte keine Ahnung. Sie dachte, sie würde mit ein paar Freundinnen einen Film anschauen gehen. Aber dann wurde der Trailer gezeigt, und das Licht ging an, und ich kam dazu und hielt um ihre Hand an. Sie war begeistert. Und alle sind durchgedreht.«

Natürlich war sie begeistert. »Das ist eine echt schöne Idee von dir gewesen«, meinte ich. Vielleicht war es nicht das, was mir gefallen hätte, aber es hatte ihn sicher jede Menge Zeit und Mühe gekostet. Und was spielte es für eine Rolle, ob es mir gefiel? Es war ja nicht meine Hochzeit, über die wir da sprachen.

Die Verkäuferin tippte etwas in einen Computer ein. »Ich brauche noch Ihre Kontaktdaten und eine Kreditkarte, bitte. Und dann rufe ich an und erkundige mich, wie die Lieferzeiten sind. Und wir können uns darüber unterhalten, wie Sie sie geschickt bekommen möchten. Wann brauchen Sie sie denn?« Ich wandte mich an Carter. »Weißt du was, darum kann ich mich doch kümmern. Du kannst gerne schon los, und ich erledige das hier.«

»Wirklich? Es macht dir nichts aus?«

»Nein, gar nicht. Ich bin schließlich die Hochzeitsplanerin, schon vergessen?«

Ich begleitete ihn noch zur Tür und blickte ihm nach, wie er die Straße überquerte. Dann ging ich zurück und holte die Messingbuchstützen in Form von Zigarre haltenden Händen.

»Wir haben es uns anders überlegt«, erklärte ich der Verkäuferin. »Wie viele von diesen hier können wir anstelle der Silberschalen bekommen?«

14

Lehren aus der Vergangenheit

Den Sonntag verbrachte ich hauptsächlich damit, mich um das Vertriebsmeeting und die Vorstandssitzung meiner Firma und außerdem um eine Golfreise für ein paar wichtige Kunden zu kümmern. David war von seinen zwei Tagen in Manhattan zurück und holte mich um fünf ab, damit wir zu Jeanette fahren konnten.

»Ich bin froh, dass du dich schon ein bisschen früher loseisen konntest«, meinte er, als ich in den Transporter stieg. »Wir müssen einen Umweg von fast fünfundzwanzig Kilometern machen.« Er wollte sich auf dem Weg noch ein Grundstück ansehen.

»Ich bin einfach froh, aus dem Haus zu kommen. Ich war den ganzen Tag drinnen.«

Eineinhalb Kilometer später bog er ab, und wir fuhren Richtung Nordwesten. Ich blickte blinzelnd in die Sonne, klappte die Blende herunter und kramte in meiner Handtasche nach einer Sonnenbrille.

»Im Handschuhfach ist eine Sonnenbrille, wenn du willst«, meinte David.

Ich öffnete das Handschuhfach und holte eine Ray Ban heraus. »Eine Wayfarer. Die Form hat mir schon immer gefallen.« Ich setzte sie auf. »Da muss ich gleich an diesen alten Song von Don Henley denken, ›The Boys of Summer‹, und an die Strophe über das Mädchen, das die Wayfarers aufhat.«

»Toller Song, tolle Strophe. Und die Brille steht dir übrigens ziemlich gut.«

Wir fuhren vierzig Minuten, in denen David die meiste Zeit irgendwelche geschäftlichen Anrufe erledigte und ich froh war, einfach aus dem Fenster schauen zu können. Kurz nachdem wir an einem Ortsschild mit der Aufschrift *Putney* vorbeigekommen waren, näherten wir uns dem kleinen Zentrum, in dem alte Holzhäuser renoviert und in Geschäfte verwandelt worden waren. Teestube, Antiquitätenladen, Lebensmittelgeschäft. David hielt an einer Ampel und nahm dann einen Anruf entgegen, als sein Handy wieder klingelte.

»Hey, Paul, wie läuft's?« Auf der anderen Seite der Straße lehnten zwei Männer ins Gespräch versunken an einem blauen Pick-up. »Ja, ich glaube, das ist eine gute Idee«, sagte David, nachdem er einen Moment lang geschwiegen und zugehört hatte. »Ich möchte kein Risiko eingehen, ohne diese zusätzlichen Infos zu haben. Vielleicht ist es übertrieben, aber Vorsicht ist besser als Nachsicht.« Die Ampel wurde grün, und wir fuhren weiter, weg von den Geschäften. »Klar. Ich bin auf dem Weg dorthin, um es mir anzuschauen«, sagte David.

Er telefonierte immer noch, als sich die Straße ein paar Minuten später an Feldern, Bäumen und Flüsschen vorbeischlängelte. »Wir müssen sowieso alles, was da noch steht, abreißen lassen. Es ist zu teuer... Was?

Ja, genau. Neuanfang.« Er schaute auf sein Navi. »Hör zu, ich glaube, wir sind gleich da. Ich melde mich später wieder.«

Wir bogen in ein Wäldchen ein, das Straßenschild war von Kletterpflanzen überwuchert. Der Asphalt hatte Risse, und überall lauerten Schlaglöcher, die groß genug waren, um mit dem Reifen stecken zu bleiben oder einen Achsenbruch zu erleiden.

»Was ist denn hier?«, fragte ich, als er mit dem Transporter den Kratern und Buckeln auswich.

»Wirst du gleich sehen.«

Ich konnte nur Wald erkennen. Dann bemerkte ich ein paar rötliche Flecken zwischen den Bäumen. Die Straße schwenke nach links und führte auf eine Lichtung zu, auf der sich ein langes, dreistöckiges Backsteingebäude vor uns erhob. Es musste mindestens hundert Jahre alt sein.

Die Backsteine hatten alle möglichen Farben angenommen. Manche waren verbrannt orange, andere rostig pink. Andere wirkten wie gekalkt. Wilder Wein war die Mauern hochgekrochen, dann vertrocknet und hatte dürre Ranken hinterlassen. Die Fensterscheiben fehlten und waren zum Schutz vor Vandalismus durch grünen Maschendrahtzaun ersetzt worden. Die dunklen Öffnungen starrten missbilligend auf uns herab. Das Dach hing durch, und die Schindeln kräuselten sich wie Bleistiftspan. Ich hatte das Gefühl, als befände ich mich plötzlich in einer verlassenen Industriestadt.

»Wow«, flüsterte ich. »Was ist denn das?«

David stellte den Motor ab. »Das war mal eine Wollweberei.« Wir stiegen aus, Kies und Sand knirschten unter unseren Füßen, aus dem Wald hinter uns drang leises Vogelgezwitscher. Hier schien die Luft wärmer und trockener.

»Als ich in der Highschool war, habe ich mal ein Referat über die Geschichte der Textilfabriken in Connecticut gehalten.«

David lächelte. »Dann bist du ja eine Expertin.«

Zwar war ich weit davon entfernt, eine Expertin zu sein, aber ich erinnerte mich noch gut daran, wie ich mit meiner Freundin Alice Reece zu einer der verlassenen Fabriken gefahren war, um Fotos zu machen. Ich hatte es dort total gruselig gefunden. Zumindest anfangs. Aber dann hatte ich an all die Menschen gedacht, die dort ein und aus gegangen waren und über die Jahre dort gearbeitet hatten, an all die Stoffe, die sie hergestellt und wie sie damit ihre Familien ernährt, gegeizt und gespart hatten, und dass manche von ihnen mit dem, was sie dort verdienten, vielleicht sogar ein Kind aufs College hatten schicken können. Ich hatte mir ausgemalt, wie es einmal ausgesehen haben mochte, wie schön es einmal gewesen sein musste, und es hatte mich traurig gemacht, es all die Jahre später so zu sehen. Stillgelegt. Tot. Ein Schandfleck.

»Ich bin bestimmt keine Expertin«, sagte ich, als ich näher an das Gebäude herantrat. »Aber ich weiß, dass viele dieser Webereien in Connecticut aus dem frühen neunzehnten Jahrhundert stammen und dass Menschen aus aller Welt dort gearbeitet haben.«

An mehreren Stellen lagen lose Ziegel herum, und

Weinreben klammerten sich an die Mauern wie Finger, die einfach nicht loslassen wollten. Aber man sah, dass das Gebäude einmal prächtig gewesen sein musste. Ich fragte mich, wer die vielen Bogenfenster eingesetzt und Tausende von Ziegeln aufgemauert hatte. Woher stammten wohl all die Steinmetze? Lebten ihre Nachfahren noch? Und wussten sie überhaupt, dass dieser Ort existierte?

Ich berührte die Mauer, ließ die Hand über die Ziegel gleiten, die sich noch immer warm anfühlten von der bereits schwächer werdenden Sonne. »Frag mich nicht, warum ich mich daran erinnere, aber die größte Garnfabrik von ganz Nordamerika befand sich in Willimantic, Connecticut. *The American Thread Company*. Und was noch interessant ist: Sie war die erste Fabrik, die elektrisches Licht hatte und ihren Arbeitern eine Kaffeepause zugestand.«

David spähte durch ein Fenster ins Dunkel des Gebäudes. »Und damals gab es noch nicht mal Starbucks. Stell dir mal vor.«

Ich starrte auch in das Fenster, aber ich konnte nichts als Schutt und einen Haufen verrosteter Metallstangen erkennen. Ich dachte daran, was David am Telefon gesagt hatte. *Wir müssen sowieso alles, was da noch steht, abreißen lassen… Neuanfang.* Sie würden das Gebäude niederreißen. Traurig, aber nicht verwunderlich. Ich fragte mich, was sie mit dem Grundstück vorhatten. Einen Kinokomplex darauf bauen? Ein Bürogebäude? Es konnte alles Mögliche sein. Ich ging seitlich am Gebäude entlang und spähte in weitere Fenster, aus denen mich nichts als Dunkelheit anstarrte.

»Ich frage mich, wann die Fabrik geschlossen wurde«, meinte ich nachdenklich.

»Ich habe gelesen, in den späten Siebzigern.« Er hatte also recherchiert.

»Das bedeutet, dass sie hundertfünfzig Jahre in Betrieb gewesen sein muss«, sagte ich. »Das ist eine lange Zeit. Hier steckt jede Menge Geschichte drin.«

Wir blieben in der Nähe des Eingangs stehen, der nur noch aus einem Türrahmen mit Maschendrahtzaun bestand. Ich starrte auf die gebrochene Betonplatte, die zum Eingang führte, und stellte mir vor, wie die Arbeiter ins Gebäude strömten – Männer, Frauen, Kinder –, mit Henkelmännern in der Hand, während die Dampfpfeife den Beginn ihrer Schicht verkündete. Ich konnte sie an den Kardiermaschinen sehen, die die Wollfasern kämmten und glätteten, und an den Spinnmaschinen, die die Fasern zu Garn verarbeiteten. Ich konnte sie an den Strangwicklern und den Webstühlen stehen sehen. Ich fragte mich, was ihnen durch den Kopf gegangen war, wenn sie aus diesen Fenstern hinausgesehen hatten. Welche Hoffnungen und Träume hatten sie wohl gehabt?

Ich hob einen kleinen Betonbrocken vom Boden auf und drehte ihn herum. »Eine ganze Lebensweise ist mit der Schließung der Webereien verschwunden. Diese Gebäude waren zu ihrer Zeit richtig schön. Und jetzt...«

»So ist das mit verlassenen Gebäuden«, meinte David. »Das ist der Lauf der Dinge.«

Aber warum ließen wir das zu? Es kam mir achtlos vor, tatenlos dabei zuzusehen, wie solch großartige Dinge zerstört wurden. Ich war mir sicher, dass das Gebäude wieder in altem Glanz erstrahlen könnte, wenn sich jemand genug darum bemühen und Geld für die Sanierung investieren würde. Aber mir war auch bewusst, dass es nicht so einfach war, wie es sich anhörte. Man konnte David und seinen Partnern, oder wer auch immer das Grundstück erwarb, nicht vorwerfen, dass sie es abreißen wollten. Aber das bedeutete eben auch, dass dieser Ort mit all seiner Geschichte und seiner Seele – den kollektiven Erinnerungen all der Menschen, die dort gearbeitet hatten – für immer verschwinden würde. Ich wünschte, er hätte mich nie hierhin mitgenommen. Ich ließ den Betonbrocken fallen, und seine Splitter sprangen in alle Richtungen.

»Ich weiß, dass das der Lauf der Dinge ist«, sagte ich, »aber findest du nicht, dass manche alten Dinge es wert wären, bewahrt zu werden? Ich meine, nur weil etwas alt ist, muss man es da gleich aufgeben...«

»Man kann nicht alles retten«, erwiderte er und ging weiter. »Manchmal ist das einfach nicht machbar.« Ich zögerte, analysierte seine Worte, stellte mir ein Diagramm vor, bei dem die Kostenseite die Nutzenseite überwog. Dann lief ich schneller, um aufzuholen.

Er blieb stehen und legte den Kopf schief. »Hörst du das?«

Ich lauschte und hörte das leise Geräusch von rauschendem Wasser – der Fluss, der einst für den Strom der Weberei gesorgt hatte. Wir gingen um das Gebäude herum zu dessen Rückseite, wo das Geräusch lauter wurde und die schnelle Strömung des Flusses über einen schlammigen, felsigen Uferbereich spülte; schaumig weißes Wasser floss über Gesteinsbrocken, um junge Bäume herum und wirbelte in kleinen Strudeln, in denen hier und da die Sonne glitzerte. Die Luft war feucht und kühl. Ich warf einen Stock und beobachtete, wie die Strömung ihn flussabwärts zu einer Stelle zog, wo das Wasser immer wilder wurde und sich der Stock in einem rasenden Tanz drehte, bis er unter die schaumige Oberfläche gedrückt wurde. David trat an meine Seite.

»Was hast du mit dem Grundstück vor?«, fragte ich ihn.

»Mit *diesem* hier?« Er drehte sich um und betrachtete die Fabrik erneut. »Ich weiß noch nicht mal, ob wir es kaufen werden. Ich schaue es mir nur schon mal an. Es hängt stark davon ab, welche Förderungen wir bekommen können. Staatliche Zuschüsse. Steuerliche Anreize, Subventionen.«

»Für was konkret?«

»Zum einen Umweltsanierungsförderung. Das wird eine gigantische Aufgabe.« Er blickt auf den Boden und trat mit dem Turnschuh gegen einen kleinen Erdhügel. »Bei allem, was hier an Schadstoffen abgeladen wurde, bevor es verboten wurde.«

»Und du würdest versuchen, dass der Staat einen Teil der Kosten dafür übernimmt?«

»Klar. Wir reden hier von Millionen. Einige Bundesstaaten haben extra Programme, um Bauunternehmer bei der Sanierung solcher Industriebrachen zu unterstützen. Connecticut ist einer davon. Es gibt auch noch andere Quellen wie nationale Fördertöpfe, weißt du. Aber davon steht immer nur eine bestimmte Summe zur Verfügung.«

Industriebrache. Ich hing noch immer an diesem Wort fest. Wie traurig das klang. Und wie traurig auch, dass es so teuer war, allein die entstandenen Umweltprobleme zu lösen. Ich wusste, wenn David und seine Partner es kaufen würden, dann würden sie hier ein Einkaufszentrum oder einen Bürokomplex hochziehen. Wie sollten sie ihr Investment sonst rentabel machen? Das alte Gebäude würde verschwinden, und dieser Ort wäre nicht mehr derselbe.

Ich dachte an meinen Vater und dass er immer gesagt hatte, man solle die Zukunft willkommen heißen, aber die Vergangenheit achten. Als er und Mom aus Manhattan in das Haus in Hampstead umgezogen waren, hatte er erst einmal den modernen Anbau von einem der Vorbesitzer durch einen ersetzen lassen, der dem Stil des frühen neunzehnten Jahrhunderts entsprach, aus dem das Haus ursprünglich stammte.

»Warum müssen alte Dinge immer für neue geopfert werden?«, meinte ich ernüchtert. »Was ist denn so toll an neuen Sachen? An diesem Ort lebt die Erinnerung der Menschen, die hier gearbeitet und ihre Leben verbracht haben. All der Männer, Frauen und Kinder. Es wäre doch eine Schande, einfach Lebewohl zu all dem hier zu sagen und die Abrissbirne kommen zu lassen und...«

»Wovon redest du?«

»Ich rede davon, das Gebäude zu erhalten«, sagte ich und sah wieder hinüber zu der Fabrik. »Ja, es ist alt. Natürlich ist es alt. Und man müsste eine Menge Arbeit hineinstecken, aber es könnte wundervoll werden, David.« Ich hob einen anderen Stock auf und machte einen Schritt auf das Ufer zu, um ihn in den Fluss zu werfen. »Und du würdest...« Ich wollte gerade sagen: »Ein Stück Geschichte bewahren«, als meine Schuhe fast unter mir wegrutschten.

David packte meine Hand. »Sara, Vorsicht!«

Mein Herz raste einen Moment lang, bevor ich wieder Luft bekam. »Danke. Das ist aber rutschig.« Seine Hand hielt meine fest umschlossen. Es fühlte sich schön an. Seine Wärme, seine Kraft.

»Ich will nicht, dass du im Wasser landest.«

Ich wollte ihm sagen, dass ich keine Angst hätte, weil ich schließlich schwimmen könnte, aber dann dachte ich daran, wie stark die Strömung war und dass es vielleicht das war, was ihm Sorgen bereitete. Wir traten vom Ufer zurück, und als er meine Hand losließ, überkam mich plötzlich das Gefühl, es gar nicht zu wollen, dass er mich losließ.

Ich versuchte den Gedanken beiseitezuschieben. »Alte Dinge sind... Sie sind wichtig«, meinte ich. »Sie verkörpern das, was wir einmal waren. Manchmal sind sie die besten Beispiele dafür, was der Mensch erschaffen kann. Und trotzdem werden sie weiterhin abgerissen, als wären sie bedeutungslos. Aber das sind sie nicht. Wenn wir unsere Geschichte verlieren, verlieren wir uns selbst. Verstehst du das nicht?« Wie konnte ich ihm das nur begreiflich machen? »Du musst diesen Ort einfach retten.«

Die Sonne, die nur noch ein matter Bogen am Horizont war, warf ihre schwachen Strahlen auf die Ziegelsteine, in einem letzten Bemühen, sie zum Leuchten zu bringen. David sah mich verwirrt an. Vielleicht hatte noch nie jemand hinterfragt, womit er seinen Lebensunterhalt verdiente. Womöglich war das allerhöchste Zeit.

»Sara, nur zum Verständnis... *Falls* wir dieses Anwesen hier kaufen, und das ist noch die große Frage, aber falls wir es tun, dann reißen wir das Gebäude auf keinen Fall ab.«

Jetzt war ich diejenige, die verwirrt war. »Nicht?«

»Nein. Wir würden es natürlich erhalten«, meinte er, während wir uns auf den Weg zurück zum Parkplatz machten. »Das ist ja der Sinn der Sache. Wahrscheinlich überlegen wir uns ein Konzept für eine gemischte Nutzung. Wohnungen, Einzelhandel, vielleicht ein paar Künstlerateliers und einige Büros. Aber das hängt ganz vom Bedarf der Kommune ab.«

Gemischte Nutzung. Bedarf der Kommune. Das klang alles gut. Sehr gut. »Also wolltet ihr es nie abreißen lassen?«

»Nein, wir würden es sanieren. Wir haben schon eine ganze Reihe solcher Projekte umgesetzt.« Er erzählte mir von etwas, das sie gerade in Cincinnati fertiggestellt hatten, aber mir war das Missverständnis so peinlich, dass ich mich kaum darauf konzentrieren konnte. Er hatte das schon öfter gemacht. Er sanierte alte Gebäude. Und ich hatte mit ihm geredet, als hätte er keine Ahnung.

»Ich fühle mich wie ein Idiot«, gestand ich, als wir in den Transporter stiegen. »Da halte ich dir einen Vortrag darüber, dass man diesen Ort erhalten müsse, dabei hattest du das von Anfang an vor.« Ich fragte mich, wie ich so falsch hatte liegen können, und dann erinnerte ich mich an sein Telefonat. »Aber du sagtest etwas von wegen, dass ihr alles, was da noch steht, abreißen lassen müsstet.«

David ließ den Motor an. Sein Blick wanderte über den Parkplatz in die Ferne. »Ach so, du meinst, als ich…« Er unterbrach sich und nickte. »Das habe ich tatsächlich so gesagt, aber da habe ich über ein anderes Projekt gesprochen, über ein Gebäude, das bei einem Orkan schwer beschädigt wurde. Es ist fast nur noch Schutt.«

Ein anderes Projekt. Ich war erleichtert, dass ich das missverstanden hatte.

»Ich kann dir gern Fotos zeigen von anderen Sanierungen, die wir schon gemacht haben.«

Ich wollte das Thema lieber auf sich beruhen lassen. »Schon okay. Ich…«

»Mal sehen.« Er zückte sein Smartphone und tippte auf dem Display herum. »Ich hab da irgendwo ein ganzes Album, in dem… Ah, hier ist es.« Er beugte sich zu mir herüber und hielt das Handy zwischen uns hoch. Seine Haut roch leicht würzig-zitronig. Sein Aftershave? Seife? Was es auch war, es roch gut. »Das war ein altes Drahtwalzwerk im nördlichen Bundesstaat New York. Wir haben es saniert und ein Mischnutzungskonzept dafür entwickelt. Wohnungen, Restaurants, Einzelhandel. Auf den Fotos habe ich die Entwicklung festgehalten. Scroll mal durch, dann kannst du's sehen.« Er reichte mir das Handy.

Da waren Fotos von einem roten Backsteinfabrikgebäude ganz ähnlich der Weberei – heruntergekommen, verschmutzt, fehlende Ziegel, zerbrochene Fenster. Innen waren die Böden voller Dreck und schwarzer Pfützen, grüne Farbe bröckelte von der Wand, Kabel baumelten von der Decke, und zerbrochenes Glas ragte wie Reißzähne aus den Fensterrahmen.

Doch als ich weiterscrollte, zeigten die Fotos ein sich schrittweise veränderndes Gebäude, in dem die fehlenden Ziegelsteine ersetzt und die Fassade gereinigt worden waren. Die Böden waren, wie ich jetzt erkennen konnte, aus Holz und frisch abgeschliffen worden und schimmerten bernsteinfarben. Licht fiel durch neue Scheiben in den riesigen Fenstern herein, und ich konnte kaum glauben, dass aus dem düsteren, feuchtkalt wirkenden Gebäude auf den ersten Fotos diese sauberen, lichtdurchfluteten Räumlichkeiten geworden waren.

»Wir haben dieses Stockwerk in Wohnungen und Lofts für Künstler umgewandelt«, erklärte David und zeigte auf ein Foto eines renovierten Ateliers.

»Wahnsinn! Was für ein Unterschied zu vorher.« Es kam mir vor wie Zauberei.

»Ja, es ist ganz gut geworden.«

Er setzte den Transporter zurück. »Weißt du«, meinte er und blickte noch einmal hinüber zu dem Gebäude, das bestimmt haufenweise Geheimnisse barg, »manchmal muss ich an die Menschen denken, die an diesen Orten gearbeitet haben. Vor Jahrzehnten oder sogar vor hundert Jahren. Ich mache mir Gedanken über sie – wer sie wohl waren, woher sie kamen. Was sie hierherverschlagen hat. Ob sie aus Übersee stammten. Vermutlich einige von ihnen. Manchmal stelle ich mir vor, wie diese Menschen an den Maschinen standen und arbeiteten. An manchen Stellen in einigen Fabriken, die wir saniert haben, waren die Böden sichtlich abgenutzt von all den Jahren, in denen die Leute dort an den Maschinen gestanden hatten. Stell dir mal vor.«

Ich stellte es mir vor. Ich konnte diese Menschen vor mir sehen und fragte mich, ob er meine Gedanken gelesen hatte.

15

Eindringlinge

Es dämmerte bereits, als wir in Jeanettes Einfahrt bogen. Der Wald schien seit unserem letzten Besuch vor ein paar Tagen noch dichter geworden zu sein, und ich fühlte mich wie in einem Grimm'schen Märchen. Als wir oben am Hügel angekommen waren und auf die Lichtung fuhren, lag das Haus dunkel vor uns.

»Sieht aus, als wären sie nicht zu Hause«, sagte ich, und eine Vorahnung überkam mich.

David parkte den Transporter. »Wer weiß, vielleicht benutzen sie ja Kerzen. Das würde zu ihnen passen.«

Das klang wirklich nach ihnen. Trotzdem müsste es doch irgendein Zeichen von Leben geben. Ich starrte von Fenster zu Fenster. Der Ort fühlte sich verlassen an.

»Na ja, sie wussten doch, dass wir heute kommen würden«, meinte David. »Klingeln wir mal.«

Wir gingen zur Veranda, wo er an der Klingelschnur zog, sodass der helle Klang der Glocke die blaue Abendstille zerriss.

Glühwürmchen leuchteten im Garten wie gelbe Punkte, die aus dem Gras hochstiegen. Ich spähte durch das kleine Fenster der Küchentür, aber es war zu düster, um drinnen etwas erkennen zu können. Ich pochte an die Scheibe, und die Holzbohlen der Veranda knarrten unter meinen Füßen.

David klingelte noch einmal. »Es ist Viertel nach acht. Sie meinte, wir sollen um acht kommen. Wo sind sie bloß?«

»Ich weiß nicht.« Ich hatte kein gutes Gefühl.

David holte sein Handy heraus. »Hast du ihre Handynummer?«

»Die hat sie mir nie gegeben«, sagte ich und bereute zu spät, dass ich sie nicht danach gefragt hatte.

»Lass uns im Auto warten. Wahrscheinlich sind sie schon auf dem Rückweg von wo auch immer sie waren.«

Ich zerschlug eine Mücke auf meinem Arm, und wir gingen zurück zum Wagen. Drinnen schaltete David das Radio an. John Coltrane zauberte auf seinem Tenorsaxofon und spielte einen alten Klassiker namens »Say It«.

»Coltrane«, sagte ich. »Von seinem *Ballads*-Album.«

»Ja. Ein super Album. Wahrscheinlich nicht sein bekanntestes, aber wundervolle Musik.«

Ja, es war wirklich wundervolle Musik. Wir saßen im Auto und lauschten den Klängen, während der Himmel draußen immer dunkler wurde, das Lied langsam endete und Coltranes letzte Töne wie Spinnfäden in der Luft hängen blieben. Ich sah zu, wie die Leuchtkäfer sich durch die Nacht gegenseitig ihre Paarungssignale schickten. »Where or When« ertönte, das Lied von Rodgers und Hart, gesungen von Sinatra. Ich lauschte wie gebannt.

»Weißt du, du hast eine schöne Stimme«, sagte David.

Ich setzte mich gerade hin. »Was?« Meine Güte, ich hatte mitgesungen, ohne es zu merken. Wie peinlich. »Tut mir leid. Ist eine blöde Angewohnheit. Manchmal merke ich gar nicht, dass ich mitsinge. Ich kenne diese Lieder einfach in- und auswendig.«

»Nein, ich meine das ernst. Du hast eine angenehme Stimme. Sie klingt weich. Echt schön.« Er sah mich ganz ernst an.

Ich spürte, wie ich rot wurde. »Ach, Quatsch.« Er wollte bloß höflich sein, das war alles.

»Wenn wir uns schon damals zu Jazzmatazz-Zeiten gekannt hätten, dann hätte ich dich als Sängerin in Betracht gezogen. Wir hatten zwar Pete Rinaldi. Der konnte Gitarre spielen, aber singen konnte er echt nicht. Da wärst du viel besser gewesen.«

Er schaute mich komisch an. Intensiver und konzentrierter, als hätte sich alles plötzlich entschleunigt. »Nur weil du Saxofon bei Jazzmatazz gespielt hast, bist du noch kein Gesangsexperte.«

»Oh, ich glaube, da liegst du falsch. Ich bin definitiv ein Gesangsexperte. Ich bin Experte in vielen Dingen.« Seine Stimme hatte einen scherzhaften Unterton.

Ich lachte und fragte mich, worauf das hinauslaufen würde. »Ja, und in was, zum Beispiel?«

»In was?« Er spähte einen Moment lang durch die Windschutzscheibe, als beobachtete er das Haus der Gwythyrs, von dem jetzt nur noch die Umrisse zu erkennen waren. Dann wandte er sich wieder an mich. »Wie wär's damit?«

Ich weiß nicht, was ich erwartet hatte, aber sicher

nicht das, was er als Nächstes machte. Er beugte sich vor und küsste mich, dort auf dem Vordersitz des Transporters, während im Hintergrund Sinatras schmachtende Stimme erklang und draußen ein Chor aus Grillen und Zikaden. Seine Lippen fühlten sich warm an. Seine Haut roch nach Orangen. Sein Kuss war sanft.

Aber es war überhaupt nicht richtig.

Ich liebte Carter, und David stand kurz vor der Verlobung. Was machten wir da? Das war nicht Teil des Plans. Wir lösten uns voneinander.

»Oh Gott, es tut mir leid«, sagte er. »Ich weiß nicht, was ich… Ich wollte nicht…«

Ich winkte ab, so als wollte ich frische Luft herbeifächeln. »Bloß ein Versehen. Das ist alles. Vergessen wir das Ganze einfach…«

Er schaltete das Radio aus. »Äh, ja. Vielleicht sollten wir besser… Äh, mal sehen, was wir hier machen sollen. Ich meine, du weißt schon, wegen der Hand.« Ich saß da und tat so, als grübelte ich über die Hand nach, aber alles, was ich denken konnte, war: *Was ist da gerade passiert?* Und ich wusste, dass er genau dasselbe dachte.

»Ja, die Hand«, sagte ich schließlich, aber ich konnte nicht aufhören, an das Gefühl seiner Lippen auf meinen zu denken. Und nicht mal sein Bart hatte mich gestört. Okay, das reichte jetzt. Ich musste damit aufhören.

David blickte auf seine Uhr. »Ich glaube nicht, dass die Gwythyrs noch kommen.«

Das glaubte ich auch nicht. Dieser Abend lief total aus dem Ruder. »Vielleicht sollten wir ihnen einfach eine

Nachricht auf dem Anrufbeantworter hinterlassen. Und einen Zettel an der Tür.«

»Gute Idee. Ich kann morgen noch mal herkommen, sofern dann klar ist, dass sie da sein werden.«

Rasch durchsuchte ich meine Handtasche nach einem Zettel und holte eine zerknüllte Take-away-Speisekarte heraus. Ich schrieb eine Nachricht auf die Rückseite, und wir steckten sie zwischen Haustür und Türrahmen. Dann rief ich ihre Festnetznummer an. Wir konnten es drinnen in der Küche klingeln hören. Der Anrufbeantworter sprang an, und Jeanettes aufgezeichnete Stimme erklang. Die Ansage war neu:

»Hallo! Dies ist der Anschluss von Jeanette und Cadwy. Wir sind gerade auf einer Esoterikmesse in New Mexico und werden... Äh, Cadwy, wann kommen wir zurück? Cadwy? Ach, macht nichts, in einer Woche, denke ich. Wir sind in einer Woche zurück. Oder in zwei? Okay, zwei. Also hinterlassen Sie uns eine Nachricht. Und wenn Sie Heilkräuter benötigen, geben Sie uns Bescheid, und wir melden uns bei Ihnen, wenn wir wieder zurück sind. Wir haben gerade ein Sonderangebot für Kaffee-Einläufe. Zwei zum Preis von einem. Bleiben Sie gesund.«

New Mexico? Ich hatte das Gefühl zu zerbröseln. »Ich fass es nicht. Sie lassen uns hängen.«

David schlug schweigend den Kopf gegen die Haustür.

»Sie wussten doch, dass wir kommen«, sagte ich. »Wie konnten sie wegfahren, ohne es uns zu sagen?«

»Vielleicht haben sie es vergessen. Vielleicht hat Jeanettes ›innerer Kalender‹ doch nicht funktioniert«, meinte er. Ich konnte die Ernüchterung in seiner Stimme hören.

Ich hätte mir am liebsten ein Loch gebuddelt und mich darin verkrochen. »Ich glaube einfach nicht, dass das gerade passiert. Ich hätte ihr niemals trauen sollen. Ich hätte wissen müssen, dass sie zu flatterhaft ist. Es tut mir so leid.« Wir standen vor der Tür, und der Chor aus nächtlichen Insekten wurde von Sekunde zu Sekunde lauter. »Was sollen wir jetzt machen?«

»Wir fahren wieder. Hier kommen wir nicht weiter. Und ich tue, was ich gleich hätte tun sollen – ich erzähle Ana und Alex, was passiert ist. Sie melden es ihrer Versicherung, und, tja, das war's dann.« Er trat von der Veranda.

Ana. Ihren Namen jetzt zu hören fühlte sich sehr unangenehm an. Aber ich hatte kein Recht, so zu denken. Sie war seine Freundin und angehende Verlobte. Und mein Plan war es, Carter zurückzuerobern. Carter, den ich liebte.

Ich richtete meine Aufmerksamkeit auf das unmittelbare Problem. Die Hand musste im Haus sein. Wahrscheinlich war sie schon fertig und wartete nur auf uns. Sollten wir wirklich wieder wegfahren, wo wir so nah dran waren? »Ich habe eine Idee. Wir gehen rein und holen sie.«

»Was soll das heißen, *wir gehen rein und holen sie*? Die beiden sind verreist. Die Haustür ist abgesperrt.«

»Wir könnten nachsehen, ob es ein Fenster oder eine andere Tür gibt, die sie vergessen haben abzusperren. Und wenn ja, dann müssen wir bloß reingehen, die Hand holen und ihnen einen Scheck hinterlassen.«

»Du machst Witze, oder?«

Ich sagte nichts dazu.

»Sara, das ist Wahnsinn! Das machen wir nicht.«

»Moment, hör zu. Hier ist weit und breit niemand. Und man sieht von hier aus auch kein anderes Haus in der Nähe. Da ist nur Wald. Lass uns zumindest mal nachsehen. Falls irgendwo was offen ist, können wir immer noch entscheiden.«

»Auf keinen Fall. Du bist ja von allen guten Geistern verlassen. Das ist viel zu riskant. So was kann böse enden.«

»Es könnte aber auch gut ausgehen. Wir könnten die Hand wiederbekommen.« Ich marschierte los. »Ich mach's.«

»Ach, zum Teufel, ich kann dich ja schlecht allein im Dunkeln rumschleichen lassen.«

Wir gingen um das Haus herum, und ich versuchte Fenster und die Hintertür aufzumachen, aber alles war verschlossen. Bis wir auf die andere Seite kamen, wo ich ein Schiebefenster entdeckte, das sich etwas bewegen ließ. »Hilf mir mal hoch. Vielleicht schaffe ich es, da reinzuklettern.«

»Das machst du nicht wirklich.«

»Wir sind im Handumdrehen drinnen und wieder draußen. Und seien wir mal ehrlich, wenn wir die Gwythyrs jetzt erreichen *könnten* und ihnen sagen würden, dass wir hier sind und warten, weil sie uns versetzt haben und nach New Mexico abgehauen sind, dann würden sie uns sagen, wir sollen reingehen.« Ich stellte mich auf die Zehenspitzen und versuchte das Schiebefenster hochzudrücken.

David blickte sich im stockdunklen Garten um und rieb sich die Schläfen. »Ich kann nicht fassen, dass ich das mache.« Er holte tief Luft, verschränkte die Finger, und ich stellte einen Fuß in seine Hände. Er stemmte mich hoch, und ich zog mich hinauf und wand mich durch den Fensterrahmen ins Wohnzimmer.

Ich wartete ein paar Sekunden, bis sich meine Augen an die Dunkelheit gewöhnt hatten, ging dann in die Küche und machte von innen die Tür auf. David kam herein, schaltete die Taschenlampenfunktion seines Handys ein und ging den Flur entlang und voraus. Ich roch Leinöl und Terpentin. Wir spähten durch eine Türöffnung und entdeckten ein kleines Schlafzimmer mit einer Wandmalerei mit knallroten Radieschen. Wir gingen weiter.

Im nächsten Zimmer waren überall Regale an den Wänden voller Meißel, Hämmer, Feilen und Modelliermasse, Bücher, Blöcke, Pinsel, Gefäße voller Flüssigkeiten und Farbtuben. David richtete den Lichtkegel auf die Werkbank an der Wand. Und da war sie, Alex Lingons Hand. Alle abgeknickten Finger waren repariert und wieder gerade.

»Sie hat es gemacht!«, rief ich, als wir hineilten und in Augenschein nahmen, wie Jeanette die Finger repariert und wie sie die Beschaffenheit des Pappmaschees und die Grüntöne angepasst hatte. »Es sieht super aus!«

David wirkte verblüfft, als er mit der Hand über den Daumen der Skulptur strich. »Ich glaub's nicht.«

»Ich hab dir gesagt, dass sie es hinbekommen wird.«

Er sah mich verärgert an. »Vor einer Minute hast du

noch gesagt, sie sei unzuverlässig. Komm, lass uns hier abhauen. Was meinst du, wie viel Geld wir hinterlegen sollen?«

»Ich weiß nicht. Meine Handtasche ist im Auto.«

»Kein Ding. Ich hab meinen Geldbeutel dabei.«

»Nein, ich kann dich das nicht bezahlen lassen. Ich fühle mich für den Schlamassel verantwortlich. Ich geh kurz raus zum Auto und…«

»Um Himmels willen, Sara. Lass uns von hier verschwinden, okay? Ich lasse ihr einen Scheck da.«

Er klang genervt. Ich hatte ja nur helfen wollen. Er füllte einen Scheck über tausend Dollar aus, unterschrieb unten und legte ihn auf den Tisch. »Und wenn das nicht reichen sollte, hat sie ja meine Nummer. Lass uns gehen.«

Wir hoben die Hand hoch und trugen sie den Flur entlang. Mir war nach Feiern zumute. Ich hätte eine Party schmeißen können. Ich konnte noch gar nicht glauben, dass ich es geschafft hatte. Jetzt würde David die Skulptur bei der Galerie abgeben, sie würde Teil der Ausstellung sein, und keiner würde etwas ahnen.

Wir betraten die Küche, und sein Handylicht fiel auf die Küchentheke. Darauf stand etwas. Es sah aus wie ein gedeckter Apfelkuchen. Sie waren weggefahren und hatten einen kompletten Kuchen dagelassen. Wer, der bei klarem Verstand war, würde das tun? Ich griff danach.

»Was tust du da?«

»Ich nehm ihn mit.«

»Du *bist* wahnsinnig. Weißt du das?«

»Sie sind weg. Wer soll das essen?«

»Du kannst doch den Kuchen nicht einfach mitnehmen. Er gehört dir nicht.« Seine Stimme klang leicht gereizt.

»Der wird hier nur schlecht.«

Er machte den Mund auf, als ob er noch etwas sagen wollte. Aber dann schüttelte er bloß den Kopf. Mir war es gleich. Er hatte seine Hand wieder, und ich hatte meinen Kuchen.

Wir traten hinaus auf die Veranda, und ich wollte soeben die Tür hinter mir zumachen, als ich eine Stimme hörte.

»Achtung, Achtung, Polizei! Lassen Sie die Tür offen, und kommen Sie langsam und mit erhobenen Händen heraus.«

Ich spürte einen Kloß in meinem Hals. Zwei uniformierte Polizisten standen vor dem Haus, einer groß mit rasiertem Schädel, der andere kleiner und mit feuerroten Haaren. Sie richteten ihre Taschenlampen auf uns, knisternde Stimmen drangen aus ihren Funkgeräten. »Ich bin Officer Madden von der Polizei von Eastville«, rief der Größere. »Und das ist Officer Barnes.«

Kurz darauf wurden wir wegen Einbruchs festgenommen.

16

Das Verhör

»Einbruch?« David sah mich wütend an, als wir hinten im Polizeiwagen auf harten Plastiksitzen saßen, mit dem Rücken zu der Trennwand zwischen dem Fahrerbereich und dem hinteren Teil des Autos. In Handschellen.

Ich schluckte schwer und wünschte mir, er wäre nicht wütend auf mich. »Keine Sorge«, flüsterte ich. »Das ist nur ein großes Missverständnis. Ich hau uns da schon wieder raus.«

»Ich brauche nicht noch mehr Hilfe von dir. Hast du es nicht mitbekommen? Die haben uns unsere Rechte vorgelesen. Wir sind Kriminelle.«

Ich hatte mich tatsächlich wie eine Kriminelle gefühlt, als Officer Madden uns mitgeteilt hatte, dass wir das Recht hätten, zu schweigen und einen Anwalt zu verlangen, und dazu die ganzen anderen Dinge, die man immer im Fernsehen hörte. Und als sie uns all unsere Sachen abgenommen hatten – Handys, meine Handtasche und meinen Schmuck, Davids Geldbeutel und seine Schlüssel. Aber wir waren ja nicht wirklich Kriminelle, oder? Wir wollten uns doch nur wiederholen, was David gehörte. Ich meine, Alex.

Officer Madden fuhr aus der Einfahrt, und die blaugrünen Lichter am Einsatzwagen blinkten durch die Nacht. Officer Barnes folgte in einem anderen Wagen.

»Das ist verrückt«, sagte ich durch die Abtrennung. »Wir sind keine Kriminellen.«

Ich konnte mir nicht vorstellen, dass die Gwythyrs Anzeige erstatten würden. Das wäre absurd, vor allem nach dem ganzen »*Viva la revolución*«-Gerede.

»Eines der Fenster war offen«, sagte ich.

»Trotzdem ist es Einbruch.« Der Polizeifunk knisterte. Etwas von einer Frau, die in ihrem Badezimmer festsaß.

»Aber ich habe Ihnen doch gesagt, dass wir nichts gestohlen haben. Wir haben bloß etwas abgeholt, das die Hauseigentümerin für David repariert hat.« Ich sah David in der Hoffnung auf Unterstützung auffordernd an. Doch der schwieg missmutig. »Es tut mir leid«, flüsterte ich und wünschte mir, ich könnte alles ungeschehen machen, während ich in die draußen vorbeiziehende Dunkelheit starrte. Ein einzelnes Auto bog vor uns auf die Straße ein, brauste davon und verschwand in der Nacht.

»Wir haben auch einen Scheck für Mrs. Gwythyrs Arbeit hinterlassen«, beteuerte ich. »Eintausend Dollar. Er liegt im Haus. Warum fahren Sie nicht zurück und schauen nach? Warum sollten wir einen Scheck hinterlassen, wenn wir etwas stehlen wollten?« Ich fand, das war ein Argument, aber es kam keine Reaktion von vorn im Auto. Wir fuhren noch eine Weile die Straße entlang, bogen dann ab, und kurz darauf erspähte ich Lichter und Gebäude.

»Was ist mit der Hand?«, fragte David. »Was passiert mit der Hand?«

»Wir behalten sie auf dem Revier, bis die Eigentümer zurück sind«, erklärte Officer Madden. »Sie können sie dann abholen.«

»Na, super, das kann zwei Wochen dauern«, murmelte David, als wir in eine Einfahrt vor einem weißen Gebäude fuhren, an dem *Polizeidienststelle Eastville* stand.

Officer Madden zuckte mit den Schultern, als er um das Gebäude herum und eine Rampe hinunterfuhr, die in eine Tiefgarage führte. »Tut mir leid.«

»Und was ist mit dem Transporter?«, fragte David.

Das Garagentor schloss sich geräuschvoll hinter uns. Ich spürte, wie mir das Herz in die Hose rutschte.

»Der ist beschlagnahmt. Sie können ihn dann später beim Abschlepphof abholen.«

»Abschlepphof?«, stöhnte David, »Na, toll.« Ich spürte seinen eisigen Blick und kämpfte mit den Tränen. Im Geiste konnte ich meinen Vater sagen hören, dass ich nicht so impulsiv sein dürfe. Dass ich es ruhig angehen und meinen Kopf einschalten müsse und nicht davon ausgehen dürfe, dass ich auf alles eine Antwort hätte. Er hatte recht.

Die Polizisten führten uns in die Dienststelle, wo David und ich in zwei verschiedene Räume gebracht wurden. Eine Polizistin tastete mich ab, nahm mir die Handschellen ab und machte ein Foto von mir vor einer Messlatte, die meiner Meinung nach nicht korrekt war, denn sie zeigte an, dass ich einen Meter vierundsechzig sei, und ich war schon immer einen Meter fünfundsechzig gewesen. Aber darüber würde ich mich jetzt nicht streiten.

Als ich schließlich Mom anrufen konnte, von der ich wusste, dass sie Himmel und Hölle in Bewegung setzen würde, um mir zu helfen, erreichte ich bloß die Mailbox. Irgendwie war das nicht mein Abend. Ich hinterließ eine Nachricht, in der ich zu erklären versuchte, was passiert war, ohne sie zu sehr zu beunruhigen, was nicht ganz einfach war. *Kannst du mir bitte einen Anwalt besorgen? Und mich abholen? Und bring ein Maßband mit, damit ich schauen kann, wie groß ich wirklich bin.*

Ich wusste nicht, ob ich abwarten sollte, bis Mom mir einen Anwalt besorgt hatte, oder was ich sonst tun sollte. Ich hatte keine Ahnung, wo sie war und wann sie die Nachricht abhören würde. Irgendwie hoffte ich trotzdem immer noch, dass das hier nur ein großes Missverständnis war und dass sich alles klären würde.

Ich wurde einen Gang entlang in einen winzigen Raum mit kahlen Wänden gebracht. Darin befanden sich lediglich drei Stühle, ein Tisch und ein großer Spiegel, den ich für einen Spionspiegel hielt. Zeichneten sie das Verhör auf? Vielleicht sogar auf Video?

»Nehmen Sie Platz, Miss Harrington«, sagte die Polizistin. »Detective Brickle wird in ein paar Minuten hier sein.«

Ein Detective? Vielleicht war das ein gutes Zeichen. Vielleicht würde uns ja jemand mit einem höheren Dienstgrad gehen lassen. Ich setzte mich hin und ging in Gedanken noch einmal durch, was ich erzählen würde ... die ganze Geschichte, die zu den heutigen Ereignissen geführt hatte. *Alles begann damit, dass mich meine Mutter mit einem Trick zurück nach Connecticut gelockt hat...* Nun, das wäre vielleicht ein bisschen zu weit ausgeholt. Vielleicht fing ich besser mit dem Autounfall vor dem Gasthof an. Ich war noch dabei, die Fakten in meinem Kopf zu sortieren, als ein Mann hereinkam. Er sah aus wie Anfang fünfzig, kantiges Gesicht, graue Haare, grauer Anzug und graue Krawatte. Er schloss die Tür hinter sich.

»Miss Harrington.« Er nahm mir gegenüber Platz und legte einen Notizblock und einen Kugelschreiber vor sich auf den Tisch. »Ich bin Detective Brickle.«

Ich begrüßte ihn.

Er bot mir etwas zu essen und zu trinken an. Ich lehnte ab. Ich konnte jetzt weder essen noch etwas trinken. Ich wollte bloß raus hier.

»Ich sehe, Sie leben in Chicago«, stellte er fest. »Was führt Sie hierher nach Connecticut?«

Ich erzählte ihm, dass ich hier aufgewachsen sei und meine Mutter besuchte. Er befragte mich nach meiner Familie. Er wollte wissen, wie oft ich in der Stadt war, und erkundigte sich nach meiner Lebensgeschichte, von der Schule über die berufliche Laufbahn bis hin zu meinen sonstigen Aktivitäten, seit ich Hampstead verlassen hatte. Dabei machte er sich Notizen.

Dann legte er den Kugelschreiber beiseite und die Hände auf die Tischplatte. »Miss Harrington, wie lange kennen Sie David Cole bereits?«

Diese Frage kam unerwartet. »David? Ich habe ihn erst am Montag kennengelernt, also sechs Tage, schätze ich.«

»Und in welchem Verhältnis stehen Sie zu Mr. Cole?«

Warum fragte er mich nach David? »Mein Verhältnis zu ihm? Wir sind so etwas wie Freunde, würde ich sagen.«

»Verstehe. Und wie kam es dazu, dass Sie und Mr. Cole sich heute im Haus der Gwythyrs aufhielten?«

Das war die Frage, die ich fürchtete. Ich wollte nicht länger über die Alex-Lingon-Hand lügen. Schon gar nicht der Polizei gegenüber. Sie würden die Wahrheit sowieso herausfinden. Aber ich wollte auch nicht, dass David Probleme mit Alex bekam.

»Na ja, also, David hat diese Handskulptur, und ich habe sie versehentlich beschädigt, deshalb haben wir sie zu Jeanette – Mrs. Gwythyr – gebracht, damit sie sie repariert. Sie ist Bildhauerin. Und sie hat uns gesagt, wir sollten sie heute Abend um acht Uhr abholen. Aber als wir zu ihr kamen, war sie nicht zu Hause. Und dann fanden wir heraus, dass sie für länger weg sein würde. Und da dachten wir uns, sie hätte nichts dagegen, wenn wir kurz reingingen, um die Skulptur zu holen. Wir haben auch einen Scheck hinterlegt.«

Detective Brickle machte sich weitere Notizen. Nach einer Weile stand er auf und lehnte sich mit verschränkten Armen neben mich an die Wand. »Sagen Sie mir etwas zu dem Kuchen.«

Versuchte er, mich zu verwirren? »Zum *Kuchen*?« Ich verstand nicht, warum er danach fragte.

»Ja. Befand er sich schon im Haus, als Sie reinkamen?«

Ich fragte mich, welche Verbindung zwischen der Hand und dem Kuchen bestehen könnte. »Ich weiß nicht. Ich nehme es an. Ich meine, er war dort, als wir das Haus wieder verlassen wollten.«

»Und wo genau befand er sich?«

»Er stand in der Küche. Auf der Theke.« Die Hand schien ihn überhaupt nicht zu jucken, aber der Kuchen interessierte ihn brennend.

Er blätterte in seinem Notizblock. »Um was für einen Kuchen handelt es sich?«

Ich sah mich im Raum um und spähte in Richtung Spionspiegel. Wer war dahinter? Befanden wir uns vielleicht in einer dieser Sendungen, wo Leute zu Unterhaltungszwecken auf den Arm genommen wurden?

»Miss Harrington? Welche Art Kuchen ist es?«

Er meinte es ernst. »Er sah nach einem Apfelkuchen aus?«

»Apfel«, murmelte er und schrieb es auf.

»Gedeckt mit Gitter«, fügte ich hinzu. Er notierte sich auch das. Was sollte das?

»Und warum haben Sie beschlossen, den Kuchen mitzunehmen?« Warum nahm man einen Kuchen mit? »Um ihn zu essen«, sagte ich. »Da auf der Küchentheke wäre er doch nur schlecht geworden. Ich wollte nicht, dass er verkommt.«

Noch mehr Notizen.

»Darf ich fragen, warum Sie dieser Kuchen so interessiert?«

Er ignorierte meine Frage. »Haben Sie zuvor schon einmal Kuchen oder andere Backwaren aus dem Haus von jemandem mitgenommen, der sie nicht dazu autorisiert hatte?«

Was? Er dachte, ich würde das öfter machen? »Nein, natürlich nicht.«

»M-hm.«

Warum klang das so, als glaubte er mir nicht?

»Ist Ihnen bekannt, dass es in letzter Zeit weitere Einbrüche in dieser Gegend gegeben hat?«

Weitere Einbrüche? Ging es darum? Sie hatten den Verdacht, ich hätte noch andere Einbrüche begangen? »Nein, das war mir nicht bekannt. Wovon reden Sie?«

Detective Brickle nahm wieder Platz, beugte sich über den Tisch und starrte mich mit verengten Augen an. »Ich werde Ihnen sagen, wovon ich rede. Angela Calabrese. Fünfundachtzig Jahre alt.«

»Wer?«

»Vielleicht kennen Sie ihren Namen nicht. Aber Sie werden sich an ihr Haus erinnern. Ein kleines gelbes Bauernhaus? An der *Route 465*? Zwei Laibe Bananenbrot? Gestohlen vor zwei Wochen direkt aus ihrer Küche. Sie ist so erschüttert, dass sie seitdem nicht einmal mehr einen Cupcake gebacken bekommt.«

Ich musste mich verhört haben. »Bananenbrot? Sie glauben, ich habe jemandem Bananenbrot gestohlen?«

»Sie und Ihr Komplize Mr. Cole.«

»Mein *Komplize*? Sie glauben wirklich …« Ich sah wieder hinüber zu dem Spionspiegel. »David hat nichts damit zu tun. Er war dabei, aber er wollte nicht ins Haus gehen. Es war meine Idee.«

Detective Brickle lehnte sich zurück und klickte mit dem Kugelschreiberdruckknopf. »Lassen Sie mich Ihnen eine andere Frage stellen. Apfelstrudel. Gestohlen aus dem Haus von Louise und Dusty Wilmott an der Orchards Lane. Können Sie mir dazu etwas sagen?«

»Louise und Dusty wer?« Warum sollte ich einen Apfelstrudel klauen? Den mochte ich nicht mal.

»Oder der Mohnkuchen, der aus Willie und Beth McGregors Haus am Pasture Way gestohlen wurde?«

»Sie befragen mich zum Verschwinden eines *Mohnkuchens*? Ich habe mich bis vor sechs Tagen nicht mal in diesem Bundesstaat aufgehalten. Und glauben Sie mir, wenn ich eine Diebin wäre – was ich nicht bin –, dann würde ich niemals einen Mohnkuchen stehlen.«

Detective Brickle sah mich mit zusammengekniffenen Augen an. »Was haben Sie gegen Mohnkuchen?«

»Nichts, gar nichts. Ich mag es nur nicht, wenn mir diese kleinen Krümel zwischen den Zähnen hängen bleiben.«

»M-hm.« Er pfefferte seinen Kugelschreiber auf den Tisch. »Tja, all diese Backwaren und noch einige mehr wurden in den letzten paar Wochen gestohlen. Einige hier bei uns. Einige aus anderen Orten in dieser Gegend.« Er faltete die Hände. »Und ich möchte die Verantwortlichen dingfest machen. Es reicht uns nämlich.«

»Hören Sie, ich weiß nichts von diesen Diebstählen, und ich bin mir sicher, David genauso wenig. Und jetzt sage ich gar nichts mehr, bevor ich einen Anwalt habe.« Wo zum Teufel war Mom?

Es klopfte an der Tür, und Officer Barnes kam herein. »Ich muss mit Ihnen sprechen, sagte er zu Detective Brickle, und sie verließen zusammen den Raum.

Mir gefiel der ernste Ton von Officer Barnes' Stimme

ganz und gar nicht. Gab es etwa noch andere Dinge, die sie versuchen würden, uns anzuhängen? Oder hatten sie das mit der Hand herausgefunden? Dass sie ein echter Alex Lingon war? Vielleicht gab es Softwareprogramme, die Kunstwerke identifizieren und sie ihren Urhebern zuordnen konnten? Mom hatte recht. Ich musste in Zukunft einfach höflicher sein, wenn ich mit Computern zu tun hatte.

Der Plastikstuhl war hart und unbequem, der Spionspiegel schien zu glühen. Ich wollte hier weg und auch David hier rausbringen. Schließlich kam Officer Barnes wieder herein.

»Miss Harrington, es hat ... äh ... Es hat da ein Missverständnis gegeben.«

Aus dem Flur war das Klingeln eines Telefons zu hören. Ein Polizeifunkgerät knisterte. »Was meinen Sie?«

»Sie können gehen.«

Wenigstens eine gute Nachricht. »Ich darf gehen?«

»Es hat sich herausgestellt, dass Sie die Wahrheit gesagt haben. Wir haben die Hausbesitzer erreicht, und sie haben bestätigt, dass Sie die Erlaubnis hatten, ihr Haus zu betreten, um die Hand mitzunehmen. Und den Kuchen.«

Ich atmete tief durch. Wir kamen hier raus. Mit der Hand. Ich folgte Officer Barnes in den Flur hinaus. »Was ist mit David? Wo ist er?«

»Er kommt gleich.« Officer Barnes' Dienstmarke schimmerte grün unterm Neonlicht. »Wir stellen Mr. Cole eine Quittung aus, mit der kann er den Transporter dann morgen beim Abschlepphof abholen.«

Das mit dem Abschlepphof hatte ich ganz vergessen. »Morgen?« Darüber würde David überhaupt nicht begeistert sein. »Warum kann er ihn nicht gleich abholen?«

»Es ist leider zu spät. Da ist schon geschlossen.«

Das bedeutete, dass er auch die Hand heute nicht mehr zurückbekam.

In einem an die Eingangshalle angrenzenden Raum überreichte mir eine Polizistin eine Plastiktüte mit meinen persönlichen Sachen – alles, was sie mir bei meiner Verhaftung am Haus der Gwythyrs abgenommen hatten. Ich unterschrieb gerade eine Quittung, als ich Moms Stimme hörte.

»Ja, *natürlich* handelt es sich hier um ein Missverständnis!«, rief sie. »Jeder, der meine Tochter kennt, könnte Ihnen bestätigen, dass sie keine Kriminelle ist. Ich bin ja froh, dass Sie das endlich auch begriffen haben. Und jetzt will ich sie sehen!«

Ich ging in die Eingangshalle. Mom stand am Empfangsfenster und redete auf die Frau dahinter ein. Ihr pinkes Kleid bildete einen leuchtenden Kontrast zur grauen Einrichtung der Polizeistation. Ich eilte auf sie zu, und sie breitete die Arme aus. »Schatz, es tut mir leid, dass ich nicht früher hier war.«

»Schon okay. Ich bin froh, dass du jetzt da bist. Es war furchtbar. Die Polizei hatte mich und David im Verdacht, Mohnkuchen und anderes Gebäck aus irgendwelchen Häusern gestohlen zu haben.«

Mom trat einen Schritt zurück, die Hände auf meinen Schultern. »Was? Du machst Witze.«

»Mache ich nicht. Ich erklär's dir später. Jetzt will ich erst mal hier raus.«

»Sie haben mir gesagt, dass es sich um irgendein Missverständnis gehandelt hat. Gott sei Dank hat sich das aufgeklärt. Ich wollte schon Jack Stoddard beauftragen, sich darum zu kümmern«, meinte Mom und warf der Frau hinter dem Empfangsschalter einen wütenden Blick zu. »Er ist ein großartiger Anwalt, auch wenn er schon viermal geschieden ist. Aber weißt du, das nehme ich ihm nicht übel. Egal, umso besser, wenn wir ihn gar nicht erst bemühen müssen.«

Officer Madden kam auf uns zu mit David im Schlepptau. »Wir sind frei!«, sagte ich und rannte auf ihn zu. Doch David würdigte mich keines Blickes. Er starrte einfach an mir vorbei an eine Wand, an der eine große Uhr vor sich hin tickte. »Meine Mutter ist hergekommen, sie fährt uns zurück.«

Erst jetzt sah er mich an, mit zusammengebissenen Zähnen und kühlem Blick. »Nein, danke. Ich habe mir einen *Uber*-Fahrer bestellt.«

Einen *Uber*-Fahrer? Er wollte mit *Uber* zurückfahren? Aber ich wollte, dass er mit uns zurückfuhr. Wir hatten es bis hierhin alles gemeinsam durchgestanden. So etwas schweißte einen schließlich zusammen. Wir sollten feiern. Doch er wollte allein zurückfahren, mit einem *Uber*-Fahrer? Ich hatte das Gefühl, dass mir etwas entglitt.

»David, bitte, komm mit uns. Lass uns dich zurückfahren.«

Er schüttelte den Kopf. »Nein, danke. Und ich hätte

gerne noch meine Sonnenbrille zurück.« Er streckte die Hand aus.

Seine Sonnenbrille. Seine Wayfarers. Die, von der er fand, dass sie mir so gut stand. »Natürlich.« Ich holte sie aus der Plastiktüte und zögerte einen Moment. Dann gab ich sie ihm zurück. »Danke, dass du sie mir geliehen hast.«

Meine Mutter klatschte in die Hände wie eine Lehrerin, die ihre Schützlinge zur Ordnung rief. »Also, ganz egal, wer hier mit wem fährt, lasst uns jetzt gehen. Es wurden Fehler gemacht, aber wir lassen uns nicht von ihnen bestimmen, wie meine Figur Eda Vernon in *The Sirens of Summer* es so schön ausdrückte.«

»Nur ich fahre bei dir mit, Mom.« Ich fühlte mich leer und traurig. Noch einmal schaute ich mich nach David um, doch er hatte sich bereits abgewendet.

Meine Mutter hakte sich bei mir unter. »Also gut, gehen wir.«

Ich holte meine Uhr und meinen Ring aus der Plastiktüte und streifte sie mir wieder an, während wir zur Tür gingen. Doch bevor sie sich öffnete, blieb Mom noch einmal stehen und drehte sich zu Officer Barnes um, der mit der Frau hinter dem Empfangsfenster redete.

»Mohnkuchen? Ihr Ernst? Warum sollte meine Tochter einen Mohnkuchen stehlen? Da hat man doch immer diese schrecklichen Krümel zwischen den Zähnen.«

17

Die Aushändigung

Ich hatte die ganze Nacht schreckliche Albträume, in denen ich mit einem Kokosnusskuchen mit Himbeerfüllung dunkle Straßen und düstere Gassen entlangrannte und von Detective Brickle verfolgt wurde. Ich konnte seine Schritte hinter mir auf dem Asphalt hören, und sie kamen immer näher. Und dann brüllte er: »Stehen bleiben! Kuchen fallen lassen!«, und ich schreckte schweißgebadet und mit rasendem Herzen hoch und konnte mich erst wieder beruhigen, als ich mich langsam auf die einzelnen Gegenstände in meinem Zimmer besann.

Ich atmete geräuschvoll aus. Wir waren zwar verhaftet worden, aber sie hatten uns wieder gehen lassen. Es war vorbei. Ich konnte es abhaken. Ich musste es hinter mir lassen und mich um eine viel wichtigere Sache kümmern: Carter. Die Hochzeit fand am kommenden Samstag statt, und auch wenn er sehr nett zu mir gewesen war und wir zusammen gelacht hatten, musste ich noch ordentlich einen draufsetzen, um ihn zurückzugewinnen. Ich brauchte eine neue Frisur und Make-up, neue Klamotten, ein neues Ich. Ich musste unwiderstehlich werden.

Zum Harmony Day Spa ging Mom schon seit Jahren. Dort war sie mehr als beliebt, was mir zugutekam, denn normalerweise dauerte es Tage, bis man einen Termin erhielt. Als ich dort anrief und sagte, ich hätte einen Haarnotfall, dass ich sofort Farbe und einen Schnitt benötigte und Camille Harringtons Tochter sei, gelang es der Rezeptionistin, mich dazwischenzuschieben. Wow. Moms Zauberkräfte.

Ich hatte gerade aufgelegt, als eine Textnachricht hereinkam. David.

Die Polizei von Eastville braucht unsere beiden Unterschriften, damit die Hand freigegeben werden kann.

Ich schrieb zurück: *Meine auch? Sie gehört mir ja gar nicht.*

Mir auch nicht. Und vergiss nicht, wer uns diesen Schlamassel überhaupt erst eingebrockt hat.

Wie könnte ich das vergessen? Die Art, wie er schrieb, war ein klares Zeichen dafür, dass er seit gestern Abend kein bisschen aufgetaut war. Ich bot an, ihn mitzunehmen, weil ich ja wusste, dass der Transporter noch immer auf irgendeinem Abschlepphof stand, aber er meinte, dass er mich dort treffen würde. Die Lage war nach wie vor angespannt. Kein Zweifel.

Um elf bog ich auf den Parkplatz der Polizeistation Eastville ein. Bei Tageslicht wirkte das Gebäude nicht halb so bedrohlich. Vielleicht hatte der Umstand, dass ich diesmal nicht in Handschellen hergebracht worden war, auch etwas damit zu tun. Ich entdeckte den weißen Transporter und parkte daneben. David stieg aus.

»Hallo, David«, sagte ich.

Er antwortete mit einem kühlen, knappen *Hallo*, und wir gingen hinein.

»Sie müssen zur Kriminaltechnik«, meinte der Polizist am Empfangsschalter. »Ganz nach hinten durch.«

Ich murmelte gerade etwas, von wegen, dass ich noch nie einen echten Kriminaltechnikraum gesehen hätte, als jemand meinen Namen rief. Ich drehte mich um. Detective Brickle stand im Flur, ganz in Grau wie am Abend zuvor. Ich spürte, wie die Luft um mich herum kälter wurde.

»So schnell sieht man sich wieder, Miss Harrington. Und ich nehme an, das ist Mr. Cole.« Er sah David an, der nur flüchtig nickte. »Kann ich kurz in meinem Büro mit Ihnen beiden sprechen?«

Was hatten wir noch zu besprechen? Ich wollte bloß die Hand holen, und weg hier.

»Wir sind nur hier, um etwas abzuholen«, sagte David.

»Ja, ich weiß, warum Sie hier sind. Es dauert nicht lange.«

Wir folgten Detective Brickle in sein Büro und nahmen auf zwei Metallstühlen vor seinem Schreibtisch Platz. »Ich wollte Sie nur daran erinnern, dass die Hausbesitzer uns zwar bestätigt haben, Sie seien befugt gewesen, das Haus zu betreten, um die Hand abzuholen, aber was die anderen Straftaten betrifft, betrachten wir die Angelegenheit noch nicht als abgeschlossen.« Er nahm einen Kaffeebecher in die Hand, auf dem stand: *Ich bin Polizist, was ist deine Superkraft?*, und nippte daran.

»Welche anderen Straftaten?«, fragte David. »Ich bin nur hier, weil mir gesagt wurde, wir beide müssten noch eine Unterschrift leisten, damit wir die Skulptur mitnehmen können.«

Er wusste es gar nicht? »Haben sie dich gestern Abend nicht deswegen befragt?«, meinte ich verwundert. »Das Gebäck? Die Kuchen? Irgendjemand stiehlt hier in der Gegend Backwaren aus Häusern, und sie glauben, wir sind das, weil ich Jeanettes Kuchen mitgenommen habe.«

Er lachte. »Das ist ein Witz, oder?« Sein Blick wanderte zwischen mir und Detective Brickle hin und her, bevor er merkte, dass wir es ernst meinten. »Mit mir hat niemand darüber gesprochen. Ich habe nach meinem Anwalt verlangt, und dann wurde mir auch schon gesagt, dass ich wieder gehen könne. Dass es ein Missverständnis sei.«

»Die Beweise reichten nicht aus, um Sie länger festzuhalten«, erklärte Detective Brickle und verschränkte die Arme hinterm Kopf. »Zumindest vorerst nicht, aber der Fall ist noch nicht abgeschlossen.« Er lehnte sich auf seinem Stuhl zurück gegen eine Anschlagtafel, auf der sich ein Plakat befand, das fünfzigtausend Dollar versprach für die Ergreifung eines Mannes, der ein bisschen so aussah wie unser alter Klavierstimmer.

»Ich wurde heute Morgen darüber informiert, dass die Ermittlungen ausgedehnt wurden«, fuhr er fort. »Es gab ähnliche Fälle in weiteren Städten der Region. Wir glauben, dass da eine Verbindung existiert. Und gerade ist mir noch ein Vorfall in einem Nachbarbundesstaat zu Ohren gekommen. In einer Kleinstadt namens Turnbridge, New York. Klingelt da was? Schon mal dort gewesen? Mein Gefühl sagt mir, ja. Zwei Bleche Zimtschnecken. Derselbe Modus Operandi.«

»Meine Güte«, stöhnte David. »Sie beschuldigen uns nicht ernsthaft, Gebäck gestohlen zu haben?«

»Ich beschuldige hier niemanden. Ich sage Ihnen nur, dass wir den Fall nicht ruhen lassen werden. Da haben brave Mitbürger sich große Mühe beim Backen gegeben, und irgendwer da draußen denkt, es wäre lustig, ihnen ihr Gebäck zu stehlen. Aber wir finden das überhaupt nicht witzig.«

»Okay, fürs Protokoll«, meinte David. »Wir haben keinen dieser Kuchen oder Kekse oder sonst was genommen. Ich fasse es nicht, dass Sie hier mit so etwas Ihre Zeit verschwenden. Gibt es da draußen denn nicht genug echte Verbrechen, die Sie aufklären könnten?«

Detective Brickle erstarrte und beugte sich zu uns vor. »Oh, Sie denken also, das seien keine echten Verbrechen? Ich sage Ihnen mal was. Das sind sie sehr wohl. Heute ist es ein Kuchen und morgen ein Auto. So läuft das. Und deshalb werden wir dieser Serie auch ein Ende bereiten. Wir leben hier in einem hübschen, ruhigen Städtchen, mit Menschen, die gern backen, und so soll es auch bleiben. Wir wollen hier keine Unruhe. Also, nehmen Sie das als Warnung – wir behalten Sie im Auge.«

»Okay, das war's dann«, sagte David entschlossen. »Falls Sie sonst noch etwas zu sagen haben, dann rufen Sie bitte meinen Anwalt an. Und dasselbe gilt für Sara.« Er legte seine Hand auf meinen Arm. »Sag jetzt nichts mehr. Ich lasse nicht zu, wie diese Leute mit dir umspringen. Lass uns gehen.«

Er stand auf und führte mich aus dem Raum. Das beklemmende Gefühl in meiner Brust ließ nach. Wir waren wieder ein Team.

Wir beschlossen, die Hand gemeinsam abzuliefern – schließlich war das jetzt der große Abschied. David fuhr hinter mir her bis zur Brookside Gallery in Hampstead, einem roten, scheunenartigen Gebäude mit großen Fenstern zur Straße hin. Als wir hineingingen, kamen wir in einen riesigen rechteckigen Raum mit Gewölbedecke und viel natürlichem Licht. Schwarz gekleidete Arbeiter, teilweise mit Handschuhen, hängten Bilder auf und schoben Skulpturen auf Sackkarren herum.

»Oh, tut uns leid, aber wir haben geschlossen.« Ein Mann in zerknitterten Jeans und einer Tigerkatze auf der Schulter hielt auf uns zu. »Die Tür sollte eigentlich abgeschlossen sein. Wir bereiten gerade eine Ausstellung vor.« Er rückte seine schwarze Brille auf der Nase zurecht.

»Ich verstehe«, sagte David. »Aber wir müssten den Galeristen sprechen, bitte. Es ist wichtig.«

»Das wäre ich«, meinte der Mann und sah sich dann nach zwei Arbeitern um, die eine riesige Feder aus silbrigem Metall herumschoben. »Einen Moment.« Er hob einen Zeigefinger, fuhr herum und ging zu den Männern hinüber, um ihnen ein paar Instruktionen zu erteilen, die ich nicht verstehen konnte. Die Katze blieb die ganze Zeit über reglos auf seiner Schulter sitzen.

»Wie gesagt«, fuhr er fort, nachdem er zu uns zurückgekehrt war, »ich bin der Besitzer hier. Kingsley Pellinger.« Seine Mundwinkel zogen sich so kurz zu einem Lächeln nach oben, dass es kaum zu sehen war.

David stellte uns vor und erklärte, dass wir über die bevorstehende Ausstellung Bescheid wüssten. »Meine Freundin, Anastasia Blair, ist Alex Lingons Assistentin, und sie hatte mich gebeten, ihr einen Gefallen zu tun...«

»Das ist ja schön«, unterbrach ihn Kingsley und ließ wieder sein unsichtbares Lächeln übers Gesicht zucken. »Aber wie Sie sehen, habe ich gerade alle Hände voll zu tun...«

»Ja, ich weiß«, sagte David. »Die Ausstellung. Darum geht es ja.«

Kingsley wandte sich wieder ab und beäugte argwöhnisch zwei Männer, die ein riesiges blaues &-Zeichen trugen. »Sorgt dafür, dass das zu Doris Gables kommt – *heute* noch. Die haben schon mindestens sechsmal angerufen.« Er drehte sich wieder zu David um. »Entschuldigung. Was sagten Sie gleich?«

»Ich habe ein Werk von Alex Lingon, das Teil der Ausstellung sein soll.«

»Ich verstehe nicht.« Kingsley zog die breite Stirn in Falten. Die Katze streckte eine Pfote aus. »Wir haben die Lieferung schon letzte Woche bekommen. Es ist alles da. Wir sind dabei, alles aufzubauen.«

»Dieses Stück war nicht bei den anderen dabei«, erklärte David. »Es wurde beim Einladen vergessen. Deshalb habe ich es persönlich aus Alex' Atelier hergefahren. Es befindet sich draußen in meinem Transporter.«

»Ein weiteres Ausstellungsstück? Hm.« Kingsley kratzte sich das Doppelkinn.

Mir gefiel der Klang seines *Hm* nicht, noch die Art und Weise, wie er uns ansah. Ich hoffte, er würde nicht anfangen, herumzutelefonieren und Fragen zu stellen, von denen wir nicht wollten, dass sie gestellt – oder beantwortet – wurden. Der Gedanke, er könnte Ana anrufen oder, Gott bewahre, Alex, ließ mich erschaudern.

Kingsleys Brille rutschte ihm ein Stück den Nasenrücken hinunter. Er nahm sie ab. Er starrte sie an. Er drehte sie herum. Schließlich sagte er: »Gut, dann wollen wir uns doch mal anschauen, was Sie da haben.« Er ging in Richtung Tür vorweg, drehte sich dann noch einmal zu seinen Arbeitern um und schnipste mit den Fingern. »Leute! Die Tür soll abgeschlossen bleiben. Ich will nicht, dass die halbe Stadt hier hereinmarschiert.« Dann blickte er David gelassen an. »Wo haben Sie geparkt?«

»Die Straße runter.«

»Dann fahren Sie zum Hintereingang. Da gibt es einen Summer. Ich mache Ihnen auf.«

David und ich gingen zum Transporter. »Interessanter Typ«, meinte er und ahmte Kingsleys Lächeln nach. Mir war nicht nach Lachen zumute. Wir waren so weit gekommen, und nun hatte ich Angst, dass noch irgendetwas schiefgehen könnte. Vielleicht würde Kingsley merken, dass das Stück beschädigt worden war, und er würde anfangen, Fragen zu stellen. Oder er würde Alex anrufen, um ihm von der fehlerhaften Lieferung zu erzählen. Was würden wir dann machen?

Wir fuhren hinter die Galerie, und ich drückte den Summer. Einen Moment später erschien Kingsley ohne die Katze, und er und David brachten die in Blisterfolie verpackte Hand nach drinnen und stellten sie auf einen Tisch in einem Raum, in dem allerlei Kunstwerke lagerten.

Als David und Kingsley die Hand auspackten, war ich wieder erstaunt, was für eine großartige Arbeit Jeanette da geglückt war. Die Finger glänzten unter der Deckenbeleuchtung in Hunderten von Grüntönen wie sich kräuselndes Wasser. Ich war fast ein bisschen traurig, sie hergeben zu müssen.

Kingsley starrte die Skulptur an, trat einen Schritt zurück, starrte noch mehr und ging dann um den Tisch herum. »Hübsch. Sehr hübsch.« Er legte die Fingerspitzen beider Hände aneinander und stützte sein Kinn darauf ab. »Alex hat wirklich ein Gespür für Form und Haptik.«

»Ja, das hat er«, sagte David.

»Er hat mir gesagt, dass er in einer neuen Richtung experimentiert«, fügte Kingsley hinzu, »aber so etwas hätte ich absolut nicht erwartet. Es ist etwas… äh… naiver, als ich es mir vorgestellt hatte.« Er ließ wieder sein Lächeln aufblitzen. »Allerdings ist Alex ja auch immer wieder für eine Überraschung gut, oder nicht?« Er nahm einen der Fingerknöchel näher in Augenschein, dann die Spitze des kleinen Fingers. Erneut betrachtete er die andere Seite. Dann faltete er die Hände. »Bemerkenswert, wirklich. Ja, mir gefällt diese neue Richtung. Sehr gut sogar.«

Wir hatten es geschafft. Die Hand war dort, wo sie hingehörte.

»Soll ich dich noch zu deinem Auto fahren?«, fragte David, als wir vor der Hintertür der Galerie standen.

Ich wusste nicht, ob er es ernst meinte oder scherzte. Mein Auto parkte bloß eine Straßenecke weiter. »Nein, danke. Ich muss noch was in der Stadt erledigen.« Neue Klamotten, neue Frisur, neues Make-up. Der Carter-Plan.

»Ich fahre zurück nach Manhattan«, meinte er, als wir Richtung Transporter gingen.

Eigentlich hätte mich das nicht überraschen sollen. Er wohnte schließlich in New York. Es war also logisch, dass er dorthin zurückfuhr. Er war ja auch schon letzte Woche für ein paar Tage zu Hause gewesen. Aber diesmal war es anders. Wir hatten unsere Mission, die Hand in der Galerie abzuliefern, erfüllt, und nun fuhr David endgültig zurück. Alex Lingons Skulptur war mir ein echter Dorn im Auge gewesen, doch jetzt, wo wir sie der Galerie ausgehändigt hatten, kam es mir wie ein schwerer Verlust vor.

»Tja, ich schätze, das war's dann«, meinte er, als er die Fahrertür öffnete.

»Ja, ich schätze auch.«

Ein kurzes, peinliches Schweigen machte sich zwischen uns breit. Wir hatten einiges zusammen erlebt. Wir hatten versucht, die Hand selbst zu reparieren, sie dann doch lieber reparieren lassen und waren dabei verhaftet und beschuldigt worden, in der ganzen Region Einbrüche begangen zu haben – sogar im Bundesstaat New York. Aber vor allem war da dieser Kuss gewesen. Doch ich wusste, dass ich ihn vergessen musste. Ich liebte Carter, und David liebte Ana.

Schließlich brach David das Schweigen, indem er mich an sich zog und die Arme um mich schlang. »Danke. Wir sehen uns am Freitag.«

»Freitag?«

»Die Ausstellungseröffnung.« Er sah mich an, als könnte er nicht fassen, dass ich es vergessen hatte. »Du kommst doch, oder? Ich werde da sein. Mit Ana. Dann kannst du sie kennenlernen.«

Die Eröffnung. »Ja, natürlich werde ich kommen.«

Ich fühlte mich besser, jetzt, da ich wusste, dass ich ihn noch mal wiedersehen würde. Aber dass er Ana erwähnt hatte, störte mich. Ich war mir nicht sicher, ob ich sie kennenlernen wollte.

18

Identitätskrise

Das Harmony Day Spa befand sich in der Innenstadt an der Main Street in einem hellgelben Haus mit einer rosa Hortensienhecke davor. Als ich den Empfangsbereich mit seiner grün-weißen Einrichtung betrat und den frischen Duft von Minze und Eukalyptus einatmete, war ich zuversichtlich, dass ich hier mein neues Ich finden würde.

»Danielle wird sich bei Ihnen um die Farbe kümmern und Jen um den Schnitt«, erklärte mir die junge Frau hinter dem Empfangstresen und fügte hinzu, dass Danielle die Coloristin meiner Mutter sei.

Ich nahm Platz, während ich im Stillen Mom dankte, und wurde ein paar Minuten später von einer zierlichen Frau um die dreißig begrüßt. Sie hatte kurzes, hinter die Ohren gestecktes blassrosa Haar. »Ich *liebe* Ihre Mutter!«, flötete sie mit einer Stimme, die eine Oktave höher war als die Stimme von jedem, den ich sonst so kannte.

Ich dankte ihr, auch wenn ich noch nie genau gewusst hatte, ob das eine adäquate Reaktion darauf war. Sie führte mich in einen Raum, in dem mehreren Kunden die Haare gemacht wurden, wo Coloristen Färbemittel auf Foliensträhnen verteilten und mit dem Pinsel an Ansätzen herumtupften.

»Also, was kann ich für Sie tun?«

Ich nahm auf Danielles Stuhl Platz und wünschte mir, ich könnte mich ihr anvertrauen wie meiner Friseurin in Chicago und ihr sagen, dass ich meinen Exfreund zurückerobern wollte und deshalb spektakulär aussehen müsste. Aber sie kannte Mom, also konnte ich das nicht machen. »Ich brauche eine neue Identität«, sagte ich ihr. »Ich möchte anders aussehen, zu jemand anderem werden.«

Sie fuhr den Friseurstuhl ein paar Zentimeter hoch und legte mir einen Plastikumhang um.

»Ein neues Ich. Okay, das kann ich machen.«

Ich mochte ihr Lächeln, ihr Selbstvertrauen.

»Gibt es einen bestimmten Anlass, wie eine Veranstaltung? Oder haben Sie einfach nur Ihr aktuelles Äußeres satt?«

»Um ehrlich zu sein«, meinte ich, »ist es eher eine Frage der Notwendigkeit. Es ist kompliziert.«

Sie fuhr mir mit der Hand durchs Haar, und ich bemerkte, dass sie ein Rosen-Tattoo auf der Innenseite ihres Armes hatte.

»Also, ich sehe, Sie haben Highlights, aber sie sind ein wenig verblasst.«

Ich nickte. Ich wollte auf keinen Fall verblasst aussehen.

Danielle ließ eine Haarsträhne zwischen zwei Fingern hindurchgleiten. »Ihre Naturfarbe ist hellbraun. Was hübsch ist…«

Sie sprach den Satz nicht zu Ende. Meine natürliche Haarfarbe war nicht hübsch, das wusste ich. Das war auch der Grund, warum ich mir seit so vielen Jahren immer Strähnchen machen ließ.

»Aber Sie könnten ein bisschen mehr Schwung vertragen.«

Ah, jetzt kamen wir der Sache näher. »Ja, Schwung klingt gut.«

»Haben Sie sich etwas Bestimmtes vorgestellt?«

Das hatte ich. Ich scrollte durch mein Handy und fand das Foto von Mariel und Carter. »Dieser Stil gefällt mir, mit den Stufen und allem, aber ich will mein Haar weder so kurz noch so blond tragen. Könnten Sie es bitte nicht ganz so hell machen? Vielleicht bloß einen Ton heller, als ich jetzt habe?« Warum nicht gleich in eine Richtung gehen, die Carter gefiel.

Danielle schaute sich das Foto an und betrachtete dann mein Spiegelbild. »Klar, ich denke, das würde Ihnen stehen.«

Sie machte sich an das Anrühren der Farben, und ich überflog ein paar E-Mails. Änderungen von Lieferantenverträgen für das Aufsichtsratsmeeting im Herbst. Eine Erinnerung der Kreditorenbuchhaltung, dass ich bei meiner letzten Reisekostenabrechnung vergessen hatte, die Hotelquittung beizulegen. Ein Kettenbrief (verschickten Leute so etwas wirklich immer noch?) für Singlefrauen, den ich sofort löschte.

Danielle kam mit zwei Plastikschälchen mit einer beißend riechenden Paste und ein paar Pinseln zurück. »Also, wie ist das so, wenn man die Tochter von Camille

Harrington ist?«, fragte sie, nachdem sie angefangen hatte, mir das Färbemittel aufs Haar aufzutragen. »Oh Gott, tut mir leid.« Sie stieß ein nervöses Lachen aus. »Das fragt Sie bestimmt jeder. Sie können es wahrscheinlich schon nicht mehr hören.«

»Nein, schon okay«, antwortete ich, obwohl sie recht hatte. Das fragten wirklich viele. »Sie ist wahrscheinlich so ziemlich wie jede andere Mutter. Sie hat darauf geachtet, dass meine Schwester und ich unsere Hausaufgaben gemacht, im Haushalt mitgeholfen und unsere Zimmer aufgeräumt haben.«

Nur dass sie nicht wie jede andere Mutter war. Das Leben mit Mom konnte manchmal so sein wie mitten in einem Wirbelsturm. Mit ihrer Energie und ihrer Theatralik konnte sie einem Raum den kompletten Sauerstoff entziehen. Und manchmal wusste sie einfach nicht, wie man mit Kindern umging. Sie hatte sich beispielsweise überhaupt nichts dabei gedacht, eine meiner Freundinnen zu fragen, wo sie sich in zehn Jahren sähe. Da war das Mädchen sieben gewesen. Sie hatte sich mit Mariel und mir *Cabaret* angeschaut, als wir noch in der Grundschule gewesen waren, mit all den Musikern und Tänzern in ihren gewagten Kostümen. Anschließend hatte sie uns zu erklären versucht, was Transvestiten seien. Ich hatte meinen Freunden gegenüber oft behauptet, ich sei adoptiert worden.

»Meine Mutter kommt schon länger zu Ihnen, oder?«, fragte ich.

Danielle tauchte ihren Farbpinsel in eine der Schüsseln. »Seit vier oder fünf Jahren. Mit ihr ist es immer sehr unterhaltsam. Ihre Geschichten könnte ich mir den ganzen Tag anhören.«

Für mich waren ihre Geschichten alle gleich. Oder vielleicht waren sie mit den Jahren nur ineinander übergegangen. Die Autoren und Regisseure, die Schauspieler und Komponisten. Die Orte, an denen sie gewesen war. Ich hörte ihren Geschichten schon seit Jahren nicht mehr richtig zu. Vielleicht hatte sie aber auch aufgehört, sie mir zu erzählen. Ich nahm mir eine Ausgabe der Zeitschrift *Reisen & Freizeit* und blätterte sie durch. Mein Blick fiel auf einen Artikel über junge, aufstrebende Architekten.

»Ich liebe es, mir die Geschichten Ihrer Mutter anzuhören«, fuhr Danielle unbeirrt fort und betupfte mein Haar weiter mit Farbe. »In all diesen Stücken mitgespielt zu haben. So viele spannende Menschen kennengelernt zu haben. Es ist schon Wahnsinn, mit wem Ihre Familie alles zu tun hatte. Bernadette Peters, Diane Keaton, Jeff Bridges. Sie hat mir erzählt, dass Ihr Vater sogar Frank Sinatra kannte.«

»Na ja, er hat ihn ein paarmal getroffen«, sagte ich, während ich weiterblätterte zu einem Artikel über ein neu renoviertes Hotel in St. Bartes. »Sie waren jetzt nicht wirklich Freunde.«

»Ja, aber Frank Sinatra. Ich meine, bitte…«

Sie schien mir etwas jung, um all die Künstler aus dieser Generation zu kennen. Aber vielleicht hatten ihre Eltern ihr Interesse an ihnen geweckt, so wie meine.

»Danny?« Eine Frau kam auf uns zu. Ihr dunkles Haar war locker hochgesteckt. »Kann ich dich einen Augenblick sprechen?«

»Meine Chefin«, gab mir Danielle tonlos zu verstehen, bevor sie wegging. Als sie ein paar Minuten später zurückkam, hatte sie eine andere Schale mit Färbemittel in der Hand, die sie auf das Tischchen stellte. Ich las den Artikel über das Hotel und sah mir die Vorher-nachher-Fotos an, während Danielle mein Haar weiter mit Farbe einpinselte. Ich war mitten in einem Artikel über Luxuskreuzfahrten, als ihre Assistentin mir sagte, dass es Zeit zum Waschen sei.

Ich schloss die Augen und entspannte mich überm Waschbecken, während sie mir die beißend riechende Farbe auswusch und mir den Kopf massierte. Anschließend begleitete sie mich mit meinen gewaschenen, in ein Handtuch gewickelten Haaren in einen anderen Raum, wo Stylisten mit Scheren hantierten und frische Haarschnitte in Form föhnten.

»Das ist Jen«, stellte sie mich einer jungen Frau mit hellrotem Lippenstift vor.

»Ich habe gehört, Sie wollen einen neuen Look«, sagte Jen im Flüsterton, als ich Platz nahm.

Musste das ein Geheimnis bleiben? Ich zeigte ihr das Foto von Mariel. »Ich brauche eine Veränderung. Etwas in diesem Stil, aber nicht ganz so kurz. Ich hätte es gern ein paar Zentimeter länger als bis zum Kinn.«

Jen betrachtete das Foto und dann mich. »Ich denke, das ist ein guter Ansatz. Aber in Ihrer Situation würde ich dazu raten, ein bisschen kürzer zu gehen.«

»In meiner Situation?«

Ihr Blick schweifte durch den Raum. »Na ja, ich dachte, weil Sie gesagt haben, Sie wollen anders aussehen...«

Das stimmte. Ich musste mich neu erfinden. Die Tage bis zur Hochzeit waren gezählt. Ich wollte nicht noch mehr Zeit verlieren, indem ich herumdiskutierte.
»Okay, ich schätze, ein bisschen kürzer kann nicht schaden. Wenn Sie meinen, dass es mir steht.«

»Oh, das meine ich.« Als sie mir das Handtuch vom Kopf nahm, war ich enttäuscht. Meine Haare waren noch nass, aber trotzdem hatte ich erwartet, einen Farbunterschied zu vorher zu erkennen. Doch es sah nicht wirklich heller aus. Vielleicht war Danielle zu vorsichtig rangegangen. Ich hoffte nicht. Ich musste Carter wirklich auffallen.

Ich blätterte weiter in *Reisen & Freizeit* bis zu einem Artikel über die griechischen Inseln. Strahlend weiße Häuser, weiße Dächer und blaue Kuppeln an einen Hang geschmiegt, im Hintergrund das wogende Meer. Ich war vollkommen versunken in die Beschreibung des Weges über fünfhundertachtundachtzig Stufen zur Stadt Fira auf Santorin, als ich plötzlich das Rauschen des Föhns hörte und einen heißen Luftzug an meiner Kopfhaut spürte. Ich blickte auf.

Meine Haare hatten deutlich an Länge verloren und lagen in Häufchen am Boden. Meine neue Frisur war viel kürzer ausgefallen, als ich erwartet hatte, und so gestuft wie der Weg nach Fira. Und jetzt sah ich auch, dass Danielle, was die Farbe betraf, alles andere als vorsichtig rangegangen war. Meine hellbraunen Haare mit den verblassten Strähnchen waren drei Nuancen Blond gewichen: hell, heller und Platin. Es war exakt dieselbe Frisur wie Mariel. Ich hatte mich in meine Schwester verwandelt.

»Oh mein Gott.« Ich stand auf und erkannte mich im Spiegel kaum wieder.

Jen knabberte an ihren Fingernägeln. »Stimmt was nicht? Gefällt es Ihnen etwa nicht?«

Einen Moment lang fehlten mir die Worte. »Ich wollte es nicht so blond und nicht so kurz. Das hatte ich Ihnen doch gesagt.«

»Ich finde, es steht Ihnen hervorragend«, schwärmte Jen, aber was sollte sie auch anderes sagen? Sie musste sich schließlich verteidigen – sich und Danielle, die hastig zu uns geeilt kam. Sie tauschten nervöse Blicke.

»Sie hatten mir gesagt, dass Sie eine neue Identität brauchen«, meinte Danielle. »Und Sie haben uns das Foto gezeigt.«

»Aber das war ein Foto von...« Ich konnte nicht aufhören, nach meinem Haar zu tasten, denn ich glaubte noch immer nicht, was ich da sah. »Ich hatte Ihnen gesagt, was ich will. *Das* wollte ich nicht.«

»Wir, äh... Wir dachten, Sie brauchen mehr.«

»Mehr *was*?« Einige der anderen Kunden schauten bereits zu uns herüber.

»Na ja«, meinte Danielle, »als Alena, meine Chefin, mir das Foto von Ihnen gezeigt hat, habe ich eins und eins zusammengezählt, und mir ist klar ge...«

»Welches Foto von mir?«

»In der *Review*.«

»Ein Foto von mir ist in der *Review*?« Mein Nacken fing an zu kribbeln.

»Haben Sie es noch gar nicht gesehen?« Danielle ging zu einem Tisch voller Zeitschriften und kam mit der

Hampstead Review zurück. In der rechten oberen Ecke auf der Titelseite, der Stelle für den Aufmacher des Tages, lautete die Schlagzeile: *Mutmaßliche Backwaren-Banditen vorerst auf freiem Fuß.* Darunter waren die Fotos aus der Polizeistation von Eastville zu sehen, die Fahndungsfotos von David und mir. Mein Mund wurde trocken.

Bei der Vernehmung der mutmaßlichen Backwaren-Banditen auf der Polizeistation von Eastville

Hampstead-Verbindung bestätigt

Von Brian Simson, Reporter

Ein Mann und eine Frau, die im Verdacht stehen, die Backwaren-Banditen zu sein, wurden beobachtet, wie sie am späten Sonntagabend die Polizeiwache von Eastville verließen, wo sie einer anonymen Quelle zufolge von Kriminalbeamten verhört worden waren. Mindestens einer der beiden Verdächtigen hat Verbindungen nach Hampstead. Die ursprünglich aus Hampstead stammende und aktuell in Chicago ansässige Sara Harrington und David Cole aus New York wurden von der Polizei Eastville zu der Serie von Backwarendiebstählen befragt, von denen Eastville derzeit betroffen ist und die sich kürzlich über weitere Städte der Region, darunter Hampstead, ausgebreitet hat.

Aus Ermittlerkreisen wurde uns jedoch bekannt, dass es zu keiner Verhaftung gekommen ist: »Die Verdächtigen wurden vernommen, mussten aus Mangel an Beweisen jedoch wieder freigelassen werden.« Die Polizei Eastville, der daran gelegen sei, die Sicherheit aller in ihrem Zuständigkeitsbereich ansässigen Bürger zu schützen, sei entschlossen, die Kriminellen zu fassen und vor Gericht zu bringen, so die Quelle.

Ich hatte nicht nur die Frisur meiner Schwester, sondern jetzt prangte auch noch mein Fahndungsfoto auf der Titelseite der Lokalzeitung. Schlimmer konnte es nicht werden.

»Äh, ist alles okay mit Ihnen?«, erkundigte sich Jen besorgt. »Sie sehen ein bisschen…«

»Ich könnte etwas zu trinken vertragen.«

»Wir haben Kaffee.«

»Etwas Stärkeres.«

»Espresso?«

»Vergessen Sie's.«

»Tut mir leid«, sagte Danielle. »Ich dachte, Sie wollten eine richtige Tarnung, weil Sie verhaftet worden sind. Und Sie meinten ja auch, Sie bräuchten eine neue Identität. Da habe ich einfach angenommen…«

Was würde David sagen, wenn er die Zeitung sah? Er würde durchdrehen. Und was war mit Mom? Und, du liebe Güte, mit *Carter*? Dieser ganze Unsinn von wegen, wir hätten Gebäck gestohlen. Ich konnte mir ausmalen, wie seine Reaktion darauf ausfallen würde.

Ich riss mir den Umhang herunter. »Ich muss los.«

»Warten Sie«, meinte Danielle und rang die Hände. »Ich bringe das wieder in Ordnung.«

»Sie bringt das in Ordnung«, beteuerte auch Jen. »Bleiben Sie.«

Alle starrten mich an. »Nein, nein. Ich muss los. Ich muss hier raus.« Ich ließ die Zeitung fallen und düste kopflos in Richtung Eingang davon. Wie hatte das passieren können? Wie war die Zeitung bloß an unsere Fotos gekommen? Und an unsere Namen? Die süßlichen Klänge einer Flöte und das Plätschern eines Wasserfalls strömten aus den Lautsprechern im Empfangsbereich. Ich knallte meine Kreditkarte auf den Tisch, kritzelte meine Unterschrift auf die Quittung und eilte zur Tür hinaus.

Ich musste mich zusammenreißen. Das war eine echte Katastrophe, aber ich konnte damit umgehen. Ich würde einen Weg durch diese Krise finden. Ich musste bloß ruhig bleiben und mir einen Plan ausdenken. Vielleicht einen Anwalt hinzuziehen. Oder vielleicht auch nicht. Vielleicht war es besser, die Sache auf sich beruhen zu lassen. Schließlich war nichts älter als die Schlagzeile vom Vortag. Schon bald würde sich keiner mehr dafür interessieren. So würde ich die Sache auch Mom erklären. Und David. Und Carter. Oh, Carter. Er musste erfahren, dass ich keine Diebin war. Dass ich mir meine Kuchen selbst kaufen konnte. Nur noch vier Tage bis zur Hochzeit, und ich war die Lachnummer der Stadt. Es konnte wirklich nicht schlimmer kommen.

Doch das tat es.

Plötzlich fiel mir auf, dass in fast jedem Ladenfenster an der Hauptstraße ein Plakat hing – weiß mit blauer Schrift und Abbildungen darunter. Es sah aus wie ein Veranstaltungsplakat für eine Laientheatergruppe oder für ein Borreliose-Symposium oder den Pflanzenmarkt des Garden Club. Aber als ich mir das Plakat im Fenster des Harmony Day Spa, das ich beim Hineingehen überhaupt nicht beachtet hatte, genauer ansah, erkannte ich, dass nichts davon zutraf. Was da in blauer Schrift gedruckt stand, lautete:

Freiheit den Backwaren-Banditen!
Lasst sie Kuchen essen!

Und darunter prangten die Polizeifotos von David und mir.

19

Die Hintertür

Ich hatte das Gefühl, als quetschte mir jemand die Luft aus der Lunge. Die Plakate schienen sich vor meinen Augen zu vervielfachen. In den Schaufenstern der First Trust Bank und der Steuerkanzlei Stryker & O'Toole, am Fahrradständer des Vintageladens Déjà-vu, überall konnten die Leute unsere Fotos sehen. Gab es eigentlich kein Grundrecht auf ein annehmbares Polizeifoto?

Ich setzte meine Sonnenbrille auf. Vielleicht hatten Danielle und Jen ja recht gehabt. Gelungen oder nicht, meine Frisur sah definitiv anders aus. Sie war eine gute Tarnung. Mit gesenktem Kopf eilte ich die Straße entlang. Als mein Handy klingelte, holte ich es aus meiner Handtasche und sah den Schriftzug *Mom* auf dem Display aufleuchten. Bestimmt hatte sie den Zeitungsartikel gesehen. Natürlich. Ich ließ die Mailbox anspringen, wohl wissend, dass ich mich dann wohl oder übel später mit ihr würde befassen müssen, und ging weiter die Straße entlang. Da klingelte mein Handy erneut, und Davids Name wurde angezeigt. Noch einmal drückte ich auf *Ablehnen* und war froh, dass er in Manhattan war und nicht wusste, was hier los war.

Als Nächstes schaltete ich den Klingelton aus und blieb, um Atem zu schöpfen, neben einem Telefonmasten stehen, an dem lauter Zettel hingen: *Garagenflohmarkt, 127 Orchard Lane, alles muss raus! – Vermisst: Unser Lama »Ricky«. – Eric Dubowski, Elektrikermeister. – Wer hat diesen Kuchen gesehen?*

Moment, was war das? Ich trat näher. Ein Farbfoto zeigte einen Streuselkuchen, und darunter standen die Telefonnummer und E-Mailadresse der Besitzerin.

Ich sah nach rechts. *Bei Rückgabe unseres Olivenbrotes – zwei Brotlaibe als Belohnung!*, verkündete ein weiterer Zettel. Es folgten mehrere Telefonnummern und das Foto von zwei knusprigen Brotlaiben auf einem Abkühlgitter. *Gesucht: unsere sechsschichtige Schokoladentorte,* stand auf einem weiteren Aushang mit einem Foto einer hohen Torte mit Schokoguss und einem weiteren Foto eines leicht eingesunken, vertrocknet aussehenden Exemplars, das mithilfe einer Alterssimulationssoftware erstellt worden war, wie die Bildunterschrift verriet.

Ich wandte mich ab, denn ich fühlte mich nicht in der Lage, noch mehr davon zu lesen. Es war wie ein Strudel, der mich nach unten zog. Ich war die Lachnummer der ganzen Stadt – oder vielmehr des gesamten Bezirks. Carter würde nie mehr mit mir reden. Und was würde Mom bloß dazu sagen? Und das unschuldigste Opfer in dieser Sache... Was war mit David?

Entweder schwirrte mir der Kopf, oder die Welt drehte sich wie wild um mich herum. Vielleicht auch beides. Ich hielt mich an dem Pfosten fest, wurde das schwindelige Gefühl aber nicht los. Also ließ ich mich auf den Bürgersteig sinken und saß mit hängendem Kopf da, während mir die Sonne auf den Rücken brannte.

»Alles okay bei Ihnen?«

Ich blickte auf und sah, wie mich ein junges Mädchen im Teenageralter anstarrte. Auf ihrem bauchfreien schwarzen Oberteil prangte der Schriftzug *Firefly Music Festival*. »Danke, ich denke, ich brauch nur ein paar Minuten.« Zumindest hoffte ich das.

»Vielleicht sollten Sie irgendwo reingehen, wo es eine Klimaanlage gibt«, sagte das *Firefly*-Mädchen und strich sich eine lockige Haarsträhne aus dem Gesicht. »Vielleicht ins *Rolling Pin*.« Sie zeigte auf die Bäckerei.

»Gute Idee«, sagte ich. Ein paar Minuten in kühler Klimaanlagenluft und ich wäre sicher wieder in Ordnung. Mit zittrigen Beinen stand ich auf. Sobald ich den Laden betreten hatte, verspürte ich einen belebend kühlen Lufthauch. An einem der Tische saßen ein Mann und eine Frau mittleren Alters. Sie tranken Kaffee, und zwischen ihnen stand ein Teller mit den Resten eines Muffins. Hinter der Ladentheke legte Alice, die Besitzerin, deren rotes Haar von einer Haarspange gehalten wurde, gerade Kekse in die Auslage.

Alice kannte Mom. Und obwohl ich schon seit Jahren nicht mehr hier gewesen war, würde sie mich sicher wiedererkennen. Was hatte ich mir nur dabei gedacht hierherzukommen? Doch dann fiel mir wieder meine Tarnung ein.

»Nehmen Sie nur Platz, wo Sie möchten«, rief Alice mir zu und summte dann weiter »Hotel California« von den Eagles mit.

Ich nahm an einem der Tische Platz, schloss die Augen und legte den Kopf in den Nacken, damit ich den Luftzug des Deckenventilators besser auf dem Gesicht spüren konnte.

Kurz darauf fragte Alice: »Alles in Ordnung mit Ihnen? Sie sehen ein bisschen mitgenommen aus.«

Ich öffnete die Augen und sah sie in ihrer gelben Schürze vor mir stehen. »Ich denke, ich bin okay, danke. Ich muss mich nur ein paar Minuten abkühlen.« Ich lehnte mich wieder zurück und genoss weiter den kühlen Luftzug, als ich den Muffin-Mann sagen hörte: »Na ja, besser, als Autos zu knacken. Das war in meiner Jugend bei uns in Jersey an der Tagesordnung. Da hätte sich niemand mit 'nem Kuchen zufriedengegeben.«

Da hatte ich den Salat. Die Leute redeten schon darüber. Es gab kein Entkommen für mich.

»Aber wozu all die Plakate?«, fragte die Frau. »Das verstehe ich nicht.«

»Ich kann Ihnen sagen, warum«, mischte sich Alice von der Ladentheke aus ein. »Die ganze Stadt scheint wegen dieser Backwaren-Banditen-Sache vollkommen aus dem Häuschen zu sein, also haben ein paar Leute vom Handelsverband beschlossen, dass wir zusammenlegen und die Plakate drucken lassen.« Sie nahm eine leere Kaffeekanne und stellte sie in die Spüle. »Die Leute finden es toll. Die Mehrheit ist der Meinung, dass die Verantwortlichen niemandem schaden, weil es sich ja nur um Gebäck handelt. Also dachten wir uns, es könnte lustig sein und vielleicht sogar gut fürs Geschäft, so als Promo-Aktion. Um unsere Unterstützung zu bekunden.

Ich habe das Plakat sogar selbst entworfen.« Sie schaute zu mir herüber. »Möchten Sie ein Glas Wasser?«

Ich glaubte, ich zuckte vor Schreck zusammen. »Ich? Nein, nein, danke.« Die Leute fanden die Kuchendiebstähle also *gut*? Das war verrückt? Ich wollte einfach nur, dass all das aufhörte.

Die Muffin-Frau stellte ihre Tasse hin. »Alle wollen wissen, was die Diebe mit dem Gebäck anfangen. Verschenken sie es wie Robin Hood? Oder essen sie es selbst? Und was haben sie als Nächstes vor?«

»Das weiß keiner«, meinte Alice, während sie ein paar Kekse aus der Auslage nahm und sie in eine Schachtel packte. »Aber es werden schon Tipps abgegeben. Bill Danno von der Feuerwache drüben nimmt Wetten entgegen.«

Wetten? Jetzt reichte es aber. Ich stand auf und wollte gehen.

»Warten Sie, nehmen Sie die mit!«, rief Alice mir zu und stellte die offene Schachtel auf die Theke. Ich ging zu ihr und sah ein halbes Dutzend Kekse darin. Große Kekse. »Mit Orangen- und Schokostückchen«, sagte sie. »Sogar drei Sorten Schokolade. Gut als kleiner Energieschub.«

Ich zückte meinen Geldbeutel.

»Nein, nein. Die gehen aufs Haus.«

»Aber ich ...«

»Keine Sorge. Ich kenne Ihre Mutter.« Sie beugte sich zu mir rüber und senkte die Stimme. »Und abgesehen davon sind Sie ja jetzt auch eine Berühmtheit.«

»Bitte?«

Sie machte die Schachtel zu. »Ach, meine Liebe«, flüsterte sie, »ich habe Sie gleich erkannt. In der Sekunde, als Sie hereingekommen sind. Sogar mit Ihrer neuen Frisur...« Sie wedelte mit ihrer Hand über ihrem Kopf herum. »Vergessen Sie nicht, dass ich es war, die die Plakate entworfen hat. Da kenne ich Ihr Gesicht nur zu gut.«

Ich erstarrte. Die Bäckersfrau war mir auf die Schliche gekommen. Ich machte den Mund auf, aber keine Silbe kam heraus. Ausnahmsweise hatte es mir die Sprache verschlagen.

Als ich eilig hinausging, stieß ich beinahe mit einem Mann zusammen, der einen Dackel spazieren führte. Ich hastete weiter die Hauptstraße hinunter, verfolgt von meinen eigenen Fahndungsfotos. Alle Leute starrten mich an, als wüssten sie, dass ich diejenige auf dem Plakat war. Zumindest kam es mir so vor.

Ich ging noch schneller, vorbei an einem Mann mit einer Topfpflanze unterm Arm und einer Frau mit Kinderwagen. Ich war überzeugt, dass sie mich böse anguckten. Um schneller von hier wegzukommen, beschloss ich, eine Abkürzung durch einen der Läden zu nehmen, um durch dessen Hinterausgang zurück zum Parkplatz zu gelangen, auf dem ich meinen Wagen abgestellt hatte. Als ich einen Antiquitätenladen erspähte, in dessen Schaufenster keines der Plakate hing, machte ich die Tür auf und tauchte darin ab.

Eine Glocke erklang, als sich die Tür hinter mir schloss. Meine Augen gewöhnten sich langsam an das düstere Licht. Mein Blick fiel auf einen Haufen Möbel vor mir, die Stücke waren so hoch übereinandergestapelt, dass ich den hinteren Teil des Ladens nicht erkennen konnte. Die Luft roch trocken-muffig und nach altem Holz. Ich ging links herum einen schmalen Gang entlang, vorbei an Kästchen und Schränken. Hepplewhite-Truhen und Chippendale-Sofas, Tische voller Messinglampen, Weingläser, Uhren und Kerzenleuchter.

»Ich bin gleich für Sie da!«, ertönte irgendwo aus dem Hintergrund eine Männerstimme mit einem starken britischen Akzent, der mich an Christopher Plummer erinnerte.

»Oh, danke, ich komme zurecht«, rief ich zurück und quetschte mich vorbei an einem Kopfteil mit Schnitzereien, einem Überseekoffer und einem großen Holzeimer.

»Ah, da sind Sie ja.«

Der Mann mit dem britischen Akzent war um die hundertzwanzig Kilo schwer und versperrte mir den Durchgang. Seine Gesichtszüge unter dem unwirklich pechschwarzen Haar waren schlaff. Ein goldenes Wappen schmückte die Tasche seines Jacketts.

»Albert Cuttleworth, der Besitzer«, sagte er mit leicht erhobenem Kinn. »Sind Sie auf der Suche nach etwas Bestimmtem?«

Ich hätte direkt eingestehen sollen, dass ich auf der Suche nach dem Hinterausgang war, doch ich behauptete, dass ich mich bloß ein bisschen umsehen wollte, und hoffte insgeheim, dass ich mich dann unauffällig verdrücken könnte. Ich heuchelte Interesse an einer kupfernen Wetterfahne mit einem Pferd obendrauf.

»Das ist wirklich ein hübsches Stück, nicht wahr? Um das Jahr 1919. Aus England.«

Ich blickte auf. »Oh ja. Sehr hübsch.«

»Sie ist in hervorragendem Zustand. Interessieren Sie sich für Wetterfahnen?«

»Nicht direkt.« Ich dachte an meine Wohnung in Chicago. Im dreizehnten Stock.

»Diese kleine Kostbarkeit ist ein echtes Schnäppchen.«

Ich warf einen Blick auf das Preisschild über eintausendsiebenhundert Dollar, nickte und meinte: »Ja, ich denke darüber nach.«

»Ah, wenn Sie keinen Bedarf an Wetterfahnen haben, dürfte ich Ihnen ein paar Sachen zeigen, die gerade neu hereingekommen sind?« Er drehte sich um und ging nach hinten. Ich folgte ihm, froh darüber, mich immerhin schon einmal in die richtige Richtung zu bewegen. »Sehen Sie sich dieses wundervolle Stück an!« Er blieb vor einem riesigen Holzrad stehen. »Ein Schiffssteuerrad. Spätes neunzehntes Jahrhundert. Eiche und Mahagoni. Sehr dekorativ, finden Sie nicht?«

Ich fragte mich, ob er mich wohl gehen lassen würde, wenn ich es kaufte. »Ja, das ist es. Aber ich bin mir nicht sicher, ob ich Platz dafür habe.«

»Keinen Platz für ein Steuerrad? Haben Sie denn keine *Wände*?« Er klang etwas entrüstet.

»Doch, ich habe Wände. Ich meinte damit, dass es nicht so recht passt...«

»Ach, wie schade. Na ja, dann sehen Sie sich ruhig um«, sagte er und breitete die Arme aus. »Ich habe Hunderte von Prachtstücken.«

Ich musste dringend hier raus. Rasch schaute ich auf meine Uhr. »Oh, die Zeit fliegt. Ich muss leider los ... äh, woandershin. Gibt es vielleicht eine Hintertür, die ich nehmen könnte? Ich habe mein Auto hinten geparkt.«

»Hintertür? Ja, gehen Sie einfach diesen Gang entlang, bis Sie ... Ach, ich zeige es Ihnen.«

Ich folgte ihm den Gang entlang zu einem kleinen Hinterzimmer, und da sah ich in roten Lettern den Schriftzug *Ausgang* auf einem Schild. Eine Frau befand sich in dem Raum und schaute sich gerade einen japanischen Paravent mit goldenen Pagoden und Bäumen und Drachen darauf an. Sie drehte sich um, sah mich, und ihr Lächeln erstarb. Mariel.

»Was hast du denn mit deinen *Haaren* gemacht?« Sie kam einen Schritt näher, betrachtete mich eingehend und zog ein finsteres Gesicht.

»Was tust *du* denn hier?«, fragte ich immer noch erschrocken.

»Ich hab zuerst gefragt.«

»Ich war beim Friseur, das ist alles. Schnitt und Highlights. »

»Du hast sie dir exakt wie meine machen lassen.« Sie schnaubte vor Wut.

»Ich habe sie nur ein bisschen aufpeppen lassen, weiter nichts.«

»Das ist mein Pep. Meine Frisur.«

»Pep gehört niemandem, Mariel. Eine Frisur auch nicht.« Ich wandte mich an Albert, dessen Blick zwischen Mariel und mir hin- und herschnellte. »Ich bin ihre Schwester.«

»Ja, die Ähnlichkeit ist nicht zu übersehen.«

»Sie ist meine *deutlich ältere* Schwester«, schnaubte Mariel. »Natürlich sieht er die Ähnlichkeit. Du versuchst, mein Zwilling zu sein.«

»Nur drei Jahre älter, und ich versuche absolut nicht, dein Zwilling zu sein.« Ich nahm wie beiläufig einen Kerzenhalter aus Messing in die Hand.

»Der ist Teil eines Paares«, meinte Albert. »Etwa 1840, schätze ich. Topzustand.« Er zögerte. »Falls Sie Platz dafür haben.«

Ich stellte den Kerzenständer wieder hin. Albert zog die Augenbrauen hoch und marschierte davon.

»Was machst du hier?«, fragte ich Mariel.

»Ich checke die Hochzeitsliste, um zu sehen, ob alles gekauft wurde.«

Sie machte Witze. »Du hast hier deine Hochzeitsliste?«

Sie zuckte mit den Schultern. »Klar. Warum nicht?«

»Ist das nicht ein bisschen ...«, ich senkte die Stimme, »... teuer?«

»Ich zwinge ja niemanden, hier einzukaufen, Sara. Die Leute können freiwillig etwas kaufen. Oder nicht.«

»Genau. Wie einen antiken japanischen Paravent? Ich bin mir sicher, da reißen sich alle drum. Der kostet vermutlich fünfzehntausend Dollar.«

»Sei nicht albern. Er kostet nur zehntausend.«

Ein Schnäppchen also.

»Ich will jetzt wissen, was hier los ist, Sara. Das ist mehr als bloß ein Haarschnitt und ein paar Highlights.« Sie verschränkte die Arme vor der Brust. »Was führst du im Schilde? Willst du mein Leben ruinieren?«

Ich konnte ihr nicht mehr folgen. »Wovon redest du?«

»Deine Haare, *hallo?!* Guck mal in den Spiegel.« Sie schob mich zu einem ovalen Spiegel mit vergoldetem Rahmen. »Siehst du?« Sie stupste mit dem Finger an das Glas. »Du kopierst mich. Die Stufen. Und schau, wie kurz der Schnitt ist. Und wie ... blond. Wäh.«

Sie hatte natürlich recht. Ich wusste es ja.

»Und außerdem bist du zu einer Kriminellen geworden«, fuhr sie fort. »Die ganze Stadt ist mit deinem Foto tapeziert. Und in der Zeitung bist auch. Du und dieser Typ. Mom hat es auch schon gesehen, damit du's weißt.«

Mariel hatte es gesehen. Mom hatte es gesehen. Dann war ich mir sicher, dass auch Carter es bereits gesehen hatte. Mir blieb das Herz stehen.

»Moment. Ich bin keine ...«

»Was stimmt nicht mit dir, Sara? Dass du den Leuten Gebäck stiehlst. Und das in der Woche vor meiner Hochzeit! Das machst du doch mit Absicht. Du willst mich blamieren! Und jetzt klaust du auch noch meinen Look. Die Leute werden denken, dass ich etwas damit zu tun habe. Sie werden denken, dass ich auch eine Diebin bin.«

»Oh, verdammt, Mariel, das werden sie nicht. Jetzt nimm dich doch einmal nicht so wichtig.«

»Meine Damen, bitte!« Albert war zurück und wirkte angespannt. »Es sind noch andere Kunden im Laden. Vielleicht könnten Sie etwas leiser sein.«

»Ich bin schon weg«, schnaubte ich.

»Entschuldigung, Sie da!«, rief eine Frau nach hinten. »Könnten Sie mir bitte behilflich sein?«

Albert sah uns noch einmal streng an, bevor er wieder nach vorn ging. Ich eilte zur Hintertür.

»Du musst deine Frisur wieder so machen lassen wie vorher!« Mariel stampfte hinter mir her, und die Absätze ihrer Louboutins klackerten auf dem Boden. Ich hörte Gläserklirren, und als ich mich umdrehte, sah ich, dass sie gegen einen tief hängenden Kronleuchter gestoßen war, an dem unzählige tropfenförmige Kristallsteine baumelten.

Albert kam zurückgewieselt und hielt den schwingenden Leuchter an. Schweißperlen standen ihm auf der Stirn. »Das ist ein *Baccarat*-Lüster. Neunzehntes Jahrhundert. Bitte seien Sie vorsichtig damit!«

»Ja, Entschuldigung«, sagte Mariel und schenkte ihm ein Lächeln, das sofort wieder erstarb, sobald er sich umgedreht hatte. »Ich verbiete dir, herumzulaufen und so auszusehen wie ich!«

»Oh, halt mal! Ich will gar nicht so aussehen wie du. Warum sollte ich so aussehen wollen wie du?«

»Um Carter zurückzubekommen.«

Oh mein Gott. Sie war so nah dran an der Wahrheit, dass es mir fast den Atem verschlug.

»Jetzt hör aber auf!«, sagte ich und versuchte den nötigen Anteil an Ablehnung und Entrüstung in meine Stimme zu legen. »Das ist lächerlich. Ich will ihn gar nicht zurück. Und meine Frisur bleibt, wie sie ist.«

»Damit wirst du nicht durchkommen, Sara!«

Ein älteres Paar drehte sich um und starrte uns an. Ich nahm einen Porzellankrug in die Hand. Er hatte auf der einen Seite einen Sprung. »Womit nicht durchkommen?«

»Damit, mir die Woche meiner Hochzeit zu ruinieren. Wie du mir schon so viele Dinge in meinem Leben ruiniert hast.«

Albert kam wieder zu uns geeilt. Er legte Mariel eine Hand auf die Schulter. »Ich weiß, wie aufreibend die Phase kurz vor der Hochzeit sein kann, aber ich bin mir sicher, dass Sie und Ihre Schwester das klären können. *Woanders.* Soll ich Sie einfach anrufen, wenn es Neuigkeiten zu Ihrer Hochzeitsliste gibt?« Er lächelte, aber sein Blick war grimmig wie der eines Löwen.

»Nur fürs Protokoll«, sagte ich. »*Ich* habe dir noch nie irgendetwas ruiniert.«

Albert nahm mir den Krug aus der Hand. »Den stelle ich jetzt mal hierhin zurück. Ich nehme an, Sie haben keinen Platz dafür ...«

»Machst du Witze?! Jetzt hör aber mal auf. Du warst schrecklich zu mir. Du hast es mir immer übel genommen, dass ich hübscher bin als du.«

»Hab ich nicht!«

»Doch, hast du schon. Und du hast mir nie zugestanden, dass ich auch noch was anderes kann, als gut auszusehen. Wenn ich bei einem Reitturnier einen Preis gewonnen habe, hast du behauptet, ich hätte ihn nur bekommen, weil ich hübsch bin, und nicht, weil ich eine gute Reiterin bin. Wenn ich in der Schule eine Eins geschrieben habe, hast du behauptet, der Lehrer sei bloß verknallt in mich. Du hast es gehasst, dass ich so hübsch war. Und du konntest es nicht ertragen, wenn ich darüber hinaus etwas anderes gut gemacht habe. Ich bin vielleicht nicht so klug wie du, Sara, und oft bringt mich mein gutes Aussehen auch wirklich weiter, aber hin und wieder gelingt auch mir etwas, weil ich meinen Kopf einschalte, und es wäre nett, wenn du das anerkennen würdest.«

Ich war empört. War ich wirklich so schlimm, wie sie behauptete? Hatte ich sie dermaßen verkannt? Ich hoffte nicht. Vielleicht übertrieb sie ja ein bisschen. Und was war damit, dass sie mir immer alles nachgemacht hatte?

»Du warst auch nicht gerade unschuldig«, meinte ich und stieß mit dem Ellbogen gegen einen großen hölzernen Vogelkäfig. »Immer hast du mir alles nachgemacht! Reiten, Tennis, Geige, die Schülerzeitung. Bei allem, was ich angefangen habe, hast du dich dazwischengedrängt und mit mir gewetteifert, besonders um die Aufmerksamkeit von Mom und Dad. Du hast mir sogar mein Collegeabschlussjahr versaut.«

»Und du meine Chance, einen Job bei Getty zu bekommen.«

»Woher hätte ich ahnen können, dass irgendeine Bemerkung, die ich nebenbei auf einer Cocktailparty mache, die Personaltante von Getty zu Ohren bekommt?«

»Der Typ, mit dem du gesprochen hast, war im *Vorstand*, das wusstest du! Hättest du dir nicht denken können, dass es sich rumspricht, wenn du ihm sagst, dass ich einen Monet nicht von einem Manet unterscheiden kann?«

Sie hatte recht. Das hätte ich niemals sagen dürfen. Ich war wegen irgendetwas wütend auf sie gewesen, aber ich konnte mich nicht mehr erinnern, wegen was.

»Du bist so eine fiese Kuh!«, rief Mariel.

»Ich? Du bist doch die fiese Kuh! Ich könnte leicht zehn echt miese Dinge aufzählen, die du mir angetan hast, angefangen mit Carter.«

»Schluss jetzt!«, rief Albert und packte uns beide an den Handgelenken, als wären wir unartige Kinder. Er zerrte uns die letzten Schritte bis zur Hintertür, wobei Mariel einen hölzernen Garderobenständer umstieß. Dann scheuchte er uns hinaus, und ich hörte das Einrasten eines Riegels, als er die Tür hinter uns zumachte.

Mariel hastete vor mir her. Ich sah, wie sie davoneilte und dann mitten auf dem Parkplatz wie angewurzelt stehen blieb. Sie starrte auf ihr Handy und zuckte zusammen. Je länger sie darauf starrte, desto bleicher wurde sie. Sie fuhr zu mir herum. Irgendetwas war los. Vielleicht war es Mom. War sie wieder im Krankenhaus? Bitte, nicht das.

»Was ist los?«, fragte ich. »Was ist?«

»Ich denke, du hast heute genug angerichtet.« Ihr Blick war so eisig, dass ich in der Julihitze erschauderte.

Und da wusste ich es. Sie hatte von meinem Plan erfahren. Irgendjemand hatte geredet. Vielleicht der Fotograf oder der Typ von der Band. Oder diese Opernsängerin. Ich hätte wissen müssen, dass Britney Spears den Bogen überspannte.

20

Ein bisschen viral

Ich hörte die Sirene, noch bevor ich die blau-roten Lichter in meinem Rückspiegel blinken sah. War ich zu schnell? Hatte ich vergessen zu blinken? Oder stimmte irgendetwas an meinem Wagen nicht? Vielleicht funktionierten die Bremslichter nicht. Ich hoffte, dass ich dafür keinen Strafzettel bekommen würde. Schließlich fuhr ich einen Mietwagen.

Ich hielt am Straßenrand, noch immer ziemlich mitgenommen von dem Streit mit Mariel. Woher hatte sie bloß Wind von meinem Plan bekommen? Über den Seitenspiegel sah ich den Polizisten zum Wagen kommen.

»Wissen Sie, warum ich Sie angehalten habe?«, fragte er und beugte sich zu meinem geöffneten Fenster hinunter.

»Sind die Bremslichter kaputt? Das ist ein Mietwagen. Er gehört mir nicht.«

»Sie sind über ein Stoppschild gefahren. Hinten am Canoe Hill. Sie haben zwar gebremst, sind aber nicht wirklich stehen geblieben.«

»Bin ich nicht?« Das sah mir gar nicht ähnlich. Ich war eine gewissenhafte Fahrerin. Das lag bloß an Mariel.

»Kann ich bitte Ihren Führerschein und die Fahrzeugpapiere sehen?«

Ich holte meinen Führerschein aus dem Portemonnaie und fand die Fahrzeugpapiere im Handschuhfach. »Ich habe das Stoppschild nicht absichtlich überfahren«, sagte ich. »Meine Schwester und ich hatten gerade einen Riesenstreit, und ...« Mir wurde klar, dass ihm das egal war. »Wie auch immer«, fuhr ich fort und ließ einen weiteren Anruf von David direkt auf die Mailbox gehen.

Der Verstoß würde ein saftiges Bußgeld geben. Und meine Kfz-Versicherung würde den Beitrag hochsetzen. Vielleicht würde ich sogar Punkte bekommen, auch wenn ich mich hier in Connecticut befand und eigentlich in Illinois lebte, aber vermutlich tauschten die Datenbanken sich aus. Mom hatte wirklich recht. Ich sollte netter zu Siri sein.

Der Polizist ging davon, um eine Führerscheinabfrage zu machen, und überließ mich meinen unablässig kreisenden Gedanken darüber, was Mom wohl sagen würde, wenn Mariel ihr erzählte, dass ich vorhatte, ihre Hochzeit zu ruinieren. Ich biss mir auf die Lippe. Dagegen verblassten sogar Strafzettel und Punkte.

Aber mich erwarteten gute Nachrichten, als der Polizist einige Minuten später zurückkam. »Ich belasse es diesmal bei einer mündlichen Verwarnung«, meinte er.

Der Tag war vielleicht doch noch nicht ganz verloren. Der Verkehrsgott lächelte mir zu. »Sie meinen, ich bekomme keinen Strafzettel?«

»Kein Strafzettel. Aber Sie müssen in Zukunft aufmerksamer sein.«

»Das werde ich. Auf jeden Fall. Versprochen.« Ich salutierte andeutungsweise, doch dann fiel mir ein, dass das bei der Polizei nicht üblich war.

Er gab mir meinen Führerschein und die Fahrzeugpapiere zurück. »Okay, Miss Harrington, Sie, äh...« Er warf einen Blick auf den Beifahrersitz, wo die Schachtel von der Bäckerei mit den Keksen stand.

Sollte ich ihm einen anbieten? Oder würde er das als Bestechungsversuch werten? Wohl eher nicht. Er hatte mich ja bereits davonkommen lassen.

Etwas in seinen Augen blitzte auf. »Jetzt weiß ich, wer Sie sind! Sie sind diese Backwaren-Banditin.«

Ich brauchte dringend eine bessere Tarnung. »Wir waren das nicht! Die Polizei von Eastville hat uns gehen lassen. Es war bloß ein Missverständnis.«

Er richtete sich wieder auf und starrte mich misstrauisch an. »Haben Sie eine Quittung für diese Kekse?«

Ich musste schlucken.

Als Erstes musste ich Alice aus der Rolling Pin Bakery anrufen, um den Polizisten davon zu überzeugen, dass die Orangen-Schoko-Kekse ein Geschenk waren. Nachdem das geklärt war, fuhr ich zu meinem Elternhaus. Auf der Fahrt dorthin stopfte ich mir nervös Keksstückchen in den Mund, sodass mir Alices drei Sorten Schokolade an den Fingern kleben blieben, zusammen mit dem braunen Zucker und den Orangenzesten oder was auch immer da alles drin war.

»Deine Mutter ist oben«, sagte Danna und warf mir einen Seitenblick zu, als ich die Küche betrat. »Sie möchte mit dir sprechen.« *The Review* lag auf dem Tisch. Mein Blick fiel auf eine Anzeige für die Ausstellung von Alex Lingon. Und ich wusste, was sonst noch darin zu lesen war. Ich war mir sicher, dass Mom mein Foto bereits gesehen hatte. Und ebenso sicher war ich mir, dass Mariel sie angerufen und ihr brühwarm erzählt hatte, was ich getan hatte.

Ich ging die Treppe hoch und blieb wie angewurzelt im Türrahmen von Moms Zimmer stehen. Der normalerweise gemütliche, in Hellblau und Weiß gehaltene Raum sah aus, als hätte ihn jemand durchwühlt. Auf dem Bett lagen Kleidungsstücke verstreut, Schals und Gürtel hingen achtlos über der Rückenlehne eines Sessels, und auf dem Schreibtisch stapelten sich turmhoch Schuhkartons. Mom mistete ihren Kleiderschrank aus – etwas, das sie immer dann tat, wenn sie sehr gestresst war.

Während ich noch das Chaos betrachtete, kam Mom mit einer Bluse über dem Arm aus dem begehbaren Schrank marschiert. Sie musste zweimal hinsehen.

»Ich habe versucht, dich zu erreichen.«

Ich stellte die Schachtel mit den vier übrig gebliebenen Keksen auf den Tisch und wartete auf das Donnerwetter, darauf, dass sie mir sagen würde, wie enttäuscht sie von mir sei.

»Was ist mit deiner Schwester los?«

Jetzt kam's. Die Bombe war geplatzt.

»Mariel hat mich angerufen. Sie war vollkommen aufgelöst. Offenbar war sie auf dem Weg zu Suzie McEntyre. Ich habe ihr gesagt, sie solle lieber heimkommen, aber sie meinte, sie sei noch nicht bereit dazu.«

Mom sah mich auffordernd und erwartungsvoll zugleich an. Ich hielt den Atem an. »Wegen irgendetwas ist sie sauer auf Carter, aber sie wollte mir nicht sagen, was los ist.

»Sie ist sauer auf *Carter*?« Darum ging es?

Über Moms Nase bildete sich eine kleine Falte, die immer dann zu sehen war, wenn sie sich Sorgen machte. »Hast du eine Ahnung, was da los ist, Sara?«

»Nein, habe ich nicht. Aber wie ich Mariel kenne, macht sie bloß wieder aus einer Mücke einen Elefanten. Du weißt doch, wie sie ist.«

»Ich mache mir Sorgen. Sie klang wirklich durch den Wind.«

»Was auch immer der Grund ist, ich bin mir sicher, dass sich das wieder einrenken wird zwischen den beiden.«

Sie legte die Bluse aufs Bett. »Das hoffe ich. Ich fand ja schon immer, dass sie und Carter perfekt zusammenpassen.«

»Moment mal. Dasselbe hast du doch auch mal über *mich* und Carter gesagt.«

»Na ja, aber bei dir habe ich es nicht wirklich so gemeint.«

»Was?«

Sie zuckte entnervt mit den Schultern. »Das mit euch beiden hätte sowieso nicht gehalten. Carter braucht das Gefühl, anderen helfen zu können. Und er liebt die Vorstellung, dass er etwas für Mariel tun kann. Dass er ihr eine Stütze ist. Dass sie ihn braucht. Seit dein Vater gestorben ist, ist sie noch zerbrechlicher geworden und hat ein noch größeres Bedürfnis nach emotionaler Sicherheit. Du weißt ja, sie ist nicht so unabhängig wie du. Nicht so eigenständig. Und sie ist glücklich mit der Rolle der Schönheit an seiner Seite auf all den Empfängen, den Dinnerpartys und den Wohltätigkeitsveranstaltungen. Sie hat darüber hinaus keine großen Ambitionen.« Mom nahm ein Cocktailkleid vom Bett, faltete es und ließ es in einen Karton am Boden fallen. »Du solltest sie mal anrufen. Vielleicht redet sie ja mit dir?«

»Das glaube ich nicht. Wir haben uns heute Nachmittag in der Stadt ziemlich gestritten.«

»Weswegen denn?«

»Meine Frisur.«

»Ich wollte dich auch schon fragen, was, in Gottes Namen, du mit deinen Haaren gemacht hast.«

Ich fuhr mir mit der Hand durch das, was noch von der Frisur übrig war. »Ich habe sie mir bloß schneiden und Highlights machen lassen. Ich war bei deinem Friseur.«

»Hm. Dreh dich mal.« Sie machte eine Handbewegung, und ich drehte mich. »Du siehst aus wie deine Schwester. *Wolltest* du sie kopieren?«

»Ich will wirklich nicht mehr darüber reden.«

Mom nahm einen der Gürtel von der Sessellehne und probierte ihn an. »*Imitatus*. Partizip Perfekt von *imitari*. *Nachahmen*.«

»Was hast du eigentlich mit all den Klamotten vor?«, fragte ich, um das Thema zu wechseln.

»Ich bringe die Sachen hier später zum Wohltätigkeitsladen der Kirche. Und ein paar alte Kostüme gebe ich beim Theater ab.« Sie nahm den Gürtel wieder ab und packte ihn in den Karton. »Übrigens, hast du zufällig heute schon die Zeitung gelesen?«

Ich erstarrte. Jetzt kam es. »Äh, ja.«

»Was hat es denn mit dieser Backwaren-Banditen-Sache auf sich? Ich habe einen Blick in die *Review* werfen wollen, und da warst du, unverkennbar, mitten auf der Titelseite. Du hast mir gar nicht erzählt, dass sie neulich auf der Polizeistation ein Fahndungsfoto von dir gemacht haben.«

»Sie haben mich verhaftet«, sagte ich und ließ mich auf Moms Sessel fallen. »So ein Foto gehört dazu, wenn man verhaftet wird.«

»Aber warum denkt die Polizei, dass du den Leuten Kuchen klaust? Du kannst dir Kuchen doch leisten. Du kannst dir alles, was du willst, selbst kaufen.« Sie sah mich mit sanftem Blick an. »Oder etwa nicht? Weil, Liebling, wenn du...«

»Natürlich kann ich das. Ich habe dir doch schon gesagt, dass das ein Missverständnis war. Es liegt daran, dass wir einen Kuchen aus dem Haus meiner Kunstlehrerin mitgenommen haben.«

»Ich dachte, ihr wolltet nur eine Skulptur abholen?«

»Die haben wir ja auch mitgenommen. Der Kuchen war eine Spontanaktion. Er stand da auf der Küchenablage, und ich wusste, dass die Eigentümer erst in ein paar Wochen zurückkommen würden.«

Sie schien darüber nachzudenken. »Ich schätze, einen guten Kuchen sollte man nicht verkommen lassen.«

»Genau das habe ich mir auch gedacht.«

»Ich habe diese Plakate gesehen.«

Der Todesstoß.

»Ich hatte den Artikel schon gelesen, und dann hat mich Lydia Harper angerufen und mir erzählt, dass sie gerade vom Augenarzt kam und ihre Pupillen noch ganz geweitet waren, aber dass sie trotz ihrer schlechten Sehkraft sofort erkannt hat, dass du das auf den Plakaten bist. Du und dieser David. *Freiheit den Backwaren-Banditen.* Natürlich habe ich ihr erst kein Wort geglaubt. Ich dachte, wahrscheinlich hat sie wieder mit dem Trinken angefangen. Also bin ich in die Innenstadt gefahren, um es mit eigenen Augen zu sehen.«

Ich erschauderte. Aber dann merkte ich, dass sie gar nicht so verärgert zu sein schien. Was ging hier vor?

»Es tut mir leid«, sagte ich. »Ich weiß, das ist echt peinlich.«

»Na ja, für dich schon. Im Ernst, hätte die Polizei da kein schöneres Foto machen können? Eines, auf dem du wenigstens lächelst?« Sie nahm ein blaues Cocktailkleid vom Bett und faltete es zusammen. »Hatten sie es auf der Wache so eilig, dass sie nicht noch ein Foto machen konnten?«

Ich schaute mich im Zimmer um, und mein Blick fiel auf rosa Babyschuhe und einen silbernen Beißring im Regal. Die Schuhe waren meine und der Beißring von Mariel. »Das war jetzt nicht gerade so wie ein Termin beim Fotografen. Die machen nicht dreißig Bilder und stellen einem dann eine Auswahl zur Verfügung.«

»Ich hätte sie dazu gebracht, noch eines zu machen.«

Klar, da war ich mir sicher.

»Ich sage immer, wenn dein Bild schon kursiert, dann

sorge dafür, dass du gut getroffen bist. Oh, ich weiß, im Zeitalter von Instagram und Facebook und Twitter und wer weiß, was als Nächstes kommt, stellt jeder seine Schnappschüsse online. Aber das ist ja genau das Problem. Da fehlt es vollkommen an Weitsicht. Offen gesagt wäre es mir lieber, wenn die Welt nur ein gutes Foto von mir zu sehen bekäme statt tausend schreckliche Schnappschüsse.« Sie blickte sich um. »Siehst du irgendwo schwarze High Heels? Vor einer Minute waren sie noch da.«

»Also, das Einzige, was dir Sorgen bereitet, ist, dass das Foto besser hätte sein können?«

»Was sollte mir denn sonst Sorgen machen?« Sie lief auf der Suche nach den Schuhen herum. »Es sieht nicht so aus, als würde es dir schaden. Heute Morgen war sogar ein Bericht darüber in den Fernsehlokalnachrichten. Es sieht so aus, als würde den Leuten diese ganze Kuchenklau-Geschichte richtig gut gefallen. Also genieß es, mein Schatz.«

Die Fernsehnachrichten? *Genieß es?* Sogar für Mom, deren PR-Berater ganz oben in ihrer Favoritenliste stand, klang das etwas zu abgebrüht.

»Vielleicht kannst du es zu deinem Vorteil nutzen, wenn du dich selbstständig machst. Mit deiner Eventagentur.« Sie hob eine Jacke vom Boden auf, und darunter kamen die schwarzen High Heels zum Vorschein. »Ach, da sind sie ja.«

»Ich werde mich wahrscheinlich nie selbstständig machen.«

Mom hielt die Schuhe in der Hand, stand ganz ruhig

da und starrte mich an. »Und warum, um alles in der Welt, nicht?«

»Weil ich dafür Startkapital brauche. Und Kontakte. In Chicago habe ich nicht genug Kontakte.«

»Ich habe Kontakte.«

»Nicht dort.«

»Nein, aber hier. Und in Manhattan.«

»Na ja, hier habe ich sogar selbst ein paar Kontakte. Aber wenn ich eine eigene Firma gründen würde, dann nicht an der Ostküste.«

Mom sah mich an, als hätte ich sie beleidigt. »Warum nicht?«

»Ich weiß nicht. Ich schätze, weil mein Leben sich nicht hier abspielt.« Den Gedanken, wieder an die Ostküste zurückzukehren, hatte ich überhaupt nicht auf meinem Radar. »Das habe ich nie in Betracht gezogen.«

»Ich denke, das solltest du aber. Ich könnte dich mit einer Menge Leute bekannt machen.«

Ich wusste, dass das stimmte, aber das spielte keine Rolle. Hierher zurückzuziehen, eine Wohnung zu finden, zu versuchen über die Runden zu kommen, während ich eine Firma startete – allein die Vorstellung schaffte mich. »Das ist im Moment zu riskant, und bevor ich auch nur über so etwas nachdenke, müsste ich erst mal wie verrückt mein Bankkonto aufpolstern.«

»Ich könnte dir helfen. Ich könnte dir für den Anfang etwas Geld geben.«

Mir etwas Geld geben. Ich musste sofort an Mariel denken. Sie würde Moms Geld, um sich selbstständig zu machen, sofort mit Kusshand nehmen. Genau genommen hatte sie das auch schon getan. Als Hundesitter. Außerdem hatte sie es mit einer Präsentkorbfirma versucht und mit einem Laden für vegane Seife. Nichts hatte funktioniert. »Danke, Mom, aber ich brauche dein Geld nicht.«

»Dann könnte ich dir das Geld leihen, zu einem ganz niedrigen Zinssatz. Oder ich könnte als stille Teilhaberin einsteigen mit einer kleinen Gewinnbeteiligung. Ich könnte das mit meinem Anwalt besprechen.«

»Ich weiß dein Angebot wirklich zu schätzen, aber das will ich nicht.« Ich nahm ein gerahmtes Foto vom Tisch neben mir und betrachtete es. Mom, Dad, ich und Mariel in meinem ersten Jahr an der UCLA. Wie glücklich ich war, am anderen Ende des Landes zu sein, auf eigene Faust. Und dann kam Mariel in meinem Abschlussjahr auch nach L.A., an die California State University.

»Weißt du, es könnte nicht schaden, wenn du dir hin und wieder mal helfen ließest. Bist du jemals auf die Idee gekommen, dass es Leute gibt, die das gern tun würden?«

»Wieso brauche ich denn Hilfe? Mir geht's gut. Wirklich.«

Sie trug die Schuhe in den begehbaren Schrank. »Denk doch wenigstens mal über die Idee nach«, meinte sie, als sie wieder herauskam. »Hin und wieder habe ich ganz passable Einfälle.«

Ich wusste, dass sie es gut meinte. »Ja, okay. Hast du. Auch wenn die Idee, dass diese öffentliche Aufmerksamkeit gut für mich sein könnte, ein bisschen verrückt ist. Nichts für ungut, aber ich lebe in Chicago.«

»Und?«

»Das bedeutet, dass niemand dort etwas davon mitbekommen wird.«

Es herrschte erdrückendes Schweigen, dann sagte sie: »Hm, da wäre ich mir nicht *so* sicher.«

Etwas in meinem *Oh-oh*-Gehirnareal regte sich, und ein unbehagliches Gefühl kroch mir an der Rückseite der Beine hoch. »Was willst du damit ...«

»Es ist im Internet. Und es ist ein bisschen viral gegangen.«

»Was?« Ich sprang auf. »Es gibt kein ›ein bisschen viral‹.«

»Dann eben viral. Einfach nur viral.« Mom sah mich an, als würde ich vollkommen überreagieren. »Ach, keine Sorge. *Ich* weiß, dass du keine Kuchendiebin bist.«

»Aber der Rest der Welt weiß es nicht. Meine Chefin weiß es nicht, Ca ...« Beinahe hätte ich Carter gesagt, aber ich konnte mich gerade noch bremsen.

»Es heißt ja überall ›mutmaßliche Verdächtige‹ und nicht ›für schuldig befunden‹.«

»Aber ich bin ja noch nicht mal eine Verdächtige.« Ich blickte zu Boden. »Oh Gott, ich glaube, ich brauche einen Anwalt.«

»Sei nicht albern.« Sie gab mir einen Klaps. »Du brauchst nur einen PR-Berater.«

Als ich Mom endlich klargemacht hatte, dass ich keinen PR-Berater anheuern würde, sondern einfach nur wollte, dass all das vorbeiging, standen wir in ihrem begehbaren Kleiderschrank, und sie fragte mich, welches von zwei

Kleidern sie zur Hochzeit anziehen sollte. Sie hielt beide hoch.

»Mir gefällt das mit Spitze besser. Und Taupe steht dir auch sehr gut.«

»In Ordnung, dann ziehe ich das an. Ich bin froh, dass ich das geklärt habe.« Irgendwo in ihrem Zimmer klingelte ihr Handy, und sie ging es suchen. Als sie zurückkam, strahlte sie über das ganze Gesicht. »Ich habe die Rolle!«

»Welche Rolle?« Ich wusste nicht mal, dass sie für irgendetwas vorgesprochen hatte. Sie hatte schon seit Jahren nicht mehr als Schauspielerin gearbeitet.

»Für eine Fernsehserie.«

»Mom, das ist ja großartig!« Ich umarmte sie. Ich war unglaublich stolz auf sie.

»Ich werde eine Psychiaterin spielen. Es ist bloß eine kleine Rolle – drei Folgen. Aber eine gute. Ich freu mich riesig darüber.«

»Das sollten wir feiern.«

Sie rückte einen Schritt von mir ab. Ihr Lächeln erstarb. »Oh, nein, nein. Ich dürfte eigentlich noch nicht mal darüber reden. Mein Agent hat die Verträge noch gar nicht. Ich will es nicht verschreien. Erzähl es bitte keinem, ja?«

Ich hatte vergessen, wie abergläubisch sie bei so etwas war. »Versprochen. Hand aufs Herz!« Ich führte die Geste aus.

Sie hielt den Daumen hoch. Dann holte sie ein elfenbeinfarbenes Cocktailkleid heraus und hing es an eine herausziehbare Kleiderstange.

»Oh, das ist hübsch.«

»Gefällt es dir? Das habe ich erst neulich gekauft. Ich dachte mir, ich könnte es heute Abend tragen.« Ihr Tonfall klang beschwingt. Nicht mal, als sie mir von der Rolle in der Fernsehserie erzählt hatte, war mir das aufgefallen.

»Was ist denn heute Abend?«

»Ach, nichts.« Sie wischte sich einen unsichtbaren Fussel vom Kleid. »Ich habe nur eine kleine Verabredung.«

Eine Verabredung. Das hatte ich nicht erwartet. War es etwa der Typ aus dem Schauspielunterricht? Ich hoffte nicht. Der war eher in meinem Alter. »Und mit wem?«

»Erinnerst du dich noch an Paul – ich meine, Dr. Sherwood? Aus der Notaufnahme neulich?«

Der gut aussehende Typ mit dem grau melierten Haar. Natürlich erinnerte ich mich an ihn. »Der hat dich um ein Date gebeten? Wie kam es denn dazu?« Ich fragte mich, warum mich die Unterhaltung langsam unruhig machte.

»Paul hatte meine Nummer aus der Krankenakte.« Sie senkte die Stimme. »Er hat Sorge, dass er damit die Datenschutzrichtlinien missachtet hat, also habe ich ihm absolute Verschwiegenheit zugesichert.« Sie kicherte und legte die Hand aufs Herz.

»Aber mir erzählst du es.«

Ihr Gesichtsausdruck wurde ernst. »Na, du wirst ihn ja wohl nicht gleich hinhängen.«

»Ich weiß nicht. Kommt darauf an.«

Sie blickte mich warnend an.

»Ich mache bloß Spaß. Wohin führt er dich denn aus?«

»Wir essen im Corner Table zu Abend.«

Teuer und romantisch. Die ganze Sache gefiel mir immer weniger. »The Corner Table... Da legt er sich aber ins Zeug.«

»Schatz, es ist bloß ein Abendessen.« Sie strich mir über die Wange. »Was ist los? Du hast doch immer gesagt, dass ich mich verabreden soll.«

»Ich weiß, ich weiß.«

Sie hatte recht. Das hatte ich zu ihr gesagt. Und im Lauf der letzten Jahre hatte sie auch schon die eine oder andere Verabredung gehabt. Sie hatte mir davon erzählt, aber sie war nie besonders begeistert von den Männern gewesen. Diesmal schien es anders zu sein. Ich dachte zurück an Mom und Dr. Sherwood in dieser kleinen, mit Vorhängen abgetrennten Kabine in der Notaufnahme. Wie er sie gefragt hatte, ob er ein Selfie mit ihr machen dürfe, und wie sie entgegen ihrer Gewohnheiten sofort eingewilligt hatte. Ich hätte es mir da schon denken können.

Okay, ich übertrieb ein wenig. Sie hatte den Mann gerade erst kennengelernt, und es war bloß ein Essen. Wahrscheinlich führte es zu nichts weiter. Aber was, wenn doch? Machte ich mir Sorgen, dass sie Dad vergessen würde? Das jemand versuchen könnte, seinen Platz einzunehmen? Oder störte es mich, weil alle anderen ihr Leben zu leben schienen außer ich selbst? Vielleicht war es von beidem ein bisschen.

»Hey, würde dir das passen?« Mom zog einen Bügel heraus, an dem ein smaragdgrünes Seidenkleid baumelte. Es war ein schlichtes Trägerkleid, aber die Farbe und der tiefe V-Ausschnitt ließen es besonders elegant und sexy wirken.

»Woher hast du das denn?«

»Weiß nicht mehr. Ich hatte es nie an. Ich bin zu alt dafür, aber ich wette, an dir würde es fantastisch aussehen. Schlüpf doch mal rein, und wenn es passt, dann schenke ich es dir.« Sie hängte das Kleid an eine ausziehbare Kleiderstange. »Weißt du, ich bin froh, dass du dich durchgerungen hast, deiner Schwester bei den Hochzeitsvorbereitungen zu helfen. Sie wirkt viel entspannter damit, seit du alles übernommen hast. Und für dich ist es auch besser. Es wird Zeit, dass du über all das hinwegkommst und wieder dein Leben lebst, anstatt der Vergangenheit nachzuhängen.«

Für Mom war das leicht zu sagen, schließlich lebte sogar sie ihr Leben nach Dads Tod weiter. Ich nahm ein burgunderrotes Samtkleid von einem Bügel. Der Prinzessinnenausschnitt war mit roten Federn verziert. Der Rock bestand aus Rüschen und mehreren Schichten Stoff. Es sah aus wie eines von Scarlett O'Haras Kleidern aus *Vom Winde verweht*. »Was ist denn das?«

»Das ist ein Kostüm. Ich hatte es bei *View From the Top* an«, meinte Mom und strich mit der Hand über die Federn. Dann sah sie mich an. »Es warten noch so viele schöne Dinge auf dich, mein Schatz. Du bist ja erst achtunddreißig.«

»Ich fühle mich alt«, murmelte ich, während ich mir vor dem Spiegel das Kleid anhielt.

»Du bist nicht alt.«

»Ich möchte heiraten und Kinder kriegen.«

»Kinder zu haben wird überbewertet.«

»Wie bitte?« Ich drehte mich um und starrte sie an.

»Na ja, ich meine nicht *dich*. Ich meine nur allgemein.«

»Klar... allgemein.«

»Alles wird gut, mein Herz. Du musst einfach dein Leben weiterleben. Es tut nicht gut, wenn man verbittert. Weißt du, vor Jahren habe ich in einem Stück mit einem Mann namens Brian Greer gespielt. Er war so talentiert. Ein wundervoller Schauspieler. Aber kurz nach Ende der Spielzeit brannte seine Frau mit ihrem Zahnarzt durch.« Mom machte ein langes Gesicht. »Ich denke, Brian hatte schon seit einer Weile den Verdacht. Sie hatte einfach zu viele Zahnarzttermine. Der arme Mann. Die Verbitterung darüber zerstörte ihn regelrecht. Ein Jahr später ist er gestorben.«

»Warte. Du willst mir ernsthaft sagen, seine Verbitterung hätte ihn umgebracht?«

»Na ja, offiziell hieß es, er sei an Krebs gestorben.« Mom hängte das Scarlett-O'Hara-Kleid wieder auf. »Aber ich weiß, dass das nicht der wahre Grund war. Ganz ehrlich, Schatz, jeder von halbwegs klarem Verstand könnte sich das zusammenreimen.«

Ich dachte mir, dass sie diese Theorie ja mal ihrem neuen Verehrer, dem Doktor, erzählen könnte, sagte aber nichts.

»Ich will einfach, dass du und deine Schwester euch wieder näherkommt. So wie es früher war.«

Zwischen uns würde es nie mehr so werden wie früher. Hinzu kam, dass wir uns auch früher schon nicht annähernd so nahegestanden hatten, wie Mom es sich in ihrer Broadway-Fantasie ausmalte. Wie hätte ich auch jemandem nahestehen können, der ständig versuchte, eine Kopie von mir zu werden und mich aus meinem eigenen Leben zu drängen? »Ich habe gehört, deine Schwester schreibt für den *Meridian*«, hatte mich jemand gefragt, einen Monat, nachdem Mariel auf die Highschool gekommen war. Da hatte ich bereits seit drei Jahren für die Schülerzeitung Fotos gemacht. Drei Wochen nachdem ich davon gehört hatte, schmiss ich hin.

»Ich kenne nicht alle Details deiner Beziehung mit Carter«, meinte Mom. »Und das muss ich auch alles gar nicht wissen. Aber ich erinnere mich schon, dass es Probleme gab...« Sie verstummte.

Ich spürte, wie sich etwas Kaltes in meinem Rückenmark ausbreitete. Ich wollte nicht darüber reden. »Ich sollte jetzt gehen.«

»Oh, Schatz, es tut mir leid. Ich will doch nur, dass du einsiehst... Komm schon, geh nicht einfach so fort.«

Ich wollte gerade das Zimmer verlassen, als mein Blick auf das mitternachtsblaue Dior-Kleid fiel, das Mom getragen hatte, als Dad und seine Mitstreiter den Tony-Award für *Rough Seas* bekommen hatten. Ich berührte den Stoff, und es fühlte sich an, als würde ich einen alten Freund begrüßen. »Das kenne ich noch.«

Mom trat neben mich und ließ mit verträumtem Blick ihre Hand über das Kleid gleiten. »Ich sehe noch vor mir, wie dein Dad auf die Bühne geht, zusammen mit Joe und Charlie«, sagte sie. »Sie haben sich so gefreut. Und sie sahen so gut aus in ihren Smokings, vor allem dein Vater.«

Ich konnte ihn auch noch auf diese Bühne gehen sehen. Mariel und ich, damals noch Teenager, hatten die Preisverleihung zu Hause im Fernsehen angeschaut. Ich erinnerte mich daran, wie silbrig grau die Haare meines Vaters an jenem Abend wirkten. Vielleicht lag es bloß an der Beleuchtung. Vielleicht war es aber auch das erste Mal, dass mir bewusst wurde, dass er älter wurde. Er war damals erst Anfang fünfzig, aber als Kind kam mir das sehr alt vor. Er hatte seine Brille mit dem markanten schwarzen Gestell auf. Die, von der er fand, dass sie am besten zum Smoking passte. Die sich noch immer in der obersten Schublade seines Schreibtisches befand. Er sah damals wirklich gut aus.

Ich öffnete die oberste Schreibtischschublade meines Vaters, in der auch seine Uhren und Manschettenknöpfe lagen. Alles war noch da, dort, wo es immer gewesen war. Ich fuhr mit der Hand über die Uhren mit ihren glänzenden Lünetten und Armbändern. Ich nahm ein Paar goldener Manschettenknöpfe heraus, die aussahen wie der Austin Healey, jenes Auto, das er selbst restauriert hatte. Drei Brillen befanden sich in der Schublade, darunter die besagte Smoking-Brille meines Vaters. Ich nahm sie heraus und fuhr mit den Fingern über ihr kühles Gestell, das sich ganz glatt anfühlte.

»Ich weiß, dass ich euch das schon öfter gesagt habe, aber ich möchte, dass ihr das nie vergesst«, meinte Mom, die mich beobachtete. »Euer Vater war die Liebe meines Lebens. Niemand könnte ihn je ersetzen.«

Ich nickte, legte die Brille zurück und machte die Schublade zu. Es war jetzt fünf Jahre her. Ich schätzte, sie verdiente es, ein bisschen glücklich zu sein.

Nachdem Mom losgefahren war, um die aussortierten Kleider zum Wohltätigkeitsladen zu bringen, betrat ich ihren begehbaren Kleiderschrank und sah mir das grüne Seidenkleid noch einmal an. Der Stoff war von so tiefem, sattem Grün, dass es geradezu königlich wirkte. Ich zog mich aus und schlüpfte in das Kleid. Es schimmerte im Licht. Ich drehte mich, wirbelte herum. Die Seide wogte, und der V-Ausschnitt fiel perfekt. Das Kleid schien wie für mich gemacht.

Ich wirbelte noch immer herum, als ich die Türklingel läuten hörte. Sicher hatte Mom etwas vergessen. »Komme schon!«, rief ich und lief barfuß und in fließender Seide den Flur entlang. Es klingelte erneut, als ich die Treppe heruntereilte. »Ich komme schon, Moment!«

Doch als ich die Tür öffnete, stand dort nicht meine Mutter. Es war Carter.

21

Planänderung

»Sara.« Er schüttelte kurz den Kopf. »Eine Sekunde habe ich gedacht, du wärst...« Er kam herein, mit einer Einkaufstüte in der Hand. »Ich dachte, du wärst Mariel. Dein Haar... Was hast du damit gemacht?«

Seine Augen, die immer aussahen wie ein Stück blauer Himmel, hatten einen leicht grauen Schimmer. Sein Blick war abschätzig. Er mochte meine neue Frisur nicht. Sie gefiel ihm überhaupt nicht. »Ich war beim Friseur von meiner Mom... Aber es ist nicht so geworden, wie...« Ich verschränkte die Hände hinterm Rücken. Ließ sie wieder hängen.

»Sieht toll aus.«

Gott sei Dank, es gefiel ihm.

»Und dieses Kleid.« Sein Blick wanderte von oben nach unten, über das Kleid, über mich. »Es ist, äh... *wow*! Ich meine, es steht dir wirklich gut. Gehst du aus?«

»Ich? Nein. Ich hab bloß etwas aus dem Kleiderschrank von Mom anprobiert.«

Carter stellte seine Einkaufstüte auf das Tischchen im Eingangsbereich.

»Sara, sag mal, ist alles in Ordnung? Ich habe überall in der Innenstadt diese Plakate gesehen. Mit deinem Foto. Was ist da los?« Seine Stimme klang sehr besorgt.

Er hatte sie gesehen. Natürlich. Jeder hatte sie gesehen. »Das ist ein großes Missverständnis. Irgendjemand klaut hier in der Gegend Kuchen, und die Polizei von Eastville dachte, dass ich und ein Freund von mir das waren.«

»Wie kamen sie denn auf *die* Idee?«

»Das ist eine lange Geschichte. Glaub mir, ich klaue niemandem Gebäck.«

»Aber du wurdest verhaftet. Warum hast du mich nicht angerufen? Ich hätte dir sofort einen Anwalt besorgt.«

Das hätte er. Da war ich mir sicher. Das war es, was er tat, Leute retten. »Schon okay. Ist ja noch mal gut gegangen. Ich will es einfach vergessen.«

Er machte die Haustür zu. »Du weißt schon, dass es mich immer noch interessiert, wie es dir geht. Nur, weil wir nicht mehr...«

»Danke, Carter.« Ich wusste, was er sagen wollte... Dass ich ihm nicht gleichgültig war, auch wenn wir nicht mehr zusammen waren. Ich konnte es nicht ertragen, das zu hören. Es fühlte sich an, als würde ein Stück von mir abbrechen und wie Treibholz auf einem Fluss mitgerissen werden.

Sein Blick fiel auf die Einkaufstasche, die er auf dem Tisch abgestellt hatte. »Ist deine Mutter da?«

»Nein, sie bringt gerade aussortierte Klamotten zum Wohltätigkeitsladen. Und danach hat sie, glaube ich, einen Termin im Theater, aber in ein paar Stunden sollte sie zurück sein.«

»Oh.« Er sah enttäuscht aus. »Na ja, dann lasse ich das einfach für sie hier. Es ist bloß etwas, das ich in der Stadt gesehen habe und von dem ich denke, dass es ihr gefallen würde.«

»Warum gibst du es ihr nicht einfach später?«

Er schüttelte den Kopf. »Später bin ich nicht mehr da. Ich bin bloß zum Packen hergekommen.«

»Was meinst du damit? Wohin fahrt ihr denn?«

»*Ich* fahre. Ich ziehe in ein Hotel. Ins Duncan Arms. Und dann fliege ich zurück nach L. A.«

Ich musste mich verhört haben. »Aber die Hochzeit? Die ist doch schon in vier Tagen. Wann kommst du denn zurück?«

Er sagte einen Moment lang nichts. Das einzige Geräusch ging von dem Messingpendel in der Standuhr im Flur aus. »Ich komme nicht wieder. Mariel hat die Hochzeit abgesagt. Es ist vorbei.«

Ich erstarrte mit offenem Mund. Die Sache, von der ich so lange geträumt hatte, war eingetreten. »Was ist passiert?«

Carter sah sich um, sein Blick wanderte die Treppe hinauf, als suchte er nach einem Fluchtweg. »Schau, Sara, es ist mir unangenehm, mit dir darüber zu reden. Wir beide haben uns ja nicht mal wegen unserer eigenen… äh… Situation richtig ausgesprochen… Ich meine, nachdem Mariel und ich zusammengekommen sind.«

»Du hast recht, wir hätten damals miteinander reden sollen«, sagte ich, denn ich wollte den schmerzlichen Ausdruck auf seinem Gesicht verscheuchen. »Es war meine Schuld, dass wir es nicht getan haben.« Ich dachte an die SMS, die Voicemails, die Zettel, die unter meiner Tür durchgeschoben worden waren. Seine Versuche, mit mir in Kontakt zu treten, die ich allesamt ignoriert hatte. »Du hast es versucht.«

Ich nahm flüchtig unser Spiegelbild wahr und erschrak darüber, uns wieder zusammen zu sehen. »Warum setzen wir uns nicht? Dann kannst du mir in Ruhe erzählen, was passiert ist.« Ich zeigte in den Flur.

»Das will ich dir nicht antun. Du musst dir das nicht anhören.«

»Carter, komm schon. Wozu sind Freunde denn da?«

Diesmal lehnte er nicht ab. Wir gingen durch den Flur in den Wintergarten, wo ein warmer Sonnenfleck aufs Sofa fiel. »Also, erzähl«, sagte ich, als wir Platz nahmen. »Was ist los?«

Eine Stubenfliege stieß immer wieder summend an die Scheibe, auf der Suche nach einem Weg nach draußen. Carter holte Luft. »Wir hatten letztes Wochenende einen Junggesellenabschied in Palm Springs, im Desert Palm – kennst du das Resort?«

Ich nickte. Ich hatte dort schon ein paar Veranstaltungen ausgerichtet.

»Wie dem auch sei. Ich habe zu viel getrunken. Das hätte ich nicht tun sollen, aber ich hab es gemacht. Und dann sind die Dinge etwas aus dem Ruder gelaufen. Gegen zwei Uhr morgens hatte irgendjemand die glorreiche Idee, dass wir den Springbrunnen draußen mit Klopapier und Rasierschaum verzieren sollten. Also zogen wir los und kauften einige Dosen Rasierschaum. Es war total bescheuert. Verrückt. Wie ein Unistreich, nur dass ich so was an der Uni nie gemacht habe. Aber letztes Wochenende fand ich plötzlich, das sei eine ganz tolle Idee. Und am Ende landeten drei von uns *im* Springbrunnen. Was vielleicht gar nicht so schlimm gewesen wäre, wenn wir nicht... na ja... ziemlich nackt gewesen wären. Auch wenn wir Rasierschaum an gewissen Stellen...« Er senkte den Blick und verzog das Gesicht.

»Rasierschaum? Mehr hattet ihr nicht an?«

»Ja, sofern man das *etwas anhaben* nennen kann. Jedenfalls war die ganze Sache total peinlich. Ich fasse es nicht, dass ich das gemacht habe.«

Ich musste bei der Vorstellung lachen. »Carter, das sieht dir überhaupt nicht ähnlich. Du hast Glück, dass du nicht verhaftet wurdest.«

»Das wäre besser gewesen als das, was dann passiert ist. Irgendjemand hat uns dabei gefilmt und herausgefunden, wer ich bin. Ich weiß immer noch nicht, wie das so weit kommen konnte. Egal, auf jeden Fall hat derjenige die Aufnahme ans Fernsehen geschickt, und die haben sie gestern Abend nicht nur ausgestrahlt, sondern auch noch über ihre Social-Media-Plattformen verbreitet. Jetzt ist es überall. Und die Kommentare sind... na ja, nicht so prickelnd. *Jungs, die durchdrehen. Schlechtes Benehmen von Männern. Was ist nur mit den Typen heutzutage los?* Und so weiter.«

»Das ist ja schrecklich. Ich kann mir gut vorstellen, dass du das am liebsten ungeschehen machen würdest.« Das Gefühl kannte ich.

»Ja, das wäre mir am liebsten. Heute Nachmittag hat eine Freundin von Mariel ihr das Video geschickt. Mariel ist ausgeflippt. Sie meinte, so könne sie mich unmöglich heiraten. Mit einem Mann, der sich derart aufführt, könne sie nicht zusammen sein. Sie hält mich für unzuverlässig.«

Diese Reaktion erschien mir etwas überzogen, sogar für Mariel. Vielleicht war es nicht gerade Carters Sternstunde gewesen, und es war sicher eine peinliche Sache, aber solch ein Verhalten war bei ihm ja nicht üblich, und ich empfand ihre Reaktion ihm gegenüber als zu hart.

»Es tut mir leid, dass Mariel dir das so verübelt.« Und es tat mir ehrlich leid für ihn – aber warum eigentlich? Dass sie so hart zu ihm war, spielte mir schließlich in die Hände.

»Du weißt ja, wie sie ist, wenn die Dinge anders laufen, als sie es erwartet.«

Das wusste ich. Sie wurde dann wütend, zog sich zurück und wollte mit niemandem reden.

»Und sie hat auch nicht deine innere Stärke, Sara, deine Flexibilität.«

Auch das wusste ich. Und mir gefiel die Vorstellung, dass ihm bewusst war, wie sehr ich mich von meiner Schwester unterschied.

Die Stubenfliege summte erneut und schlug mit den Flügeln unermüdlich gegen die Fensterscheibe. Carter stand auf, öffnete das Fenster und scheuchte das Insekt mit der Hand hinaus. »Bevor du die Hochzeitsvorbereitungen übernommen hast, war es schon echt schwierig, mit ihr klarzukommen.«

»Wie das?«

»Sie meinte, ich würde mich zu wenig in die Planung einbringen.« Er machte das Fenster wieder zu. »Was verrückt ist, weil ich viel gemacht habe. Ich habe mir all ihre Ideen und Fragen angehört. Zum Gelübde und zur Musik, zur Farbe der Tischdecken, zur Tischdeko, alles Mögliche. Und ich muss ja auch noch meinen Klienten gerecht werden, eine Anwaltskanzlei führen. Die Welt hört schließlich nicht auf, sich zu drehen, nur weil man heiratet. Für ein paar Tage schon, klar. Aber sie hat von mir erwartet, dass ich genauso begeistert von Tortenfüllungen und der Musikauswahl für unseren Hochzeitstanz wäre wie sie. Sie meinte, sie sollen unser Lied spielen. Aber wir haben überhaupt kein Lied, weil sie sich nie auf eines festlegen konnte.«

Carter und ich hatten auch nie ein Lied gehabt. Jedenfalls nicht offiziell, auch wenn meine Wahl auf »Come Away with Me« von Norah Jones gefallen wäre, weil dieser Song an dem Abend lief, als ich mich in ihn verliebt hatte. Ich erinnerte mich noch gut an die Party am Laurel Canyon Boulevard in Los Angeles, an die Terrasse, auf der wir standen, die Lichter der Stadt, die unter uns glitzerten, den Zauber. Wie magisch es sich anfühlte, als er mich in den Arm nahm und mich küsste. Und Norah Jones sang dazu.

»Ich habe ihr von Anfang an geraten, einen Hochzeitsplaner zu engagieren«, fuhr Carter fort. »Aber das wollte sie nicht. Es war fast so, als wollte sie etwas beweisen. Dass sie es *konnte*. Sie wollte es mir beweisen. Oder sich selbst. Oder vielleicht auch dir.«

»Mir? Also mir will sie bestimmt nichts beweisen.«

»Weißt du, dass sie den Sitzplan siebzehn Mal geändert hat? Siebzehn Mal. Und jedes Mal wollte sie, dass ich ihn noch mal durchgehe. Woher soll ich denn wissen, ob ihre achtundachtzigjährige Tante Bootie...«

Ich musste mir das Lachen verkneifen. »Tante Bootsie.«

»Dann eben Tante Bootsie. Woher soll ich wissen, ob sie lieber neben Mrs. Duff oder Robert Maze sitzen will? Schließlich kenne ich beide nicht.«

»Sie würde auf jeden Fall neben Bob Maze sitzen wollen. Das ist ein alter Freund von Mom. Sehr gut aussehend. Und Tante Bootsie flirtet unheimlich gern.«

»Siehst du, du kannst das sofort beantworten, aber ich doch nicht. Also warum hat sie mich immer wieder so ein Zeug gefragt? Irgendwann habe ich zu ihr gesagt: ›Mir ist egal, wo die Leute sitzen. Schmeiß den blöden Sitzplan weg und lass die Leute, zum Teufel noch mal, einfach sitzen, wo sie wollen.‹ Das hätte das Problem gelöst.« Er vergrub die Hände in den Hosentaschen und starrte aus dem Fenster zu den Koppeln hinüber, wo Jubilee wie ein junges Fohlen am Zaun entlanggaloppierte.

»Ja, das hätte es.«

»Meinst du?« Er drehte sich zu mir und lächelte mich erleichtert an. Dann erstarb sein Lächeln wieder. »Tja, aber *sie* hat das anders gesehen. Bei ihr musste alles genauso sein, wie sie es wollte. Es durfte kein bisschen abweichen. Und jetzt, mit diesem Video...« Er ließ sich aufs Sofa fallen und versank darin, als wollte er nie wieder aufstehen. »Ja, alle Welt kann es sehen. Ja, das ist unangenehm. Aber doch eigentlich mehr für mich als für sie. Ich bin ja darin zu sehen. Und weißt du was? Wenn sie so denkt, dann will ich sie auch nicht mehr heiraten.« Er verschränkte die Arme und schaute weg.

»Meine Mutter hat mir erzählt, dass Mariel durch den Wind war, aber sie wusste nicht, warum. Mariel hat es ihr nicht erzählt.«

»Sie wird es deiner Mutter schon noch erklären. Und dann werde ich mit ihr reden. Aber auf das Gespräch freue ich mich nicht gerade.«

Das würde mir genauso gehen, aber Carter stand immer für seine Sachen gerade. Er drückte sich nie vor unangenehmen Dingen, etwas, das ich immer an ihm bewundert hatte. »Das wird schon«, sagte ich, obwohl ich wusste, dass Mom wirklich erschüttert sein würde. »Es ist Mariels Entscheidung. Es ist ja nicht so, dass du sie vorm Altar stehen lässt.«

Die Spätnachmittagssonne war übers Sofa gewandert und der Lichtfleck zu Boden geglitten. »Ja, aber aus ihrer Sicht habe ich sie enttäuscht. Ich kann nicht fassen, dass es so weit kommen konnte.«

Es war auch schwer zu fassen. Sogar für mich, die sich ihre Trennung schon seit Monaten gewünscht hatte. »Es tut mir leid«, sagte ich und legte ihm die Hand auf die Schulter. Er fühlte sich so vertraut an. Und es tat mir auch wirklich leid für ihn, aber ich konnte den Gedanken nicht unterdrücken, dass ich ihn glücklich machen würde, wenn ich noch einmal die Chance dazu bekäme.

»Danke, Sara, ich weiß es zu schätzen, dass du mir zuhörst. Ich kann mir vorstellen, wie unangenehm das ist.«

Er stand auf, ich ebenso. Draußen stieß Anthem ein leises Wiehern aus. »Ich denke, ich hole jetzt besser meine Sachen, und dann ab zum Hotel – zum Gasthof oder was immer das ist.«

»Das Duncan Arms.« Ich folgte ihm aus dem Raum. »Soll ich dich hinfahren?«

»Ich habe ein Taxi bestellt.«

Ich war enttäuscht. Ich hätte gern mehr Zeit mit ihm verbracht. »Hast du schon Pläne fürs Abendessen?«, fragte ich, als wir durch den Hausflur gingen. »Du solltest heute nicht allein sein. Wir könnten zusammen einen Happen im Duncan Arms essen.«

»Danke, Sara. Das Angebot ist wirklich nett von dir, aber ich habe keinen Hunger.« Er nickte in Richtung Treppe. »Ich gehe nur schnell hoch und hole meine Sachen.«

Ich sah ihm hinterher und wartete unten, bis er mit seinem Koffer wieder herunterkam. »Komm schon«, sagte ich, »iss nachher eine Kleinigkeit mit mir, auch wenn es nur ein Teller Suppe ist. Du musst was essen.«

Seine Hand ruhte bereits auf dem Türknauf. »Suppe? Na ja, okay.«

Vielleicht wollte er nur höflich sein, aber das war mir egal. Draußen hupte es. »Ich reserviere uns einen Tisch im Tree House«, sagte ich. »Um sieben?«

»Ja, gut.« Er wollte schon die Tür öffnen, als er innehielt und sich noch einmal zu mir umdrehte. Er sah so aus, als wäre ihm gerade wieder etwas eingefallen. Ich hörte erneut die Standuhr ticken, das tiefe Klacken des Pendels. Die Klimaanlage sprang an und stieß ein leises

Surren aus. Die Muskeln in Carters Gesicht entspannten sich, und er lächelte. »Dich hätte dieses Video nicht verschreckt, Sara.«

Zehn Punkte für mich. Ich würde ihn zurückbekommen.

22

Ein freundschaftlicher Rat

Gegen sieben draußen auf der Veranda des Duncan Arms saßen Leute im sanften Abendlicht an den Tischen und tranken Cocktails, lasen Bücher oder blickten auf ihre Smartphones. In meinem smaragdgrünen Kleid und mit meinem neuen Make-up – vom *Starry-Night*-Lidschatten über das *Rose-Dream*-Rouge bis hin zum *Pink-Impulse*-Lippenstift – ging ich zur Vordertreppe. Ich hatte im Restaurant angerufen und das Abendessen vorbestellt, unter anderem die Meeresfrüchtepaella, eines von Carters Lieblingsgerichten. Schon auf der Treppe hörte ich plötzlich meinen Namen, und als ich mich umdrehte, sah ich David allein an einem der Tische sitzen. Eigentlich hätte er bis Freitag in Manhattan sein sollen. Es war Dienstag.

»Ich hätte dich beinahe nicht erkannt«, meinte er, als ich zu ihm ging. »Du siehst so anders aus.«

»Ja, stimmt, die Frisur.« Ich runzelte die Stirn und fasste mir an den Hinterkopf. Es erschreckte mich immer noch, wenn ich fühlte, wie wenig Haar da noch übrig war. »Ein Versehen.«

»Nein, ich meinte, du siehst anders *gut* aus«, fügte er hinzu und betrachtete mein Kleid.

»Findest du? Okay, danke.«

»Hey, ich hatte schon versucht, dich zu erreichen«, meinte er.

Da fiel mir wieder ein, dass er mich ein paarmal angerufen hatte, seit ich gemerkt hatte, dass die ganze Stadt mit unseren Polizeifotos zugepflastert war.

»Tut mir leid. Ich hätte dich zurückrufen sollen. Ich hatte ziemlich viel um die Ohren.« Er zog einen Stuhl für mich heran, und ich warf einen Blick auf die Uhr. Es war fünf vor sieben. Ein paar Minuten konnte ich mich schon verspäten. »Ich dachte, du wärst noch bis Freitag in Manhattan. Bist du gerade erst zurückgekommen?« Ich hoffte, er würde Ja sagen. Ich hoffte, dass er nicht in der Innenstadt gewesen war. Dann könnte ich es ihm vielleicht erklären, ihn vorwarnen, bevor er die Plakate selbst sah...

Aber es war zu spät. Er zog etwas aus seiner Arbeitstasche. Die heutigen Ausgaben der *Hampstead Review* und des *Eastville Chronicle* mit unseren Polizeifotos auf beiden Titelseiten. Ich rutschte unruhig auf meinem Stuhl herum. Er hatte es also schon gesehen. Natürlich. Was hatte ich erwartet? Dass mich irgendeine gute Fee davor bewahren würde?

»Ich nehme an, du hast auch die Plakate gesehen?«

»Die Plakate, die Zeitungsartikel, das Internet«, sagte er.

Ein Muskel in meinem Nacken verspannte sich. »Es tut mir leid, David. Es tut mir wirklich unglaublich leid. Ich wünschte, ich hätte nie darauf gedrängt, dass wir in Jeanettes Haus einbrech... ich meine, gehen, weil dann all das nicht passiert wäre – die Polizeifotos, die Artikel, die Plakate.«

»Das Internet...«, erinnerte er mich erneut.

Ich könnte mich niemals oft genug für den Schlamassel entschuldigen, den ich verursacht hatte. »Es war wirklich nie meine Absicht, solche Komplikationen in deinem Leben zu verursachen, aber ich fürchte, nichts anderes habe ich getan. Du bist ein guter Kerl, und ich fühle mich schrecklich, weil ich dich in diesen Mist mit hineingezogen habe.« Ich hoffte, er würde mir glauben. Ich fühlte mich deswegen hundsmiserabel. Und er war wirklich ein netter Typ. Er hatte etwas Gewinnendes an sich. Die Art und Weise, wie er um Anas Hand anhalten wollte. Einfach gut. Wie er bei den Gwythyrs aufgesprungen war und »*Viva la revolución!*« gerufen hatte. Und dass er die Textilfabrik erhalten wollte. So umsichtig.

»Ich war ziemlich wütend«, meinte er. »Diese Fotos. Der Artikel. Ich konnte es nicht fassen. Mein einziger Gedanke war: ›Das war's dann wohl mit meinem beruflichen Ansehen.‹«

Daran hatte ich noch gar nicht gedacht. Die Vorstellung, dass ich seiner Karriere geschadet haben könnte, seiner Firma, ließ mich erschaudern. Was war ich nur für eine Idiotin. Am liebsten hätte ich die Uhr zurückgedreht und nicht die vollkommen bescheuerte Entscheidung getroffen, in Jeanettes Haus einzusteigen. Oder noch weiter zurück. Zurück bis vor den Zeitpunkt, als ich Alex Lingons Hand angefahren hatte. Dann wäre nichts von alldem passiert. Wobei das vielleicht zu weit zurück wäre, denn wenn ich die Hand nicht angefahren hätte, dann hätte ich David niemals kennengelernt. Und das bereute ich nicht.

»Egal, ich dachte echt schon, das sei das Ende«, sagte er. »Dass alle Leute denken würden, ich sei irgendein Kleinkrimineller, oder dass ich als Lachnummer enden würde. Beides wäre nicht so toll gewesen. Und dann ist etwas Seltsames passiert.« Er lehnte sich auf seinem Stuhl zurück. »Seit heute Morgen, als die Zeitungen und Plakate rauskamen, haben mich immer wieder Leute auf der Straße angesprochen, wollten Selfies mit mir machen und haben mir gesagt, wie toll sie die Geschichte fänden und dass sie sie verfolgten, weil sie wissen wollten, was die Backwaren-Banditen als Nächstes tun würden. Der ältere Herr, dem die Reinigung hier um die Ecke gehört, hat mir sogar einen Gutschein über fünfundzwanzig Dollar geschenkt.«

»Mr. Penny? Der mit den gestreiften Hosenträgern?«

»Ja, das ist vielleicht ein schillernder Vogel. Und eine Dame, die ein Bekleidungsgeschäft hat, meinte, sie würde gern meine Kaution stellen, falls ich noch mal verhaftet werden sollte. Sie hat mir ihre Karte gegeben.« Er holte die Visitenkarte aus seiner Brieftasche und reichte sie mir. Gifford's Small & Tall. »Warum haben die da eigentlich keine regulären Größen?«

Ich gab ihm die Karte zurück. »Patty Gifford. Ihr Sohn ist eins sechzig und ihr Mann zwei Meter. Aber bei der solltest du aufpassen. Ich habe gehört, sie ist auf der Suche nach einem neuen Mann. Mit ihren ersten vier hat es nicht geklappt.«

Er ließ die Karte fallen, als bestünde sie aus glühender

Kohle. »Ich bin sowieso nicht groß genug. Aber hör mal, was ich sagen will, ist, dass die ganze Sache angefangen hat... na ja..., irgendwie Spaß zu machen.«

Spaß. Er fand das spaßig. Leute, die ihn anstarrten, ihn auf die Polizeifotos ansprachen und Selfies mit ihm machen wollten.

»Wirklich?« Das konnte nicht sein Ernst sein.

»Ja, wirklich. Und vielleicht wirkt es sich sogar positiv auf meine Firma aus. Der Grund, warum ich am Montag nicht zurück nach Manhattan gefahren bin, ist, dass ich ein Treffen mit den Eigentümern der Wollweberei arrangieren konnte, also bin ich geblieben. Morgen habe ich noch ein Meeting mit ihnen.«

»Du kommst voran. Das ist großartig.«

»Also, die Sache ist die. Heute Nachmittag rief mich ein Typ von der lokalen Baubehörde an, und sie sind interessiert an einem Vorentwurf für das Projekt. Er meinte sogar, dass mein Promifaktor die ganze Sache eventuell ein wenig beschleunigen würde. Natürlich nicht offiziell. Aber das wäre super, denn diese Verfahren dauern normalerweise ewig. Da stehen unzählige Meetings an, und ich muss eine Million Dokumente einreichen. Staatliche Mühlen mahlen langsam. Aber ich glaube, das ist ein gutes Zeichen.«

Während er erzählte, wurde mir irgendwie warm ums Herz. Ich wurde das Gefühl nicht los, dass ich einen kleinen Beitrag zu dem Webereiprojekt geleistet hatte, auch weil ich dabei gewesen war, als er den Standort zum ersten Mal in Augenschein genommen hatte. Aber vor allem war ich stolz auf ihn.

»Ich wünsche dir so sehr, dass es klappt. Ich hoffe, du kannst das Areal kaufen und das Gebäude sanieren. Ich würde mich freuen, es sehen zu können, wenn es fertig ist.«

»Und ich würde mich freuen, wenn du es dir ansiehst.« Auf dem Rasen hüpften Vögel herum, und eine Trauertaube gurrte klagend vor sich hin. »Aber jetzt erzähl mal, warum du dich so schick gemacht hast. Steht heute Abend etwas Besonderes an? Etwas mit der Hochzeit?«

Ja, es hatte mit der Hochzeit zu tun, aber nicht so, wie er es sich vorstellte. »Die Hochzeit fällt aus. Sie haben sie abgesagt.«

»Sie haben sie abgesagt?« Er sah verblüfft aus.

Ich erzählte ihm von dem Video und der ganzen negativen Publicity. »Meine Schwester ist sehr bedacht darauf, einen Mann zu haben, auf den sie sich hundertzwanzig Prozent verlassen kann. Und das Video hat sie wirklich erschüttert.«

»Das kann ich irgendwie verstehen«, sagte David.

»Ich auch. Aber diese Situation hat mir eine Chance eröffnet. Um Carter zurückzugewinnen. Ich werde gleich hier mit ihm zu Abend essen. Deshalb bin ich hier.« Ich schaute erneut auf meine Uhr. Es war kurz nach sieben. »Und das wirklich Gute daran ist, dass ich dazu nicht mal meinen Sabotageplan umsetzen muss.«

Er sah mich fragend an. »Welchen Sabotageplan?«

Oh. Mir fiel ein, dass ich ihm nie davon erzählt hatte. »Ich hatte da so einen Plan ausgearbeitet... Na ja, ich wollte ein paar Sachen machen, um meiner Schwester die Hochzeit zu vermasseln. Ich hab ihr Kleid umgesteckt, damit es ihr zu eng ist. Ich habe die Musikauswahl für die Zeremonie und die Feier geändert, das Menü und die Sitzordnung überarbeitet...« Als ich die Elemente meines Sabotageplans herunterratterte, war es mir plötzlich ein wenig peinlich, all das ausgeheckt zu haben.

Ich wartete darauf, was David dazu sagen würde, während sich am Tisch hinter uns vier Männer über eine Golfwette unterhielten und eine Gruppe weiter hinten auf der Veranda *Happy Birthday* sang.

»Ich fasse es nicht, dass du das gemacht hast!«, meinte er schließlich. »Die Sache mit Carter hat beim ersten Mal schon nicht funktioniert. Was überzeugt dich so, dass es beim zweiten Anlauf klappen wird? Und glaubst du nicht, dass du ihn gerade an einem sehr verletzlichen Punkt in seinem Leben erwischst? Er erzählt dir, dass die Hochzeit mit deiner Schwester geplatzt ist, und du machst dich an ihn ran.«

»Ich mache mich nicht an ihn ran!«, protestierte ich und fühlte mich empfindlich getroffen. Ich wünschte, er hätte nicht diese Formulierung gewählt. »Ich dachte bloß, dass wir es noch mal hinbekommen könnten, jetzt, wo Carter wieder zu haben ist und wir die Fallstricke vom letzten Mal kennen...«

»Und was ist mit deiner Schwester? Hast du auch nur einen Gedanken daran verschwendet, wie sie sich gefühlt hätte, wenn du ihre Hochzeit ruiniert hättest? Und jetzt genauso? Meinst du, sie wird glücklich darüber sein, wenn du mit ihrem Verlobten durchbrennst?«

Warum las er mir die Leviten? Das ging ihn doch überhaupt nichts an?

»Moment!«, sagte ich und merkte, dass meine Stimme laut wurde und dass die Leute anfingen zu gucken. »Erstens ist er ihr Exverlobter, und zweitens hat die ganze Sache damit angefangen, dass sie ihn *mir* ausgespannt hat, schon vergessen? Carter und ich waren sehr... Wir waren glücklich, bis Mariel sich eingemischt hat.«

David schüttelte den Kopf und bedachte mich mit einem Blick, der mir sagte, dass er mir das nicht abkaufte. »Oh, komm schon, Sara. Du bist doch nicht dumm. Glaubst du das wirklich? Wie glücklich konntet ihr beide schon gewesen sein, wenn er dich für deine Schwester verlassen hat? Sie hat ihn ja wohl nicht gefesselt und entführt, was auch bedeutet, dass er sich freiwillig für sie entschieden hat. Und das heißt, dass es zwischen euch beiden nicht optimal lief. Er wollte etwas, das du ihm nicht geben konntest, aber sie schon. Vielleicht solltest du dir das langsam mal eingestehen und nach vorn schauen. Oder konkurrierst du so stark mit ihr, dass du einfach nicht gegen sie verlieren kannst, egal, was dabei auf dem Spiel steht?«

Ich sprang auf. Es war nach sieben, ich war spät dran, und ich wollte mir nichts mehr von dem anhören, was er mir zu sagen hatte. Er konnte denken, was er wollte. Es war mir egal.

»Deine Behauptung, ich würde mit ihr konkurrieren, ist einfach lächerlich.«

»Ach, tatsächlich? Glaubst du das wirklich? Das würde mich aber wundern. Vielleicht wäre es für dich und deine

Schwester an der Zeit, dass ihr euch eurem Alter entsprechend benehmt. Zumindest du solltest das tun. Du bist schließlich die Ältere.« Seine Stirn war voller Falten. »Du solltest froh sein, eine Schwester zu haben. Verhalte dich zur Abwechslung mal erwachsen. Wenn du das tust, wird sie es vielleicht auch tun.«

Verhalte dich erwachsen. Er hielt mich für kindisch. Welches Recht hatte er, das zu sagen? Welches Recht hatte er überhaupt, sich einzumischen?

»Ich dachte, wir wären Freunde.« Ich musste mir die Tränen verkneifen. »Aber da habe ich mich wohl getäuscht.«

Er rief mir noch etwas hinterher, als ich gerade hineingehen wollte: »Echte Freunde können ehrlich miteinander sein!«

Ich ging einfach weiter.

23

Abendessen

Ich blieb vor einem Spiegel stehen, um meine verschmierte Wimperntusche in Ordnung zu bringen, und betrat dann das Tree House. Ich war nicht mehr hier gewesen seit dem Familienessen am Abend meines Highschoolabschlusses. Ich weiß noch, dass ich zwei Freundinnen von mir hier getroffen hatte, Laura Huffman und Bridget Kay, mit denen ich mich auf die Damentoilette geschlichen und Minifläschchen Captain Morgan's gekippt hatte, die eine von ihnen hereingeschmuggelt hatte. Die guten alten Zeiten.

Die Einrichtung des Restaurants sah viel moderner aus als damals, mit weißen Stühlen und Tischdecken und lindgrünen Tapeten mit einem Muster aus weißen Bäumen. Das Lokal war voller Gäste, die sich lebhaft unterhielten.

»Ihre Begleitung ist schon da«, sagte die Dame am Empfangstisch. Ein Kribbeln durchfuhr mich. Es fühlte sich an wie ein erstes Date. Aber ich spürte noch etwas anderes. Davids Worte hallten in mir nach. *Und was ist mit deiner Schwester?*

Die Empfangsdame führte mich nach hinten zu einem

Tisch in einer kleinen Nische, genau, was ich mir erhofft hatte, als ich um ein wenig Privatsphäre gebeten hatte. In einer kleinen Sturmlaterne brannte wie ein Leuchtfeuer eine einzelne Kerze, und in einer Vase steckte die üppige Blüte einer pinken Kohlrose. Carter saß auf einer Bank und trug eine Klubjacke über dem weißen Hemd. Der Kerzenschein schmeichelte seinen Gesichtszügen.

»Sara.« Er stand auf. »Du hast das Kleid an. Du siehst toll aus.«

Es gefiel ihm. Es gefiel ihm richtig gut. Ich spürte, dass meine Knie zitterten, als ich ihm gegenüber Platz nahm. »Du siehst auch toll aus.«

Ein Kellner kam zu uns und fragte, ob wir für den Anfang erst einmal Cocktails bestellen wollten. Ja, unbedingt. Ich orderte einen Long Island Iced Tea, und Carter bestellte einen Martini.

»Du hast mir noch gar nichts über deinen Job erzählt«, sagte er. »Wie läuft es damit? Gefällt er dir?«

Ich erzählte ihm, was ich in meiner Arbeit so machte, was mir gefiel und was weniger, und er hörte mir geduldig zu. »Es hält mich beschäftigt, was gut ist«, meinte ich. »Aber was Chicago betrifft, bin ich mir noch immer nicht ganz sicher. Ich habe nicht das Gefühl, dass ich dort wirklich hinpasse. Zumindest noch nicht. Und bei dir? Wie läuft es so in der Kanzlei?«

Er zuckte mit den Schultern. »Wie immer. Du kennst das ja schon, ein neuer Tag, eine neue Krise.«

Das kam mir wirklich bekannt vor. Es gab immer eine Krise. Ich habe nie verstanden, wie er mit diesem Job und seinen Klienten fertigwurde. So viele Riesenegos, die man berücksichtigen musste. So viel Drama.

»David Keiths Sohn ist in die Firma eingestiegen«, erzählte er, als der Kellner mit unseren Getränken kam. »Und es gab einen großen Umbruch in der Arbeitsrechtsabteilung. Sechs Anwälte sind gegangen. Haben ihre eigene Kanzlei gegründet. Und sie haben sogar noch ein paar Rechtsanwaltsgehilfen mitgenommen.« Er nahm die Olive vom Cocktailstäbchen und ließ sie auf den Boden des Glases sinken.

»Oje«, sagte ich, denn ich wusste, dass das so ziemlich die gesamte Abteilung war.

Er nahm einen Schluck von seinem Drink. Ich nahm einen Schluck von meinem Drink. Wir blickten uns um. Uns war der Stoff für Small Talk ausgegangen. Meine Füße zappelten unterm Tisch.

»Ich hoffe, es macht dir nichts aus«, sagte ich schließlich, »aber ich habe bereits für uns vorbestellt. Ich habe mir die Karte im Internet angesehen und ein paar Gerichte entdeckt, von denen ich dachte, dass du sie mögen wirst.«

»Ich wollte dir wirklich keine Umstände machen.«

»Das hat mir keine Umstände gemacht. Ehrlich. Ich konnte doch nicht zulassen, dass du gar nicht zu Abend isst. Das ist alles.«

Wie aufs Stichwort erschien der Kellner mit unseren Salaten. Rote und orangefarbene Tomatenstücke, knusprige Croutons und eine zartgelbe Champagnervinaigrette. »*Bon appétit*«, wünschte uns der Kellner, als er die Teller vor uns hinstellte.

Carter hatte gutes Essen immer zu schätzen gewusst, und ich hoffte, dass das Sprichwort »Liebe geht durch den Magen« auch diesmal seine Wirkung tat. »Ja, *bon appétit*«, sagte ich, schnitt ein Stück Tomate ab und genoss ihren süßen Geschmack und das würzige Dressing dazu. Wir aßen schweigend, bis ich mir ein Herz fasste und zum Punkt kam.

»Reist du wirklich morgen schon ab?«, fragte ich.

Er blickte auf. »Ich weiß nicht. Es hängt davon ab, wann ich mit deiner Mutter sprechen kann. Ich will nicht fahren, ohne sie noch einmal gesehen zu haben.«

»Also hast du sie heute nicht mehr erwischt?«

»Ich war mir nicht sicher, ob Mariel bereits mit ihr gesprochen hat, und ich wollte nicht vorgreifen.«

»Ich weiß, dass Mom enttäuscht sein wird. Sie mochte dich immer sehr. Schon seit du und ich...« Ich schaute weg und machte mir nicht die Mühe, meinen Gedanken zu Ende zu führen.

Carter schien die Meeresfrüchtepaella zu schmecken. Und der Pinot Noir. Wir waren bereits bei der zweiten Flasche, als er sie in die Hand nahm und sich das Etikett genauer ansah.

»Wir haben mal das Weingut besucht«, erinnerte ich ihn. »Als wir in Sonoma waren. An dem Tag hatte es vierzig Grad, und den ganzen Vormittag waren wir bei der Weinprobe.« Ich hätte noch hinzufügen können, dass wir den ganzen Nachmittag im Bett verbracht hatten, aber das ließ ich bleiben. *Er erzählt dir, dass die Hochzeit mit deiner Schwester geplatzt ist, und du machst dich an ihn ran.*

»Ich erinnere mich«, meinte Carter. »Das kleine Hotel, in dem wir gewohnt haben, war wirklich hübsch.«

»Ja, die Hügel, die Olivenhaine... Die ganze Gegend war wie aus einem Film.«

Er stellte die Flasche zurück in den Eiskühler, lehnte sich zurück und sah mich prüfend an. »Ich kann nicht glauben, dass du all das getan hast.«

»Was habe ich getan?«

»Das alles organisiert.« Er deutete auf die Speisen auf dem Tisch. »Die ganze Sache hier geplant. Aber du warst ja schon immer gut im Planen.« Er erhob das Glas. »Auf große Pläne.«

»Auf große Pläne«, sagte ich, und wir stießen an.

Eine Gruppe Musiker erschien und fing an, ihre Instrumente zu stimmen, Tonleitern zu spielen, Seiten zu zupfen, Rhythmen zu schlagen. Ein paar Minuten später eröffneten sie mit »Witchcraft«.

»Mein Vater hat dieses Lied geliebt. Besonders in der Version von Sinatra.« Ich nahm mein Weinglas und drehte den Stiel zwischen den Fingern. Ich hatte den Song unzählige Male gehört, aber eine bestimmte Situation kam mir in den Sinn. »Erinnerst du dich noch an diese Premiere, die wir zusammen angesehen haben? Ich glaube, es war ein Film mit Johnny Depp. Als so ein verrückter Typ ›Witchcraft‹ grölte und versuchte, über den roten Teppich zu laufen?«

»Er war betrunken.«

»Du hast ihm gesagt, er solle gehen. Ich hatte Angst, er würde dir eins auf die Nase geben. Ich weiß nicht, wie du das gemacht hast.«

»Wahrscheinlich hätte ich es besser lassen sollen. Wie dem auch sei, es hat nicht viel gebracht. Es war die Polizei, die ihn schließlich da weggeholt hat, nicht ich.«

An den Polizeieinsatz erinnerte ich mich noch gut. »Ja, aber du hast ihn vom Teppich bekommen. Und du warst ziemlich cool bei der ganzen Sache.«

Er lehnte sich zurück und ließ den Blick durchs Restaurant schweifen. »Du hast solche Dinge gehasst.«

»Welche Dinge?«

»Premieren. Preisverleihungen. All so etwas. Ich muss gerade daran denken, wie sehr du das gehasst hast.«

»Ich habe es nie gehasst.«

Ich war mir einfach bewusst, dass es Dinge gab, die Carter eben tun musste. Die *wir* tun mussten. Zu Filmpremieren gehen, auf Partys, Small Talk halten, oft mit Leuten, mit denen ich mich nur ungern umgab. Und es wollte sowieso niemand wirklich mit mir reden. Niemand interessierte sich dafür, was ich zu sagen hatte. Ich war bloß Carters Anhängsel.

»Okay, ich habe es gehasst.«

Ich schenkte uns Wein nach, und wir lauschten der Musik, als die Band anfing »Let's Fall in Love« zu spielen. Mein Kopf fühlte sich leicht an, lose, als säße er nicht fest auf meinem restlichen Körper. Aber ich hatte ein bleiernes Gefühl im Bauch und fragte mich, ob mir das Essen so schwer im Magen lag.

»Du konntest schon immer gut Entscheidungen treffen«, sagte Carter. »Mir war nie bewusst, welch ein Gewinn das in einer Partnerschaft ist. Entscheidungsfreudig zu sein. Rückblickend betrachtet, glaube ich, dass einer der Gründe, warum ich mich in Mariel verliebt habe, der war, dass sie ein bisschen unsicher wirkte. Und es gefiel mir, der Mensch zu sein, den sie um Rat fragte. Es gab mir das Gefühl, dass sie mich brauchte. Ich denke, das ist es, was ich an ihr so anziehend fand. Dass sie mich brauchte.«

»Moment... Du denkst, *ich* habe dich nicht gebraucht?« Es fühlte sich an wie ein Schlag ins Gesicht.

»Na ja, irgendwie schon.«

»Aber das ist verrückt. Natürlich habe ich dich gebraucht.«

Er hob beschwichtigend die Hände. »Okay, vielleicht habe ich es ein bisschen anders gemeint. Ich wollte sagen, dass du mich nicht so *sehr* gebraucht hast. Dass Mariel nie dein Selbstbewusstsein hatte.«

Wie konnte er das nur sagen? Mariel war so schön, dass jeder sie bemerkte, wenn sie einen Raum betrat. Sie war wie die Sonne und wir die Planten, die sie umkreisten.

»Sie hat sich auf mich verlassen«, erklärte er. »Bei Sachen, bei denen du nie den Rat von jemandem gebraucht hättest. Sie nannte mich ihren Anker.« Ein wehmütiges Lächeln huschte über sein Gesicht, und sein Blick wurde weich.

Ihr Anker. Sie hatte ihn ihren Anker genannt und ich ihn meinen Fels. Aber jetzt dachte sie nicht mehr so über ihn. Für sie war er nicht länger der stabile, zuverlässige Typ. Derjenige, der ihr Sicherheit gab.

»Sie meinte, sie könne immer auf mich zählen«, fuhr Carter fort. »Und das gab mir das Gefühl...« Er schaute auf die Tischplatte, als suchte er nach Worten, die dort eingestanzt waren. »Ich weiß auch nicht. Wichtig zu sein, schätze ich.«

»Willst du damit sagen, dass ich dir nie das Gefühl gegeben habe, wichtig zu sein?« Das war eine Offenbarung. Ich konnte nicht glauben, dass er so empfand. »Warum hast du mir das nie gesagt?« Ich hätte etwas tun können. Mich verändern können. Anders sein können. Ihn mehr für mich tun lassen können. Ich hätte weniger für mich selbst sorgen können. »Natürlich habe ich dich gebraucht. Natürlich warst du wichtig für mich. Darüber hätten wir reden sollen. Wir hätten es geradebiegen können.«

»Ja, ich schätze, das hätten wir tun sollen«, meinte Carter. »Vielleicht haben wir diese Chance vergeben. Ich weiß nicht. Im Moment ist alles so verwirrend. Ich versuche noch, die heutigen Ereignisse einzuordnen, sie in die richtige Perspektive zu rücken.« Er starrte in die flackernde Kerzenflamme. »Vielleicht war Mariel nie für mich bestimmt. Auf lange Sicht wäre es wahrscheinlich nicht gut gegangen.« Ich war mir nicht sicher, ob er das ernst meinte oder nur versuchte, es sich selbst einzureden.

Er leerte sein Glas, dann schob er es energisch zur Seite. »Du und ich, wir haben gut zusammengepasst, oder, Sara?«

Er griff über den Tisch und legte seine Hand auf meine, blickte mir in die Augen. Die Band spielte noch immer, die Restaurantgäste unterhielten sich und lachten, Kellner liefen hin und her. Aber für mich trat all das in den Hintergrund. Da war nur noch Carter. Er hatte die Tür einen Spalt weit geöffnet, und ich konnte sie nun weiter aufmachen. Ob er es nun wirklich so meinte, dass das mit ihm und Mariel nie funktioniert hätte, oder nicht, war eine Sache. Aber wenn ich es als Aufforderung betrachtete, mich mehr ins Zeug zu legen, dann hätte ich vielleicht noch einmal die Chance, mit ihm zusammenzukommen. Das war die Gelegenheit, dass wir wieder ein Paar würden.

Doch als ich da so saß, wurde mir etwas bewusst. Ich wollte Carter gar nicht zurück. David hatte recht. Was beim ersten Mal nicht zwischen uns funktioniert hatte, würde es auch beim zweiten Mal nicht tun. Man konnte die Grundchemie zwischen zwei Menschen nicht ändern. In ein paar Monaten oder vielleicht sogar schon in ein paar Wochen hätten wir wieder mit denselben Problemen zu kämpfen, die uns zuvor entzweit hatten. Die Veranstaltungen, die ich eigentlich nicht besuchen wollte, der Small Talk, den ich hasste, die Krisenanrufe um zwei oder drei Uhr nachts, die im letzten Moment stornierten Urlaube. Und vielleicht hatte er ja doch recht mit einer Sache, die er gesagt hatte. Vielleicht brauchte ich ihn gar nicht.

Aber es gab noch einen weiteren Grund, einen noch wichtigeren: meine Schwester. Das bleierne Gefühl in meinem Magen hatte hauptsächlich mit ihr zu tun. Denn sie brauchte ihn. Und er brauchte sie. Und alles, was ich getan hatte, in dem Versuch, ihnen die Hochzeit zu ruinieren, war selbstsüchtig und kindisch und einfach nur scheußlich von mir gewesen. David hatte auch noch in einem weiteren Punkt recht. Meine Schwester und ich mussten uns langsam unserem Alter entsprechend verhalten – zumindest sollte ich damit anfangen. Ich konnte mit gutem Beispiel vorangehen und hoffen, dass sie meinem Vorbild folgte. Und selbst wenn nicht, dann würde ich wenigstens meine eigenen Angelegenheiten in Ordnung bringen.

Ich zog meine Hand zurück.

24

Vater-Tochter-Zeit

Es war sonnig und warm, als ich am nächsten Tag frühmorgens am Hof der Spencers vorbeifuhr. Drei Pferde mit Fliegenmasken standen auf der Weide, und ich musste an den Tag denken, als ich mit David in dem Künstlerbedarfladen gewesen war und er gesagt hatte, dass er niemals auf einem Pferd reiten würde. Es kam mir so vor, als wäre es schon hundert Jahre her.

Ich bog in die Coventry Road ein, und nach einigen Kilometern fuhr ich rechts den Hügel hinauf. Die Straße führte steil bergauf, vorbei an Wäldern und Feldern. Oben angekommen, bildeten eine Mauer und zwei Pfeiler die Einfahrt, und ich bog dort in eine schmale Straße. Was sich hinter der Einfahrt erstreckte, hätte auch ein Park sein können: Alles war grün, der Rasen sehr gepflegt, und der alte Ulmen- und Ahornbestand spendete mit seinen anmutigen, belaubten Ästen lichten Schatten.

Als ich das große Kreuz mit der Aufschrift *Grant* sah, fuhr ich langsamer. Dieses Grabmal war immer mein Erkennungszeichen gewesen, mein Wegweiser zu Dad. Ich hielt am Straßenrand und stieg aus. Die warme Brise trug einen süßlichen Duft zu mir herüber. Sommerflieder wahrscheinlich. Weiter unten konnte ich das Tal sehen und die nächste Hügelkette in der Ferne, ein Flickenteppich aus Grün.

Ich ging zwischen den Reihen hindurch und betrachtete die Grabsteine und Kreuze, die Obelisken und Säulen. Granit, Marmor, Kalkstein. Schiefer und Sandstein im Falle der älteren Gräber aus dem Bürgerkrieg, dem Unabhängigkeitskrieg. Einige der Steine waren so verwittert, dass die Namen und Jahreszahlen unleserlich geworden, fast verschwunden waren und nur noch geisterhafte Spuren hinterlassen hatten.

Ich fand das Grab meines Vaters, die bogenförmige Platte aus Rosengranit, die in der Sonne schimmerte.

Hier ruht unser geliebter
John Harrington
* 20. September 1947
† 2. Februar 2015

Ich fuhr mit der Hand über den Stein, zeichnete die Worte nach, seinen Namen. Ich berührte die Jahreszahlen und den glatten Stein dazwischen. So ein kleiner Ort für so ein großes Leben.

»Hi, Dad«, sagte ich und setzte mich ins Gras.

Ich starrte auf die Buchstaben, die Zahlen, die Kerben im Granit. Ich stellte mir vor, wie wir auf der Veranda herumtanzten, wie wir es immer getan hatten, als ich ein Kind war, zu Sinatra, meine Füßchen auf Dads Schuhen, meine kleinen Hände in seinen.

»Du hast mir oft gesagt, wie stolz du auf mich bist«, fuhr ich fort. Eine Biene summte. Ein Vogel trällerte seinen dreitönigen Ruf. »Ich weiß noch, wie ich einmal ein Reitturnier gewann. Oder wie ich einmal fünfhundertzweiundzwanzig Dollar für den Tierschutzverein gesammelt habe. Und wie ich eine Eins in der Chemieklassenarbeit hatte. Du warst so stolz auf mich.«

Ich zupfte einen Grashalm ab und drehte ihn zwischen den Fingern. »Aber heute wärst du nicht stolz auf mich. Ich habe ein paar ziemlich schlimme Sachen gemacht. Ich wollte Carter und Mariel auseinanderbringen. Ihnen ihre Hochzeit vermasseln. Und jetzt ist die Hochzeit abgesagt, wegen dieses schrecklichen Videos, das rumgegangen ist – Carter in einem Springbrunnen mit Rasierschaum und ...«

Mein Blick wanderte zu den Hügeln auf der anderen Talseite, die sich in der Ferne lila färbten. »Dad, ich weiß, dass ich die letzten eineinhalb Jahre auf Abwegen war. Vor allem in den letzten paar Wochen. Ein Freund hat gemeint, dass ich mich wie ein selbstsüchtiges Kind aufführe. Und er hat recht. So ist es. Aber ich versuche jetzt, es wiedergutzumachen. Ich versuche, das Richtige zu tun.« Ich hielt kurz inne, bevor ich weiterredete. »Gestern Abend habe ich jemanden angerufen, den ich kenne, so einen PR-Guru aus L.A. Ich dachte, es gibt da vielleicht eine Möglichkeit, dieses Video positiv zu drehen, dass er vielleicht jemanden bei dem Rasierschaumhersteller kennt, der interessiert wäre an einer Geschichte von drei fast nackten Typen, einem Springbrunnen und jeder Menge Rasierschaum.«

Die sanfte Brise wehte mir ins Gesicht, zerzauste das Gras, bewegte den Schattenriss der Äste einer nahen Eiche. »Ich wünschte, du wärst hier. Ich wünschte, ich könnte richtig mit dir reden.« Ich fragte mich, was er wohl sagen würde. Und dann wurde mir bewusst, dass ich es schon wusste. Er würde das sagen, was er mir so oft gesagt hatte. Dass Menschen Fehler machen. Dass es unmöglich ist, keine Fehler zu machen, weil wir alle Menschen sind. Das Entscheidende ist, dass man Verantwortung übernimmt, die Scherben aufsammelt, alles, was einem möglich ist, tut, um es besser zu machen, und nach vorn blickt, durch die Erfahrung klüger.

»Ich muss die Hochzeit retten, Dad.« Das war es, was ich zu tun hatte. Mit Carter reden, mit Mariel reden, sie beide davon überzeugen, dass sie heiraten mussten, sie daran erinnern, wie sehr sie sich liebten. Ich musste sie einfach davon überzeugen, dass sie die momentane Aufregung über das Video vergessen und sich wieder daran erinnern sollten, warum sie eigentlich heiraten wollten und was sie füreinander empfanden.

Ich holte tief Luft. Die Luft roch süß, als ob die Erinnerungen der Menschen, die hier begraben lagen, ihren Zauber versprühten. Als ich den Duft des Sommers einatmete, fühlte ich mich ein wenig leichter, optimistischer, fast schon glücklich. Vielleicht würde der richtige Mann für mich noch eine Weile auf sich warten lassen. Vielleicht würde er auch nie kommen. Aber ganz gleich, ob ich ihn eines Tages treffen würde oder nicht: *The show must go on*, wie Mom sagen würde. Abgesehen davon war ich auch nicht allein auf der Welt. Ich hatte Mom, und vielleicht würde ich auch Mariel und Carter haben, wenn ich die Sache mit ihnen wieder in Ordnung bringen könnte.

Ich stand auf und klopfte mir die Grashalme von der Hose. »Dad, ich muss los. Ich habe ein paar Dinge zu erledigen. Aber danke für das Gespräch.« Ich berührte den Grabstein, der Rosengranit war warm von der Sonne. Ein Paar schillernder Flügel näherten sich mir, und ich hörte ein leises Summen, als die Libelle in letzter Sekunde abdrehte. Sie landete ganz kurz auf dem Grabstein, wo ihn zuvor meine Hand berührt hatte. Dann flog sie hoch in den Himmel.

25

Rasierspaß

Ich stand in der Tür von Mariels Zimmer und beobachtete sie schweigend dabei, wie sie Kleidungsstücke in einen offenen Koffer auf dem Bett pfefferte. Kleider und Pullis, Röcke und Hosen flogen durchs Zimmer. »Was machst du da?«

Ihre Augen waren rot und geschwollen, ihre Wangen fleckig. »Wonach sieht es denn aus?« Ein Spitzen-BH sauste an mir vorbei, dann verschwand sie in ihrem begehbaren Kleiderschrank. Ich hörte Bügel klirren.

»Wo willst du denn hin?«

Mit einer schwarzen Jeans in der Hand tauchte sie wieder auf. »Zurück nach L. A., wohin sonst?«

»Ich finde, du solltest nicht fahren.«

»Ist mir egal, was du findest. Oder was sonst wer denkt. Ich werde versuchen, meinen alten Job im Yogastudio wiederzubekommen.« Sie schleuderte die Jeans in Richtung Bett. Sie landete auf dem Boden.

»Du solltest nicht abreisen«, sagte ich noch einmal, hob die Jeans auf und faltete sie wieder zusammen. Ich legte sie aufs Bett, neben den Koffer. »Du solltest hierbleiben und am Samstag Carter heiraten.«

»Ich werde Carter nicht heiraten.«

»Mariel, hör mir zu. Er hatte bloß ein bisschen Spaß mit seinen Jungs und Dampf abgelassen. Etwas, das er sonst nie tut. Also gesteh ihm das doch mal zu. Lass dir nicht von einem blöden Video dein restliches Leben vermasseln. Euer restliches gemeinsames Leben.«

»Spaß haben ist eine Sache – sich die Karriere ruinieren eine andere. Was, wenn er seinen Job verliert, Sara? Was passiert dann mit uns? Dann enden wir in einem Zelt am Straßenrand. Ich brauche einen Mann, auf den ich mich verlassen kann.«

»Du wirst nicht in einem Zelt enden. Carter wird auch nicht seinen Job verlieren. Er ist ein sehr erfolgreicher Partner in seiner Kanzlei.«

»Das weißt du doch gar nicht. Vielleicht feuern ihn seine Klienten wegen dieses Videos. Es war hirnrissig von ihm, so was zu machen.« Sie öffnete eine Schublade und holte einen Pulli heraus. »Vielleicht ist es ja gut, dass das passiert ist. Ich meine, wie können zwei Menschen überhaupt ein Leben lang miteinander auskommen? Carter und ich haben diese Woche jedenfalls bewiesen, dass wir es nicht können.«

»Moment. Jetzt ziehst du irgendwelche voreiligen Schlüsse. Jeder bekommt Torschlusspanik in der Woche vor seiner Hochzeit, selbst wenn nicht so ein Video auftaucht. Du versuchst, auf Basis einer Ausnahmesituation eine Vorhersage für die Zukunft zu treffen. Das ist nicht fair.«

Sie hielt den Pulli über den Koffer und ließ ihn demonstrativ hineinfallen. »Aber sollte das nicht eine Art

Probe sein? Wenn man es auch in stressigen Zeiten hinbekommt? Warum sich sonst überhaupt die Mühe machen?«

Guter Punkt. Meine Güte, es irritierte mich, wenn sie so rational war. »Ich bin überzeugt, dass ihr beide das hinbekommt.«

»Da gibt es nichts mehr hinzubekommen. Er liebt mich nicht. Wenn er mich lieben würde, hätte er sich nicht aufgeführt wie ein Idiot.«

»Natürlich liebt er dich. Rede doch einfach mal mit ihm, bitte. Ich bin mir sicher, dass ihr das ausbügeln könnt. Ich weiß doch, wie wichtig du ihm bist.«

»Oh, und woher willst du das bitte schön wissen?

»Weil ich mich mit ihm getroffen habe.«

»Du hast dich mit ihm getroffen?« Sie stemmte die Hände in die Hüften. »Glaubst du etwa, dass ich deine Einmischung gebrauchen kann? Ich weiß doch genau, dass du ihn die ganze Zeit zurückhaben willst. Du hast nie geglaubt, dass er mich liebt. Mich, das hübsche Dummerchen. Statt dich, die intelligente...«

...nicht so hübsche...? Sie sprach es nicht aus, aber ich wusste, dass sie es dachte. Aber ich ging nicht darauf ein. Ich musste die Situation entspannen, nicht noch verschärfen.

»Du kannst ihn haben«, fuhr Mariel fort. »Er gehört ganz dir.« Sie schleuderte ein paar schwarze High Heels in Richtung Koffer; einer davon verfehlte nur knapp meinen Kopf.

»Okay, okay.« Ich hob beschwichtigend die Hände. »Du hast recht. Ich gebe es zu. Ich wollte ihn zurückhaben. Ich wollte ihn dir wieder ausspannen.« So, ich hatte es gesagt. Jetzt wartete ich darauf, dass die Welt um mich herum einstürzte.

Mariel stopfte einen Stoffbeutel in den Koffer. »Das weiß ich. Was meinst du, wie ich mich dabei gefühlt habe? Klar, ich kapier das schon, ich habe auch nicht erwartet, dass ich zur ›Schwester des Jahres‹ gekürt werde, nachdem Carter und ich zusammengekommen sind. Auch wenn es nicht meine Schuld war. Er hat geschworen, dass es in eurer Beziehung schon heftig gekriselt hätte. Das es zwischen euch sowieso aus war.«

Sie hatte recht. Er hatte recht. Es war vorbei gewesen. Ich hatte bloß noch versucht, lebenserhaltende Maßnahmen für unsere Beziehung fortzuführen, aber im Grunde war es vorbei gewesen. Ich dachte an die verpatzte Reise nach Montecito, die wir noch im Herbst gemacht hatten. Daran, wie Carter einen Anruf bekommen hatte, als wir gerade erst bei Rich und Margo angekommen waren. Eine neue Klientin, zweiundzwanzig, eine weltberühmte Sängerin, die wegen Drogenbesitzes verhaftet worden war. Also kehrten wir direkt nach L. A. zurück, damit Carter ihr zu Hilfe eilen konnte. Es spielte auch keine Rolle, dass sie noch eine andere Anwältin für solche Fälle hatte, außerdem einen Therapeuten, eine PR-Beraterin, einen Life-Coach und Eltern, die nur eine Stunde entfernt wohnten. War das der Zeitpunkt, als unsere Beziehung in die Brüche ging? Erkannte ich damals, dass wir unsere Liebe bereits überstrapaziert hatten? Oder hatte sie sich schon länger Schritt für Schritt verflüchtigt?

»Es war aus«, gab ich zu. »Ich hätte nicht dir die Schuld dafür geben dürfen. Aber ich war eifersüchtig. Und verletzt.«

»Was zwischen uns passiert ist, ist einfach passiert, Sara. Aber du hast immer eine persönliche Sache daraus gemacht.«

»Aber es war ja auch persönlich. Du bist meine Schwester.«

»Ich wünschte, ich wäre es nicht. Ich wünschte, ich wäre eine Fremde, dann hättest du es dabei belassen; hättest die Dinge so akzeptiert, wie sie nun mal waren, und hättest dein Leben weitergelebt. Mom hat mir immer wieder gesagt, dass ich auf dich zugehen und alles wieder ins Lot bringen soll. Sie meinte, wenn ich es nicht täte, würde ich niemals wirklich glücklich sein können. Ich habe es versucht, aber du wolltest einfach nicht mehr mit mir reden.«

Sie knallte den Deckel des Koffers zu, doch der Arm eines Kleides hing noch heraus, sodass sich der Koffer nicht schließen ließ. »Ich muss hier weg.«

»Du fährst nirgendwohin.«

Mariel und ich drehten uns um. Mom stand in der Tür. Ich hatte das Gefühl, das sie schon eine Weile dort gestanden hatte. »Nicht, bevor du und Carter und ich uns zusammengesetzt und darüber geredet haben, wie vernünftige Leute. Ich verlange nur ein paar Minuten mit euch beiden. Bevor ihr davonrennt und eure Leben ruiniert.«

»Was soll das? Ein Vermittlungsversuch?« Mariel wollte erneut ihren Koffer schließen und gab es dann auf.

»Du bist es Mom schuldig, mit ihr zu reden«, sagte ich.

Mariel fuhr herum. »Seit wann bist du Moms beste Freundin?«

Das war lächerlich. »*Ich?* Machst du Witze? Ich bin doch hier das fünfte Rad am Wagen. Ihr beide seid die besten Freundinnen in eurer kleinen Blase. Ich schwebe ganz allein abseits von euch herum.«

»Wovon redest du?«, fragte Mom. »Welche Blase?«

»Ich rede davon, dass du Mariel schon immer vorgezogen hast. Und streite das jetzt nicht ab. Mein ganzes Leben ist der Beweis dafür, dass du sie mehr liebst als mich.«

Kleine Furchen, die ich noch nie bemerkt hatte, zeigten sich plötzlich in Moms Gesicht. »Sara, das ist nicht wahr. Ich liebe euch beide gleich.«

»Nein, das tust du nicht. Du hast ihr immer mehr Aufmerksamkeit geschenkt.«

Mariel hob die Hände. »Wie kannst du das sagen? Mom erzählt mir die ganze Zeit, dass ich mehr so sein soll wie du. Mir meine eigenen Ziele setzen, meine Zukunft planen soll. Dass ich lernen soll, allein klarzukommen.«

Das war mir neu.

»Tja, aber ihr beide habt Geheimnisse vor mir«, sagte ich, und mein Blick wanderte aufgebracht von Mariel zu Mom. »Dinge, über die ihr nicht mit mir redet.«

»Und die wären?«, fragte Mariel.

»Du willst ein Beispiel? Okay, da hast du eins! Moms hoher Blutdruck. Davon habt ihr beide mir nie etwas gesagt.«

»Vielleicht erzählt Mom dir manches nicht, weil sie weiß, dass du ihr sonst wahnsinnig damit auf die Nerven gehen würdest.«

»Auf die Nerven? Wann gehe ich ihr auf die Nerven?« Mariel lachte schrill.

»So würde ich es nicht ausdrücken«, sagte Mom beschwichtigend und warf Mariel einen Blick zu, der sie zum Schweigen brachte. »Aber an dem, was deine Schwester sagt, ist schon etwas dran, Schatz. Manchmal erzähle ich dir etwas nicht, weil du dich sonst zu sehr einmischen würdest, als könnte es niemand so gut wie du. Als ich erfuhr, dass ich an Bluthochdruck leide, habe ich es dir nicht erzählt, na ja, erstens, weil ich es für keine große Sache hielt. Das haben schließlich viele. Man nimmt seine Medikamente und gut. Woher hätte ich wissen sollen, dass sie bei mir nicht richtig wirken?« Sie sah mich an. »Aber ein weiterer Grund war, dass ich fürchtete, du würdest in dem Moment, in dem ich dir davon erzähle, sofort alles stehen und liegen lassen, herfliegen und alles in die Hand nehmen. Was du ja auch getan hast. Du hast mein Essen weggeworfen, hast mir Dutzende Artikel zum Lesen hinterlassen, hast überall Zettel hingeklebt, was ich essen soll und was nicht. Du hast mir ein Blutdruckmessgerät gekauft und ein Kochbuch. Aber all das hätte ich selbst machen können.«

Vielleicht hätte sie das, aber da war ich mir nicht so sicher. »Ich wollte dir das Ganze doch nur erleichtern. Und ich hatte Sorge, dass du es allein nicht machen würdest.« Sie hätte diese Tiefkühlpizzas nie weggeworfen. »Ich will nicht, dass dir was passiert.«

Moms Blick wurde milder. »Schatz, du musst mich meine eigenen Entscheidungen treffen lassen, mich meinen eigenen Weg gehen lassen. Ich weiß zu schätzen, dass du mir helfen willst. Mir ist völlig klar, dass du es aus Liebe tust.« Sie berührte meine Wange. »Aber überlass das mir. Ich verspreche, ich passe auf mich auf. Und du könntest daran arbeiten, die Zügel ein bisschen lockerer zu lassen. Du kannst nicht alles kontrollieren.«

War ich denn so ein Kontrollfreak? Gab ich Leuten wirklich das Gefühl, sie wären unfähig, die Dinge selbst hinzubekommen? So wollte ich gar nicht sein. Andererseits hatte Mom ihre eigenen Probleme mit dem Thema Kontrolle. »Aber du kannst auch nicht alles kontrollieren. Du unterstützt Mariel noch immer. Sonst könnte sie weder ihre Miete bezahlen noch ihren Kühlschrank füllen. Sie hat noch nie auf eigenen Beinen gestanden. Und das, weil du sie immer unterstützt hast.«

»Du hast recht. Ich helfe deiner Schwester. Vielleicht habe ich ihr auch zu viel geholfen. Was Eigenverantwortlichkeit betrifft, könnte sie noch etwas von dir lernen. Andererseits würde ich auch dir helfen, wenn du mich fragen würdest. Aber das machst du nicht. Du willst vollkommen unabhängig sein.«

»Du hättest mich ruhig auch mal fragen können, ob ich Hilfe brauche. Aber ich will nicht wie Mariel sein. Sie hat keine Ahnung vom echten Leben, weil ihres immer so leicht war.«

»Mein Leben war überhaupt nicht leicht«, sagte meine Schwester mit überraschend brüchiger Stimme. »Oder wärst du gern die Schwester von Miss Perfect?

Die in allem ganz großartig ist? Tut mir leid, dass ich nicht genauso toll wie du sein kann. Du glaubst vielleicht, ich hätte es nicht versucht, aber das habe ich. Ich habe mein ganzes Leben versucht, das zu machen, was du machst, aber du bist immer besser.«

Wie konnte sie das wahre Problem so verkennen. Nicht sehen, wie sehr es mich belastete, dass sie immer versuchte, mich zu kopieren. »Das ist ja das Problem. Du hast mir immer alles nachgemacht, bist in mein Territorium eingedrungen, hast mir meinen Raum streitig und mir damit alles madig gemacht, was ich geliebt habe. Das hab ich so gehasst.«

»Ich wollte dich überhaupt nicht nachahmen. Ich dachte bloß, wenn ich mache, was du machst, dann würden mich die Leute genauso mögen wie dich.«

»Alle mochten dich!«, sagte ich. »Du hast immer Aufmerksamkeit bekommen, jede Menge Aufmerksamkeit.«

»Nur wegen meines Aussehens, Sara. Weißt du, wie schwer das ist? Niemand sagt: *Oh, das ist Mariel, sie ist ja so talentiert, so klug, so intelligent.* Nein, es heißt: *Sie ist so hübsch – Punkt.* Alle meinen immer, es sei toll, hübsch zu sein. Aber wenn das alles ist, was andere in einem sehen und was dich ausmacht...«

»Das ist nicht alles, was dich ausmacht. Du bleibst nur nicht lange genug bei einer Sache. Du hältst nicht durch. Wenn du gut in etwas sein willst, dann musst du Zeit und Mühe hineinstecken. Das sage ich dir schon, seit wir klein waren. Du hättest eine richtig gute Reiterin werden können. Viel besser als ich. Du *warst* besser als ich. Aber du hast zu schnell aufgegeben.«

Mom setzte sich auf die Bettkante. »Das stimmt. Das habe ich dir auch immer wieder gesagt. Vielleicht nicht oft genug. Oder vielleicht hätte ich dich mehr fordern sollen. Vielleicht habe ich dich zu schnell aufgeben lassen.« Sie sah mich an. »Sara, du hast recht, wenn du sagst, ich hätte deiner Schwester mehr Aufmerksamkeit geschenkt.« Sie strich mit der Hand über die Jeans, die ich zusammengelegt hatte. »Vielleicht war das leichter für mich, als streng zu sein. Um dich mit deiner Selbstständigkeit musste ich mir nie Sorgen machen. Du wusstest immer, was du wolltest und wie du dorthin kamst. Mariel wirkte dagegen immer ein wenig verloren.«

Ich setzte mich neben unsere Mutter, und Mariel nahm auf ihrer anderen Seite Platz. »Es tut mir leid«, sagte Mom mit feuchten Augen. »Es tut mir leid, dass ich euch enttäuscht habe.« Sie nahm uns bei den Händen, und wir bildeten eine Kette. Dann zog sie uns an sich. Ihre Wange roch vertraut nach Freesien. Wir waren wie Puzzleteile, die nicht immer zusammenpassten. Aber wir kamen uns näher.

Ich hörte die Türklingel. »Ich gehe schon«, sagte Mom. Eine Minute später rief sie die Treppe hoch: »Mariel, deine Freundin Kellie ist hier.«

»Kellie«, murmelte Mariel, »Was macht die denn...«

Sie eilte zur Tür, und ich folgte ihr. Unten machte Mom einen Riesenwirbel um Kellie, eine von Mariels Freundinnen aus L. A. Mariel und Kellie umarmten sich und quietschten, als hätten sie sich seit Jahren nicht gesehen, obwohl es vermutlich nur ein paar Tage waren.

»Was machst du hier?«, fragte Mariel.

Kellie zupfte den Schal um ihren Hals zurecht. »Hör zu, Süße, als ich sah, was da los ist mit diesem Video, und du mir dann auch noch erzählt hast, dass du die Hochzeit absagen willst, da bin ich direkt zum Flughafen und hab den Nachtflug hierher genommen. Ich konnte dich doch damit nicht allein lassen.«

Mom legte die Hand aufs Herz. »*Vera amica*. Eine wahre Freundin.«

»Ich bin so froh, dass du da bist«, sagte Mariel und nahm Kellies Hand.

»Oh, ich auch. Aber ich schätze, ich hätte mich gar nicht so beeilen brauchen.«

»Was meinst du?«, fragte Mom. »Was ist los?«

»Haben Sie es noch gar nicht gehört? Noch nicht gesehen? Oh, Süße, *Barbasol, du weißt schon, diese Rasierschaummarke,* benutzt das Video in einer neuen Werbekampagne. *So macht Rasieren Spaß!*, das ist der Slogan. Ist das nicht super? Sie müssen Carter und seinen Freunden Unsummen bezahlt haben. Sie sind jetzt Markenbotschafter. Das hat der Sache einen ganz anderen Dreh gegeben. Die sozialen Medien sind voll davon. Aber auf gute Weise. Die Leute lieben es!«

Ich zückte mein Smartphone und suchte nach *Barbasol*. Da war es. Ein Artikel über ihre neue Kampagne, »*inspiriert von einer wahren Geschichte*«, hieß es.

»Eine Werbekampagne?«, fragte Mariel skeptisch. »Markenbotschafter?«

»Bin ich erleichtert!«, seufzte Mom. »Und wenn Carter nicht mehr der Rasierschaumrüpel ist, dann könnt ihr ja jetzt heiraten.«

Mariel lehnte sich an die Wand und sah aus, als würde sie gleich in sich zusammensacken. »Aber ich will nicht mit einem Rasierschaumbotschafter verheiratet sein. Ich will, dass alles wieder so ist wie früher.« Tränen liefen ihr über die Wangen. »Warum kann nicht einfach alles wieder wie früher sein? Warum musste alles so durcheinanderkommen?«

Vielleicht waren wir jetzt am Endpunkt angelangt. Auch mir fiel nichts mehr ein, als zu akzeptieren, dass die beiden wohl nie mehr zusammenkommen würden. Dass sie ihr Leben getrennt weiterleben würden und letztendlich jeder von ihnen jemand anderen kennenlernen würde. Aber vielleicht würde sie das Gefühl verfolgen, dass sie eine besondere Chance verpasst hatten. Und diese Frage würden sie sich ihr Leben lang stellen müssen. Ich wünschte mir, es gäbe noch einen Weg, es wiedergutzumachen. Aber als ich dort mit Mariel und Mom und Kellie im Hausflur stand, wurde mir klar, dass ich das nicht regeln konnte.

Und dann ging die Tür auf, und Carter kam herein. Er stand einen Moment lang da, starrte uns an und wandte sich an Mariel.

»Ich bin Anwalt«, sagte er. »Ich werde kein Rasierschaumbotschafter, okay?«

Sie musste lächeln, und ihre Unterlippe fing an zu zittern. »Wirst du nicht?«

»Nein, werde ich nicht. Also können wir jetzt bitte unsere Hochzeit wieder auf Kurs bringen? Ich habe diesen Samstag noch nichts vor, und da gibt es dieses Mädchen, das ich liebend gern...«

»Ja!«, rief Mariel und warf sich in seine Arme.

Mom sah mich und Kellie auffordernd an. »Abgang, Mädels!«, zischte sie, und wir drei verdrückten uns leise.

26

Die Rettung

Ich hatte eineinhalb Tage, um die Hochzeit zu retten. Als Erstes raste ich hinüber zu Marcello's Tailoring und überlegte, wie ich Bella die Sachlage erklären könnte. Als sie das Hochzeitskleid brachte und es an eine Kleiderstange neben dem Ladentisch hängte, brach mir der kalte Schweiß aus.

»Das war wirklich *viel* Arbeit«, sagte sie, »aber es ist perfekt geworden. Schauen Sie mal.«

Ich schaute. Und erschauderte, denn es sah wirklich perfekt aus. Nur dass es eben vier Zentimeter zu eng war. Das war der Augenblick der Wahrheit. Ich hatte keine andere Wahl, als ihr reinen Wein einzuschenken.

Sie starrte mich an, als wäre ich eine Schwerverbrecherin, und genau das war ich in ihren Augen vermutlich auch, weil ich mutwillig ein Valentino-Kleid verhunzt hatte. »Sie haben es enger gesteckt, damit es der Braut nicht passt!?«

Ich nickte kleinlaut. »Aber wir haben uns ausgesprochen, und jetzt will ich es wieder geradebiegen. Ich will, dass sie in diesem Kleid zum Altar schreitet. Sie müssen mir helfen. *Bitte?*«

»Aber die Hochzeit ist am Samstag, und jetzt ist bereits Donnerstag, das heißt, ich habe nur noch heute Abend und morgen. Hier geht es ja nicht nur darum, einen Saum neu zu machen oder Ärmel zu kürzen. Das hier bedeutet viele Stunden Arbeit.«

Das war mir klar. Aber ich wollte mir gar nicht so genau vorstellen, wie lange es dauern würde und wie viele Nadelstiche nötig wären.

Bella betrachtete die Robe und schüttelte den Kopf. »Ich sehe keinen Weg, wie ich das bewerkstelligen könnte. Wir sind jetzt schon ausgelastet. Und nächste Woche haben wir Urlaub. Und noch dazu muss ich die Geburtstagsfeier meines Vaters am Sonntag vorbereiten. Er wird achtzig. Ich habe unseren Kunden gesagt, dass alles, was wir jetzt noch annehmen, nicht mehr vor übernächster Woche fertig wird.«

Übernächste Woche. »Aber Mariel muss dieses Kleid am Samstag tragen. Ich bezahle Ihnen jeden Preis! Das Doppelte, das Dreifache, was Sie wollen. Ich kann nicht nähen, aber ich übernehme alles andere für Sie, wenn Sie nur diese vier Zentimeter wieder dazuzaubern können.«

»Wenn Sie nicht nähen können«, meinte sie, »womit wollen Sie mir denn dann bitte helfen?«

Ich dachte darüber nach, und mein Blick fiel auf die Ladentheke, auf der in kleinen Buchstaben das Wort *Heureka* stand. Und da kam mir die Idee. »Was müssen Sie denn für die Geburtstagsfeier Ihres Vaters vorbereiten?«

Es stellte sich heraus, dass sie noch eine lange Liste

von Erledigungen hatte. Essen, Getränke, Deko, Gastgeschenke. Das bedeutete, ich müsste drei oder vier Stellen abklappern, um alles zu erledigen, während ich Anrufe und Zwischenstopps einlegte, um meine Hochzeitssabotage zu bereinigen. Aber welche Wahl hatte ich? Ich musste dieses Hochzeitskleid wieder in Ordnung bringen.

»Ich übernehme das«, sagte ich.

»Gut, dann kümmere ich mich um das Kleid«, erwiderte Bella, und wir besiegelten es mit einem Handschlag.

Auf dem Weg zum Auto wählte ich bereits die Nummer von Jay, dem Hochzeitsfotografen, dem ich erst vor ein paar Tagen abgesagt hatte. Er klang ein wenig schnippisch, als er mir mitteilte, dass er für Samstag bereits einen anderen Auftrag angenommen hätte. Ich konnte es ihm nicht verdenken – weder, dass er einen anderen Job angenommen hatte, noch, dass er schnippisch reagierte. Ich saß im Auto und rief jeden Fotografen an, den ich im Umkreis von hundertfünfzig Kilometern finden konnte. Diejenigen, die ich erreichte, waren durchwegs bereits gebucht, und ich hatte keine große Hoffnung, dass die restlichen sich noch zurückmelden würden. Es war mitten im Sommer, also Hochsaison für Hochzeiten. Ich legte das Handy weg. Es war aussichtslos. So kurzfristig konnte ich keinen Fotografen mehr aus dem Hut zaubern. Außer ...

Ich fuhr zum Duncan Arms, ging direkt in den Pub Room und erkundigte mich nach Jeromes Telefonnummer. Ich war nicht überrascht, als man mir sagte, man könne mir die Nummer nicht einfach so geben, aber man rief ihn für mich an und hinterließ ihm eine Nachricht mit meiner Nummer. Zwanzig Minuten später, als ich gerade auf dem Weg zum Hampstead Country Club war, rief Jerome mich zurück.

»Samstag?«, fragte er, nachdem ich am Straßenrand gehalten und ihm alles erklärt hatte. »Diesen Samstag?«

»Ja, ich weiß, es ist auf den letzten Drücker, aber ...«

»Ich dachte, Sie beide reden nicht miteinander, ich dachte, Sie würden gar nicht auf die Hochzeit gehen.«

»Ich weiß. So war das auch. Aber jetzt ist alles anders. Wir haben uns ausgesprochen. Und ich brauche dringend einen Fotografen. Dem, den wir hatten, habe ich abgesagt, und jetzt ... na ja, jetzt brauche ich einen. Dringend.« Ich drückte mir selbst die Daumen. »Können Sie es machen?« *Bitte sag Ja, bitte sag Ja.*

»Ich würde Ihnen liebend gern helfen, wirklich, aber ich arbeite am Samstagabend. Ich würde die Schicht mit jemandem tauschen, wenn ich könnte, aber ich weiß leider, dass das nicht geht, weil ich das schon versucht habe. Ich wollte dieses Wochenende nämlich eigentlich auf eine große Party gehen, aber alle anderen Barkeeper haben bereits etwas vor. Tut mir leid.«

»Verstehe«, sagte ich sehr enttäuscht.

»Ich wünschte wirklich, ich könnte helfen. Ganz ehrlich.«

Ich fuhr mit der Hand über das Lenkrad. »Danke. Das ist wirklich nett von Ihnen. Ich schätze, jetzt muss ich ausbaden, was ich angerichtet habe – dass ich meiner Schwester Dinge vorgeworfen habe, die sie gar nicht gemacht hat, und mich geweigert habe, meinen eigenen Anteil am Scheitern meiner Beziehung mit meinem Ex anzuerkennen. Und das Schlimmste von allem ist, dass ich ihre Hochzeit sabotiert habe. Ich versuche gerade, alles wieder auszubügeln, aber...« Ich blickte aus dem Wagenfenster auf einen Pinienhain und gab mir Mühe, nicht loszuheulen. »Wie dem auch sei, Sie müssen sich das alles gar nicht anhören. Aber danke trotzdem.«

Wir beendeten das Gespräch, und ich überlegte, ob ich noch irgendwo in meinem Elternhaus meine alte Spiegelreflexkamera finden würde. Vielleicht könnte ich ja selbst ein paar Fotos schießen und... oh, stopp. Wem versuchte ich etwas vorzumachen? Ich war keine Hochzeitsfotografin. Außerdem war ich Brautjungfer. Sollte ich etwa mit der Kamera über der Schulter zum Altar gehen? Vielleicht würde ich das tun müssen. Vielleicht würde ich aber auch einige der Gäste bitten müssen, Fotos zu machen. Was für ein Schlamassel!

Ich fuhr weiter zum Country Club, und mein Magen spielte verrückt. Als ich bei George Boyd im Büro saß, gab ich ihm den endgültigen Sitzplan für die Feier, bei dem ich alle wieder auf ihre ursprünglichen Plätze geschoben hatte. Zumindest dabei konnte ich mir sicher sein, dass es noch umgesetzt würde. Dann eröffnete ich George, dass ich wieder zum ursprünglichen Menü zurückkehren wollte.

»Also«, meinte er und rief das Dokument in seinem Computer auf, »Sie wollen mir sagen, dass Sie das Filet Mignon statt der Miniburger, die Seezunge statt der Fischstäbchen, das...«

»Ja, ja, ja«, sagte ich. »Die Würstchen im Schlafrock sind raus, die Käsesandwiches ebenso. Wir wollen wieder alle Gerichte, die ursprünglich ausgewählt wurden.«

»Hmm.« Er starrte mit zusammengekniffenen Augen auf den Bildschirm. »Das könnte ein Problem werden.«

Ich versteinerte. »Wie meinen Sie das?« Das mit dem Essen musste klappen. Unbedingt.

»Sie hatten Fasan auf dem Menü. Siebzig Leute haben es als Vorspeise gewählt. Ich kann unmöglich über Nacht Fasan für siebzig Leute organisieren. Der muss ganz frisch sein, und bis Samstag ist nicht annähernd genug Lieferzeit.«

Kein Fasan. Ich stellte mir das Gesicht meiner Schwester vor, wenn man ihr einen Teller mit Chicken Nuggets und Pommes vorsetzte. Ich zwang mich, ruhig zu bleiben. »Okay, Fasan geht nicht. Dann ersetzen wir es durch etwas anderes. Was ist möglich? Vielleicht Stubenküken? Können sie die rechtzeitig besorgen?«

Er dachte einen Moment lang nach. »Ja, die könnte ich besorgen.«

Ich seufzte erleichtert. »Wunderbar. Großartig.«

»Aber, äh, Ihnen ist bewusst, dass die Lieferkosten in so kurzer Zeit recht hoch sind?«

Ich nickte. Das war mir absolut klar. Ich würde die Zeche bezahlen. Das konnte ich nicht auf meine Mutter abwälzen. Es war schließlich nicht ihr Fehler. »Bitte informieren Sie mich sofort, wenn Sie die Stubenküken haben«, sagte ich. Wir hatten keinen Spielraum mehr, und bis dahin würde ich auf heißen Kohlen sitzen. Obwohl ich schon öfter in so einer Situation gewesen war,

war es diesmal anders. Diesmal ging es schließlich um die Hochzeit meiner Schwester.

Vom Auto auf dem Parkplatz des Country Clubs aus versuchte ich, Cecelia Russo zu erreichen. Sie war nicht da, aber ich sprach mit ihrer Assistentin und erklärte ihr, dass sich Mariel nun doch für ein strikt klassisches Musikprogramm entschieden hätte. »Das bedeutet, dass Britney Spears raus ist.«

»Schade«, war alles, was die Assistentin sagte. Mir war nicht klar, ob sie es ernst meinte oder nicht. Ich bat sie darum, dafür zu sorgen, dass Cecelia mich anrief.

Brian Moran, den Kontaktmann der Band, erreichte ich persönlich. Er versprach mir, alle unerwünschten Songs wieder von der Playlist zu nehmen, genauso wie die nachträglich von mir hinzugefügten. »Wahrscheinlich ist es so das Beste«, meinte er. »›To All the Girl's I've Loved Before‹ ist für die Braut vielleicht nicht ganz so prickelnd.«

Nicht so prickelnd, genau.

Ich hakte ihn auf der Liste ab, froh, dass ich noch etwas geschafft hatte. Dann fuhr ich in die Innenstadt. Bei Hilliard's tauschte ich die Buchstützen aus Messing gegen Bilderrahmen aus Sterlingsilber, die den Brautjungfern hoffentlich gefallen würden. Ich musste an den Tag denken, als ich mit Carter dort gewesen war und wie viel sich seither verändert hatte, und ich fragte mich, was David wohl machte. Ich hoffte auf eine Chance, ihm zu erzählen, dass ich letztendlich doch noch das Richtige getan hatte.

In St. John's, einer grauen Steinkirche, die meine

Familie schon seit Jahren besuchte, begrüßte mich Mrs. Bukes, die die Hochzeiten koordinierte, in ihrem kleinen Büro. Ich war erleichtert, als wir noch einmal den Zeitplan und die Details der Zeremonie durchgingen. Alles schien in Ordnung zu sein. Natürlich erst, nachdem ich »Baby, One More Time« vom Programmzettel gestrichen und sie gebeten hatte, sie noch einmal neu auszudrucken.

Bei Cakewalk gab ich Annette, Lory Lamberts Assistentin, strikte Anweisungen, dass *keines* der Fotos, die ich gemailt hatte, auf die Torte gedruckt wurden. »Einfach nur Glasur«, sagte ich ihr.

»Ooh, aber dieses Foto von Ihrer Schwester mit den Spaghetti in den Haaren ist so süß«, meinte Annette enttäuscht.

»Einfach *nur* Glasur«, wiederholte ich noch einmal eindringlich. »Und bitte sagen Sie Lory, dass sie mich anrufen soll.«

Beim Blumenladen traf ich Ginny an, die gerade einen Strauß aus hellrosa Rosen und pinken Pfingstrosen zusammenstellte. »Sie wollen zurück zum ursprünglichen Arrangement?« Sie klang ein wenig unwirsch. »Mit den Orchideen? Für Samstag?« Sie schüttelte stirnrunzelnd den Kopf, als sie einen Stängel stutzte. »Nee, sorry, aber das ist zu spät. Die kann ich nicht mehr rechtzeitig besorgen und alle Gebinde fertig machen. Wir haben dieses Wochenende noch drei andere Hochzeiten. Da müssen Sie wohl mit dem vorliebnehmen, was Sie bestellt haben.«

Was ich bestellt hatte? Oh Gott. Hallo, Chrysanthemen. Hallo, Antihistamin.

27

Die Vernissage

Den Freitag verbrachte ich damit, auch noch den restlichen von mir angerichteten Hochzeitsschlamassel wieder zu beheben, und fuhr wie wild durch die Gegend, um alles für Marcellos Geburtstagsfeier zu besorgen. Um elf rief mich George aus dem Country Club an und teilte mir mit, dass er die Stubenküken noch bekommen habe. Zu diesem Zeitpunkt befand ich mich gerade in einer Apotheke und kaufte zweihundert Packungen Antihistamin in Reisegröße, die ich in winzige Organzasäckchen verpacken und in der Kirche verteilen wollte. Als der erlösende Anruf aus dem Country Club kam, war ich so erleichtert, dass ich beinahe in eine Hustensaftauslage kollabiert wäre.

Abends fuhr ich noch zu Marcello's und lieferte bei Bella alles für die Geburtstagsfeier ab. Sie war begeistert, dass ich es geschafft hatte, und überreichte mir im Gegenzug das Hochzeitskleid. Wir verrechneten einfach das, was ich für die Partysachen ausgegeben hatte, mit dem, was ich ihr für das Kleid schuldete. Auf dem Weg zur Ablaufprobe in der Kirche klingelte mein Handy. Es war eine Nummer aus Connecticut, aber eine, die mir nicht bekannt war.

»Ist da Sara?«

Die Stimme des Mannes konnte ich ebenfalls nicht zuordnen. »Ja?«

»Hey, hier ist Jerome aus dem Pub vom Duncan Arms.«

»Jerome?«

»Ja, hi. Ich rufe an, weil ich die Hochzeit jetzt doch machen kann.«

»Was? Im Ernst?!«

»Ja, das klappt. Allisons Mann muss jetzt doch arbeiten, also können sie nicht wegfahren. Sie würde meine Schicht morgen übernehmen.«

»Und Sie gehen nicht auf diese Party?«

»Nein, ich würde lieber die Hochzeit übernehmen.«

»Danke, Jerome! Sie sind meine Rettung. Und bitte sagen Sie auch Allison Danke von mir.« Ich kannte sie zwar nicht, aber ich war ihr unendlich dankbar. Ich gab ihm die Details durch und sagte ihm, dass ich ihm noch einen genauen Ablaufplan mailen würde, sobald ich in der Kirche wäre. Als ich schließlich dort ankam, war ich so glücklich, dass ich vor mich hin summte.

Die Ablaufprobe verlief glatt, und als sie vorbei war, gingen alle zusammen essen, aber ich hatte noch eine Sache zu erledigen, bevor ich wieder zu den anderen stoßen würde. Ich wollte einen kurzen Abstecher zu Alex Lingons Vernissage in der Brookside Gallery machen, bevor ich ins Restaurant fuhr.

In der Galerie hatte sich, als ich dort ankam, bereits eine beachtliche Anzahl von Besuchern versammelt. Es waren um die zweihundert Leute, vermutlich dank der vielen Werbung einschließlich des großen Banners, das in der Innenstadt direkt über dem Plakat hing, auf dem *Freiheit den Backwaren-Banditen!* stand.

In der Galerie wimmelte es vor Kunstliebhabern, örtlichen Geschäftsleuten, Politikern, Medienschaffenden mit Presseausweisen, einem Filmteam und Menschen, die einfach neugierig waren, was es mit dem ganzen Trubel auf sich hatte. Aus den Lautsprechern tönte etwas in Richtung Cole Porter, und die gedämpfte Beleuchtung tauchte alles in ein warmes Licht, das den großen Raum gemütlich wirken ließ.

Ich sah mich um und fragte mich, ob David bereits hier war, in der Hoffnung, noch einmal mit ihm reden zu können, ihm zu sagen, dass er recht hatte mit dem, was er mir neulich Abend gesagt hatte, und dass ich dabei war, die Beziehung zu meiner Schwester zu verbessern.

»Gegrillte Jakobsmuschel in Prosciutto?« Ein Kellner mit Tablett trat an mich heran.

»Nein, danke. Aber können Sie mir bitte sagen, wo die Bar ist?«

»Die ist hinten, da drüben.« Er zeigte zur anderen Seite des Raums.

Ich ging Richtung Bar und betrachtete auf dem Weg dorthin die Kunstwerke. Vor *Evolution No. 52* hatte sich ein Grüppchen gebildet, und auch ich betrachtete die riesige Box aus blauem Stoff, um die sich rote, aderartige Rohre wanden. Dann ging ich weiter und blieb vor einem mit Klebeband markierten, drei mal drei Meter großen Quadrat am Boden stehen. Über der abgeklebten Fläche baumelten große arm- und beinartige Gebilde aus Wellpappe, und einige lagen auch am Boden.

»Hühnerspieße«, sagte jemand rechts von mir.

Ich starrte gerade die Objekte am Boden an. »Ja, die sehen wirklich ein bisschen so aus«, meinte ich nachdenklich und nahm erst dann wahr, dass es wieder ein Kellner war. »Oh, äh, nein, danke.« Verlegen eilte ich davon, vorbei an zwei rechteckigen Gebilden, die Heuballen hätten sein können, wenn sie nicht aus orangefarbenem Plastik bestanden hätten.

Die Bar war in Sichtweite, ich steuerte um Menschentrauben herum und schnappte Gesprächsfetzen auf. Das Praktikum der Tochter, die Knieoperation des Ehemannes, ein Haus, das renoviert wurde, ein neuer Gourmetladen, der nächste Woche eröffnete, das Antiquitätengeschäft, das nach dreißig Jahren zusperren würde. Ich erkannte einige von Moms Freunden und entdeckte Link Overstreet, einen milliardenschweren Kunstsammler aus Manhattan, der öfters übers Wochenende im Privathubschrauber nach Hampstead geflogen kam.

Als ich mich der Bar näherte, sprang mir etwas ins Auge: Alex Lingons Hand stand auf einem großen schwarzen Block. Sie wirkte erhaben und schillerte in all ihren Grüntönen. Die Finger waren nach oben ausgestreckt, die Risse, Dellen und Schäden gehörten der Vergangenheit an. Erleichterung machte sich in meinem Herzen breit, und eine Art Besitzerstolz erfasste mich. Wahrscheinlich fühlte sich eine Mutter so, wenn ihr Kind etwas Tolles geleistet hatte. Ich jedenfalls hatte zusammen mit dieser Skulptur so einiges durchgestanden. Niemand sonst in diesem Raum würde je von dieser Verbindung erfahren, aber ich würde mich für immer daran erinnern.

Ich ging weiter, vorbei an Kellnern mit Tabletts voll Wein, Champagner und Kanapees, und reihte mich schließlich in die Schlange an der Bar ein. Und dann entdeckte ich David. Er trug eine graue Hose, ein hellgraues T-Shirt und eine blaue Jacke und stand bei einer kleinen Besucheransammlung in der Mitte des Raums. Wie gut er aussah. Ich beobachtete, wie er einem Mann die Hand schüttelte und über etwas lachte, das eine ältere Frau sagte. Ich sah, wie er nickte. Sah ihn... Himmel, was war nur mit mir los? Alles in mir sprudelte über, mein Herz klopfte. Und dafür gab es nur eine Erklärung. Ich mochte ihn. Mehr als einen Freund. Viel mehr als einen Freund. Aber was brachte das? Nichts als Energieverschwendung. Er liebte eine andere und würde sich schon bald mit ihr verloben. Ich konnte doch nicht schon wieder denselben Fehler machen.

Eine große Blondine tauchte neben ihm auf, gebräunte Arme und Beine in einem weißen Hemdkleid. Ihr kinnlanger Haarschnitt betonte ihre hohen Wangenknochen. Riesige silberne Korkenzieherohrringe baumelten an ihren Ohren. Ana. Das Foto war ihr nicht gerecht geworden. Sie war umwerfend. Ich beobachtete, wie sie etwas zu David sagte; ich sah ihn antworten. Sie beugten sich zueinander, so nah, so vertraut. Ich starrte sie an. Es zerriss mir das Herz, aber ich konnte einfach nicht wegsehen. Und dann waren sie wieder verschwunden, im Besucherstrudel.

»Miss? Miss? Möchten Sie etwas trinken?«

Ich drehte mich um. Der Barkeeper sah mich erwartungsvoll an. Ich konnte keinen klaren Gedanken fassen. Was sagte er? Etwas trinken? »Oh, äh, nein. Nein, danke.«

Ich entfernte mich eilig vom Tresen und stieß beinahe mit einem Kellner zusammen, der ein Tablett mit Hummerhäppchen balancierte. Was ich wollte, war David. Ich wollte, dass er mich in den Arm nahm, mich festhielt und küsste, so wie ich mir ausmalte, dass er es mit Ana tat.

Aus den Boxen erklang jetzt ein weiterer alter Klassiker, diesmal Duke Ellingtons »I Didn't Know About You«. Ella Fitzgerald erwies jeder Silbe dieses sentimentalen Liedes alle Ehre und sang davon, dass sie gar nicht wissen konnte, was Liebe sei, bevor sie den Besungenen kannte.

Was stimmte bloß nicht mit mir? Würde ich mich mein ganzes Leben lang in Männer verlieben, die ich nicht haben konnte? War das irgendetwas Freud'sches, für dessen Auflösung ich jahrzehntelang in Therapie müsste? Das wollte ich nicht. Und ich wollte auch nicht länger in dieser Galerie sein.

Als ich mich nach dem Ausgang umsah, drehte jemand die Musik leiser, und der Galerist Kingsley Pellinger forderte alle auf zusammenzukommen. Und schon befand ich mich mitten in einem Pulk Menschen, der sich in Kingsleys Richtung bewegte, und landete ziemlich weit vorn in der Menge, wo ich David und Ana wieder erblickte.

»Ich hoffe, Sie alle haben Spaß«, sagte Kingsley in

seinem schmal geschnittenen Anzug mit Paisleymuster »Aber natürlich haben Sie das.« Er grinste. »Ich sehe heute Abend viele bekannte Gesichter. Aber für diejenigen unter Ihnen, die mich vielleicht noch nicht kennen – obwohl das beinahe unmöglich ist, wenn Sie aus der Gegend stammen: Ich bin Kingsley Pellinger, der Betreiber dieser Galerie, und ich heiße Sie alle recht herzlich willkommen.« Er machte eine kleine Verbeugung. Wie im Theater, das hätte Mom gefallen.

»Ich bin kein Freund langer Reden, aber heute Abend werde ich doch ein paar Worte sagen. Ich freue mich sehr, dass Sie alle hier sind, anlässlich dieser wundervollen Ausstellung, dieser Sammlung diverser Werke des unvergleichlichen Alex Lingon.« Er hielt inne. Einige Leute applaudierten. »Und natürlich ist Alex auch heute unter uns.« Der Applaus wurde lauter, und ein paar der Anwesenden pfiffen. »Ich kenne diesen Ausnahmekünstler nun schon seit zehn Jahren und kann trotzdem nie vorhersehen, was er als Nächstes macht. Er ist immer wieder für eine Überraschung gut, wie Sie anhand der heute Abend hier ausgestellten Werke erkennen können... Aber nun, ohne viel Federlesen, wie es so schön heißt, präsentiere ich Ihnen: Alex Lingon!«

Applaus brandete auf, und ein drahtiger Mann in Jeans und schwarzem Hemd trat nach vorn. Alex sah ein bisschen älter aus als auf den Fotos, die ich von ihm gesehen hatte. Anfang fünfzig vielleicht. Seine dunklen Augen überflogen die Menge.

»Danke, Kingsley. Und danke, dass Sie alle gekommen sind. Ich liebe diese Galerie, und Kingsley kenne und vertraue ich schon lange. Ich bin froh, meine Werke hier präsentieren zu können.« Er hielt kurz inne und kniff die Augen zusammen. Es sah aus, als inspizierte er etwas am anderen Ende des Raums. »Diese Stücke repräsentieren einige meiner...« Er streckte den Kopf vor und starrte auf etwas. Dann zeigte er dorthin. »Was zum Teufel ist das?«

Es wurde mucksmäuschenstill im Raum. Alle drehten sich um und schauten in die Richtung, in die Alex deutete. *Die Hand.*

»Was macht *das* denn hier?« Er baute sich vor Kingsley auf, der vor ihm zurückwich, mit einer Mischung aus Verwirrung und Angst im Blick.

»Ich verstehe nicht. Meinst du die Hand? Das ist doch eines deiner Werke. Sie ist Teil der Ausstellung.«

»Eines *meiner* Werke? Bist du wahnsinnig? Das ist nicht von mir. Warum steht es hier?«

Kingsleys Gesicht und Hals waren knallrot angelaufen. »Aber es wurde uns als Teil der Ausstellung angeliefert. Da steht sogar *Lingon* unten drauf.«

»Ist mir egal, was da unten draufsteht. Das ist kein Werk von mir! Dieses Ding hat mein zwölfjähriger Neffe gemacht – *im Kunstunterricht*!«

Ich schnappte nach Luft. Alle im Raum schnappten nach Luft. Kingsley kreischte, und sein Gesicht färbte sich von Rot zu Lila. David und ich hatten also all die Zeit, das Geld und die Mühe – ganz zu schweigen davon, dass wir verhaftet worden waren – auf das Kunstprojekt eines Zwölfjährigen verwendet? Mir wurde schlecht. Ich sah mich nach David um, konnte ihn aber nirgends erblicken.

»Wie konntest du das tun?« Alex war Kingsley eng auf die Pelle gerückt. »Wie kannst du dich einen Galeristen schimpfen, einen Kunstexperten, wenn du nicht einmal einen Alex Lingon von einem Larry Lingon unterscheiden kannst?«

Ich spürte leise Panik in der Menge aufkommen. Kingsley sah aus, als wäre er am liebsten davongelaufen.

»So etwas ist mir n-noch nie passiert.« Er hob beschwichtigend die Hände. »Ein Missverständnis. Das ist alles ein Missverständnis. Ich … es …« Er fing an zu schwanken. Dann gaben seine Beine nach wie bei einer Marionette, sein Körper wurde ganz schlaff, und er sank zu Boden. Eine Frau kreischte, und mehrere Leute eilten ihm zu Hilfe.

»Ist hier ein Arzt?«, rief jemand.

Ich zückte mein *Poison*-Pumpsprayfläschchen. »Ich bin zwar keine Ärztin, aber ich habe so was wie Riechsalz!«, rief ich und versprühte den Duft großzügig um Kingsley herum. Er kam langsam wieder zu sich, und zwei Männer halfen ihm, sich aufzusetzen. Eine Frau brachte ihm ein Glas Wasser. Ich sah mich erneut nach David um und fragte mich, ob er noch hier war und mitbekommen hatte, was passiert war.

Langsam beruhigten sich alle wieder etwas, als jemand von hinten rief: »Ich würde gern den Larry Lingon kaufen. Was soll er kosten?« Ein Raunen ging durch die Menge, als die Leute sich umdrehten, um zu sehen, wer es war. Link Overstreet.

»Der Preis?« Kingsley hatte wieder die volle Kontrolle über sich zurückgewonnen, und mit Hilfe der beiden

Männer stand er auf. »Sind Sie das, Mr. Overstreet?« Kingsley klopfte sich den Anzug ab. »Ah, na ja, äh, der Preis, ich bin nicht ganz sicher. Ich schätze, ich muss...«

»Ich will die Hand kaufen!«, rief ein anderer Mann. Er stand rechts von mir, ganz vorn. Groß, Glatze, mit einer riesigen roten Brille. »Ich gebe Ihnen zehntausend dafür. In bar.«

Zehntausend Dollar in bar? Wer lief denn mit so einer Summe in der Tasche herum?

»Zehntausend? Ah, Mr. Rosenthal.« Kingsley lächelte, und auch ich kannte diesen Namen. Er hatte vor ein paar Jahren mit dem Verkauf seiner Tech-Firma Unsummen erzielt. Ich hatte auch gehört, dass es böses Blut zwischen ihm und Link Overstreet gab. Wegen irgendeines Kunstwerks, das sie beide haben wollten. Oder war es eine Frau? Ich wusste es nicht mehr genau.

»Schön, Sie hier zu sehen«, sagte Kingsley und nahm noch einen Schluck Wasser. »Nun, ich bin sicher, wir können uns da eini...«

»Zwölf!«, rief Overstreet. »Zwölftausend.«

»Fünfzehn«, hielt Rosenthal dagegen und verrenkte sich den Hals nach seinem Konkurrenten.

Dann trat noch eine weitere Stimme auf den Plan. Eine Frau. Engländerin. »Ich bezahle fünfundzwanzigtausend Pfund – ich meine Dollar – für die Hand.«

»Fünfundzwanzigtau...« Kingsley trat einen Schritt zurück, besann sich dann aber.

»Dreißig«, sagte Overstreet.

Kingsleys Kopf drehte sich hin und her, als er die Gebote verfolgte. Ein Mann zu meiner Linken hielt sein

Smartphone hoch. »Ich habe hier einen Freund aus China dran, der bietet vierzig.«

»Das letzte Gebot lautet vierzigtausend«, sagte Kingsley und sah sich auffordernd um.

Alex Lingon schien gar nicht erfreut darüber. Er sah aus, als würde er gleich vor Wut explodieren, während sich die gesamte Aufmerksamkeit weiterhin nicht auf ihn, sondern auf das Werk seines Neffen richtete.

»Ach, was soll's«, meinte die Engländerin, »dann eben fünfundvierzigtausend.«

»Pfund?«, fragte Kingsley.

»Dollar, Pfund, was Sie wollen.«

Link Overstreet hob die Hand. »Fünfzig.«

»Pfund?«, fragte Kingsley erneut.

»Nein, verdammt, Dollar«, erwiderte Overstreet. Dann kratzte er sich am Kopf. »Moment, biete ich hier gegen Pfund?«

Es wurden Fotos geschossen, das Klicken der Auslöser klang wie Maschinenpistolensalven. Alle warteten auf das nächste Gebot. Und das nächste. Das Bietergefecht kam schließlich bei fünfundsiebzigtausend Pfund ins Stocken. Gil Rosenthals Gebot. Der Saal vibrierte.

»Fünfundsiebzigtausend Pfund sind geboten von Mr. Rosenthal«, sagte Kingsley. »Bietet irgendjemand achtzig?« Ich blickte mich um, konnte aber kein weiteres Gebot entdecken. »Achtzig?«, fragte Kingsley erneut und wartete kurz ab. »Also gut. Zum Ersten. Zum Zweiten...« Er zögerte noch einen Augenblick, und dann klopfte er mit dem Finger auf das Mikrofon. »Zum Dritten. Die Hand geht für fünfundsiebzigtausend Pfund an

Mr. Rosenthal.« Gil Rosenthal riss die Hände in die Luft und ging unter dem Applaus der Menge zu Kingsley hinüber.

»Halt! Einen Moment mal.« Link Overstreet eilte mit großen Schritten auf die beiden Männer zu. »Dieser Verkauf ist nicht gültig. Ich wollte noch ein Angebot machen.«

»Tja, aber Sie haben es nicht gemacht«, hielt Rosenthal dagegen.

»Ich habe die Hand hochgehalten, aber er hat es nicht gesehen.« Er zeigte auf Kingsley.

»Dann hätten Sie sich besser bemerkbar machen müssen. Dieses Kunstwerk gehört jetzt mir.«

Overstreet zeigte auf Kingsley. »Der weiß doch nicht mal, wie man eine Versteigerung macht. Er hätte mich sehen müssen! Der Verkauf ist nicht gültig. Die Auktion muss wiederholt werden.«

»Hier wird gar nichts wiederholt, Link.« Rosenthal, der gut zehn Kilo schwerer war als Overstreet, ging drohend auf ihn zu.

Die Temperatur im Raum stieg sprunghaft an. Es war so leise, dass man eine Stecknadel hätte fallen hören können. »Der Verkauf ist ungültig«, wiederholte Overstreet, der jetzt so dicht vor Rosenthal stand, dass dieser sicher seinen Atem spüren konnte.

»Sie denken, er sei nicht gültig?« Rosenthal stieß Overstreet mit dem Finger vor die Brust. »Ich zeig Ihnen gleich, was gültig ist.«

»Aber, aber«, Kingsleys Stimme zitterte. »Das hier ist eine Kunstgalerie. Ich würde vorschlagen, wir lassen den Larry Lingon vorerst hier und besprechen das Ganze morgen noch mal wie zivilisierte Leute. Ich bin mir sicher, dass wir uns einig...«

»Das hier ist eigentlich eine Vernissage«, sagte Alex aufgebracht. »*Meine* Vernissage. Ich denke, wir sollten die Hand jetzt Hand sein lassen und alle erst mal was trinken. Ich könnte einen Drink gebrauchen.«

Ich hielt das für eine gute Idee, aber Overstreet war nicht einverstanden. »Ich will das nicht morgen besprechen«, sagte er. »Ich gehe hier nicht weg, bevor wir die Versteigerung wiederholt haben. Das ist die einzige Möglichkeit, wie wir das beilegen können.«

Rosenthal packte Overstreet am Hemd. »Nein, das ist *nicht* die einzige Möglichkeit.« Er holte aus, und seine Faust landete mit einem dumpfen Schlag auf Overstreets Wange. Die Leute schrien auf, einige rückten näher heran, um besser sehen zu können, was passierte. Overstreet wankte kurz, und ich dachte schon, er würde stürzen. Doch es gelang ihm, sich zu fangen, und bevor Rosenthal wusste, wie ihm geschah, versetzte Overstreet ihm einen Faustschlag. Er traf seine Magengrube, was dazu führte, dass Rosenthal ein paar Schritte zurücktaumelte, zusammenklappte wie ein Taschenmesser und in einem der riesigen orangefarbenen Heuballen landete. Plastikhalme splitterten unter der Last seines darauf stürzenden Körpers.

»Raus hier!« Alex rannte zu seiner Heuballenskulptur. »Sie machen ja alles kaputt! Raus!«

Ana tauchte wie aus dem Nichts an Alex' Seite auf und rief um Hilfe.

»Bitte!«, kreischte Kingsley. »Runter davon! Runter! Runter! Das ist eine Katastrophe! Ein Fiasko!«

Das war es wirklich.

Kingsley und zwei andere Männer zogen Rosenthal aus dem Plastikheuballen, wo er eine große Vertiefung in Form seines Körpers hinterließ. Binnen eines Jahres würde Alex körperförmige Vertiefungen in seine Kunstwerke integrieren und ihren Wert damit verdreifachen. Doch an diesem Abend konnte er nichts Positives an all den Geschehnissen erkennen. Ana versuchte, ihn zu beruhigen, aber es half nichts. Ich konnte eine Ader an Alex' Hals pulsieren sehen, und ich machte mir bereits Sorgen, dass es zu weiteren Handgreiflichkeiten kommen würde.

Ich machte mir auch Sorgen um David. Was würde Alex tun, wenn er herausfand, dass er derjenige war, der die Skulptur hierhergebracht hatte? Doch ehe ich mich versah, war die Polizei vor Ort. Vier Polizisten kamen hereingestürmt und fingen an, mit Kingsley, Overstreet, Rosenthal und Alex zu reden.

Ich sah mich noch ein letztes Mal nach David um und ging dann zum Ausgang.

»Miss Harrington?«

Ein Mann, der mir irgendwie bekannt vorkam, näherte sich mir. Ich merkte, dass es sich um Officer Madden von der Polizeistation Eastville handelte, obwohl er in Zivil hier war. Was wollte er mir jetzt wieder anhängen?

»Ja?«

»Gut, dass ich Sie hier treffe! Das Timing könnte nicht besser sein.«

Gut, dass er mich traf? Er lächelte sogar.

»Was für ein Theater, was?« Er blickte sich um, und ich überlegte kurz, ob ich mich besser aus dem Staub machen sollte. »Ich liebe die Kunst von diesem Typen. Hab Glück, dass ich heute Abend freihabe. Aber anscheinend habe ich gerade eine Schlägerei verpasst. Zwei Kunstsammler, die aneinandergeraten sind? Was ist nur los auf dieser Welt?«

»Ich weiß nicht«, sagte ich, noch immer auf der Hut.

»Ach, was ich Ihnen eigentlich erzählen wollte. Wir haben vor einer Stunde jemanden verhaftet. Den Backwaren-Banditen.«

Ich brauchte einen Moment, um diese Information zu verarbeiten. »Sie haben den Backwaren-Banditen verhaftet?« Ich war sehr erleichtert und stellte mir den Schuldigen in einer Zelle vor, irgendein Gangster aus einer Straßengang, einer, der Drogen an Kinder verkaufte, wenn er ihnen nicht sogar die Kekse klaute.

Officer Madden nickte. »Ja, das haben wir. Und Sie werden es nicht glauben. Es ist der Typ, dem das Haus gehört. Das Haus, in dem wir Sie verhaftet haben.«

Ich konnte ihm nicht folgen. »Welcher Typ?«

»Der Hausbesitzer. Der Ehemann. Cadwy Gwythyr.«

Er hätte mir genauso gut eröffnen können, dass es sich um meine Mutter handelte. »Cadwy Gwythyr? Das ist unmöglich. Der ist doch ein vollkommen harmloser Typ... Ich meine, er verkauft Heilkräuter und hat einen Wagen, der mit Kuhmist fährt. Das kann nicht sein.«

»Er hat gestanden. Anscheinend liefert er überall in der Region Sachen aus seinem Heilkräutervertrieb aus.

Er hat das Gebäck seiner Kunden gestohlen. Er meinte, er konnte nicht anders. Seine Frau lässt ihn nichts Süßes essen.«

Ich konnte kaum glauben, dass Jeanettes strikte Haltung gegen Süßes ihren Mann zum Straftäter hatte werden lassen. Der arme Cadwy. »Was wird jetzt aus ihm? Ich weiß, er hat Kuchen geklaut, aber gibt es nicht schlimmere Verbrechen, um die man sich sorgen sollte?«

Officer Madden hakte die Daumen in seine Gürtelschlaufen. »Ja, Miss Harrington, die gibt es. Wir haben ihn schon wieder laufen lassen. Niemand wollte Anzeige erstatten.«

Ich war froh, das zu hören.

Officer Madden schnappte sich ein Krabbenküchlein vom Tablett eines vorbeikommenden Kellners. »Wissen Sie, wenn Sie nicht den Kuchen aus seinem Haus mitgenommen hätten, dann hätten wir den Fall nie so schnell gelöst. Seine Fingerabdrücke waren überall auf der Kuchenplatte, was keine Überraschung ist. Aber da waren eben auch die der Kuchenbesitzer drauf. Wir haben einfach eins und eins zusammengezählt.«

Ich erinnerte mich, dass die Gwythyrs eigentlich noch in New Mexico sein sollten. »Aber ich dachte, sie wären noch verreist. Wie konnten Sie Cadwy da verhaften?«

»Das waren sie auch, aber die Behörden von New Mexico haben ihn auf unser Gesuch hin direkt ausgeliefert.« Officer Madden blickte sich um und nickte. »Ja, da unten nehmen sie es mit ihren Nachspeisen ziemlich genau.«

Es sah ganz danach aus.

28

Das Geständnis

Ich verließ die Galerie und fuhr direkt zum Restaurant, wo das Abendessen nach dem Hochzeitsprobelauf bereits begonnen hatte. Der Oberkellner führte mich in einen separaten Raum, wo alle zusammensaßen: Mariel und Carter, Mom, ihr Bruder Jack, der Mariel zum Altar führen würde, seine Frau Ann, die Schwester meiner Mutter, Tante Deedee, Carters Eltern Jim und Pam und die Brautjungfern und Trauzeugen, zu denen auch Carters älterer Bruder zählte.

Ich kannte Carters Familie bereits seit dem Beginn unserer Beziehung, und ich hatte mir bestimmt schon tausendmal ausgemalt, wie es wohl sein würde, wenn ich ihnen mal wieder begegnen würde. Noch bis vor Kurzem wäre das für mich von großer Bedeutung und mir sehr unangenehm gewesen. Aber jetzt merkte ich, als ich am Tisch Platz nahm, dass ich überhaupt nicht mehr so empfand. Wie Wasser, das sich immer seinen Weg bahnt, hatten sie nun den richtigen Platz in meinem Leben eingenommen.

»Es ist nur eine kleine Rolle«, hörte ich Mom sagen, »aber ich glaube, es wird lustig.«

Die Neuigkeit war draußen. Anscheinend hatte sie den Vertrag bekommen. Ich freute mich für sie.

»Wow, Mom, was für eine Überraschung!«, sagte Mariel. »Ich wusste gar nicht, dass du bei einem Vorsprechen warst.«

»Lasst uns auf Mom anstoßen«, sagte ich. »Auf eine erfolgreiche Fernsehserie!«

Wir erhoben unsere Gläser, und ich nippte an meinem Riesling. Als ich so dasaß und mit halbem Ohr den Unterhaltungen lauschte, fragte ich mich die ganze Zeit, was David jetzt wohl machte. Er und Ana würden bald nach Frankreich reisen. Wahrscheinlich schon nächste Woche.

Ich stellte sie mir im Le Jules Verne vor, mit blütenweißen Tischdecken und vor dem Fenster die Stadt Paris, die unter einem samtartigen Himmel leuchtete. Der Kellner brachte Anas Nachtisch mit Davids Antrag auf dem Tellerrand und in der Mitte die kleine Schachtel mit dem Ring darin. Was würde er ihr sagen? Irgendetwas in der Art, wie sehr er sie liebte, wie glücklich sie ihn machte und dass er für immer mit ihr zusammen sein wollte. Irgendetwas Romantisches eben. Er hatte ja gesagt, sie möge es klassisch-traditionell. Natürlich würde sie Ja sagen. Und dann würde er ihr den Verlobungsring an den Finger stecken, sie würde Glückstränen weinen, er würde strahlen. Umarmung. Kuss. Und sie lebten glücklich bis ans Ende ihrer Tage.

Onkel Jack wandte sich an mich und erkundigte sich, wie es mir in Chicago gefiel. Ich setzte ein Lächeln auf und gab ihm meine Standardantwort.

Mit Mariels Hochzeitskleid im Kofferraum fuhr ich nach Hause. Als ich den Hausflur betrat, hörte ich Stimmen aus der Küche, Wasserplätschern in der Spüle, Eiswürfel, die klirrend in Gläser fielen, das Knallen eines Champagnerkorkens. Tante Ann und Onkel Jack lachten.

»Nie im Leben habe ich das gemacht!«, hörte ich Mom rufen, aber sie lachte ebenfalls. Mariels und Carters Stimme konnte ich nicht ausmachen. Ich rannte die Hintertreppe hinauf in mein Zimmer, wo ich das Hochzeitskleid aus dem Kleidersack holte und aufs Bett legte.

Mariel war in ihrem Badezimmer, saß an ihrer Frisierkommode und frischte ihre Wimperntusche auf.

»Ich muss dir was zeigen«, sagte ich, in der Badezimmertür stehend.

Sie ließ das kleine Bürstchen über ihre Wimpern gleiten. »Eine Sekunde. Lass mich nur eben…« Sie setzte die Bürste noch einmal an. »So.« Sie drehte sich zu mir um. »Was gibt's?«

»In meinem Zimmer.«

»Gib mir einen Tipp. Tierisch, pflanzlich oder mineralisch?«

Ich lächelte. Das hatten wir als Kinder immer gesagt, und ich hatte es lange nicht mehr gehört. Die Frage war allerdings schwierig zu beantworten. In welche Kategorie fielen Textilien? Es passte in keine so recht, auch wenn einige Stoffe natürlich tierischen Ursprungs waren und andere pflanzlich. Seide stammte von Seidenraupen. Also war *tierisch* wohl die richtige Antwort. Zum Teil. »Kann ich nicht sagen. Du musst es dir anschauen. Aber erst muss ich dir noch was erklären.«

»Okay.« Sie nahm einen Augenbrauenstift und tupfte ihre Brauen nach.

»Dein Hochzeitskleid ist nicht genau so, wie es war. Ich meine, es ist ihm auf jeden Fall sehr ähnlich, aber ...« Wie sollte ich das formulieren? Es gab keine gute Art dafür. »Okay, ich hatte Bella dein Kleid enger nähen lassen, damit es dir nicht mehr passt.«

Mariel ließ den Augenbrauenstift fallen. »Was hast du?« Ihr Blick bohrte sich in mich.

»Ich war so wütend auf dich. Auf Carter. Wegen der Hochzeit. Und dann hast du mich auch noch gebeten, Brautjungfer zu sein, als Ersatz für diese Freundin, die sich das Bein gebrochen hat. Ich wollte eigentlich gar nicht auf deine Hochzeit kommen und schon gar nicht als Notnagel auf den letzten Drücker. Das hat mir den Rest gegeben. Und dann habe ich beschlossen, dass ich nicht nur deine Brautjungfer, sondern auch deine Hochzeitsplanerin werde, aber mein wahrer Beweggrund war, dass ich deine Hochzeit sabotieren wollte.«

Mariel saß kerzengerade da. »Du wolltest meine Hochzeit sabotieren?«

Ich wäre am liebsten im Erdboden versunken, durch den Spiegel verschwunden, aber ich wusste, dass ich nur reinen Tisch machen konnte, wenn ich alles offenlegte. »Als wir neulich zusammen bei Marcello's waren, habe ich heimlich dein Kleid umgesteckt, damit es zu eng wird.«

Mein Valentino-Kleid! Sara, wie konntest du nur?«

»Aber Bella hat es wieder hinbekommen! Richtig gut. Sie hat ein bisschen Stoff aus der Schleppe genommen und es hier und da eingesetzt. Und die Nähte hat sie mit Spitze verdeckt. Ich denke, man merkt es gar nicht.«

Schweigen breitete sich im Badezimmer aus wie giftige Dämpfe. Ich starrte auf den Frisiertisch, auf einen grauen Wirbel im Marmor, der aussah wie das Auge eines Tornados. Einer, der mich mit sich reißen und kilometerweit forttragen würde. Auf einen anderen Kontinent wäre gut.

»Und da ist noch mehr«, sagte ich. »Ich hab noch ein paar andere Sachen gemacht.«

»Noch *mehr*?«

»Die Sitzordnung, die Musikauswahl, das Menü...«

»Oh mein Gott, Sara. Wie konntest du das nur tun?« Ihre Stimme brach. Sie vergrub das Gesicht in den Händen.

»Ich weiß. Das war furchtbar von mir. Unmöglich. Es tut mir so leid. Zu dem Zeitpunkt wollte ich nicht, dass du und Carter heiratet, aber jetzt schon. Ich wünsche dir das mehr als alles andere. Und ihm auch. Ich habe versucht, wieder alles geradezubiegen, alle Änderungen rückgängig zu machen. Und das habe ich auch. Na ja, alle außer die Blumen.« Ich hielt inne. »Kannst du dich mit Chrysanthemen anfreunden?«

»Ich kann mich mit dem Gedanken anfreunden, dich umzubringen«, zischte sie.

»Ich weiß. Aber dann musst du ins Gefängnis. Auch wenn du bestimmt mildernde Umstände bekommst.«

»Das wär's mir wert.«

»Vielleicht. Aber denk an diese orangefarbenen Overalls. Die musst du dann immer anziehen.«

Es herrschte eine längere Stille, und ich rechnete damit, dass sie anfangen würde loszuschreien und mich aus dem Zimmer jagen würde. Aber das tat sie nicht.

»Wow«, sagte sie schließlich. »Du musst mich wirklich gehasst haben.« Da war etwas in ihrem Blick, das ich lange nicht gesehen hatte. Etwas, das wie Mitgefühl aussah. »Es tut mir leid, dass du dich meinetwegen *so* mies gefühlt hast, dass du all das getan hast. Entschuldige, dass ich so egoistisch war.«

»Mir tut es auch leid. All die fiesen Sachen, die ich gemacht habe. Und weil ich dir nicht zugehört habe, dich nicht verstanden habe, nicht gemerkt habe, was du durchmachst. Ich verspreche dir, ich werde ab jetzt eine bessere Schwester sein.«

Ich nahm ihre Hand und zog Mariel vom Frisiertisch hoch. Wir umarmten uns lange, und ich konnte ihre Tränen an meiner Wange spüren. Vielleicht spürte sie auch meine.

29

Mit diesem Ring

Die Hochzeit fand am Samstag um sechzehn Uhr statt. Carter sah gut in seinem Smoking aus und wartete vorn am Altar auf Mariel. Er zwinkerte mir zu, als sich unsere Blicke trafen, und ich hielt den Daumen hoch. Mariel sah in ihrem Valentino-Kleid ebenfalls umwerfend aus, und ich glaube nicht, dass irgendjemand die Änderungen bemerkte. Und die Eheringe waren weder verschwunden noch verschluckt worden.

Mom weinte während der gesamten Zeremonie. Dann sagte sie, sie fühle sich alt. Ich weiß nicht, ob sie wegen der Hochzeit weinte oder weil sie sich alt fühlte oder beides. Ich fragte nicht nach. Ich konzentrierte mich auf die Worte, die meine Schwester und Carter zueinander sagten. Worte wie *ewig* und *Liebe* und *Verständnis*. Worte wie *Vergebung* und *Geduld*. Worte wie *gemeinsam* und *immer*. Ich war nicht neidisch auf sie. Ich freute mich für sie. Ich wünschte mir bloß, dass jemand diese Worte auch zu mir sagen würde.

Es hatte sonnige sechsundzwanzig Grad, perfekt für eine Feier im Garten des Country Clubs. Die Tische auf der Schieferterrasse sahen hübsch aus mit ihren weißen Tischdecken, und obwohl die Orchideen, die Mariel ursprünglich ausgesucht hatte, bestimmt sensationell gewirkt hätten, so waren Ginny Hall die Margeriten-Sonnenblumen-Chrysanthemen-Gestecke wirklich gut gelungen.

Tate saß neben mir mit Amy, der neuen Tierärztin aus seiner Praxis. Er bekannte zwar, er sei sich nicht sicher, ob es eine gute Idee war, Geschäftliches und Privates zu vermischen, aber ich sagte ihm, er lebe schließlich nur einmal, und wünschte ihm viel Glück. Ich war die Letzte, die Ratschläge in Liebesdingen erteilen konnte.

Während des Abendessens (ich hatte übrigens die Seezunge, die ausgezeichnet war) stand Carters Trauzeuge Tim Rucci auf und hielt eine Rede, bei der er auch eine Anekdote aus seiner Collegezeit mit Carter erzählte, als dieser eines Abends Tims Jeep knacken musste. Davon hatte ich noch nie gehört, und ich fragte mich, ob Carter vielleicht wirklich in der Lage gewesen wäre, die Aufzugtür aufzusprengen, an dem Tag als wir uns kennengelernt hatten.

Nach dem Essen ging ich hinüber zu Mariels und Carters Tisch und stellte eine kleine Schachtel vor meine Schwester. »Das ist nicht mein richtiges Hochzeitsgeschenk für euch«, sagte ich. »Eigentlich habe ich diesen japanischen Paravent gekauft, den du wolltest, aber sie wussten nicht, wie sie ihn einpacken sollen.«

Sie lachte. Carter schaute verwirrt. »Ein Insider«, sagte ich.

Ich tippte auf die Schachtel. »Das hat mich daran erinnert, wie wir klein waren.«

Sie machte sie auf und hielt die Schneekugel mit den beiden Pferden darin hoch. »Ich glaub's nicht. Die sehen ja genauso aus wie Crackerjack und Company. Der Braune hat sogar denselben Stern wie Company«, meinte sie und schüttelte die Schneekugel. Weiße Flocken wirbelten herum, schwebten auf die Ponys und den roten Stall herab und bildeten eine kleine Verwehung am Boden. »Wunderschön. Wirklich wunderschön. Danke, Sara.« Sie umarmte mich.

Die Band fing an, »Signed, Sealed, Delivered, I'm Yours« zu spielen, einen alten Stevie-Wonder-Song, und als ich zurück zu meinem Platz ging, sah ich jemanden durch die Verandatür auf die Terrasse kommen und hielt inne. Es war David. In Anzug und Krawatte.

»David?« Ich eilte auf ihn zu und fragte mich, warum er wohl hier auftauchte. Etwas Schlimmes musste passiert sein, etwas, das mit seiner Verwicklung in die Sache mit der Hand zu tun hatte. »Was ist los?«

»Ah, da bist du ja«, sagte er und klang erleichtert, mich zu sehen. »Es tut mir leid, dass ich einfach so hier auftauche. Ich will nicht die Hochzeit deiner Schwester stören. Ich bin auf dem Weg zurück nach Manhattan und musste einfach noch mal mit dir reden.«

Sein ernster Tonfall gefiel mir nicht. Ich versuchte in seinen Augen zu lesen, aber ich konnte nicht erkennen, was er dachte. »Was ist passiert?«

»Ich muss mich dafür entschuldigen, wie ich dich neulich Abend behandelt habe. Dafür, was ich gesagt habe…

wie ich es gesagt habe. Das war unverschämt, und ich hätte dich niemals so kritisieren dürfen. Ich hatte kein Recht, über dich und deine Schwester zu urteilen. Es tut mir leid.«

Darum ging es? Um eine Entschuldigung? »Ich dachte schon, dass irgendwas passiert ist. Womöglich etwas mit der Hand. Dass du Schwierigkeiten bekommen hast.«

Er lächelte, und ich merkte wieder, was für ein schönes Lächeln er hatte, wie sein ganzes Gesicht dabei zu strahlen anfing. »Nein, ich stecke nicht in Schwierigkeiten.«

»David, du musst dich für nichts entschuldigen. Du hattest mit allem recht. Dass meine Schwester und ich uns total kindisch aufführen. Das haben wir wirklich getan. Es hat eine Reihe von Missverständnissen zwischen uns gegeben, aber ich denke, wir sind dabei, das zu klären.«

»Das freut mich, Sara. Super.«

»Und was Carter und mich betrifft, hattest du auch recht. Er gehört zu meiner Schwester.«

Mein Blick wanderte über die Terrasse. Die Leute unterhielten sich und tanzten. Jemand klopfte mit einem Löffel an ein Glas, und weitere Gäste stimmten mit ein, was Carter und Mariel dazu veranlasste, sich zu küssen. Ich sah ihrem Kuss mit einem bittersüßen Gefühl im Herzen zu.

»Kann ich Ihnen etwas bringen?«, fragte ein Kellner, bereit, eine Bestellung aufzunehmen.

»Nein, danke«, antwortete David.

Ich schüttelte den Kopf.

»Weißt du, normalerweise bin ich nicht so unbesonnen bei dem, was ich zu Leuten sage«, meinte David. »Ich hatte nur das Gefühl, dass du bei Carter einen Riesenfehler machst. Es kam mir nicht richtig vor, aus vielen Gründen.«

»Du warst nicht unbesonnen. Du warst bloß ehrlich. Freunde sollten ehrlich zueinander sein können. Und du hattest wirklich recht mit dem, was du gesagt hast.«

Freunde. Das war zwar nicht das, was ich wollte, aber wenigstens etwas.

»Na ja, du bist eine ziemlich unterhaltsame Freundin. Weißt du, das waren ein paar ziemlich verrückte Tage hier für mich. Ich kann nicht glauben, dass auch nur die Hälfte der Dinge, die ich mit dir gemacht habe, wirklich passiert sind. Der Versuch, eine Skulptur zu reparieren, die ich für einen Alex Lingon hielt, der Einbruch, unsere Verhaftung und unsere Fahndungsfotos, mit denen nicht nur die halbe Stadt voll war, sondern auch das Internet. Habe ich noch was ausgelassen? Ach ja: *Viva la revolución!* Das hätte ich beinahe vergessen. Und ich habe erfahren, dass du den Werkraum deiner Schule in Brand gesetzt hast.«

Ich zuckte zusammen. »Ja, aber ehrlich, das war ...«

Er winkte ab. »Ich weiß, ein Versehen.«

»Aber du hast recht. Es war wirklich ein bisschen verrückt.«

»Normalerweise mache ich solche Sachen nicht. Aber weißt du was? Ich würde diese letzten paar Wochen für nichts eintauschen wollen. Nicht eine Minute. Ich hatte noch nie so viel Spaß. Das wollte ich dir unbedingt sagen.« Er schien mein Kleid eingehend zu betrachten. »Und jetzt bekomme ich sogar noch die Gelegenheit zu sehen, wie du so als Brautjungfer aussiehst.«

»Es ist nicht wirklich meine Farbe, aber ich habe ...«

»Ich finde, es sieht hübsch an dir aus.«

Ich spürte, wie ich rot wurde. »Oh, na ja, danke. Du siehst auch gut aus. Ich glaube, ich habe dich noch nicht im Anzug gesehen.«

»Echt?« Er warf einen kurzen Blick auf seinen Ärmel, als hätte er vergessen, was er anhatte. »Ich konnte ja schlecht in Jeans hier auftauchen. Auch wenn es nur für ein paar Minuten ist.«

Ein paar Minuten. Mehr Zeit hatte er nicht? Ich wünschte, ich könnte diese Minuten strecken zu Stunden, zu Tagen. Aber wir würden bald getrennte Wege gehen, und alles, was ich tun konnte, war, mich für ihn zu freuen.

»Ich bin auf jeden Fall froh, dass du hergekommen bist«, sagte ich. »Und ich bin froh, dass du die zwei Wochen mit mir überlebt hast. Vielleicht siehst du es einfach als Art Trainingslager. Jetzt kannst du zurück nach New York fahren und dich auf eine entspanntere Zeit freuen. In Paris.« Ich rang mir ein Lächeln ab, aber es fiel mir schwer.

David ließ den Blick über die Terrasse schweifen, über die Tische und Stühle, über die Tanzfläche und die Band, über die angrenzenden Wiesen bis zu den blauen Hügeln und der tiefstehenden Sonne in der Ferne, die aussah wie ein Karamellbonbon. »Ich fahre nicht nach Paris.«

Ich konnte mir bloß einen Grund vorstellen, warum er

diese Reise verschieben würde. »Ist dir was in der Arbeit dazwischengekommen?«

Er starrte in die Ferne und sah schließlich wieder mich an. »Ich hatte gestern Abend eine komplette Rede für Ana vorbereitet. Wir hatten ja kaum gesprochen, während sie weg war. Wir hatten uns nur hin und wieder Sprachnachrichten geschickt und SMS. Ich hatte angenommen, sie wäre so beschäftigt, dass ... Egal, gestern Abend in der Galerie bin ich mit ihr rausgegangen und habe ihr alles gesagt. Über die Hand. Was damit passiert war. Über Jeanette. Die Verhaftung. Alles.«

»Du warst bestimmt erleichtert, nachdem du endlich reinen Tisch gemacht hattest ...«

»Und dann habe ich ihr gesagt, dass das mit ihr und mir vorbei ist.«

Vorbei. Ich starrte ihn an, und es fühlte sich an, als würde die Terrasse unter mir nachgeben. »Was ist passiert?«

Seine Schultern hoben und senkten sich. »Mir ist einfach klar geworden, dass Ana nicht der Mensch ist, den ich an meiner Seite will. Dass ein Leben mit ihr wohl nicht das Richtige für mich wäre.«

»Aber ich dachte ... Ich meine, du wolltest ihr doch einen Antrag machen. Mit der Frage auf dem Nachspeisenteller und ...«

»Ich weiß. Ich war bereit. Bis ich gemerkt habe, dass ich es doch nicht bin. Ich habe gespürt, dass ich nicht wirklich mit dem Herzen dabei bin. Dass ich kurz davor war, einen Fehler zu machen. Dass ich vielleicht mit jemand anderem als Ana zusammen sein sollte.«

Die beiden würden nicht heiraten. Er hatte Schluss gemacht. Er wollte jemanden, der anders war. Der Moment zog sich wie Honig, der von einem Löffel tropft. Auf dem Übungsgrün hinter der Terrasse rannten lachend Kinder herum, Leute machten Selfies. An der Bar mixten Kellner in schwarzen Anzügen Krüge mit etwas Schaumig-Pinkem. Auf der Tanzfläche wirbelte Dr. Sherwood meine Mutter herum.

»Also, ich hatte meine Rede für sie gestern Abend parat«, fuhr David schließlich fort. »Aber nachdem ich ungefähr ein Viertel davon gesagt hatte, unterbrach sie mich und eröffnete mir, dass sie und Alex heimlich geheiratet hätten.«

Ich fühlte mich wie betäubt. Und dann, vielleicht weil mir die ganze Situation so irrwitzig vorkam, fing ich an zu lachen. »Was?« Und er hatte sie für klassisch-traditionell gehalten.

»Sie haben heimlich in Aspen geheiratet. Verrückt, oder? Ihr ist klar geworden, dass sie mich nicht liebt; mir ist klar geworden, dass ich sie nicht liebe. Könnte aus einem Stücke deines Vaters sein, oder?«

Das könnte es. Ich wollte es ihm gerade sagen, als Jerome mit seiner Nikon vorbeikam und ein paar Fotos von uns schoss. Im Weitergehen winkte er mir zu.

»Dann ist das alles okay für dich...«, erkundigte ich mich, »...wie das mit Ana gelaufen ist?«

»Ja, ist es.« Er rückte den Knoten seiner Krawatte zurecht. »Ich habe das Gefühl, noch mal Glück gehabt zu haben. Und reinen Tisch gemacht zu haben.«

Reinen Tisch. Schon komisch, dass er sagte, was ich

dachte. »Ich habe bei meiner Schwester ein ähnliches Gefühl. Und was Carter betrifft. Das Kapitel ist für mich abgeschlossen...« Ich meinte, etwas in Davids Augen aufblitzen zu sehen. Etwas, das das Zimtbraun seiner Iris noch eine Nuance wärmer erscheinen ließ. »Vielleicht sollten wir darauf anstoßen«, schlug ich vor. »Auf unsere reinen Tische.« Ich hoffte, er würde noch ein bisschen länger bleiben.

Tante Bootsie kam in ihrem pinken Anzug auf mich zugewankt, eine Seidenblume am Revers und ihr silbernes Haar aus dem Gesicht geföhnt. Sie packte mich am Arm und hauchte mir mit betrunkenem Atem zu: »Wer ist denn dieser Prachtkerl?«, bevor sie nach drinnen torkelte.

»Anstoßen ist eine gute Idee«, sagte David. »Aber vorher muss ich noch etwas anderes machen. Wie wäre es mit einem Tanz?« Er nickte in Richtung Tanzfläche, voll herumwirbelnder Tänzer, unter ihnen auch Mariel und Carter.

Er wollte tanzen. Mit mir. Ich fühlte mich prickelnd leicht, als hätte ich eine Champagnerinfusion bekommen. Alles in mir begann sich zu drehen. Vielleicht war es aber auch die Terrasse, die sich bewegte. Die Band fing an, »I've Got You Under My Skin« zu spielen, und ich dachte an Dad und dass er diesen Song, von Sinatra gesungen, immer so gemocht hatte. Es war eines seiner Lieblingslieder gewesen. Und jetzt war es auch eines von meinen.

»Klar«, sagte ich. »Sehr gern.«

David lächelte, nahm mich bei der Hand und führte mich auf die Tanzfläche.

*Die berühmten Orangen-Schoko-Kekse
aus der Rolling Pin Bakery*

Zutaten:
 360 g Mehl
 1 Teelöffel Backpulver
 ¾ Teelöffel Natron
 1 Prise Salz
 225 g ungesalzene, weiche Butter
 200 g brauner Zucker
 120 g weißer Zucker
 1 Esslöffel Orangenschale
 2 große Eier
 1 Teelöffel Vanilleextrakt
 ¾ Teelöffel Orangenextrakt
 120 g Zartbitterschokolade, in Stücke gehackt
 120 g Milchschokolade, in Stücke gehackt
 120 g Halbbitterschokolade, in Stücke gehackt

Zubereitung:
1. Mehl, Backpulver, Natron und Salz in einer Schüssel vermengen und beiseitestellen.
2. In einer anderen Schüssel mit einem elektrischen Rührgerät Butter, braunen Zucker, weißen Zucker

und Orangenschale cremig schlagen, etwa 2 Minuten. Ein Ei zugeben und verrühren, bis es sich verbindet. Zweites Ei, Vanilleextrakt und Orangenextrakt hinzufügen und rühren, bis alles eine homogene Masse ist.
3. Langsam die Mehlmischung hinzufügen und unterrühren, bis sie gut vermischt ist. Dann die gehackte Schokolade hinzufügen.
4. Teig zu großen Kugeln formen (etwa 3 Esslöffel pro Kugel), auf Teller legen und mit Frischhaltefolie abdecken. Für 1 Stunde in den Kühlschrank stellen.
5. Das Blech mit Backpapier auslegen und den Ofen auf 180 Grad vorheizen. Die Teigkugeln auf die Bleche legen und etwa 14 bis 16 Minuten backen. Vor dem Servieren etwas abkühlen lassen.

TIPP: Wenn Sie die Kekse nicht alle auf einmal backen wollen, legen Sie einige der Teigkugeln in einen luftdichten Behälter, mit Wachspapier zwischen den einzelnen Schichten, und frieren sie ein.

Danksagung

Mein Team bei Little, Brown ist einfach das beste, und sie verdienen ein großes Dankeschön: Judy Clain und Miya Kumangai, meine Lektoren; Kirin Diemont, Umschlagentwurf; Jayne Yaffe Kemp und Tracy Roe, Textredaktion; Katharine Myers, Werbung; Ira Boudah und Lauren Hess, Marketing; Laura Mamelok, Nebenrechte; und die Leute im Verkauf und im Audiobereich, mit denen ich nicht direkt zusammenarbeiten durfte, die aber integraler Bestandteil des Publikationsprozesses waren.

Mehrere Leute haben mir bei den verschiedensten Themen geholfen: G. Alexander Carden, M.D., Elizabeth MacKinnon Haak, Dianna Kebeck, Kapitän Mick Keehan, Frank Sargenti, Kapitän Gino Silvestri und Kathleen Timmons, DVM. Ich danke euch allen.

Meine ersten Leser haben mir viel hilfreiches Feedback gegeben. Mein Dank geht an Suzanne Ainslie, Peter Helie, Rebecca Holliman, Christine Lacerenza, Kate Simses und Mike Simses. Ich bin auch Jamie Callan für ihre unschätzbaren Beobachtungen und Vorschläge im Schreibprozess zu Dank verpflichtet.

Der größte Dank gilt schließlich den beiden wichtigsten Menschen in meinem Leben: meinem Mann Bob und meiner Tochter Morgan. Ohne sie könnte ich das nicht tun.